LARA HILL
Ein Weihnachtsmärchen in Kanada

Über die Autorin:

Lara Hill wurde in England geboren. Nach dem Studium arbeitete sie als Übersetzerin. Als sie mit ihrem Mann nach Deutschland übersiedelte, begann sie mit dem Schreiben. Die Liebesgeschichten in ihren sinnlich geschriebenen Romanen siedelt sie gern in all den Ländern an, die sie schon bereist hat. Lara Hill lebt heute mit ihrer Familie und zwei Hunden in München.

LARA HILL

Ein Weihnachtsmärchen in Kanada

Roman

lübbe

Dieser Titel ist auch als E-Book erschienen

Originalausgabe

Copyright © 2017 by Bastei Lübbe AG, Köln
Titelillustration: © Mackie Tom/huber-images.de;
© Aniko Gerendi Enderle/shutterstock
Umschlaggestaltung: Jeannine Schmelzer
Satz: Urban SatzKonzept, Düsseldorf
Gesetzt aus der Garamond
Druck und Verarbeitung: GGP Media GmbH, Pößneck
Printed in Germany
ISBN 978-3-404-17597-0

6 8 10 9 7

Sie finden uns im Internet unter
www.luebbe.de
Bitte beachten Sie auch: www.lesejury.de

*Für Christel.
Danke*

1.

Weiße, glitzernde Gipfel, die in einen azurblauen Himmel ragen, stille, verschneite Wälder, hellblau schimmerndes Eis auf Seen und Flüssen und irgendwo in dieser unberührten Natur auf einer Lichtung ein kleines Blockhaus, aus dessen Schornstein sich der Rauch einladend in die kristallklare Luft kringelt – Winter in Kanada.

Versunken in ihren Tagtraum von der kanadischen Wildnis lächelte Julia vor sich hin, bis Lars' Stimme sie ziemlich ruppig ins Hier und Jetzt zurückholte – in das triste Grau der Hamburger City.

»Ich kann es immer noch nicht fassen«, sagte ihr Freund. »Wenn es die Côte d'Azur wäre oder die Schweiz, aber nein, es zieht dich in irgendein Kaff mitten in den Rocky Mountains. Und das auch noch im November.«

Julia seufzte lautlos in sich hinein und schwieg, wie sie es bereits seit einer Viertelstunde tat, während Lars seinem Frust immer wieder lautstark Ausdruck verliehen hatte. Sie kannte ihn inzwischen gut genug, um zu wissen, dass sie warten musste, bis sich der Orkan, den er über sie hinwegschickte, gelegt hatte. Erst dann würde sie wieder normal mit ihm reden können. So sah sie einfach schweigend in den Oktoberregen, der genauso schnell und hart auf die Windschutzscheibe prasselte wie Lars' Worte auf sie einprasselten. Das grelle Licht der Autoscheinwerfer auf dem nassen Asphalt erschwerte die Sicht. Um diese Uhrzeit herrschte Rushhour in Hamburg. Stoßstange an Stoßstange drängten sich die Autokolonnen durch die City. Welch ein Kontrast zu der wunderschönen Landschaft, die sie gerade noch vor ihrem inneren Auge gesehen hatte!

Mit verbissener Miene, die Hände so fest ums Lederlenkrad des Sportwagens gelegt, dass die Knöchel an seinen Händen weiß hervorstachen, führte Lars seinen Monolog ungebremst fort. »Ich dachte, wir gehören zusammen. Wir haben gesagt, dass wir uns Weihnachten verloben. Schon vergessen? Das ist in neun Wochen. Und jetzt willst du dich einfach so davonmachen?«

Julia verstand seinen Ausbruch sogar. Zu dumm, dass er, als er sie abgeholt hatte, völlig unvorbereitet das Schreiben vom Kultusministerium in der Diele entdeckt hatte. Ihr Fehler. In den zwei Tagen nach Eintreffen des Briefes hätte sie diesen längst in die Schreibtischschublade legen können oder wenigstens zurück in den Umschlag. Zu spät. Während sie sich im Bad geschminkt hatte, entdeckte Lars die Bewilligung ihres Antrags auf Lehreraustausch, den sie ihm gegenüber bisher nie erwähnt hatte.

»Hast du eigentlich auch etwas dazu zu sagen?«, fauchte er sie von der Seite an. »Warum schweigst du so beharrlich? Kann ich dieses Schweigen als Schuldeingeständnis auslegen?«

Wie bitte? Julia setzte sich aufrecht hin. Von wegen.

»Schuldeingeständnis?«, wiederholte sie mit hochgezogenen Brauen. »So ein Quatsch. Als ich mich vor einem Jahr als Austauschlehrerin für Kanada beworben habe, kannten wir uns noch gar nicht. Ich ...«

»Genau«, unterbrach Lars sie hitzig. »Aber *heute* kennen wir uns. Und lieben uns. Die Sache dürfte damit wohl erledigt sein. Du bist heute in einer anderen Lebensphase als noch vor einem Jahr.«

»Aber mein Traum ist geblieben«, entgegnete sie ruhig. »Und jetzt bietet sich mir die Möglichkeit, mir diesen Traum zu erfüllen.«

»Und ich? Wir?« Lars trat abrupt auf die Bremse, um in letzter Sekunde einen Auffahrunfall zu vermeiden. Beide flogen sie nach vorn, die Sicherheitsgurte rasteten ein. Hinter ihnen erklang entrüstetes Hupen. Ungeachtet all dessen lamentierte Lars weiter: »Hast du dir mal überlegt, was die Leute denken werden? Meine Freunde, der Bekanntenkreis meiner Eltern. Die glauben doch, dass in unserer Beziehung etwas nicht stimmt, wenn du mich jetzt für ein halbes Jahr allein lässt.« Er schüttelte so heftig den Kopf, dass sein stets exakt gezogener, blonder Scheitel aus der Form geriet und ihm ein paar Strähnen in die Stirn fielen.

Julia lächelte. So erinnerte er sie wieder an den Mann, in den sie sich verliebt hatte. Der sportliche, schlanke Typ mit dem vom Wind zerzausten Haar und dem fröhlichen Lachen, dem sie beim Joggen begegnet war, hatte ihr sofort gefallen. Seine witzige und äußerst charmante Art ebenfalls.

»Halt! Moment mal!«, hatte er ihr am Elbufer nachgerufen und einen Schlüsselbund hochgehalten, der nicht ihr gehörte. »Haben Sie das verloren?«

So waren sie ins Gespräch gekommen. Er hatte sie in das Ausflugslokal eingeladen, von dem aus er sie entdeckt hatte. Nur wenige Minuten später hatte er ihr gestanden, dass der Schlüsselbund ihm gehörte.

»Funktioniert dieser Trick immer?«, hatte sie ihn belustigt gefragt.

»Keine Ahnung. Ich habe ihn erst gestern in einem Film gesehen.« Er hatte sie angelächelt, offen, jungenhaft, unbeschwert. »Als ich Sie vorbeilaufen sah, wusste ich, dass ich Sie unbedingt kennenlernen musste. Da fiel mir dieser Trick ein.«

Ja, das war der andere Lars Asbeck, der liebenswerte, stets gut gelaunte, unbeschwerte, unkomplizierte große Junge.

In einer spontanen Geste legte sie ihm jetzt die Hand auf den Schenkel.

»Keine Frau würde so reagieren wie du«, fuhr ihr Freund dessen ungeachtet immer noch wütend fort und fegte ihre Hand weg. »Keine meiner bisherigen Freundinnen hätte die Chance, mich heiraten zu können, derart aufs Spiel gesetzt. Ein halbes Jahr kann lang sein. Vielleicht lerne ich während dieser Zeit eine andere kennen.« Aus schmalen Augen warf er ihr einen herausfordernden Seitenblick zu.

»Das kann sein«, erwiderte sie betont gelassen. Lächelnd hob sie die Schultern. »Aber wenn du jetzt schon an andere Frauen denkst, sind die sechs Monate meiner Abwesenheit als Prüfstein unserer Beziehung vielleicht ganz gut für uns beide.«

Lars' Schultern fielen herab. Er hatte sein Pulver verschossen, ohne dass sie umgefallen war.

»Julia, steht deine Entscheidung wirklich fest?«, fragte er nun matt. Dabei bedachte er sie mit einem verzweifelten Blick. »Ich will nicht, dass du gehst. Ich liebe dich. Das weißt du. Du aber gibst mir das Gefühl, dass deine Gefühle zu mir nicht mehr so tief sind wie am Anfang unserer Beziehung. Anders kann ich mir nicht erklären, dass du nach Kanada gehen willst.«

Ja, dazu hätte sie einiges sagen können. Aber hier im strömenden Regen bei schlechter Sicht im Stau?

»Fahr bitte mal dort hinten auf das Tankstellengelände«, bat sie ihn kurz entschlossen.

»Wie bitte? Wir sind sowieso schon spät dran. Als Juniorchef kann ich nicht mitten in die Rede meines Vaters platzen.«

»Tu es einfach.« Sie hörte selbst, wie energisch und entschieden sie klang. So hatte sie noch nie mit ihm gesprochen. Sie hasste Konfrontationen, und es machte ihr nichts aus – anders als Lars – in Kleinigkeiten nachzugeben. Jetzt jedoch ging es nicht mehr um eine Kleinigkeit, sondern um ihr Leben, ihre Zukunft.

Zu ihrer Überraschung setzte Lars wortlos den Blinker, fuhr an den Tanksäulen vorbei und hielt auf einem Parkplatz zwischen anderen Autos an. Ungeduldig und sichtlich genervt sah er sie an. »Und?«

Sie holte tief Luft. »Bevor du weiterhin deinen Frust über mich ausschüttest, solltest du erst einmal mit dir selbst ins Gericht gehen und dich fragen, warum ich diesen Lehreraustausch gern machen möchte. Nicht nur, um dieses Land kennenzulernen. In der ersten Zeit unserer Beziehung hätte ich das Angebot vielleicht sogar abgelehnt, aber inzwischen glaube ich, dass uns ein bisschen Distanz, ein bisschen Zeit zum Nachdenken, ganz guttun wird.«

»Spinnst du? Das klingt ja so, als wäre ich schuld daran, dass du nach Kanada gehst. Als wolltest du von mir weg. Ich dachte bis heute, dass du mit mir glücklich bist. Bisher war jede meiner Freundinnen mit mir glücklich. Ich war immer derjenige, der Schluss gemacht hat.« Lars' Miene nahm einen trotzigen Ausdruck an, seine Stimme schraubte sich höher. »Würdest du mir bitte sagen, was dir in unserer Beziehung nicht passt? Was dir fehlt? Was ich falsch mache?«

»Ja, das kann ich«, erwiderte sie sehr ruhig mit gedämpfter Stimme, ganz nach dem Motto *Sprich leise, wenn du gehört werden willst*. Bei ihren Schülern funktionierte diese Methode. Und Lars kam ihr momentan vor wie ein solcher, wie ein unreifer Junge. Sie hielt den Blick aus seinen hellblauen Augen fest, während sie weitersprach. »Du sagst, du liebst mich. Das glaube ich dir sogar. Nur dass ich in letzter Zeit manchmal das Gefühl habe, dass unsere Auffassungen von Liebe völlig unterschiedlich sind. Dass du nicht mich als Mensch liebst, sondern nur als die Frau, die dir optisch gefällt, die bei all deinen gesellschaftlichen und geschäftlichen Terminen eine gute Figur an deiner Seite macht und sich bis jetzt in die Rolle gefügt hat, die du ihr in deinem Leben zugeschrieben hast. Dass du dich darüber hinaus jedoch nicht für mich interessierst. Nicht für meinen Beruf, nicht für meine Hobbys, meine Träume, meine Gedanken. Solange ich funktioniere, ist die Welt für dich in Ordnung und du liebst mich. Falle ich aus dieser Rolle heraus, wirst du wütend und benimmst dich so wie gerade.«

Sie biss sich auf die Lippe. Noch war sie nicht bereit zu schweigen. Jetzt musste alles raus, was sich in der letzten Zeit immer mehr in ihr aufgestaut hatte, was sie jedoch nicht ausgesprochen hatte, um die gute Stimmung zwischen ihnen aufrechtzuerhalten. »Lars, ich will um meiner selbst geliebt werden«, fuhr sie eindringlich fort. »Auch dann, wenn ich keine hohen Pumps und die Designerkostümchen trage, die du mir geschenkt hast. Ich will auch geliebt werden, wenn ich abends geschafft bin von der Schule und in alten Joggingklamotten und Socken auf der Couch liege. Außerdem will ich, dass du dich genauso auf mein Leben einstellst wie ich mich bisher auf deins. Dass du mit mir Sport treibst, dass wir zusammen in die Berge fahren, die ich so liebe, dort wandern oder Ski laufen. Ich will eine Beziehung auf Augenhöhe.« Sie verstummte.

Ihr ging nicht nur die Puste aus, sie erkannte auch an Lars' Gesicht, dass er nichts von dem begriff, was sie ihm gerade gesagt hatte.

»Ich verstehe dich nicht.« Sichtlich hilflos schüttelte er den Kopf. »Ich behandle dich wie eine Königin, trage dich auf Händen, verwöhne dich mit Geschenken, und du ...« Er schnappte nach Luft und fügte dann wieder voller Empörung schnaubend hinzu: »Soll ich dir was sagen? Eigentlich hast du mich gar nicht verdient.«

Julia schwankte zwischen einem ungläubigen Lacher und

hilflosem Schluchzer. Doch es passierte nichts davon. Stattdessen machte sich in ihr eine grenzenlose Leere breit. Wenn sie gedacht hatte, Lars sei von den Frauen bisher zu sehr verwöhnt worden, um auf ihre Wünsche einzugehen, und sie würde ihn mit der Zeit noch ändern können, erkannte sie nun schlagartig, dass sie mit dieser Hoffnung völlig falschlag. Lars Asbeck war ein verwöhnter Sohn aus reicher Familie, der zum Prinzen erzogen worden war, der keinerlei Selbstzweifel kannte und schon gar keine Probleme. Er war auf der Welt, um Spaß zu haben. Großherzig wie er war, ließ er andere gern an seinem Spaß teilhaben, jedoch nach seinen Spielregeln.

Julia verschränkte die Arme vor der Brust. Sie fröstelte, obwohl es warm im Auto war. Ihr war zumute, als würde sie ihren Freund gerade zum ersten Mal ungeschminkt sehen. Und das, was sie sah, war nicht nur liebenswert.

Lars schob den Ärmel seines Blazers zurück und warf einen Blick auf seine goldene Uhr.

»Das ist kein Thema für jetzt«, schnitt er energisch das Gespräch ab. »Darüber können wir ein anderes Mal debattieren.« Dann legte er mit quietschenden Reifen einen Kavalierstart hin und fädelte sich wieder in den Frühabendverkehr in Richtung Hafen ein. »Und noch etwas: Ich will nicht, dass du gleich auf der Jubiläumsfeier auch nur ein Wort von diesem Lehreraustausch erwähnst. Zu niemandem.«

Eine unbändige Wut schoss in Julia hoch.

Wen glaubte er denn vor sich zu haben? Irgendeinen seiner Werftarbeiter oder eine seiner Verflossenen, die ihn kritiklos angebetet hatten und denen er den Mund hatte verbieten können? Eigentlich müsste ich an der nächsten Ampel aus dem Wagen springen und dürfte ihn nie mehr wiedersehen, sagte sie sich mit fest aufeinandergepressten Lippen. Aber natürlich würde sie das nicht tun. Sie hatte ihm versprochen, ihn auf die

Feier zum hundertjährigen Bestehen der Werft zu begleiten. Sie wusste, wie wichtig es für ihn war, sich mit seiner Partnerin, natürlich einer repräsentablen, in der Öffentlichkeit zu zeigen.

»Hörst du mir überhaupt zu?«, fragte Lars angespannt in ihre Gedanken hinein.

Sie sah ihn an. »Keine Angst, wir machen auf glückliches Paar«, erwiderte sie mit nicht überhörbarem Sarkasmus.

Bis zu ihrer Ankunft im Hafen schwiegen sie beide. Ab und zu warf Julia ihrem Freund, der stur geradeaus blickte, einen verstohlenen Seitenblick zu.

Wollte sie ihn wirklich verlieren? Sie war verliebt in ihn gewesen. Er hatte so viele sympathische Seiten. Anfänglich hatte sie es sogar genossen, von ihm so sehr verwöhnt zu werden, obwohl sie auf materielle Dinge nie viel Wert gelegt hatte. Es war etwas Neues für sie gewesen, das ihrer Eitelkeit geschmeichelt hatte. Ihre Eltern hatten sie dazu erzogen, beständigere Werte im Leben zu schätzen als die, welche ein Haltbarkeitsdatum besaßen. Je näher sie Lars dann kennengelernt hatte, desto mehr belastete sie, dass sie aus zwei völlig unterschiedlichen Welten kamen, ganz abgesehen davon, dass er sich keine Mühe gab, auch an ihrer Welt teilzunehmen. Dass ihr die Verwirklichung ihres Traumes wichtiger war als das Zusammensein mit ihm, sagte doch eigentlich schon alles aus über ihre heutige Einstellung zu ihrer Beziehung.

Sie seufzte in sich hinein.

Als sie vor dem Bürogebäude der Werft ankamen, mutierte Lars wieder zu dem charmanten Kavalier, der sie damals angesprochen hatte. Er half ihr aus dem Sportcabrio, ließ den Schirm aufschnappen, führte sie am Arm auf den Eingang zu und hielt ihr die Tür auf.

»Feuerpause? Komm, Süße, mach nicht so ein Gesicht.« Er lachte sie an, als wäre nichts gewesen, legte den Zeigefinger unter ihr Kinn und küsste sie auf die Wange – um ihren Lippenstift nicht zu ruinieren. Danach reichte er ihr wieder seinen Arm und fragte mit aufmunterndem Blick: »Bereit für den großen Einmarsch?«

Julia nickte, mit einem dicken Knoten im Magen. Obwohl Lars' machohaftes Verhalten das Adrenalin in ihrem Körper erneut hochschießen ließ, brachte sie es in diesem Moment nicht übers Herz, sich auf dem Absatz umzudrehen und ihm diesen *Einmarsch* zu vermasseln. So unfair wollte sie nicht sein. Was nach dieser Feier kam, würde man sehen. Eines jedoch stand für sie fest, als sie die Schwelle des Festsaales überschritt: Dieses Mal würde sie nicht nachgeben. Sie würde ihren Traum leben. Wenn Lars seine Einstellung und sein Verhalten nicht änderte, würden sie keine gemeinsame Zukunft haben.

2.

Kurz vor Julias Abreise entschied sich der Spätherbst mit seinen bunten Farben und einer bereits müden Sonne, noch einmal nach Hamburg zurückzukehren, so als wollte er Julia daran erinnern, dass auch ihre Heimat schön war.

An diesem letzten Tag im Oktober genoss Julia die Fahrt durchs Alte Land. Hier war sie auf dem großen Bauernhof ihrer Eltern aufgewachsen, den inzwischen ihre ältere Schwester Corinna übernommen hatte. Sie liebte den Anblick dieser riesigen Marschflächen besonders im Frühjahr, wenn die Obstbäume in voller Blüte standen. Dann schwebte ein leichter, süßer Duft über ihnen, der betörender war als jedes Parfüm. Jetzt roch die Luft nach Laub, feuchter Erde und Vergänglichkeit. Sie roch nach Abschied.

Julias Herz schlug höher, als sie durch die Pappelallee fuhr, die sich als graues Band durch die Landschaft bei Fischbek schlängelte. An deren Ende erwartete sie ihr Elternhaus, ein reich verziertes Fachwerkgebäude mit Reetdach. Hinter ihm erstreckten sich riesige Obstanbauflächen.

»Hi, Schwesterchen«, begrüßte Corinna die Jüngere und schloss sie in die Arme.

Die Agraringenieurin war zehn Jahre älter, mehr als einen Kopf größer und sehr viel kräftiger gebaut als Julia. Corinnas krauses, rotblondes Haar, das sie zu einem dicken Pinsel auf dem Oberkopf zusammengebunden trug, die Stupsnase mit den Sommersprossen, der weich geschnittene Mund und die stets fröhlich blitzenden, blauen Augen verrieten die Herzenswärme, die Lebensfreude und die unerschöpfliche Energie, die in dieser großen Frau steckten. Julia liebte ihre Schwester. Zu ihr hatte sie sogar noch eine engere Bindung als zu ihren Eltern.

»Na, bereit für die große Reise morgen?«, erkundigte sich Corinna, während sie Julia ins Haus zog. »Ich habe im Wintergarten gedeckt. Es gibt Kaffee und Apfelkuchen mit Äpfeln aus eigenem Anbau«, fügte sie mit verschwörerischem Zwinkern hinzu.

»Meine Henkersmahlzeit sozusagen«, scherzte Julia halbherzig. Plötzlich wurde sie traurig. Zu wissen, dass sie ihre Schwester wahrscheinlich sechs Monate lang nicht sehen würde, tat ihr weh.

»Quatsch, du kommst doch wieder«, sagte Corinna betont burschikos. »Spätestens Weihnachten zur Verlobung, oder?«, fragte sie mit argloser Miene. Dabei sprühten ihre Augen Funken.

Julia schwieg, streute Zucker in den Kaffee und rührte in der Tasse herum. Viel zu lange. Corinna verteilte derweil den Kuchen auf die beiden Teller.

»Guten Appetit«, sagte sie aufmunternd und stach beherzt die Gabel in die saftigen Äpfel.

»Guten Appetit.«

»Ist deine kanadische Kollegin inzwischen eingetroffen?«

Julia blickte auf. »Ja, gestern Mittag. Sie heißt Eileen, ist zwei Jahre älter als ich und super nett. Eine Frau wie ein Vulkan. So wie sie aussieht, wird sie meinen Hamburger Kollegen bestimmt den Kopf verdrehen.«

»Ist sie schon bei dir eingezogen?«

»Nein, heute wird sie noch mal bei ihren Bekannten in Hamburg schlafen, sonst könnte Lars ja nicht bei mir übernachten. Ab morgen wird sie dann bei mir wohnen.«

»Weißt du jetzt endlich, wohin genau es dich in Kanada verschlägt?«

»Die High School ist in Banff in der Provinz Alberta. Das habe ich dir ja schon erzählt. Wohnen werde ich in einem kleinen Dorf in der Nähe von Banff. Blackfoot Village heißt es. Es ist eine ehemalige Indianeransiedlung. Eileen wohnt dort in einem riesigen Blockhaus in einem Seitentrakt, aber auch erst seit einem Monat. Sie hat sich erst vor kurzem von ihrem Freund getrennt. Ihre Vermieterin soll sehr nett sein. Stell dir vor: Sie spricht sogar Deutsch, und das Haus liegt traumhaft schön am Ortsrand, mitten in der Natur am Fuße der Rocky Mountains. Wirklich super. Ich kann es kaum erwarten.«

»Hat sich Lars eigentlich inzwischen wieder eingekriegt?«, erkundigte sich Corinna kauend.

»Hmm. Zwei Tage nach dem Firmenjubiläum hat er sich gemeldet. Er war wie ausgewechselt, zeigte plötzlich Verständnis für meine Entscheidung, versicherte mir, wie sehr er mich lieben würde, dass diese sechs Monate seiner Liebe nichts anhaben könnten, dass er mit mir im nächsten Sommer in die Berge fahren will und dass er mich so oft wie möglich in Kanada besuchen wird.«

»Worauf du dich bestimmt jetzt schon total freust«, entgegnete Corinna trocken.

Julia lachte. »Genau. Irgendwie wäre es mir lieber, er käme erst mal nicht. Außerdem passt er überhaupt nicht nach Kanada. Das würde nur Probleme geben.«

»Wie haben eigentlich deine zukünftigen Schwiegereltern reagiert? Oder wissen sie noch gar nicht, dass sie dich bald los sind?«

»Lars hat es ihnen erzählt.« Julia legte die Gabel auf den Teller und lehnte sich seufzend in dem Korbsessel zurück. »Friederike hat mich vorgestern, als wir mit ihnen essen waren, mit

Kühle und Distanz gestraft. Schließlich mache ich ihren Sonnenschein gerade unglücklich. Darüberhinaus kratze ich auch noch an ihrem makellosen Image der perfekten Großfamilie. Einige Leute in der Hamburger High Society könnten sich ja jetzt fragen, was Lars Asbeck an sich haben mag, wenn eine junge Frau das Weite sucht, statt alles daran zu setzen, so schnell wie möglich unter die Asbecksche Haube zu kommen. Stimmt da womöglich mit den tollen, unverwundbaren Asbecks irgendetwas nicht, was bis jetzt noch nicht an die Öffentlichkeit gedrungen ist?«

Corinna lachte ihr ungebändigtes Lachen. »Tief im Innern wird die gnädige Frau froh sein, dass die Mesalliance zwischen einer Bauerntochter und dem Spross einer hanseatischen Unternehmerfamilie erst einmal auf Eis gelegt wird. Seien wir ehrlich: Lars' Eltern sind doch nur so nett zu dir, weil sie dich unter Lars' bisherigen Freundinnen, seinen drittklassigen Models und namenlosen, zwielichtigen Schauspielerinnen, als Einäugige unter den Blinden einordnen. Du siehst nicht nur klasse aus, sondern bist auch noch intelligent. Und da unsere Eltern uns auch obendrein gute Manieren beigebracht haben, fällt es Gott sei Dank nicht so sehr auf, dass du aus einer einfachen Familie kommst.«

Julia lachte jetzt ebenfalls aus vollem Herzen. Sie liebte den schonungslosen Humor ihrer Schwester.

»Da du gerade unsere Eltern erwähnst ... Wie geht es Mama und Papa? Seit einer Woche habe ich nicht mehr mit ihnen telefoniert. Ich hatte einfach so viel im Kopf.«

»Keine Sorge. Den beiden geht es bestens. Wir haben gestern noch miteinander gesprochen. Ich soll dich ganz lieb grüßen.« Corinna leckte die Sahne von der Gabel. »Stell dir vor, Papa will sich zur Bürgermeisterwahl aufstellen lassen. Ehrenamtlich. Und Mama hat mit ein paar Frauen einen Verein gegründet, der sich zur Aufgabe gemacht hat, Grundschulkindern vorzulesen.«

»Wow. Ich finde es echt super, dass sie sich in ihrer neuen Heimat so engagieren. Und sie vermissen Fischbek überhaupt nicht?«

»Ich glaube nicht. Du darfst nicht vergessen, dass beide ursprünglich aus Brandenburg stammen. Sie kennen dort viele Leute noch von früher. Papa ist damals doch nur nach Hamburg gekommen, weil sein Bruder gestorben war und es niemanden für den Hof hier gab.«

»Den du in den beiden vergangenen Jahren zu einem richtig großen landwirtschaftlichen Betrieb ausgebaut hast.« Julia ließ ihren Blick über die Anbauflächen wandern, die sich an den Wintergarten anschlossen. Dann lächelte sie ihre Schwester voller Liebe an. »Die Eltern können stolz auf dich sein.«

»Ich glaube, das sind sie auch. Stell dir vor, inzwischen habe ich Verträge mit zwei Discounterketten abgeschlossen, deren Filialen ich in Hamburg und Umgebung mit *Produkten aus der Region* beliefere. Die Städter stehen auf so was.« Mit glänzenden Wangen hielt Corinna inne und sah Julia eindringlich an. »Aber noch mal zu dir und Lars.« Sie griff über den Tisch hinweg und nahm die linke Hand ihrer Schwester in ihre. »Wenn ich mich nicht irre, ist der neu, oder?« Zwinkernd sah sie Julia in die Augen.

Julia seufzte. »Ja, der Ring ist neu. Nagelneu sogar. Lars hat ihn mir gestern Abend geschenkt. Er trägt auch einen.« Sie zog ihre Hand zurück und drehte an dem doppelten Reif. »Leider ist meiner ein bisschen zu weit, aber ich kann ihn ja in Kanada enger machen lassen.«

»Zeig mal.« Corinna fasste das Schmuckstück näher ins Auge. »Ein goldener und ein silberner Ring, fest aneinandergeschweißt. Donnerwetter.«

»Nicht Silber, Platin«, verbesserte Julia sie.

»Natürlich, entschuldige.«

»Die Ringe sollen die enge Verbindung zwischen Lars und mir symbolisieren. Laut Lars.«

»Für wen steht Gold?«

»Für mich natürlich«, kam es Julia über die Lippen wie aus der Pistole geschossen. »Platin ist wertvoller als Gold.«

Beide lachten.

»Sag mal, könntest du mich morgen zum Flughafen bringen?«, wechselte Julia das Thema.

»Klar, kein Problem. Aber warum...?«

»Lars hat einen wichtigen Geschäftstermin«, unterbrach sie ihre Schwester.

»So, so.«

»Mir ist es so ganz lieb. Lars und ich sehen uns noch einmal heute Abend. Und dann...« Sie nickte entschlossen. »Dann ist es auch gut. Irgendwie bin ich schon heute gar nicht mehr richtig hier. Ich habe so viel anderes im Kopf. Und ich bin unheimlich aufgeregt. Ich habe das Gefühl, dass morgen etwas ganz Neues für mich beginnt. Etwas, was bis jetzt noch außerhalb meiner Vorstellungskraft liegt.«

»Ruft dich der Geist der Indianer?«, fragte Corinna mit all ihrer Liebe für ihre kleine Schwester in den Augen. Sie wusste, dass Julia als Kind Indianergeschichten geradezu verschlungen hatte.

»Vielleicht.« Julia lächelte versonnen.

* * *

Am nächsten Morgen war von einem sonnigen Spätherbst nichts mehr zu sehen. Über Nacht waren von Norden schwarze Wolken herangezogen, und es regnete in Strömen. Dichter

Nebel behinderte die Sicht so sehr, dass Corinna den Geländewagen auf Schritttempo abbremsen und zusätzlich die Warnblinkanlage einschalten musste. Das nasskalte Wetter, der dichte Morgenverkehr und die ungeduldigen Hupkonzerte der Frühpendler machten Julia den Abschied aus der Stadt leicht.

»Mach es gut, Kleines, und pass auf dich auf. Wir skypen, okay?« Corinna nahm die Jüngere in die Arme und hielt sie ein paar Sekunden fest an sich gedrückt.

»Machen wir«, erwiderte Julia mit belegter Stimme leise an Corinnas Wange. »Eileen sagte, dass sie in Blackfoot Village Internet haben.«

»Super. Dann kann ja nichts schiefgehen.« Mit diesen Worten ließ Corinna sie los und schwang sich in den Jeep.

Julia war sich sehr sicher, dass ihre Schwester Tränen in den Augen hatte, genau wie sie. Schluss damit, rief sie sich zur Ordnung, nachdem der grüne Geländewagen in den Verkehrsstrom am Flughafen eingetaucht war. Niemand hatte sie gezwungen, heute nach Kanada zu fliegen. Das war allein ihre Entscheidung gewesen.

※ ※ ※

Hinter der Zollkontrolle lag der Warteraum für die Fluggäste nach Calgary. Neugierig sah sich Julia um. Immerhin würde sie mit diesen Menschen hier etwa fünfzehn Stunden an Bord verbringen. Vielleicht würde sie auch mit dem einen oder anderen ins Gespräch kommen.

Sie ließ ihren Blick über die Anwesenden wandern. An einer Person blieb er dann hängen, an einem Mann, den sie um die dreißig schätzte und der auch inmitten der größten Menschenmenge aufgefallen wäre. Er stand an einem der Fenster, durch die man auf das Rollfeld sah. Ungefähr ein Meter neunzig groß, kariertes Flanellhemd. Seine halbhohen Lederstiefel sahen derb und viel getragen aus. Er konnte nur Kanadier sein – ein Mann der Wildnis. Sie betrachtete sein Gesicht. Die klassisch kantigen Züge waren wie von Meisterhand gemeißelt, ein sinnlicher Mund – das Einzige, was sanft und weich an ihm wirkte. Das glatte, dunkle Haar trug er aus der Stirn gekämmt, zum kurzen Zopf im Nacken zusammengefasst. Tief in sich versunken lehnte dieser geradezu unverschämt gut aussehende Typ an der Wand und nahm sie nicht wahr. Er schien niemanden in diesem Raum wahrzunehmen.

Wow. Sie schluckte. Sie konnte sich nicht erinnern, jemals einen so männlichen und zugleich schönen Mann gesehen zu haben. Doch noch mehr als sein Äußeres zog sie seine Ausstrahlung in den Bann. Er strahlte Kraft, Ruhe und Selbstbewusstsein aus. Dieses Selbstbewusstsein besaß nichts Arrogantes. Es ließ vielmehr ahnen, dass er seinen Platz im Leben gefunden hatte. Er wusste, was er wollte und was nicht. Dennoch, so wie er da stand, umgab ihn eine Aura von Einsamkeit, die sie anrührte. Ein einsamer Wolf in den Weiten Kanadas ...

Unwillkürlich griff sie sich an die Stirn.

Hallo? Jetzt aber ... Sie war kein dreizehnjähriges Mädchen mehr, das Trapper- und Indianergeschichten las, in denen sich der Held stets als einsamer Wolf durch die Story kämpfte, um am Ende nicht nur zu siegen, sondern auch noch eine liebende Gefährtin zu finden. Dieser Mann dort hinten war ganz gewiss kein einsamer Wolf. Er sah viel zu gut aus, als dass es nicht irgendwo mindestens eine Frau gab, die ihn längst eingefangen hatte. Wahrscheinlich wartete diese Frau in Calgary am Flughafen auf ihn, zusammen mit zwei süßen Kindern, die sich auf ihren Papa freuten.

Angenommen, er ist mein Sitznachbar, kam ihr plötzlich in den Sinn. Dabei machte ihr Herz einen ungesunden Sprung.

Idiotin, sagte sie sich umgehend. Vergiss nicht, du bist quasi verlobt.

Natürlich saß sie nicht neben ihm, sondern neben zwei Geschäftsmännern, die nach Abflug ihre Laptops auspackten, um zu arbeiten. Ihr war es recht. So hatte sie Ruhe, um in ihre Tagträume abzutauchen, die dem Flieger voraus nach Kanada flogen.

Julia hätte nicht sagen können, wie lange sie schon in der Luft waren, als sie eine Entdeckung machte, die ihr das Blut in den Adern gefrieren ließ: Sie vermisste Lars' Ring am Finger. Himmel, das konnte nicht sein. Oder etwa doch? Vor dem Abflug war sie noch auf der Toilette gewesen und hatte den Ring vor dem Händewaschen abgenommen. Hatte sie ihn etwa auf der Ablage vor dem Spiegel vergessen?

Ihre Hände flatterten, als sie alle Taschen ihrer Jeans durchsuchte, alle Fächer ihres Rucksacks, der zu ihren Füßen lag. Sie stand auf, quetschte sich an ihren Sitznachbarn vorbei und riss ihren Parka aus der Gepäckklappe. Nichts. Völlig durcheinander ließ sie sich wieder in ihren Sessel fallen. Sie musste es akzeptieren: Sie hatte den Ring nach dem Händewaschen liegenlassen. Wie sollte sie Lars das erklären? Dafür gab es eigentlich nur eine Erklärung: Das Symbol ihrer Beziehung war für sie nicht wichtig genug gewesen. So würde Lars es sehen. Und sie würde kein Argument dagegensetzen können. Man passte auf das auf, was einem wichtig war. Das galt gleichermaßen für Gegenstände wie für Menschen.

3.

Julia wunderte sich, dass sie in dem Mietwagenbüro die einzige Kundin an diesem Vormittag war, obwohl es in der Ankunftshalle nur so von Reisenden wimmelte. Sie ging auf die Rezeption zu. Die junge Angestellte lächelte sie einladend an. Julia öffnete gerade den Mund, um ihr Anliegen vorzubringen, als ein wahrer Riese links neben ihr aus dem Boden wuchs und die Blonde mit der Brille ansprach – so, als wäre sie unsichtbar. Der Kanadier aus dem Flieger, erkannte sie verblüfft. Sein plötzliches Auftauchen, aber noch mehr sein unhöfliches Benehmen verschlugen ihr zunächst die Sprache. Völlig perplex starrte sie ihn von der Seite an. Dann nahm ihr Verstand seine Arbeit wieder auf. Falls ihre elektronische Reservierung nicht geklappt hatte, würde dieser Typ ihr womöglich den letzten Wagen vor der Nase wegschnappen. Schöner Mann hin oder her, nicht mit mir, Mister, sagte sie sich energisch.

»Entschuldigen Sie, aber ich war zuerst dran«, sprach sie ihn auf Englisch an.

Ihr vermeintlicher Kanadier redete weiter, teilte sein Anliegen, sofort einen Mietwagen zu benötigen, der jungen Frau mit tiefer Baritonstimme mit, als hätte er sie nicht gehört, obwohl er so nah neben ihr stand, dass sie seinen Duft einatmete, eine holzig-würzige Note, die so gut zu diesem Naturburschen passte. In dem Moment, als die Blonde hinter der Rezeption, die jetzt ihre ganze Aufmerksamkeit diesem attraktiven Typen widmete, ihre Finger über die Tastatur fliegen ließ, schoss die Wut in Julia hoch, gepaart mit einer guten Portion Panik, gleich ohne Beförderungsmittel nach Blackfoot Village dazustehen.

»Hören Sie, ich war zuerst hier und habe einen Wagen reserviert«, sagte sie mit energisch klingender Stimme zu der Angestellten, die jetzt von der Tastatur hochblickte. Ein unsicherer Blick hinter den Brillengläsern wanderte zwischen ihr und dem Hünen hin und her.

»Machen Sie weiter«, wies dieser die hilflos wirkende Blondine an, die Julia daraufhin ein entschuldigendes Lächeln zuwarf und sich wieder dem Computer widmete.

»Also ...« Voller Empörung schnappte Julia nach Luft. Das Blut schoss ihr in den Kopf. »Das ist ja wirklich krass«, stieß sie hervor.

Da endlich wandte sich *Mister Unhöflich* ihr zu.

»Sorry, Lady, ich brauche den Wagen so schnell wie möglich.«

Er sah sie nur flüchtig an, drehte sich sofort wieder um und trommelte mit den Fingern auf der Theke herum.

Ich brauche auch einen Wagen so schnell wie möglich, wollte sie schon spontan erwidern, besann sich dann und sagte stattdessen in zuckersüßem Ton:

»Merkwürdig, im Reiseführer stand, dass Höflichkeit in Kanada großgeschrieben wird und sich niemand vordrängelt. Das muss wohl eine sehr alte Ausgabe gewesen sein.«

Der attraktive Kerl reagierte nicht auf ihre spitze Bemerkung. Immer noch mit den Fingern trommelnd wartete er sichtbar ungeduldig darauf, dass er seine Unterlagen in Empfang nehmen konnte.

Unglaublich, dachte Julia mit fliegendem Puls. So rüpelhaft würde sich Lars niemals benehmen. Lars war ein Kavalier wie *frau* ihn in der heutigen Männergeneration kaum mehr traf. Seine guten Umgangsformen, die in seiner konservativen

Familie üblich waren, hatten in einem britischen Internat noch den letzten Schliff bekommen. *Ladies first* stand bei ihm an erster Stelle.

Besonders wenn es darum geht, klein beizugeben, erinnerte sie eine Stimme in ihr.

Während Julia diese Gedanken durch den Kopf gingen, nahm der Mann neben ihr die Mietwagenpapiere samt Autoschlüssel an sich und verabschiedete sich knapp von der Blonden. Bevor er das Büro verließ, traf sein Blick sie. Und zwar mit voller Wucht. Jetzt konnte sie seine Augen sehen. Sie waren von einem ungewöhnlichen Blau, einem Königsblau, schwarz bewimpert, länglich geschnitten und weit auseinander stehend. Es waren ganz besondere Augen. Sie besaßen etwas Magisches, was an dieser ungewöhnlichen Farbe liegen mochte. Drei, vier Atemzüge lang sahen sie sich an. In den Männeraugen lag der Ausdruck von Distanz und Verschlossenheit.

»Sorry Lady.« Mit dieser mürrisch klingenden Entschuldigung stürmte *Mister Unhöflich* aus dem Büro.

Diese Stimme. Tief, leicht heiser, mit einem verruchten, ja sexy Unterton, der ihr unter die Haut ging – ob sie wollte oder nicht. Sie blickte immer noch zur Tür, obwohl diese sich schon längst hinter ihm geschlossen hatte.

»What a man«, hörte sie die junge Frau hinter der Theke in schwärmerischem Ton sagen. Dabei blinzelte sie ihr verschwörerisch zu.

Julia schüttelte den Kopf. Eine merkwürdige Begegnung. Und das, nachdem sie gerade erst vor wenigen Minuten kanadischen Boden betreten hatte. Obwohl sie immer noch wütend war, bedauerte sie gleichzeitig, dass sie diesen Typen wahrscheinlich niemals wiedersehen würde.

Idiotisch. Schluss jetzt, sagte sie sich und lächelte die Blonde versöhnlich an, die ihr nun bestätigte, dass ihre Reservierung geklappt hatte.

* * *

Julia fädelte sich am Flughafen in den Verkehr ein und fuhr in Richtung Trans-Canada-Highway. Ab jetzt lagen noch über einhundert Kilometer vor ihr, bis sie ihr Ziel erreicht haben würde. Sie schaltete das Radio an, aus dem sie der Countrysong *See You Again* begrüßte. *See you again*... Und prompt musste sie wieder an diesen attraktiven Typen mit den schlechten Manieren denken. Ob sie ihm noch einmal begegnen würde? Mehr als unwahrscheinlich.

Vergiss ihn, sagte sie sich. Konzentriere dich lieber auf das Land, in das du unbedingt wolltest.

Der Highway schnitt sich durch den Banffer Nationalpark, der inmitten der Rocky Mountains lag. Bei der Zufahrt zum Park musste sie kurz anhalten, um ihren Nationalparkpass zu erhalten. Wie sie wusste, war besonders dieser Park, einer von vielen Nationalparks in Kanada, für seine spektakuläre Natur bekannt. Tosende Flüsse, wilde Schluchten, stille Bergseen, riesige Waldgebiete aus Zedern, Fichten und Hemlocktannen, über denen sich die schroffen, schneebedeckten Gipfel der Rockys erhoben. Durch die Sonnenstrahlen sah die Landschaft geradezu verzaubert aus. Alles glitzerte so, als wären Billiarden Kristalle vom Himmel gefallen. Julia konnte gar nicht genug bekommen von der Schönheit dieser ursprünglichen Natur um sich herum. Die Gegend erweckte all die Geschichten wieder zum Leben, die sie als Jugendliche über Kanada verschlungen hatte. Hier hatten früher, bevor weiße Siedler sie verdrängten, die Blackfoot Indianer gelebt, über deren Mystik sie viel gelesen hatte. So fiel ihr jetzt zum Beispiel wieder ein, dass für diesen Stamm alles, was passierte, eine Bedeutung hatte. Und mit einem Mal fragte sie sich mit versonnenem Lächeln, ob es wirklich Zufall war, dass sie ausgerechnet in dieser Gegend eine Stelle als Austauschlehrerin bekommen hatte.

* * *

Nach etwas mehr als einer Stunde fuhr Julia vom Highway ab und erreichte Banff. Hier war auch ihre Schule. Ihr erster Besuch dort stand für den nächsten Tag auf ihrer Agenda. Jetzt wollte sie erst einmal so schnell wie möglich zu Eileens Wohnung und sich dort einrichten. Noch spürte sie nichts vom Jetlag, aber der konnte ja noch kommen.

Sie folgte dem Hinweisschild nach Blackfoot Village und atmete auf, als sie den Ort endlich erreicht hatte. Das kleine Dorf bestand aus einer Ansammlung von Blockhäusern zu beiden Seiten der Straße. Mit ihren Holzfassaden sahen sie aus wie die Filmkulisse zu einem Western. Kurz vor ihrer Ankunft in ihrem neuen Zuhause begann ihr Herz wieder schneller zu schlagen. Dank Eileens genauer Beschreibung fand sie deren Wohnung auf Anhieb. Nach dem Ortsausgang führte rechterhand ein vom Schnee geräumter Weg auf eine Lichtung zu, auf der ein großes Holzhaus in der Nachmittagssonne badete. Es strahlte einen rauen Holzfällercharme aus und wirkte wie eine Schutzburg inmitten der kanadischen Wildnis. Das sehr viel kleinere Haus, das als Seitentrakt an das große angebaut war, würde für die kommenden sechs Monate ihr Zuhause sein. Zedern und Fichten, deren Äste sich unter der glänzenden Schneelast bogen, standen wie Wächter um die beiden Gebäude herum, vor der Kulisse weißer Gipfel, die in einen fast unwirklich dunkelblauen Himmel ragten.

Julia blinzelte mehrmals. Ja, das war Kanada, wie sie es von

Bildern kannte. Sie war tatsächlich in ihrem Traumland angekommen.

Die Luft war klar, trocken und sehr, sehr kalt. Schnell zog sie sich die Kapuze über den Kopf und ging die Treppe zur Veranda des Haupthauses hinauf. Irgendwie machte es einen verlassenen Eindruck. Der Carport war leer. Ob Emily, ihre Vermieterin, gar nicht da war?

Keine Panik, sagte sie sich energisch und klopfte entschlossen an die Holztür.

Nichts. Keine Reaktion, nur Sonne und weiße friedliche Stille um sie herum. Nun gut. Beherzt drückte sie die Klinke runter und stellte überrascht fest, dass die Tür unverschlossen war. Und das in dieser abgelegenen Gegend. Hier konnte sich ja jeder einquartieren.

Die heimelige Wärme, die ihr entgegenschlug, beruhigte sie erst einmal. Das Haus war also bewohnt. Bevor sie eintrat, erinnerte sie sich noch rechtzeitig daran, dass man in diesem Land die Schuhe auszog, wenn man über die Schwelle trat. Schnell schlüpfte sie aus ihren Stiefeln und schloss die Tür hinter sich. Neugierig blickte sie sich um.

Sie befand sich in einem großen, hohen Raum mit Deckenbalken, rustikalen Holzmöbeln, Fellen und Geweihen an den Wänden und einem monumentalen steinernen Kamin, in dem ein einladendes Feuer brannte. In der Mitte des Zimmers stand ein langer Esstisch, mit einer Schale Obst und Nüssen. Neben ihr lagen ein Schlüsselbund und ein weißes Blatt Papier.

»Willkommen in Kanada. Ich musste dringend weg, bin aber spätestens am Abend wieder da. Liebe Grüße, Emily«, stand auf ihm in akkurater Schrift auf Deutsch geschrieben.

Julia seufzte. Schade, aber zumindest hatte sie ihre weite Reise bis hierhin ohne unangenehme Zwischenfälle geschafft.

Das war doch schon mal ein Dankeschön an den großen Manitu wert war, dachte sie lächelnd.

* * *

Eileens Wohnung, in der es ebenfalls einen Kamin gab, besaß die gleiche rustikale Atmosphäre wie Emilys Haus. Wohnaccessoires in klaren Buntstiftfarben brachten genau die Fröhlichkeit und Unbeschwertheit in den mit schweren Holzmöbeln eingerichteten Raum, die Eileen bei ihrem Kennenlernen ausgestrahlt hatte. Auf dem Tisch stand eine Thermoskanne, und in der Schale lagen Kekse, die, wie ihr herrlicher Duft verriet, erst vor kurzem gebacken worden waren. Ein Willkommensgruß von Emily.

Julia atmete tief durch, trat vor die breite Fensterfront und schob die Vorhänge zurück. Wow! Bei dem Ausblick auf die Berge und verschneiten Wälder breitete sich in ihr ein tiefes Gefühl von Ruhe und Frieden aus, ein Frieden, der von diesem Land selbst ausging, und plötzlich wusste sie, dass sie genau hierhin gehörte, zumindest in dieser Lebensphase.

Ein Motorgeräusch, das die heilige Stille unterbrach, ließ sie aufhorchen. Emily? Kam sie doch schon früher zurück? Sie ging zur Tür. Da sah sie auch schon einen signalroten Pick-up auf das Haus zukommen, hinter dessen Windschutzscheibe sie einen grauen Lockenkopf entdeckte. Er ähnelte dem, den sie auf Eileens Fotos gesehen hatte. Scheinwerfer blendeten zum Gruß zweimal auf. Ja, das konnte nur ihre Vermieterin sein.

Ein paar Sekunden später sprang eine kleine, rundliche Person in grüner Jagdhose, hohen Stiefeln und Lammfelljacke aus dem Wagen.

»Herzlich willkommen.« Emily nahm sie so herzlich in die Arme, als würden sie sich schon lange kennen.

Sie besaß eine tiefe Stimme. Mit ihrem regelmäßig geschnittenen Gesicht, den großen, beseelten braunen Augen und dem weich geschnittenen Mund war sie trotz der Fältchen immer noch sehr attraktiv.

»Ich konnte schon früher kommen«, sprach Emily ein wenig atemlos weiter. »Lass uns erst einmal in deine Wohnung gehen. Dort erzähle ich dir, was passiert ist.«

Als die beiden am Tisch saßen, begann die Ältere:

»Mein Großneffe hatte heute im Kindergarten einen Unfall. Zuerst hörte es sich sehr schlimm an, aber dann gab das Krankenhaus Entwarnung. Er hat eine Gehirnerschütterung und einen Beinbruch.« Emilys tiefbraune Augen füllten sich mit Tränen. »Trotzdem hat er noch Glück im Unglück gehabt. Er hätte sich auch das Genick brechen können. Die Ärzte sind zuversichtlich, dass er vor dem Wochenende wieder nach Hause kann.«

»Das tut mir sehr leid«, erwiderte Julia betroffen.

Die beiden Frauen schwiegen ein paar Atemzüge lang. Dann zeigte Emily auf die Schale mit Gebäck. »Greif zu. Du hast doch bestimmt Hunger. Die habe ich selbst gebacken. Dieses Jahr habe ich schon früher mit der Weihnachtsbäckerei angefangen als letztes. Timmy, mein Großneffe, kann das Fest kaum erwarten. Und jetzt so etwas. Hoffentlich ist bis Weihnachten wieder alles gut.«

»Man sagt ja, dass Knochenbrüche bei Kindern schneller heilen als bei Erwachsenen. Wie alt ist Timmy denn?«

»Er ist vor kurzem sechs geworden. Timmy ist von der Schule zurückgestellt worden. Er geht erst nächstes Jahr«, antwortete Emily und klang so, als wollte sie dazu nicht mehr sagen. »Ich hoffe, du wirst dich hier wohlfühlen«, wechselte sie das Thema. »Wir liegen zwar sehr abgelegen von der Zivilisation, aber das ist hier ganz normal. In manchen Gegenden muss man fünfzig Kilometer bis zum nächsten Supermarkt fahren. Da haben wir es schon besser. In Banff bekommt man alles, was man braucht.« Sie lächelte, sichtbar bemüht, fröhlich zu wirken. »Genug geredet. Du musst müde sein. Kann ich dir beim Auspacken helfen?«

»Nein, vielen Dank«, wehrte Julia hastig ab. »Das mache ich allein. So viel Gepäck habe ich nicht. Bücher und Arbeitsmaterialien bekomme ich von der Schule gestellt«, fuhr sie fort. »Und Kleidung kann ich mir hier noch kaufen.«

»Wann wirst du den Mietwagen zurückgeben?«

»Morgen in Banff, bevor ich in die Schule gehe.«

»Wenn du möchtest, kann Bill ihn für dich morgen früh wegbringen. Wir wollen Timmy besuchen.«

Bill? Wer war Bill?

»Dann kannst du gleich morgen mit Eileens Auto in die Schule fahren«, fügte Emily hinzu.

»Das ist eine super Idee«, stimmte Julia ihr zu. »Danke.«

»Also, dann ... Solltest du etwas brauchen oder Fragen haben, scheu dich nicht, zu mir zu kommen.«

»Mache ich.« Julia atmete tief durch. Ganz plötzlich machte sich der Jetlag bemerkbar. Sie sehnte sich nach einer Dusche, frischer Kleidung und Schlaf.

»Hinterm Haus liegt genug Holz für diese Woche. Der Kamin heizt die ganze Wohnung, wenn du die Türen offen stehen lässt. Außerdem gibt es auch noch eine elektrische Heizung.«

So viele Türen waren es nicht. Eileens Blockhäuschen bestand aus einem großen Raum, der Ess- und Wohnzimmer sowie eine offene Küche beherbergte. Daneben gab es noch ein kleines Schlafzimmer und ein Bad.

»Bill sorgt fürs Holz«, sprach Emily weiter. »Ich muss ihn nur anrufen, dann macht er die Regale wieder voll.«

»Dabei kann ich ihm helfen«, erwiderte sie.

»Wir sind übrigens morgen Abend bei Bill zum Potluck eingeladen«, teilte ihre Vermieterin ihr mit. »Weißt du, was ein Potluck ist?«

»Eine Einladung, bei der die Gäste ihr Essen und ihre Getränke selbst mitbringen. Manchmal sogar auch Geschirr und Besteck, um dem Gastgeber Arbeit und Aufwand zu ersparen.«

Emily lachte. »Genau. Männer, die allein leben, lieben diese Form der Einladung ganz besonders.«

Aha, Bill lebte also allein. Genauso wie Emily, wie sie von Eileen wusste. Wie alt mochte Bill sein?

»Wo wohnt Bill?«

»Hier in Blackfoot Village, am anderen Ende des Dorfes.« Emily legte ihr zum Abschied die Hand auf den Arm. »Ich glaube, du passt gut hierhin. Übrigens, im Kühlschrank stehen ein Glas selbst gemachte Elchpastete, geräucherter Lachs, ebenfalls selbst gemacht, und Oka-Käse. Kräcker sind im Schrank. Ich denke, das wird erst mal ausreichen, um bis morgen überleben zu können.«

Nachdem sich Julia häuslich eingerichtet, geduscht und einen Imbiss zu sich genommen hatte, mailte sie Corinna und Eileen, dass sie gut angekommen sei. Lars schickte sie eine SMS. Entgegen seines sonstigen Verhaltens antwortete er nicht, was sie wunderte und auch ein wenig enttäuschte. Aber in Deutschland war es ja schon weit nach Mitternacht.

4.

Am nächsten Morgen riss Julia der Klingelton ihres Handys aus dem Schlaf. Benommen sah sie sich um, bis sie begriff, wo sie war und dass jemand sie anrief. Dieser Jemand war Lars, wie ihr Display verriet. Klar, Lars saß durch die Zeitverschiebung bereits seit ein paar Stunden in seinem High-Tech-Büro aus Glas, Chrom und schwarzem Leder im Hamburger Hafen, aufgedreht durch Unmengen Kaffee.

»Ich habe bis jetzt gewartet, wegen der Zeitverschiebung«, legte er sofort los. »Danke für deine SMS, die ich heute Morgen erst gelesen habe. Du, ich habe eine Überraschung für dich. Ich habe gestern mal gegoogelt und ein super Hotel ganz in der Nähe von diesem Banff, oder wie dein Kaff dort heißt, gefunden. Ein Haus der Superior Class am Lake Louise in den Rockys. *Chateau Lake Louise* heißt diese Nobelherberge. Sie liegt auf fast zweitausend Meter Höhe direkt in der Wildnis. Ich denke, das könnte dir gefallen, Süße. Was sagst du?«

Julia blinzelte und schüttelte gleichzeitig den Kopf. Lars' Sätze prasselten wie Steine auf sie herab und hinterließen ein dumpfes Klopfen in ihrem Kopf.

»Was soll ich dazu sagen?«, erwiderte sie, um überhaupt etwas zu sagen.

Lars lachte sein unbekümmertes Lachen. »Du willst jetzt bestimmt wissen, wann wir beide dorthin fahren? Also, ich sag es dir. Übernächstes Wochenende jette ich zu dir rüber. Ich habe mir ein paar Tage frei genommen, und du machst in der Schule ein paar Tage krank. Dann gönnen wir uns dort eine schöne Zeit. Ich werde auch mit dir Ski fahren. Versprochen. Was hältst du davon?«

Ein paar Sekunden lang hing Lars' freudige Erwartungshaltung in dieser unendlich langen Leitung, lauerte dort wie ein Tier im Hinterhalt auf ihre Reaktion. Julia war jetzt hellwach. Wie stellte Lars sich das denn vor? *Ein paar Tage krank machen.* Das ging ja gar nicht. Sie richtete sich im Bett auf.

»Sag mal, spinnst du?«, fuhr sie ihn empört an. »Ich kann doch nicht so einfach in der Schule fehlen. Zumal ich auf meinen Wunsch hin nur eine halbe Stelle bekommen habe, was sowieso schon eine Ausnahme darstellt. Ich bin an dieser Schule genauso angestellt und muss meine Arbeit leisten wie an dem Gymnasium in Hamburg. Auf krank machen geht ja gar nicht. Und mal einfach so für ein paar Tage hierher fliegen ... Das bedeutet fünfzehn Stunden im Flieger und noch fast zwei Stunden Fahrt von Calgary bis Blackfoot Village. Sei mir nicht böse, aber das ist totaler Schwachsinn. Außerdem möchte ich mich hier erst einmal einleben. Und in so einer Nobelherberge würde ich bestimmt keinen Urlaub machen. Ich bin wegen der Natur hier.« Sie verstummte. Sie hatte selbst gehört, wie aggressiv sie geklungen hatte, und bekam prompt ein schlechtes Gewissen. Lars wollte ihr eine Freude machen, auf seine Art. Er ging immer davon aus, dass seine Art auch ihre war.

Sie horchte ins Smartphone. Doch ihr klang nur eisiges Schweigen entgegen. Klar, sie hatte ihn gerade zutiefst verletzt. Irgendwann jedoch sagte er dann im Kleinjungenton:

»Ich dachte, ich würde dir eine Freude machen. Vermisst du mich denn gar nicht? Hast du keine Sehnsucht nach mir?«

Oh Mann!

»Lars, bitte. Wir haben uns doch gerade erst voneinander verabschiedet. Lass mich doch erst einmal hier richtig ankommen. Dann sehen wir weiter.« Unsicher hielt sie inne.

Was konnte sie ihm anbieten? Womit konnte sie ihn trösten? *Distanz schafft Nähe*, diesen Satz hatte sie mal irgendwo gelesen. Seine Aussage schien bis jetzt jedoch nur auf Lars zuzutreffen. Sie verspürte noch keine Sehnsucht nach ihm. Das mochte an den vielen neuen Eindrücken in diesem fremden Land liegen, die sie beschäftigten und die Lars natürlich nicht hatte.

»Der lange Flug macht mir nichts aus«, beteuerte er in eindringlichem Ton. »Pass auf, ich mache dir einen Kompromissvorschlag: Dann komme ich schon am nächsten Wochenende, aber nur für drei Tage. Von Freitagmorgen bis Sonntagabend. Da du Freitag nur morgens in der Schule bist, haben wir den halben Tag für uns. Samstag und Sonntag hast du ja sowieso frei. Und dieses Hotel ... Das muss nicht sein. Ich kann ja bei dir wohnen.«

Du lieber Himmel! Ihr war zumute, als würde ihr der Hals zugeschnürt.

»Nein, Lars, das geht nicht«, entgegnete sie energisch. »Ich meine, dass du jetzt kommst. Das wäre ja in drei Tagen. Wir haben heute Dienstag. Heute Morgen gehe ich zum ersten Mal in die Schule. Dort erfahre ich, wie alles läuft. Morgen beginnt für mich der reguläre Unterricht. Ich muss mich doch erst mal hier akklimatisieren, bevor ich Besuch bekomme. Ich will das Zusammensein mit dir doch auch genießen können. Gib mir ein bisschen Zeit. Vielleicht komme ich ja auch in den Weihnachtsferien nach Deutschland.«

Stille. Drei, vier, fünf Sekunden lang. Dann donnerte es an ihr Ohr: »Habe ich gerade richtig gehört? *Vielleicht?* Ich dachte, es stünde für uns beide unwiderruflich fest, dass du Weihnachten zu mir kommst und wir uns Heiligabend verloben.«

Ja, für Lars stand dies unwiderruflich fest. Und wie sah das bei ihr aus? Sie konnte sich auch gut vorstellen, das Weihnachtsfest hier in Kanada zu feiern. Eileen blieb schließlich auch in Hamburg. Die Flüge waren viel zu teuer, um ständig hin und her zu jetten. Natürlich würde Lars ihren Flug bezahlen, aber damit machte sie sich schon wieder von ihm abhängig. Und das wollte sie ab jetzt nicht mehr.

»Julia?« Lars' Stimme klang schneidend.

»Ich bin noch dran, du musst nicht so schreien.« Sie seufzte. »Sei mir bitte nicht böse, aber dieses Gespräch wird mir jetzt einfach zu viel. Ich bin gerade erst durch deinen Anruf wach geworden. Ich brauche dringend einen Kaffee. Danach muss ich unter die Dusche und in die Schule fahren. Ich kann ja schlecht am ersten Tag schon zu spät kommen. Lass uns ein anderes Mal darüber reden.«

Wieder schien die Verbindung zwischen ihnen tot zu sein, bis Lars in dem ihr inzwischen bekannten trotzigen Ton sagte: »Nur eines noch, Süße: Überleg dir genau, was du tust.«

Es klickte an ihrem Ohr. Ihr zukünftiger Verlobter hatte aufgelegt.

Pff ... Julia atmete aus. Regungslos, als wäre gerade ein Blizzard über sie hinweggefegt, blieb sie erst einmal auf dem Bett sitzen. Ratlos sah sie zum Fenster hinaus.

Über die sanften Hügel der Prärie im Osten schob sich gerade die Sonne und warf ihre ersten Strahlen aufs Land. Ein neuer Tag begann. Ihr erster richtiger Tag in Kanada, ihrem Traumland. Mit einem Mal musste sie lächeln. Vielleicht sollte sie Lars' Anruf erst einmal vergessen.

***

Emily und Bill mussten an diesem Morgen sehr früh nach Banff aufgebrochen sein. Als Julia nach draußen in die kalte, klare Luft trat, waren der rote Pick-up und der Mietwagen schon weg. Stattdessen stand ein dunkelgrüner Jeep vor Emilys Haus. Bills Wagen, schlussfolgerte sie und machte sich auf den Weg zur Schule.

Zu dieser frühen Stunde war sie mit nur wenigen anderen Autofahrern allein unterwegs. Erst kurz vor Banff belebte sich die Landstraße, und im Ort selbst herrschte bereits ein reges Treiben. Leute fuhren oder gingen zur Arbeit, Wintersportler befanden sich, die Ski geschultert, im Anmarsch auf die noch jungfräulichen Pisten des dem Stadtzentrum nahe gelegenen Sunshine Village. Banff glich einem Wintersportort, wie man ihn auch in den österreichischen oder schweizer Bergen fand, nur dass hier die Straßen und Bürgersteige breiter, die Fahrzeuge größer und die Gipfel höher waren.

Das Navigationssystem von Eileens Auto führte sie problemlos zur Banff Community High School, die, wie alle Gebäude hier zu sein schienen, nur zweigeschossig war. Welch ein Kontrast zu ihrem Hamburger Gymnasium mit seinen weit über tausend Schülern. Neugierig und guter Dinge betrat Julia die Schule – um sie nach einer Stunde in ebenso guter Laune wieder zu verlassen, mit Arbeitsmaterialien und Stundenplan im Gepäck und dem Nachklang des herzlichen Empfangs ihrer Kollegen im Herzen. Ja, sie konnte zufrieden sein. Auch mit ihrer zukünftigen Arbeitsstätte hatte sie Glück. Was nun?, fragte sie sich. Es war gerade früher Vormittag. Warum nicht den Ort kennenlernen und einen Kaffee trinken? Ab morgen fing für sie der Ernst des Lebens wieder an.

Zuerst schlenderte sie über die Banff Avenue, die breite Hauptstraße, vorbei an den vielen Geschäften, in denen es nicht nur hochwertige Kleidung und Skizubehör zu kaufen gab, sondern auch die typischen Souvenirs wie bedruckte T-Shirts und Ahornsirup, der so typisch für Kanada war. Es gab Restaurants und sogar eine Banff Ave Brewing Company, die die Touristen mit dreistöckigen Riesenburgern und acht Sorten hausgebrautem Craftbeer anlockten. Westernbars boten abends Livemusik an. Für Unterhaltung würde also hier gesorgt sein, falls Lars sie besuchen sollte. Er liebte es, unter Menschen zu sein.

Nach einem dreiviertelstündigen Erkundungsgang in eiskalter Luft ging sie in eines der Cafés und ließ bei Kaffee und Apple Pie die Eindrücke, die sie aus der High School mitgebracht hatte, in aller Ruhe im Geiste Revue passieren. Irgendwann drangen Gesprächsfetzen an ihr Ohr, die sie aufhorchen ließen. Am Nebentisch hatte sich eine Gruppe junger Frauen niedergelassen. Mütter von Kindergartenkindern, wie sie schnell herausfand, die ein großes Problem miteinander verband: Ein Wolf, der seit ein paar Tagen die Gegend unsicher machte.

»Ich lasse meine Kinder nicht mehr nach draußen«, sagte eine aus der Gruppe mit hochroten Wangen in gequältem Ton.

»Merkwürdig, ich habe hier noch keinen Wolf gesehen«, entgegnete eine andere gelassen.

»Hier in den Ort kommt der auch nicht«, erwiderte eine Dritte hörbar spitz. »Außer dir wohnen aber alle von uns am Stadtrand.«

»Es soll eine trächtige Wölfin sein«, wusste eine von ihnen zu erzählen.

»Mein Mann will heute Abend mit dem Bürgermeister darüber reden«, schaltete sich nun eine aufgedonnerte Blondine ein und lehnte sich dabei mit gönnerischer Miene zurück. »Die beiden kennen sich seit der Schulzeit. Mein Mann meint, er könnte da was machen.«

»Wo ein Wolf ist, sind auch andere. Jeder weiß doch, dass sie nur in Rudeln auftreten. Das muss man unterbinden.«

»Dieser hier ist bisher nur allein gesehen worden.«

»Wir wollen keine Wölfe in unserem Ort.«

»Mein Bruder ist gerade dabei, einen Trupp zusammenzustellen, um dieses Vieh zu jagen und zu erschießen. Niemand ist vor ihm sicher. Er verfolgt uns, ohne sich zu zeigen.«

Eine trächtige Wölfin erschießen?, dachte Julia entsetzt. Galten Wölfe in der Provinz Alberta nicht als geschützte Tiere?

Die Radikalität in den Worten der Frauen empörte sie. Natürlich war mit einem hungrigen Wolf nicht zu spaßen, aber würde es da nicht eine andere Möglichkeit geben, die Bevölkerung zu schützen und gleichzeitig der Wölfin zu erlauben, ihre Jungen zur Welt zu bringen und zu ernähren?

»Diese Bestie muss weg, einen anderen Weg gibt es nicht«, brachte es eine der Frauen unter der Zustimmung der anderen am Tisch auf den Punkt.

Armer einsamer Wolf, dachte Julia. Vielleicht hatte ihn das Rudel verstoßen, oder er hatte gar kein Rudel mehr, weil seine Kameraden bereits Fallenstellern zum Opfer gefallen waren.

Julia mochte dem Gerede der Frauen, die sich jetzt über die neue Kindergartenleiterin unterhielten, nicht mehr länger zuhören. Sie zahlte und machte sich auf den Heimweg.

* * *

Als Julia in Blackfoot Village ankam, stand Emilys Auto wieder vor dem Haus, und der grüne Jeep war weg. Sie zögerte kurz, überlegte, ob sie bei ihrer Vermieterin vorbeischauen und sich nach deren Großneffen erkundigen sollte. Doch sie wollte nicht aufdringlich sein. Emilys warmherzige Art täuschte nicht darüber hinweg, dass sie ein zurückhaltender Mensch zu sein schien, was sie auch von Eileen wusste. Also beschloss sie, das zu tun, auf das sie sich schon seit Tagen freute: Sie begab sich auf die Langlaufskier. Da sie ungefähr die gleiche Figur wie Eileen hatte, passte ihr deren Skiausrüstung, als wäre es ihre eigene. Zufrieden mit sich und der Welt stopfte sie ihr Haar unter die Wollmütze, griff nach den Stöcken, und ab ging's.

Die Skier pflügten eine frische Spur in den alten Indianertrail, der von Emilys Haus in ein Waldgebiet führte. Die Strecke forderte Julias Kondition einiges ab. Schwer atmend setzte die Sportlehrerin einen Ski vor den anderen. Ihre Stöcke schwangen dabei in der Gegenbewegung rhythmisch mit. Julia liebte und brauchte die Bewegung in der Natur. Ganz anders als Lars, der ihr wieder in den Sinn kam. Sie seufzte. Der Gedanke an ihren Freund legte einen Schatten über ihr Inneres. Merkwürdig. Wann hatte sie dieses süße Gefühl der Verliebtheit, der Leichtigkeit in ihrer Beziehung verloren?

Energisch schüttelte sie den Kopf und beschloss, Lars erst einmal wieder aus ihrem Kopf zu verweisen.

Obwohl sie gut trainiert war, empfand sie die sportliche Betätigung auf dieser für sie noch ungewohnten Höhe als körperliche Anstrengung. Nach etwa drei Kilometern blieb sie atemlos stehen und sah sich um.

Sie kam sich vor wie in einer Wunderwelt. Die Zweige der Fichten bogen sich unter der Last des Pulverschnees. Ab und zu blitzte ein Stück blauer Himmel zwischen der weißen Pracht auf, und die Sonnenstrahlen ließen die Eiskristalle auf den Ästen wie Diamantensplitter funkeln. Herrlich. Sie fühlte sich frei, in Aufbruchstimmung und in ihrem seelischen Gleichgewicht, das in der letzten Zeit in Hamburg ein manches Mal in Schieflage geraten war. Mit neu gewonnener Energie erklomm sie einen Hügel, von dem aus sie über die Baumwipfel einen unverstellten Blick auf die Gipfel der nördlichen Rocky Mountains hatte. Wie erhaben die Berge dort standen, erhaben über alle menschlichen Probleme, die sich zu ihren Füßen ergaben. In ihren Anblick versunken fragte sie sich zum ersten Mal, was passieren würde, wenn sie mit Lars Schluss machen würde. Er würde es überleben, dessen war sie sich sicher. Ohne lange zu reflektieren, würde er ihr kurzerhand die Schuld am Scheitern ihrer Beziehung geben und sich in eine neue Liebe stürzen. Aber wollte sie überhaupt mit ihm Schluss machen? Sie sog die klare Luft tief in sich hinein. Diese Frage musste sie sich nicht hier und heute beantworten. Für diese emporstrebenden Gipfel stellte die Beziehung zwischen ihr und Lars und deren zukünftige Entwicklung nur ein Augenzwinkern in der Ewigkeit dar.

Mit einem entspannten Lächeln glitt Julia den Hügel wieder herunter und machte auf dem Trail kehrt. Genug für einen ersten Ausflug, sagte sie sich.

Es dauerte nicht lange, bis sie Geräusche hinter sich hörte, Geräusche, die sich nicht in die ihr inzwischen vertrauten Laute der Natur einordnen ließen. Ein dumpfes Trommeln, ein Rasseln, ein Hecheln in der Ferne. Dann wurden die Geräusche lauter. Instinktiv brachte sie sich in dem Tiefschnee am Rand des Trails in Sicherheit. Wie gebannt starrte sie zurück in die Richtung, aus der die mutmaßliche Gefahr auf sie zukam.

Nein, das konnte nicht sein, dachte sie plötzlich voller Entsetzen. Unfähig sich zu bewegen, sah sie der Horde weißgrauer Wölfe entgegen, die auf dem Trail geradewegs auf sie zugeprescht kam. Es mochten zwanzig oder sogar noch mehr sein. Der Angstschrei blieb ihr im Hals stecken. Das Blut gefror ihr in den Adern.

»Giddy-up-Go! Heya! Heya!«, klang da eine kraftvolle Männerstimme durch die eiskalte Luft, die ihr Entwarnung gab. Gleichzeitig entdeckte sie, dass die vermeintlichen Wölfe einen Schlitten zogen, auf dem breitbeinig ein Mann stand. Ein Musher mit seinen Schlittenhunden.

Erleichtert atmete sie aus. Bei den Tieren handelte es sich also um Huskys. Huskys, die jedoch mit unverminderter Geschwindigkeit auf sie zurasten. Der Schlittenhundeführer schien sie noch gar nicht entdeckt zu haben.

»Whoaa! Whoaa!«, schrie dieser dann hörbar erschrocken, und prompt verlangsamte sich die Fahrt. Der Leithund blieb stehen, und mit ihm das gesamte Rudel. Der Atem der Tiere malte Rauchfahnen in die Luft. Ihre Geschirre klirrten. Einige begannen empört zu jaulen. Ihr Element war schließlich das Laufen.

»Hi!«, rief der Schlittenhundeführer ihr zu. »Habe ich dich erschreckt?«

Sie hob die Hand mit dem Skistock. »Nur im ersten Moment«, rief sie zurück. »Alles gut.«

Der Musher, von dessen Gesicht sie nur eine schwarze Sonnenbrille sehen konnte, stieg vom Schlitten und kam auf sie zu. Er war mittelgroß und so breit wie ein Bär, wozu auch der gesteppte voluminöse Skioverall mit der Fellkapuze beitragen mochte. Als er die Kapuze zurückschob und die Brille abnahm, sah sie in schwarzbraune Augen. Auf den ersten Blick erkannte sie, dass in den Adern dieses Mannes indianisches Blut fließen musste. Das breite Gesicht, die gegerbte Haut ... Forschend sah er sie an, zog die grauschwarzen Brauen zusammen, als würde er überlegen. Schließlich erschien ein freundliches Lächeln auf seinen Lippen.

»Du kannst nur die deutsche Lehrerin sein, die bei Emily wohnt«, meinte er dann.

»Woher weißt du das?«, fragte Julia erstaunt.

»Ich habe eben noch mit Emily telefoniert. Sie hat dich gesehen, wie du zum Trail gefahren bist, und mich darauf vorbereitet, dass ich dich hier treffen könnte. Außerdem trägst du Eileens Skianzug.«

Julia musste lachen. »Ja, das bin ich.«

Ihr Gegenüber streifte den dicken Handschuh ab. »Ich bin Bill.«

Das war also Bill. Dem graumelierten Haar nach musste er in Emilys Alter sein.

Sie bemühte sich, ebenfalls ihren Handschuh auszuziehen und schlug in Bills große, warme Pranke ein.

»Emily hat schon von dir erzählt«, fuhr Bill zu ihrer großen Verwunderung jetzt in gebrochenem Deutsch fort. »*Eine schöne junge Dame*, hat sie gesagt.« Er lachte sie väterlich an. »Und wie immer hat sie recht gehabt.«

Julia spürte, wie sie errötete.

»Hat Emily dir schon gesagt, dass ich euch morgen zum Potluck eingeladen habe?«

»Ja, vielen Dank.« Sie lächelte ihn herzlich an. »Ich freue mich schon darauf.«

»Wie wir heute Vormittag erfahren haben, muss Timmy übers Wochenende leider noch in der Klinik bleiben«, fuhr Bill mit ernster Miene fort. »Der arme Junge. Er hat schon viel erleiden müssen.« Dann legte sich wieder ein Lächeln auf sein Gesicht, und er verabschiedete sich: »Ich muss weiter. Bis morgen Abend.«

Merkwürdig, dachte Julia, während sie dem Gespann nachsah. Was meinte Bill damit, dass Timmy schon so viel hatte erleiden müssen?

5.

Julia erwachte am nächsten Morgen erholt und erfrischt und freute sich auf ihren ersten Arbeitstag. Er enttäuschte sie auch nicht, zumindest der Vor- und Nachmittag nicht. Julia fühlte sich ganz in ihrem Element. Sie war Lehrerin aus Leidenschaft, und die Arbeit mit ihren kanadischen Schülern machte ihr sogar noch mehr Spaß als die mit ihren deutschen. Die Klassen waren mit fünfzehn Jugendlichen sehr klein, alle Schüler sehr interessiert und diszipliniert. Arme Eileen, dachte sie mehrmals im Laufe des Vormittags. Ihre Kollegin hatte es in dem Hamburger Gymnasium um vieles schlechter angetroffen als sie. Freude am Lernen und Disziplin waren dort Fremdworte. Nach dem Unterricht kaufte sie ein paar Lebensmittel ein, die sie für den Kartoffelsalat brauchte, den sie abends zum Potluck bei Bill mitbringen wollte. Dann war es so weit. Emily holte sie am Spätnachmittag ab, mit Taschen und Tüten beladen.

»Wie viele Leute kommen denn noch?«, wunderte sich Julia, als sie sich auf den Beifahrersitz des roten Pick-ups schwang.

Emily lachte. »Diese Mengen sind für uns normal. Die kanadischen Männer haben immer Hunger.«

»Ich habe Bill gestern beim Skilaufen kennengelernt«, erzählte Julia ihr nun. »Ihn und seine Schlittenhunde.«

»Bill hat es mir schon erzählt. Er trainiert mit ihnen fürs nächste Rennen in Alaska.«

»Macht er das beruflich?«

»Nein, die Hunde sind sein Hobby. Bill war Ingenieur. Er hat viele Jahre lang rund um den Globus gearbeitet und viel

Geld verdient. Jetzt fährt er nur noch Rennen und züchtet seine Sibirian Huskys.«

Der Himmel leuchtete inzwischen in zarten Rottönen. Ein kreisrunder Mond blickte schon auf sie herunter, wie eine helle Lampe zur Orientierung in diesem unendlich weiten Land, über das sich bald der schwarze Mantel der Nacht legen würde.

»Bill ist Meti«, erzählte Emily weiter. »Er stammt aus einer deutsch-indianischen Mischehe. Sein Vater war ein deutscher Ingenieur. Seine Mutter gehört zum Stamm der Blackfoot Indianer. Sie ist Ärztin. Das heißt, heute natürlich nicht mehr. Sie ist schon um die achtzig.«

Mit großen Augen hatte Julia zugehört. »Deshalb also spricht Bill so gut Deutsch. Ich habe über Metis gelesen.«

»Es gibt sie in ganz Kanada. Etwa knapp siebzig Prozent leben in Städten, dreißig auf dem Land und vereinzelte noch in Reservaten.«

»Stammt Bill von hier?«

»Ja, hier aus Blackfoot Village. Genau wie ich. Dort hinten liegt Bills Haus.« Emily zeigte auf ein beleuchtetes Gebäude rechterhand der Straße.

Ein paar Meter weiter fuhren sie in einen holprigen, verschneiten Weg, der auf ein Blockhaus in Hufeisenform zuführte. Im Innenhof brannte ein Feuer. Neben Bills grünem Jeep stand ein silberfarbener Pick-up.

»Sind noch andere Gäste da?«, erkundigte sich Julia erstaunt.

Bevor Emily antworten konnte, öffnete sich die Haustür. Bill trat auf die Veranda und winkte ihnen zu. Er musste Emilys Wagen gehört haben. Dann erschien hinter ihm ein Mann, der ihn um mehr als einen Kopf überragte. Er folgte Bill die Treppe hinunter. Julia erkannte im Licht der Außenlampen, dass er Jeans, ein blaurot kariertes Hemd und derbe Stiefel trug.

Die breite Krempe seines Hutes beschattete sein Gesicht. Wie vom Blitz getroffen blieb sie im Auto sitzen, obwohl Emily bereits ausgestiegen war. Nein. Oder doch? Unsinn. Sie musste sich täuschen. Ihre Fantasie konnte ihr nur einen Streich spielen. Sie hielt den Atem an. Der Hüne trat jetzt auf ihre Beifahrertür zu, öffnete sie. Bevor sie in diese ungewöhnlich blauen Männeraugen sah, erkannte ihre Nase bereits den würzig-holzigen Duft wieder. Es gab keinen Zweifel: Der Mann, der ihr übertrieben höflich die Tür aufhielt, war *Mister Unhöflich* aus dem Mietwagenbüro.

»Das ist Josh, mein Neffe – Josh, das ist Julia, die Austauschlehrerin aus Deutschland«, hörte Julia ihre Vermieterin wie durch Watte sagen.

Josh. Der *Einsame Wolf* namens Josh war also Emilys Neffe. Und Timmy etwa sein Sohn? Hatte *Mister Unhöflich* vorgestern nach der Landung in Calgary so dringend einen Mietwagen gebraucht, um zu seinem Sohn ins Krankenhaus zu fahren? Diese Fragen schossen ihr binnen Bruchteilen einer Sekunde durch den Sinn, während Josh ihr die Hand entgegenhielt, ganz so, als wollte er ihr beim Aussteigen behilflich sein. Immer noch wie in Trance ergriff sie seine Hand. Dieser Mann war ihr in den vergangenen beiden Tagen noch öfter durch den Kopf gegangen. Als sie jetzt vor ihm stand und zu ihm hoch sah, sagte er:

»Mayer.«

Mehr nicht. Nicht besonders überrascht oder gar erfreut, nein, vielmehr signalisierte er, indem er sich ihr in deutscher Manier mit seinem Nachnamen vorstellte, weitmöglichste Distanz.

»Hi.« Sie sah ihn an, immer noch verwirrt, immer noch seine große, warme Hand haltend, deren fester Druck so viel Verlässlichkeit versprach. Sicherheit und Vertrauen.

Josh ließ ihre Hand jetzt los und trat einen Schritt zurück. Er schien Distanz zwischen ihnen schaffen zu wollen, aber vielleicht bildete sie sich das auch nur ein.

»Ich wollte dieses Mal höflich sein und einer Dame aus dem Wagen helfen«, sagte er mit einem Lächeln, das sie eher ironisch als freundlich deutete. Im Schein des lodernden Feuers zu ihrer Linken bemerkte sie das Funkeln in seinen Augen. Ganz eindeutig spielte er auf sein Verhalten in der Mietwagenagentur an.

Verdammt. Immer noch fühlte sie sich außerstande, etwas zu sagen. Niemals hätte sie es für möglich gehalten, diesem Mann tatsächlich noch einmal zu begegnen. Was mochte das Zusammentreffen mit ihm zu bedeuten haben? Sie glaubte nicht an Zufälle.

Josh wandte sich von ihr ab. »Lass mich das tragen.« Mit diesen Worten nahm er seiner Tante die Taschen und Tüten ab.

Julia griff sich an die Stirn. Da war doch noch was ... Ihr Kartoffelsalat. Sie öffnete die hintere Wagentür und hob die Schüssel von der Sitzbank. Josh und Bill stapften schon voran ins Haus. Emily wartete auf sie. Der Blick aus den braunen Frauenaugen ging ihr durch und durch.

»Kennt ihr euch?« Emilys Stimme klang ungläubig.

Julia musste sich räuspern, um möglichst gelassen zu klingen. »*Kennen* wäre übertrieben ausgedrückt. Wir haben uns vorgestern nach der Landung am Flughafen kurz gesehen. In dem Mietwagenbüro. Ich ...« Sie zwang sich zu einem kurzen Lacher. »Dein Neffe hatte sich vorgedrängelt, und ich war nicht gerade sehr erfreut darüber.«

»Wahrscheinlich war er so aufgeregt. Ich hatte ihn sofort nach der Landung angerufen und ihm von Timmys Unfall erzählt. Denn ursprünglich hatte ich ihn vom Flieger abholen wollen.«

Julia lachte noch einmal, hörbar gezwungen in ihren Ohren. »Keine Sorge, ich habe ihm verziehen.«

Diesem Mann würde ich wahrscheinlich so einiges verzeihen, fügte sie in Gedanken hinzu. Joshs sinnliche Ausstrahlung hatte sie auch jetzt wieder mit voller Wucht getroffen. Und wieder glaubte sie die Aura, die diesen Mann umgab, mit den Händen greifen zu können, diese Aura von Stärke und Unabhängigkeit – und Einsamkeit.

Einsamkeit?, rief sie sich ins Bewusstsein. Von wegen. Diese Einsamkeit bildete sie sich nur ein. Vermutlich gehörte sie auch zu den weiblichen Wesen, deren Herzen besonders von einsamen Wölfen berührt wurden. Die Wahrheit war, dass sie von Anfang an recht gehabt hatte: Mister Mayer hatte Kind und Frau. Und diese wartete bestimmt schon in Bills Haus auf sie.

* * *

Julia folgte Emily in das große Blockhaus, das ähnlich eingerichtet war wie das ihrer Vermieterin. An den Wänden hingen kapitale Geweihe, auf den Holzdielen lagen Felle und in der Mitte des riesigen Wohnraumes stand ein langer Tisch.

»Komm mit in die Küche«, forderte Emily sie auf. »Bill möchte bestimmt zur Begrüßung erst einmal ein Bier mit uns trinken.«

Bill und Josh standen vor dem fast deckenhohen Kühlschrank und öffneten gerade vier Flaschen, die der Hausherr auf Deutsch mit den Worten verteilte: »Willkommen in meinem Wigwam. Zum Wohl.«

»Zum Wohl«, stimmten die beiden Frauen ein.

Josh schwieg. Ganz zwanglos stießen sie mit den Flaschen an.

»Ihr müsst nicht mir zuliebe Deutsch sprechen«, sagte Julia, nachdem sie einen Schluck getrunken hatte. Sie lächelte die beiden Älteren herzlich an und vermied es, Josh anzusehen. Diese ungewöhnlichen Männeraugen setzten Empfindungen in ihr frei, die sie lieber gar nicht erst haben wollte.

»Die deutsche Sprache ist die Sprache meines Vaters«, erwiderte Bill. »Ich pflege sie. Wir untereinander sprechen Englisch.«

»Es sei denn, Timmy ist dabei«, wandte Emily ein. »Der Junge wächst zweisprachig auf. Wie Josh früher. Mein Schwager hatte großen Wert darauf gelegt.«

Obwohl gerade von Josh die Rede war, tat dieser so, als wäre er überhaupt nicht anwesend. Nachdem er ein paar Schlucke getrunken hatte, machte er sich daran, auf einem Holzbrett das Fleisch fürs Barbecue zu verteilen. »Wollen wir?« Auffordernd, ja fast ungeduldig, sah er Bill an.

»Lass uns das machen«, meinte Emily mit sanftem Lächeln und nahm ihm das Brett aus der Hand. »Bill und ich bedienen den Grill, und ihr beide könnt alles andere hier drinnen richten.«

Oh weia, dachte Julia. Mit *ihr beide* meinte Emily ganz eindeutig sie und Josh. Wen sonst? Joshs Frau hatte sich noch nicht blicken lassen. Womöglich war sie gar nicht da. Vielleicht ist sie bei ihrem Sohn im Krankenhaus, ging ihr weiter durch den Kopf, während sie unsicher in der Küche stehen blieb, nachdem Emily und Bill nach draußen gegangen waren. Wie würde es jetzt weitergehen?

»Ich kümmere mich mal ums Feuer im Kamin«, murmelte *Mister Unhöflich*, ohne sie eines Blickes zu würdigen, und verschwand in dem Ess- und Wohnbereich, den eine Theke von der offenen Küche trennte.

Blödmann. Welch ein ungehobelter Klotz. Keinerlei Manieren. Wenn alle kanadischen Männer so waren ...

Ein wenig hilflos blieb sie erst einmal stehen und sah sich um. Schließlich straffte sie sich. Nun gut, dann eben nicht. Sie würde sich diesem Typen nicht aufdrängen.

Beherzt griff sie nach den beiden Schüsseln mit den Salaten, klemmte sich Emilys selbst gebackenes Brot unter den Arm und schritt erhobenen Hauptes in den Wohnraum, wo sie alles auf den langen Tisch stellte. Josh kniete derweil vorm Kamin und stocherte so heftig in den Holzscheiten herum, dass das Feuer fauchend aufloderte. Durch das Sprossenfenster konnte sie Emily und Bill sehen. Die beiden standen an dem Barbecuegrill und lachten über irgendetwas. Dabei berührte Emily in liebevoller Geste Bills Wange.

Dieses Bild inniger Harmonie berührte Julias Herz. Zwei, drei Sekunden lang hielt sie in der Bewegung inne und spürte dem Gefühl nach, das in ihr hochstieg. War es Sehnsucht? Die Sehnsucht nach einer ebenso zärtlichen Geste? War es gar der Anflug von Heimweh – so weit weg von der vertrauten Umgebung, den ihr vertrauten Menschen? Plötzlich dachte sie an Lars, der eine Frau niemals so behandeln würde wie dieser Josh Mayer, der ihr seinen breiten Rücken bot, während er mit den züngelnden Flammen kämpfte.

»Die Sache mit deinem Sohn tut mir leid.« Julia wunderte sich selbst, plötzlich ihre Stimme zu hören. Ohne es zu wollen, war ihr der Satz wie von selbst über die Lippen gekommen. Vielleicht tat sie diesem Mann auch unrecht. Vielleicht litt er so sehr unter dem Unfall seines Kindes, dass ihn nichts anderes interessierte.

Im Zeitlupentempo stand Josh auf und drehte sich zu ihr um. Sie konnte seinen Blick nicht deuten.

»Es ist nicht so schlimm, wie ich befürchtet hatte«, erwiderte Josh, ging zu der schweren Holztür und verschwand ebenfalls draußen auf dem Hof.

Unglaublich. Völlig verdattert blieb sie stehen, unfähig, sich zu regen. Was hatte dieser Typ bloß gegen sie? Noch während sie um Fassung rang, kam Emily wieder herein. Schaudernd stellte sie sich vor den Kamin.

»Brrrr. Ist das kalt draußen.« Sie lächelte Julia an. »Trinken wir beide ein Glas Weißwein zum Barbecue?«

Julia schluckte und zwang sich, zurückzulächeln. »Gern.«

Beide machten sich nun daran, den Tisch zu decken. Emily hatte an alles gedacht, sogar an Bestecke für Bill und Josh.

»Teller und Gläser muss Bill stellen«, entschied sie. »Bevor wir gehen, spülen wir alles.« Sie lachte belustigt auf, während sie die braunen Augen zur Holzdecke schlug. »Du weißt ja, Männer...« Sie nahm jeweils vier Teller und zwei Gläser aus dem Schrank. »Die beiden trinken aus den Flaschen. Hoffentlich stört dich das nicht.«

Julia schüttelte den Kopf. »Überhaupt nicht.«

Nur vier Gedecke also, ging ihr durch den Kopf. Das bedeutete, dass Joshs Frau nicht hier sein konnte. Nur ganz kurz dachte sie daran, Emily auf Timmys Mutter anzusprechen. Dann jedoch beschloss sie, lieber den Mund zu halten. Was ging es sie an? Und überhaupt. Keine Frau war zu beneiden, die einen so sturen Kerl zum Ehemann hatte. Dennoch. Wenn sie ehrlich zu sich sein sollte, traf sie auch jetzt Joshs starke sinnliche Ausstrahlung wieder mit voller Wucht, sosehr sich ihr Verstand auch dagegen wehrte.

»Bills Haus ist sehr groß«, bemerkte sie, um sich von ihren ungesunden Gedanken abzulenken.

»Er fühlt sich eingesperrt in kleinen Häusern«, erklärte Emily ihr. »Ich habe ihm schon mehrmals vorgeschlagen, ein paar Zimmer zu vermieten, aber er will keine Fremden in seinem Wigwam haben.« Liebevoll drapierte sie die Servietten, die Julia mitgebracht hatte, auf den Tellern, trat zurück und begutachtete ihr Werk, während sie weitersprach. »Während der Sommermonate vermiete ich zwei Zimmer an Touristen. Dadurch lerne ich immer interessante Leute kennen. Jetzt im Winter jedoch wollen die Wintersportler möglichst in den Skigebieten wohnen, nahe an den Pisten. Im Sommer dagegen haben wir viel Tourismus hier in der Gegend. Nur ein paar Kilometer von Blackfoot Village entfernt gibt es sogar ein Feriendorf mit zehn Hütten. Von dort aus wandern die Leute durch den Nationalpark, angeln oder steigen auf die Berge. Im Winter sind die Hütten geschlossen, weil die Nachfrage zu gering ist.«

Dankbar darüber, dass Emily erst einmal die Unterhaltung bestritt, hatte Julia zugehört. Jetzt erkundigte sie sich: »Wo sind eigentlich die Huskys? Ich habe noch keinen Hund bellen hören.«

»In den Stallungen. Dort ist es kalt, so wie sie es mögen. Sie kommen nur selten ins Haus, obwohl Bill grundsätzlich nichts dagegen hat. Er liebt die Hunde über alles, aber hier drinnen ist es ihnen zu warm.«

Im nächsten Moment öffnete sich die Haustür, und Josh betrat den Raum. Mit ihm wehte ein eiskalter Luftstrom herein.

»Ich brauche eine Flasche Braunbier«, sagte er zu Emily. Dabei ging er an Julia vorbei in die Küche zum Kühlschrank.

»Wir übergießen das Fleisch gerne mit Braunbier. Das gibt einen guten Geschmack«, erklärte Emily ihr.

Ohne ein weiteres Wort verließ Josh den Raum. Emily sah ihm nach, und Julia täuschte Geschäftigkeit vor, indem sie die beiden Schüsseln auf dem Tisch zurechtrückte. Joshs Verhalten machte sie befangen. Es signalisierte ihr, dass sie von ihm nicht gerade willkommen geheißen wurde. Aus welchem Grund auch immer.

»Das ist Josh«, hörte sie Emily in liebevollem Ton sagen. »Lass dich nicht täuschen. Josh ist...« Die Ältere verstummte.

Julia sah sie an, wartete auf das Ende des Satzes. Vielleicht eine Erklärung für Joshs Verhalten, aber sie kam nicht. Stattdessen strich ihr Emily kurz über den Arm. »Das hat nichts mit dir zu tun. Ganz bestimmt nicht.«

Emilys Worte beruhigten Julia erst einmal, und sie entspannte sich ein bisschen.

Als alle am Tisch saßen, nahm sie sich vor, noch einmal ohne Vorbehalte auf Josh zuzugehen, wie sie es bei jedem anderen getan hätte, mit dem sie in einer gemütlichen Runde gesessen hätte. Sie lächelte ihn an.

»Du warst in der gleichen Maschine wie ich«, begann sie leichthin das Gespräch.

»Ich war in München. Ich habe Holzhäuser verkauft«, lautete Joshs Antwort, die von einem undurchdringlichen Blick aus diesen ungewöhnlich blauen Augen begleitet wurde.

Immerhin, er ging auf ihr Geplauder ein, stellte sie zufrieden fest. Durch sein Entgegenkommen ermuntert, wiederholte sie: »Holzhäuser?«

»Ich besitze ein Sägewerk. Eine Stunde Fahrzeit von hier entfernt. Seit kurzem baue ich auch Holzhäuser aus kanadischer Fichte. Fertigteile, die ich nach Deutschland verschicke. Dort arbeite ich mit einer Firma in München zusammen.«

Wow! Dieser Mann beherrschte ja doch eine ganz normale Konversationsweise, wenn er sich beim Reden auch mehr dem Zerschneiden seines Steaks widmete als ihr.

»Joshs Vater, also mein Schwager, stammte aus der Nähe von München. Er war Holzfäller und hat das Sägewerk hier gegründet«, fuhr Emily in eifrigem Ton fort, während Josh kaute.

Julia wusste, dass Joshs Eltern nicht mehr lebten. Wie mochten sie gestorben sein?, fragte sie sich im Stillen. Angesichts der verschlossenen Miene ihres Gegenübers wagte sie jedoch nicht, diese Frage zu stellen. Sie bemerkte, wie Emily und Bill über den Tisch hinweg einen Blick miteinander wechselten, einen Blick des Einverständnisses, voller Harmonie, der verriet, dass die beiden mehr miteinander verband als nur eine Jugendbekanntschaft. Sie mussten schon viel zusammen erlebt und vielleicht sogar erlitten haben, was ein starkes Band zwischen ihnen geschaffen hatte. Bevor sie erneut das Gefühl von Sehnsucht einholen konnte, wechselte sie rasch das Thema und erzählte von dem Gespräch der jungen Frauen, das sie in dem Café in Banff mitbekommen hatte.

»Es soll eine trächtige Wölfin sein.«

»Eine trächtige Wölfin?«, fragte Josh in hartem Ton. »Dass ich nicht lache. Wölfe paaren sich im Winter und bekommen ihre Jungen Ende April, Anfang Mai.« Mit verständnisloser Miene schüttelte er den Kopf. »Die Menschen geraten gleich in Panik, wenn von Wölfen die Rede ist. Wölfe hat noch nie jemand gewollt. Für romantische Geschichten sind sie gut, aber wenn einer auf dem eigenen Grundstück auftaucht, greift man gleich zur Waffe.«

»Das heißt ...?« Julia sah ihn verwirrt an.

»Das heißt, diese Wölfin kann nur ein wilder Hund sein. Farmer, die in die Städte gehen, lassen ihre Tiere manchmal zurück. Oder auch Touristen, die im Sommer hier campen.« Er spuckte die Sätze geradezu voller Verachtung aus. »Ja, so sind die Menschen.«

»Egal ob Hund oder Wolf«, ereiferte sie sich. »Jemand sollte dafür sorgen, dass das Tier Futter bekommt. Dann wird es auch nicht in die Zivilisation eindringen und dort vielleicht aus Hungersnot Schaden anrichten.«

Ein langer, ruhiger Blick aus Joshs Augen traf sie. »Du magst Tiere?«

»Ich liebe sie«, bekräftigte sie. »Deshalb kann ich auch nicht verstehen, dass man die Hündin einfach erschießen will, zumal sie noch trächtig sein soll. Hat sie Chancen, am Leben zu bleiben und ihre Welpen zu bekommen?« Diese Frage lag ihr auf der Seele.

»Wohl kaum, wenn in Banff Jagd auf sie gemacht wird«, erwiderte Emily in bitter klingendem Ton. »Die winterlichen Temperaturen tun ihr Übriges dazu. Woher soll sie Futter bekommen?«

Julia legte das Besteck zur Seite. Sie konnte ihr Steak nicht mehr weiteressen. Sie blickte zu Josh hinüber, der ebenfalls Gabel und Messer niedergelegt hatte.

»Eine Schweinerei ist das«, sagte er mit düsterer Miene. »Davon wusste ich nichts. Ich werde mich morgen drum kümmern. Ich bin aktives Mitglied beim Naturschutzbund. Unser Büro ist in Banff. Wir müssen etwas tun, bevor irgendwelche schießwütigen Familienväter in dieser Sache tätig werden.«

Julia konnte den Blick nicht von ihm wenden. Seine Worte empfand sie wie eine Zauberformel zum Kern seines verschlossenen Wesens. Er liebte Tiere genauso wie sie. Ein Mensch, der Tiere liebte, konnte kein schlechter Mensch sein. Vielleicht versteckte sich ja unter dieser so unsympathisch wirkenden Schale ein weicher Kern.

Sie wollte gerade etwas Freundliches zu ihm sagen, etwas Zustimmendes, als Bill ihn fragte: »Begleitest du mich morgen beim Hundetraining?«

Josh schüttelte den Kopf. »Ich fahre morgen Mittag zu Timmy, und am Spätnachmittag kommt Amy.«

»Hierher?« Bill zog die Brauen hoch.

Josh nickte. »Sie bringt mir Unterlagen und möchte Timmy

im Krankenhaus besuchen. Es wäre Zeitverschwendung, morgen Nachmittag in die Firma zu fahren, wenn ich übermorgen wieder bei Timmy sein will.«

»In Ordnung.«

»Wann fährst du wieder nach Hause?«, fragte Emily ihren Neffen.

»Ich dachte an Sonntagnachmittag. Dann könnte ich ab Montag wieder im Sägewerk bei meinen Leuten sein.« Josh zögerte sichtlich. »Könntest du Timmy Anfang der Woche aus dem Krankenhaus abholen? Nach Aussagen der Ärzte darf er dann wieder in den Kindergarten gehen. Entweder hole ich ihn dann zum übernächsten Wochenende nach Hause oder Amy.«

»Klar, kein Problem«, erwiderte seine Tante. »Ich freue mich schon darauf, wenn der Junge wieder da ist. Das Haus ist so leer ohne ihn.« Und an Julia gewandt fügte sie hinzu: »Timmy lebt die Woche über bei mir. Dort, wo Josh wohnt, gibt es keinen Kindergarten.«

Julia bemühte sich um ein Lächeln. *Amy* ... So hieß sie also, Timmys Mutter. Wahrscheinlich arbeitete Amy mit ihrem Mann zusammen im Sägewerk und hatte während der Woche zu wenig Zeit, um sich um den Jungen zu kümmern. Nun gut. Amy war der Grund dafür, dass Josh keine Augen für sie hatte. Dass er dabei gleich so unhöflich sein musste, mochte daran liegen, dass er keine so gute Erziehung genossen hatte wie beispielsweise Lars, der wusste, wie man sich einer Frau gegenüber zu verhalten hatte, auch wenn man nicht gleich etwas mit ihr anfangen wollte. Vielleicht war Amy aber auch besonders eifersüchtig, was man in Anbetracht des Aussehens und der sinnlichen Ausstrahlung ihres Ehemannes sogar verstehen konnte. Um keine Schwierigkeiten zu bekommen, mochte Josh sich gar nicht erst bei einer anderen Frau in Versuchung bringen wollen.

All diese Gedanken flogen Julia wie aufgescheuchte Bienen durch den Kopf, während das Gespräch am Tisch weiterging. Sie zuckte zusammen, als Josh geräuschvoll seinen Stuhl zurückschob.

»Ihr entschuldigt mich, ich muss noch arbeiten.«

Genauso verblüfft wie sie waren auch Emily und Bill. Sichtlich verwirrt sahen sie zu Josh hoch.

»Bist du denn schon satt?«, fragte Emily.

»Jetzt noch arbeiten?« Bill zog die Brauen zusammen.

»Ja«, lautete Joshs knappe Antwort. Und dann wurde *Mister Unhöflich* plötzlich höflich. Er lächelte Julia an, und zwar so einzigartig, dass ihr Herzschlag ins Stolpern geriet, verbeugte sich förmlich vor ihr und sagte: »Ich wünsche dir eine schöne Zeit in Kanada. Ich glaube, du passt ganz gut hierhin. Leute, die Wölfe lieben...« Er räusperte sich, zuckte mit den breiten Schultern. »Okay, dann gehe ich mal nach oben.«

Er verließ den Raum, und das Tischgespräch ging irgendwie weiter. Julia beteiligte sich natürlich daran, stellte Fragen, gab Antworten, lachte mit Emily und Bill, fühlte sich wohl – und doch war ihr bei alledem zumute, als hätte Josh etwas von ihr mitgenommen. Obwohl ihr niemand etwas anmerkte – so hoffte sie –, waren ihre Gedanken bei dem Mann, dessen Wesen ihr Rätsel aufgab. Und der sie faszinierte wie noch keiner jemals zuvor.

6.

Als Emily und Julia nach Hause fuhren, lagen die Wälder in tiefer Dunkelheit. Ein eisiger Wind war aufgekommen. Er brachte die Bäume zum Rauschen und trieb Schneeschleier über die Straße. Der Himmel war klar. Mond und Sterne warfen ein geheimnisvolles Licht aufs Land, genauso geheimnisvoll wie Julia der Mann namens Josh erschien.

Die beiden Frauen schwiegen in harmonischem Einverständnis. Der Abend war schön gewesen, und doch kämpfte Julia gegen das Gefühl einer tiefen Enttäuschung an, die sie selbst nicht verstand und derentwegen sie sich kritisierte.

Als Josh bei ihrer Ankunft auf Bills Anwesen so völlig unerwartet vor ihr aufgetaucht war, hatte sie sich tief im Innern doch etwas anderes von diesem Abend erhofft, oder? Vielleicht eine Annäherung zwischen ihnen? Zumindest ein nettes Gespräch. Oder einen kleinen Flirt sogar? Doch *Mister Unhöflich* war verschlossen geblieben wie eine Auster. Das mochte daran liegen, dass er bereits vergeben war und es offensichtlich sehr ernst mit der ehelichen Treue nahm – was ihn wiederum ehrte. Sie dagegen interessierte sich, obwohl ebenfalls bereits vergeben, ganz offensichtlich inzwischen für andere Männer – was sie nicht ehrte. Hatte Lars das verdient? Eindeutig nicht. Lars liebte sie.

Mit einem Mal überfiel Julia ein schlechtes Gewissen. Seit sie in Kanada gelandet war, beschäftigten sie alle anderen Menschen mehr als ihr zukünftiger Verlobter. Und nicht nur das. Noch gestern Morgen hatte sie Lars vor den Kopf gestoßen, hatte ihn tief verletzt, als sie seinen lieb gemeinten Plan, sie zu besuchen, so brutal abgeschmettert hatte.

»Du bist so still. Hat dir der Abend nicht gefallen?«

Es war Emilys sanfte Stimme, die sie aus ihren Gedanken riss.

»Doch, natürlich«, beeilte sie sich zu sagen. »Ich habe mich sehr wohlgefühlt, und ich bin wirklich sehr glücklich, hier zu sein.«

»Timmys Unfall hat Josh stark mitgenommen.« Emilys Bemerkung klang wie eine Entschuldigung. Eine Entschuldigung für das kühle Verhalten ihres Neffen ihr gegenüber?

Und Timmys Mutter?, wollte Julia schon fragen, doch sie verkniff sich ihre Neugier. Stattdessen antwortete sie etwas lahm: »Aber Timmy geht es doch schon wieder besser.«

»Ja. Es war bei Josh wohl eher das Déjà-vu-Erlebnis, als ich ihm bei seiner Landung in Calgary am Telefon davon erzählte.«

Déjà-vu? Was meinte Emily denn damit?

»Lassen wir das«, wiegelte die Ältere nun auch sofort ab, und sie wagte nicht nachzufragen.

In der Ferne war jetzt ein Licht zu sehen, das von Emilys Haus.

»Danke schön für den Abend«, sagte Julia, als sie ausstiegen. »Bill ist sehr, sehr nett.«

Emily seufzte. »Ja, aber leider auch sehr, sehr schwierig. Wir sind befreundet.«

Also nicht liiert?

»Bill liebt seine Freiheit über alles, aber vielleicht irgendwann...?« Emily hob den Blick zu den Sternen, die von dem unendlich weiten, schwarzen Himmel auf sie herunterblinkten, als würde sie dort oben eine Antwort auf ihre Frage finden können. Dann lächelte sie. »Wir können nichts erzwingen. Es gibt auch eine Liebe, die sich niemals erfüllt. Aber ist es nicht besser, überhaupt zu lieben, als niemals dieses große Gefühl gehabt zu haben? Und gehört zur großen Liebe nicht auch der Schmerz? Ist beides nicht eng miteinander verbunden?«

Julia schluckte. Emilys offene, sehr persönliche Worte, die sie so völlig unvorbereitet trafen, berührten sie tief. Zum ersten Mal bot ihr Emily einen Einblick in die Seele.

»Komm, lass uns schlafen gehen. Du musst morgen wieder früh aufstehen.« Julia spürte Emilys Arm um ihre Schultern, eine mütterliche Geste, die ihr guttat.

* * *

Nachdem die beiden Frauen sich voneinander verabschiedet hatten, ging Julia zu ihrer Wohnung hinüber.

Wie war das denn bisher bei ihr gewesen mit der Liebe?, überlegte sie, während sie die Stiefel auf der Veranda auszog. War sie ihr schon einmal begegnet, der großen Liebe? Nein. In Lars war sie verliebt, ja. Aber war es Liebe? Nicht nach Emilys Definition. Sie hatte weder Abschiedsschmerz empfunden, noch empfand sie jetzt den Schmerz der Sehnsucht.

Ein Blick auf ihr Smartphone verriet ihr, dass sie in der Zeit ihrer Abwesenheit keinen Anruf erhalten hatte. Insgeheim hatte sie damit gerechnet, Lars hätte sich bei ihr gemeldet. Dem war jedoch nicht so. Hatte sie ihn vergrault? Kaum. Lars war ein Kämpfer. So lange er sie liebte – auf seine Art liebte –, würde er nicht einfach aufgeben. Aber vielleicht hatte auch er inzwischen erkannt, dass sie nicht *seine* große Liebe war. Dachte Lars überhaupt in diesen Kategorien? Kannte er den Liebesschmerz, der laut Emily stets mit einer großen Liebe verbunden war? Nein. Lars war ein Sohn der Sonne, der weder Schatten noch Liebesschmerz kannte.

Julia biss sich auf die Lippe, sah sich in dem für sie noch immer etwas fremden Wohnraum um. Plötzlich überfiel sie eine tiefe Traurigkeit, die sie vielleicht an diesem kalten Winterabend in Kanada mit sich gerissen hätte, wenn sie nicht im nächsten Moment einen Klingelton gehört hätte. Es war nicht der ihres Smartphones, der sie aus ihrer trüben Stimmung riss, sondern der von Eileens Telefon.

Unschlüssig blieb sie stehen. Wegen der Gesprächskosten hatte sie mit ihrer kanadischen Kollegin verabredet, die jeweiligen Festnetzanschlüsse nicht zum Anrufen zu benutzen. Wie sie jedoch jetzt erkannte, rief Eileen sie mit dem Handy an. Erleichtert lächelte sie in sich hinein. Eileen hielt sich also an Verabredungen. Das gefiel ihr. Was mochte sie auf dem Herzen haben?

»Hi, ich bin es, Eileen«, klang da auch schon die fröhliche Stimme der Kanadierin an ihr Ohr. »Ich habe deine Handynummer irgendwo verlegt. Schläfst du schon?«

Julia musste lachen. »Nein, aber du solltest längst schlafen. In Hamburg muss es doch jetzt in den frühen Morgenstunden sein.«

»Ich habe mir extra den Wecker gestellt, um dich um diese Zeit erreichen zu können.«

»Ist etwas passiert?«

»Überhaupt nicht. Im Gegenteil. Alles ist super. Dieses Hin- und Hermailen finde ich nur so lästig. Am Telefon kann man sich doch viel besser unterhalten.«

Nun legte Eileen in ihrer lebhaften Art auch schon los. Sie berichtete ausführlich, wie es ihr in Hamburg erging, schwärmte von einem bestimmten Lehrer, der im Kollegium als Draufgänger bekannt war, und erzählte, dass sie fast jeden Abend unterwegs sei. All das bestätigte Julia in ihrem Eindruck, dass Eileen das Leben und die Männer liebte.

»In einer Stadt wie Hamburg zu leben ist etwas ganz anderes als in Blackfoot Village«, fuhr Eileen fort. »Daran könnte ich mich gewöhnen. Hier ist immer etwas los. Man lernt ständig neue, interessante Typen kennen. Und die vielen Discos, Bistros, Restaurants. Von den Boutiquen gar nicht zu reden. Ich habe schon fast mein gesamtes Monatsgehalt ausgegeben.« Sie seufzte laut. »Das alles werde ich vermissen, wenn ich wieder in Kanada sein werde.«

»Und ich werde die herrliche Natur hier vermissen«, erwiderte Julia.

Eileen lachte. »Wollen wir tauschen?«

»Ich hätte nichts dagegen.«

»Warte mal ab. Wenn du erst mal ein Vierteljahr in dieser Wildnis gelebt hast, geht dir die Ruhe mächtig auf die Nerven.«

Das glaube ich nicht, wollte Julia schon erwidern, doch wahrscheinlich würde ihr die lebensmuntere Eileen sowieso nicht glauben.

»Wie geht es Emily und Timmy?«

Julia erzählte ihr, dass der Junge zurzeit im Krankenhaus lag, aber Eileen wechselte schnell wieder das Thema und teilte ihr in begeistertem Ton mit, dass sie am bevorstehenden Wochenende mit ein paar Leuten nach Sylt fahren wolle.

»Wie kommst du denn mit den Schülern klar?«, erkundigte sich Julia.

Stille. Dann klang Eileens unbeschwertes Lachen an ihr Ohr. »Well, in diesem Punkt hast du es eindeutig besser angetroffen als ich. Die Kids hier sind total stressig, aber vielleicht finde ich ja einen reichen Mann und trete aus dem Schuldienst aus.«

Dann gab es auch nicht mehr viel zu sagen. So empfand es Julia zumindest. Sie hatte die temperamentvolle Eileen auf den ersten Blick gemocht, aber bis auf den gleichen Beruf und das

Bedürfnis, eine Zeitlang in einem anderen Land zu unterrichten, hatten sie nur wenig gemeinsam.

Nach dem Telefonat fühlte sich Julia hellwach und unruhig. Eileen hatte sie an das Leben erinnert, das sie bis vor wenigen Tagen noch selbst in Hamburg geführt hatte. Durch Lars hatte sie so viel Neues kennengelernt, neue Leute, Restaurants, Freizeitbeschäftigungen. Anfangs hatte ihr dieses Leben gefallen.

Was mochte er jetzt ohne sie machen? Blieb er abends allein zu Hause? Bestimmt nicht. Mit einem Lächeln auf den Lippen sah sie ihn vor sich: zurückgelehnt in einem Sessel, die langen Beine lässig übereinandergeschlagen, mit einem unbeschwerten Lachen auf dem Gesicht. In der rechten Hand, an deren kleinem Finger ein Siegelring steckte, hielt er ein Zigarillo, mit der linken gestikulierte er lebhaft, während er in geselliger Runde irgendeine lustige Story zum Besten gab. Dabei vergaß er niemals, dass sie neben ihm saß. Mit einem liebevollen Blick, einem Zwinkern, einer zärtlichen Berührung oder der Frage *»Stimmt doch, Süße, oder?«* bezog er sie bei seinen Selbstdarstellungen stets mit ein.

Julia schluckte. Und plötzlich war sie da, die Sehnsucht, das Gefühl, dass ihr dieser Mann, der so ganz anders war als sie, fehlte. Lars passte nicht nach Kanada und sie eigentlich nicht in sein Leben, aber sie kannten sich jetzt ein Jahr. Sie waren ein Paar, gehörten in den Augen der anderen zusammen, waren einander vertraut. Sie mochte ihn, wollte ihn nicht verlieren.

Aus dieser spontanen Regung heraus griff sie, ohne lange zu überlegen, zum Smartphone und drückte Lars' Festnetznummer. Nach dreimaligem Klingeln meldete sich der Anrufbeantworter. Sie wartete. Lars hatte in seiner Penthauswohnung in jedem Raum einen Telefonanschluss, auch neben seinem Bett. Und er ließ sich keinen Anruf entgehen. Außerdem besaß er einen leichten Schlaf. Doch in diesen frühen Morgenstunden ging er nicht ans Telefon. Leicht irritiert wählte sie seine Mobilfunknummer, auf der sie ebenfalls nur die Mailbox erreichte. Schließlich gab sie auf. In wenigen Stunden, wenn er wach wurde, würde er ja sehen, dass sie ihn angerufen hatte, sagte sie sich, während sie sich bettfertig machte. Bestimmt würde er sie umgehend zurückrufen.

So sehr Julia in den folgenden Minuten ihren Verstand bemühte, so wenig gelang es ihr, das Gefühl innerer Unruhe loszuwerden. Es hielt sie hellwach. Schließlich kochte sie Tee und stellte sich mit der dampfenden Tasse vor die Fensterfront.

Der Himmel hatte sich zugezogen. Kein Stern war mehr zu sehen. Nur der Schnee strahlte noch Helligkeit ab. Wind blies über die Lichtung und trieb den Schnee wie schäumende Gischt vor sich her. Tiefe Einsamkeit lag über der Landschaft, die sich auch in ihrem Innern niederschlug. War es richtig gewesen, den Austausch zu machen?

Ob sie sich den Schatten, der plötzlich in dem treibenden Schnee auftauchte, nur einbildete, konnte Julia nicht sagen. Sie hielt den Atem an. War da nicht auch ein Laut zu hören? Ein lang gezogener, klagender Laut, der sich unter das Zischen des Windes mischte. Die Härchen in ihrem Nacken stellten sich hoch. Sie kniff die Lider zusammen, doch ihre Sicht wurde dadurch nicht schärfer. Dann war der vermeintliche Schatten so schnell wieder verschwunden, wie er gekommen war. Das lang gezogene Jaulen jedoch klang noch als dumpfes Echo in ihrem Herzen nach. Hatte sie etwa gerade die trächtige Hündin gesehen, die von allen gejagt wurde? War sie in dieser Gegend? Oder hatte ihr ihre Fantasie einen Streich gespielt?

Bis weit nach Mitternacht wurde Julia ihre eigenartige, bedrückte Stimmung nicht los. Der Wind hatte sich längst gelegt, der Himmel war wieder aufgerissen und gab den Sternen den Blick auf die Erde erneut frei. Immer wieder trat Julia an die hohe Fensterfront, in der Erwartung, hinten am Waldrand eine Bewegung wahrzunehmen. Doch alles blieb regungslos und still.

※ ※ ※

An diesem Morgen wurde Julia nicht von Lars geweckt. Sie war sich sicher, dass er gesehen hatte, dass sie ihn angerufen hatte. Wahrscheinlich schmollte er. Nun gut, nach der Schule würde sie ihn noch einmal anrufen. Nachdem sie ihn derart vor den Kopf gestoßen hatte, lag es nun an ihr, auf ihn zuzugehen.

Ihre Arbeit mit den Schülern ließ sie an diesem Vormittag schnell wieder ihren zukünftigen Verlobten vergessen. Auch die fröhlichen Gespräche mit ihren Kolleginnen und Kollegen in den Pausen trugen dazu bei, dass sie erst einmal nicht mehr an Lars dachte. Nur zu gern sagte sie der Verabredung mit zwei Kolleginnen zum Skilaufen am Samstag zu.

»Wir Kanadier bevorzugen wildes Terrain«, sagte die eine von beiden augenzwinkernd zu ihr. »*Powder stash* nennen wir die kleinen Tiefschneeflächen am Pistenrand, die von Freaks stets zuerst befahren werden, auch wenn am Morgen eine frisch präparierte Piste lockt. Bist du schon mal Tiefschnee gefahren?«

Julia schüttelte den Kopf. »Noch nicht, aber ich mache alles auf Skiern. Gerade das Neue ist doch reizvoll.«

Die beiden jungen Frauen lachten sie an. »Dann bist du bei uns genau richtig.«

»Du machst alles auf Skiern?«, fragte Andy, der Sportlehrer, der der Schwarm all ihrer Kolleginnen war, wie sie gleich am ersten Schultag bemerkt hatte. Er hatte ihre Unterhaltung im Lehrerzimmer mitbekommen. »Wie sieht es denn mit Heliskiing aus? Schon mal gemacht?«, erkundigte er sich zwinkernd.

Sie zwinkerte zurück. »Noch nicht, aber das kann ja noch werden.«

»Ein Freund von mir besitzt einen Helikopter, mit dem wir öfter nach British Columbia fliegen. Das ist die einzige Provinz Kanadas, in der Heliskifahren erlaubt ist. Hast du Sonntag Zeit? Dann könntest du dich anschließen. Eileen ist oft mit mir dort gewesen. Es hat ihr immer gut gefallen.« Der Tonfall, der in seinem letzten Satz mitschwang, ließ Julia vermuten, dass er nicht nur das Heliskiing meinte.

Sie lächelte in sich hinein. Eileen ... Ob sie mit Andy eine Affäre gehabt hatte?

»Vielleicht komme ich irgendwann auf dein Angebot zurück«, erwiderte sie. »Auf das Heliskiing, meine ich«, fügte sie mit bedeutsamem Blick hinzu.

In der nächsten Pause checkte Julia im Computerraum der Schule ihre E-Mails. In Banff war die Internetverbindung sehr viel schneller als in Blackfoot Village. Ihre Schwester Corinna sowie ihre Mutter hatten ihr geschrieben. Beide wollten Neuigkeiten aus Kanada erfahren. Sie nutzte die zwanzigminütige Pause, um den beiden zu antworten. Lars hatte sich nicht gemeldet, was sie eigentlich auch nicht erwartet hatte. Er nutzte diese Art der Kommunikation nur geschäftlich. Im Privatleben telefonierte er lieber, verschickte SMS oder unterhielt sich über WhatsApp.

Nach dem Unterricht bummelte Julia durch Banff, das durch seine weiße Decke wie eine Zauberstadt aussah. Und wieder einmal beglückwünschte sie sich, dass sie genau hier gelandet war. Die Kulisse der Rocky Mountains suchte ihresgleichen. Schneebedeckte Gipfel, die in einen saphirblauen Himmel ragten, zu deren Füßen verstreut aus Holz gebaute Hotels lagen, die dem Skiort die rustikale Atmosphäre gaben. Selbst das größte und teuerste Hotel der Kleinstadt fügte sich durch seine pittoreske Architektur, die einem alten schottischen Schloss glich, harmonisch in diese Bergidylle ein.

Julia blieb vor einem Schuhgeschäft stehen. Sie brauchte dringend ein paar Fellstiefel, wie Emily sie trug. Kurz entschlossen betrat sie den Laden und wurde auch schnell fündig. Einmal in Kauflaune erstand sie dann noch in einer Boutique einen butterweichen Kaschmirpulli in einem lichten Türkis. Höchst zufrieden mit ihren Einkäufen schlenderte sie an den Geschäften vorbei. Angezogen durch den verführerischen Duft frischer Backwaren, der aus der Tür eines Cafés strömte, blieb sie schließlich stehen und beschloss, sich eine heiße Schokolade mit Sahne und etwas Süßes zu gönnen.

* * *

In dem Moment, als sich die Kellnerin mit Julias Bestellung entfernte, betrat ein Mann das Café. Er blieb an der Kuchentheke stehen. Julia hielt den Atem an – so wie anscheinend jede andere Frau in diesem Café auch.

Sie erkannte ihn auf den ersten Blick, auch in dem dicken Parka und mit dem Trapperhut auf dem Kopf, dessen breite Krempe sein Gesicht halb verdeckte. Ihr Herzschlag wechselte in einen ungesunden Rhythmus. Ihre Hände wurden klamm. Im Nachhinein hätte sie nicht sagen können, wie lange sie in Joshs Richtung gestarrt hatte, bis er sich endlich zu ihr umdrehte. Er musste ihren intensiven Blick instinktiv gespürt haben. Kein Wunder bei einem Mann aus der kanadischen Wildnis, der jede Gefahr witterte. Jetzt sah sie in sein Gesicht. Ein Zucken lief über seine attraktiven Züge. Es verriet, dass er überrascht war, sie hier zu sehen. Sie bemerkte, wie er zögerte. Dann hob er die Hand zum Gruß und wandte sich wieder der Verkäuferin zu, bevor sie seinen Gruß überhaupt erwidern konnte. Julia wurden die Minuten zu Stunden, in denen sie durch das große Fenster das Treiben auf der Straße beobachtete, ohne etwas wahrzunehmen. Mit pochendem Puls war sie ganz darauf fokussiert, ob Josh an ihren Tisch kommen würde. Schließlich näherten sich feste Schritte. Dann stand er vor ihr, mit einem Kuchentablett in der Hand. Für sich und seine Frau wahrscheinlich, die ihn und ihr Kind am Spätnachmittag besuchen wollte.

»Hi Julia.« Das tiefe Timbre in seiner Stimme ging ihr unter die Haut.

Sie zwang sich zu einem lockeren Lächeln. »Hi Josh.«

Klang ihre Stimme etwa zittrig? Jetzt aber ..., sagte sie sich energisch und fragte betont leichthin: »Kuchen gekauft?«

Idiotin. Fiel ihr nichts Intelligenteres ein? Klar, dass er auf ihre völlig überflüssige Frage nicht antwortete.

»Ich war gerade beim Naturschutzbund. Wegen der wilden Hündin. Meine Kollegen hatten schon von dem angeblichen Wolf gehört. Dass das Tier trächtig sein soll, wussten sie nicht.«

Sie schluckte. »Vielleicht ist es auch nur ein Gerücht, und die trächtige Hündin ist in Wirklichkeit doch eine Wölfin. Diese Frauen, deren Gespräch ich zufällig mitbekommen habe, waren ziemlich aufgeregt.«

»Auch wilde Hündinnen können gefährlich sein, wenn man sie angreift«, wandte er mit dieser leicht heiser klingenden Stimme ein. »Mir geht es jedoch erst einmal darum, dass das Tier Futter bekommt und nicht irgendwo vor Hunger verendet.«

Diese Sorge hatten sie schon einmal gemeinsam.

Sie musste sich räuspern, um ihrer Stimme einen festen Ton zu geben. »Und jetzt? Was macht ihr jetzt?«

»Wir werden die Augen offen halten. Zuerst müssen wir jedoch wissen, in welchem Umkreis sich das Tier aufhält. Dann erst können wir es mit Hilfe von Futterstellen von den Behausungen fernhalten und ihm helfen.«

Sie nickte. »Das ist ein guter Plan.« Plötzlich kam ihr eine Idee. »Könnte ich ... Kann ich dabei helfen?«

Sichtlich erstaunt sah er auf sie herunter. »Du kannst ebenfalls die Augen offen halten oder deine Schüler fragen, ob sie etwas Neues wissen«, lautete seine Antwort. »Falls du über den aktuellen Aufenthaltsort des Tieres etwas erfährst, rufst du den Naturschutzbund hier in Banff an.«

Schade, dass er ihr nicht anbot, ihn zu benachrichtigen.

Sie nickte.

»Ich muss weiter. Ich will Timmy besuchen.« Auf das attraktive Männergesicht stahl sich ein Lächeln, dieses so unwiderstehliche Lächeln, das leider nicht ihr galt. »Er isst den Käsekuchen so gern«, klärte Josh sie auf.

Aha, dann waren die süßen Köstlichkeiten also doch nicht für eine gemütliche Kaffeestunde mit Amy gedacht.

»Alles Gute für deinen Sohn«, sagte sie etwas steif, so kam es ihr zumindest vor.

Josh nickte nur, tippte mit dem Zeigefinger an die Hutkrempe und wandte ihr den Rücken zu. Zurück blieb nur der männlich-herbe Duft von Leder und Zedernholz, der noch eine Weile ihre Nase umspielte.

Als hätte die Kellnerin sie in ihrem Gespräch mit Josh nicht stören wollen, brachte die junge Frau jetzt den Kuchen. Plötzlich verspürte Julia keinerlei Appetit mehr auf Süßes. Ihre Gedanken kreisten vielmehr um diesen, sie so faszinierenden Mann. Er kam ihr so geheimnisvoll vor. Irgendwie einsam, ja fast tragisch. Oder bildete sie sich das nur ein?

Tragisch?, wiederholte sie stumm. Jetzt fing sie aber an zu spinnen. Josh Mayer ist ein ganz normaler Mann mit Frau und Kind und einem gut florierenden Sägewerk. Er sieht halt nur ein bisschen besser aus als die meisten Männer. Und ist ein völlig anderer Männertyp, als man ihn in Hamburg oder auf Sylt traf. Ein Kanadier eben, ein Naturbursche, aber keinesfalls ein *Einsamer Wolf*, der ihre Hilfe oder gar Liebe bräuchte. Schluss jetzt.

Als sie zurückfuhr, drängte sich die Begegnung mit Josh noch einmal in ihre Gedanken, ohne dass sie es verhindern konnte.

War es nicht seltsam, dass dieser Typ nun schon das vierte Mal zur gleichen Zeit am gleichen Ort auftauchte wie sie? Sie musste leise lachen. Sie befand sich auf dem ehemaligen Gebiet der Schwarzfußindianer. Da war es doch vielleicht erlaubt, in diesem Zufall eine tiefere Bedeutung zu sehen, oder? Nur welche?

* * *

Als Julia auf Emilys Anwesen zufuhr, beschloss sie, in die Loipe zu gehen. Solange das sonnige Wetter anhielt, wollte sie jede freie Minute in dieser herrlichen Landschaft nutzen.

Die Kälte tat ihr gut, beruhigte sie. Wenn sie ehrlich zu sich selbst sein wollte, hatte die kurze Begegnung mit Josh sie wieder einmal aus dem seelischen Gleichgewicht gebracht. War es nicht seltsam und faszinierend zugleich, dass ein Mann eine solche Wirkung auf sie ausübte? Dabei wollte sie sich in wenigen Wochen verloben. Vergangene Nacht hatte sie sich nach Lars gesehnt. Und jetzt? Diese Frage wollte sie sich lieber gar nicht beantworten.

Während sie die Skistöcke in den Schnee stieß, sah sie Josh wieder vor sich, wie er in dem Café vor ihr gestanden hatte. Sein Körper hatte doch eine eindeutige Sprache gesprochen. Mit dem Kuchentablett auf der einen Hand, die andere in die

Tasche vergraben, hatte er steif und wie in Verteidigungsstellung gewirkt, ganz darauf bedacht, sicheren Abstand zu ihr zu wahren. Was also erhoffte sie sich von diesem Mann? In seiner Nähe verspürte sie widersinnigerweise das Gefühl, ihn gut zu kennen. Er kam ihr seltsam vertraut vor. Gut kennen, Vertrautheit?

Sie blieb stehen und stieß den Atem scharf aus.

Geht's noch?, fragte sie sich. Schnappte sie jetzt völlig über? In was steigerte sie sich denn da hinein? Sie war doch keine sechzehn mehr. Nein, nein.

Erst jetzt merkte sie, wie heftig sie atmete. Sie war viel zu schnell gelaufen, so, als hätte sie vor etwas weglaufen wollen. Nun reichte es aber, rief sie sich energisch zur Ordnung.

Plötzlich hatte sie das Gefühl, beobachtet zu werden. Unwillkürlich hielt sie die Luft an.

Ein leiser Wind rauschte in den Fichten, ansonsten herrschte Stille. Durch die Bäume fiel das Sonnenlicht wie glitzernde Seidenfäden. Über den Baumwipfeln erstreckte sich ein wolkenloser Himmel. Trotz der Idylle um sie herum stellten sich ihre Nackenhaare hoch. Sie spürte, dass sie nicht mehr allein war in der Unendlichkeit dieser Landschaft. Zum ersten Mal wurde ihr so richtig bewusst, dass ihr in dieser traumhaften Wildnis auch tödliche Gefahren drohen konnten. Ein Grizzlybär, ein hungriger Wolf ...

Ein Schaudern lief durch ihren Körper. Ihr Blick tastete die Umgebung ab. Es war niemand zu erkennen, und trotzdem hatte sie das Gefühl, dass irgendwo um sie herum jemand war, der sie im Auge behielt. Natürlich bot sie auch ein deutliches Ziel für einen hinterhältigen Verbrecher. Im nächsten Moment jedoch schalt sie sich töricht. Sie war im modernen Kanada und nicht in dem des neunzehnten Jahrhunderts, als dort noch Diebe oder Indianerstämme ihr Unwesen trieben.

Julia schüttelte den Kopf, als könnte sie durch diese Geste den unsinnigen Gedankenballast abwerfen. Dann atmete sie tief durch und fuhr weiter. Nach ein paar Metern mischte sich ein knackendes Geräusch unter das ihrer scharrenden Skier. Es drang aus dem Gestrüpp rechts von ihr herüber. Etwas Helles war zwischen den schwarzen Ästen und Zweigen zu sehen, die sich ihrer Schneelast entledigt hatten, etwas Grauweißes wie das Fell eines Tieres. Das eines Wolfes? Oder eines Huskys? Ganz deutlich konnte sie die Atemfahne des Lebewesens in der eiskalten Luft erkennen.

Sie verharrte auf der Stelle, verhielt sich ganz still, wagte kaum zu atmen. Doch das Tier ließ sich nicht blicken. Dann knackte es wieder, der weiße Hauch verschwand, und bis auf den leisen Gesang des Windes war nichts mehr zu hören.

Julia zitterte unter dem warmen Skioverall am ganzen Körper. Ihre Nerven flatterten. Ganz sicher war es ein Wolf gewesen, der sie gerade beobachtet hatte. Oder die trächtige Hündin? Wie dem auch sei. Das Tier hatte ihr nichts getan, hatte ihr nichts tun wollen, was ein Leichtes gewesen wäre, denn sie war ihm schutzlos ausgeliefert gewesen. Vielleicht hatte es gespürt, dass von ihr keinerlei Gefahr ausging. Oder sie war gerade der trächtigen Hündin begegnet, die zwar hungrig, aber noch so domestiziert war, dass sie trotz ihrer größten Not den Menschen nicht angriff.

Rasch drehte sie in dem Trail um und fuhr zurück. Sie nahm sich vor, nach dem Skilauf sofort nach Banff zum Naturschutzbund zu fahren und den Leuten dort von ihrem Erlebnis zu erzählen.

7.

Als Julia nach Hause kam, vermisste sie Emilys roten Pick-up an der gewohnten Stelle. Stattdessen parkte vor Emilys Veranda ein kleiner schwarzer Wagen. Das Kennzeichen an seinem Seitenfenster verriet, dass es sich um ein Mietfahrzeug handelte. Hatte Emily Besuch bekommen?

Julia lehnte Skier und Stöcke an die Holzwand unter dem Vordach, zog die Skistiefel aus und öffnete die Haustür. Inzwischen hatte sie sich daran gewöhnt, dass man hier auf dem Land die Häuser tagsüber nicht abschloss.

»Überraschung!« Die munter klingende Stimme ließ sie zusammenzucken. Und mehr noch das Knallen eines Korkens.

Sie blickte zur Seite, in die Richtung, aus der die Stimme sowie der Knall gekommen waren – und traute ihren Augen nicht. Am anderen Ende des Raumes stand Lars, mit einer überschäumenden Flasche Sekt in der Hand und seinem strahlenden, jungenhaften Lächeln auf dem Gesicht.

Wie vom Blitz getroffen blieb sie stehen, fühlte sich zu keiner Regung fähig. Zuerst glaubte sie noch, einer Einbildung, einem Trugbild, einer Sinnestäuschung zu erliegen, doch Lars war viel zu ungeduldig, als dass er dieser Hoffnung noch ein bisschen Raum gegeben hätte. Im nächsten Moment schon stand er vor ihr und riss sie, in der einen Hand immer noch die tropfende Flasche, in die Arme.

»Ist das eine Überraschung? Sag, dass sie mir gelungen ist. Ich hatte so große Sehnsucht nach dir. Ich habe es einfach nicht mehr ausgehalten. Da bin ich in den nächsten Flieger gestiegen, und jetzt bin ich hier.«

Seine Stimme klang gepresst, aufgeregt, ja erregt. Diese Erregung spürte sie sogar deutlich durch ihren wattierten Skianzug. Unfähig, einen Ton von sich zu geben, zumal Lars ihr durch seine leidenschaftliche Umarmung geradezu den Atem abschnitt, hing sie wie eine Marionette an seiner Brust. Ihre Nase nahm den Duft eines schweren Aftershaves wahr, der sich mit dem herb-säuerlichen des Sektes mischte, welcher hinter ihr hörbar auf die Holzdielen tropfte. Sie hielt die Augen geschlossen, als könnte sie auf diese Weise die Realität noch ein bisschen ausblenden. Doch Lars' fordernde Küsse holten sie erbarmungslos ins Hier und Jetzt zurück.

»Freust du dich denn gar nicht, Süße?«, fragte Lars zwischen seinen Zärtlichkeiten atemlos. »Ich habe mich so nach dir gesehnt. Wir machen uns ein paar schöne Tage. Versprochen.«

Versprochen? Wenn sein plötzliches Auftauchen sie nicht dermaßen aktionsunfähig gemacht hätte, wäre sie jetzt in ein lautes Lachen ausgebrochen. Als wenn sie dieses Wiedersehen erbettelt hätte. Vielmehr freute sie sich auf den Skiausflug mit Lynn und Jenny. Außerdem hatte sie an diesem Tag gar keine Zeit. Sie wollte noch zum Büro des Naturschutzbundes fahren. Sie musste noch einen Mathetest vorbereiten. Und die Sehnsucht, die sie in der vergangenen Nacht nach Lars empfunden hatte, hatte der Tag längst mit sich genommen. Nach der Begegnung mit Josh hatte sie viel mehr an ihn gedacht als an den Mann, der sie nun abrupt losließ und forschend ansah.

»Jetzt sag doch mal was«, forderte er sie auf, nicht mehr ganz so überschäumend vor Freude.

»Wie hast du mich hier überhaupt gefunden?«, fragte sie heiser.

Lars trat einen Schritt zurück, sichtlich verblüfft. »Du hast mir die Adresse beim Abschied gegeben. Schon vergessen?«

»Und wie bist du hier so einfach reingekommen?«

»Ich habe deine Vermieterin überzeugen können, dass ich dein Verlobter bin.« Ein selbstgefälliges Lächeln erschien auf seinem Gesicht. »Ich glaube, mein Charme hat sie sogar ein bisschen eingewickelt.«

Julia schluckte. Was sollte sie dazu sagen?

»Du machst den Boden nass.« Sie zeigte auf die Sektflasche, aus der immer noch der Inhalt tropfte.

»Also bitte, jetzt tu nicht so, als stünden wir auf teuerstem Marmor«, erwiderte Lars in nun aggressivem Ton.

Natürlich ärgerte es ihn, dass sie seine Wiedersehensfreude nicht teilte, was ihr prompt ein schlechtes Gewissen machte.

»Wie wohnst du hier überhaupt?« Er setzte die Flasche an den Mund, trank einen Schluck und sah sich um. »Wie in einer bunten Kiste.«

»Bunten Kiste?«

»Das viele Holz und diese grellen, billig wirkenden Farben. Ich könnte es hier keinen Tag aushalten.«

Sie schwieg. Wenn sie sich jetzt gehen lassen würde, bekämen sie Streit. Das wusste sie. Sie würde ihm alles an den Kopf werfen, was ihr in den Sinn kommen würde, und das würde wahrlich nichts Gutes sein. Denn tief in ihr lauerte bereits die Wut, Wut darüber, dass er sich wieder einmal so einfach über ihre Bedürfnisse, über ihre Absprache, ihm mit seinem Besuch noch etwas Zeit zu lassen, hinweggesetzt hatte. Seinem eigenen Bedürfnis, seinem Egoismus, folgend hatte er sich einfach in den nächsten Flieger gesetzt. Da stand er nun und wurde auch noch sauer darüber, dass sie sich nicht freute.

»Während ich hier auf dich wartete, habe ich festgestellt,

dass du mein Bild nicht aufgestellt hast«, fuhr er in leisem, scharfem Ton fort, der seine Verletztheit verriet.

Das stimmte. Lars' Foto befand sich noch immer in ihrer Reisetasche. Sie hatte es einfach vergessen. Und dann ... Sie glaubte plötzlich, einen Hammerschlag gegen die Stirn zu bekommen. Wie eine glühend heiße Nadel schoss ihr die Erkenntnis durch den Kopf, dass ihr ein noch sehr viel schlimmeres Versäumnis passiert war: Sie hatte Lars' Ring verloren, was er noch nicht bemerkt zu haben schien.

Ihr Herz schlug einen Trommelwirbel. Ihr wurde übel. Das gab Ärger, an dem sie ganz allein die Schuld trug. Lars hatte jedes Recht, ihr Vorwürfe zu machen. Was nun?

»Was nun?«, fragte Lars mit bohrendem Blick. »Soll ich wieder abreisen, oder kannst du dich endlich mal dazu entschließen, eine freudigere Miene aufzusetzen?« Er klopfte sich auf die Brust, wedelte mit der Hand, an der der Ring, das Zeichen ihrer inneren Verbindung, steckte, vor ihrem Gesicht herum. »Hallo? Ich bin es, dein zukünftiger Verlobter. Der Mann, der dich liebt. Und den du liebst.« Er lachte sie an, jetzt wieder unbeschwert und fröhlich. »Du, ich sage dir was. Ich habe ein Zimmer für uns gebucht. Nicht im *Chateau Lake Louise*, dort wolltest du ja nicht hin, sondern im Eisenbahnhotel der Canada Pacific Railway.«

Sie starrte ihn an, wusste sie doch nur zu gut, welches Hotel er meinte: Das *Snowmountain Hotel* in Banff, ein Luxushotel im schottischen Burgenstil. Ihr blieb schier die Luft weg. *Eisenbahnhotel.* Das war typisch für Lars. Schnell eine andere Bezeichnung für die gleiche Sache wählen – so setzte er sich meistens durch. Für wie blöd hielt er sie eigentlich?

»Von heute bis Sonntag«, fuhr er ganz selbstverständlich fort, bevor er noch einmal die Sektflasche, die der Aufschrift nach natürlich Champagner enthielt, wie ihr jetzt erst auffiel und wie sie sich eigentlich hätte denken können, an die Lippen setzte. »Also, Süße, zufrieden? Morgen Vormittag kannst du noch unterrichten. Das Hotel liegt ja nur wenige Minuten von deiner Schule entfernt. Habe ich alles schon recherchiert. Und nach Schulschluss feiern wir unsere Liebe. Wir lassen uns so richtig verwöhnen. Oder ...« Er verstummte. Seine Miene verfinsterte sich jäh. »Oder willst du mich etwa nach Hamburg zurückschicken?«

Ja, das hätte sie am liebsten getan. Das wäre dann jedoch das Ende ihrer Beziehung gewesen. Wollte sie das? Lars hatte keine Kosten und Mühen gescheut, sie zu sehen. Solch einen hohen Einsatz erbrachte ein Mann doch nur, wenn er eine Frau wirklich liebte. Wollte sie ihn so sehr verletzen?

Ungeduldig öffnete Lars die drei Knöpfe seines grün-braun gesprenkelten Tweedjacketts, unter dem er einen camelfarbenen Rollkragenpulli trug. Seine sonst im Winter meist blassen Wangen färbten sich langsam rot. Lag das am Sekt oder an seinem Frust?

»Ich ersticke hier gleich«, sagte er mit theatralischer Miene. »Das ganze Holz hier, diese Hitze und diese ... diese Einfachheit hier. Dieses Kunterbunte. Das ist nichts für mich. Entweder entschließt du dich, mit mir jetzt zum Hotel zu fahren, oder ich fahre allein. Entscheide dich.«

* * *

Die nächsten Minuten erlebte Julia wie in Trance. Sie kam sich vor wie ein ferngesteuerter Roboter. Während Lars auf der Kante von Eileens Sofa saß, packte sie ihre Schultasche für den nächsten Tag. In ihre Reisetasche stopfte sie wahllos ein paar Anziehsachen. Dann schrieb sie eine Nachricht an Emily, die beinhaltete, dass sie erst Sonntag zurück sein würde. Punkt.

Ohne weitere Erklärung. Die konnte sich Emily ja wohl denken, nachdem sie Lars bereits kennengelernt hatte.

Ob sie Josh von meinem plötzlich aufgetauchten Verlobten erzählen wird?, ging ihr nur kurz durch den Sinn, während sie den Skianzug gegen Jeans und Pullover tauschte. Erst jetzt fiel ihr auf, dass sie für dieses Luxushotel ja gar keine passende Kleidung besaß. Egal, sagte sie sich mit dem Anflug von Trotz. Sie brauchte keine Designerklamotten, um sich unter den Reichen und Schönen dieser Welt als vollwertiges Mitglied der Gesellschaft zu fühlen. Und als Letztes wollte sie Lars gefallen. Den hätte sie in ihrer gegenwärtigen Stimmung am liebsten zum Teufel geschickt.

»Ich bin so weit«, sagte sie bemüht sachlich zu ihm. »Wir fahren mit zwei Autos. Ich muss ja morgen in die Schule.«

»Ich kann dich bringen.«

»Nein.« Sie klang härter als sie wollte. »Ich muss erst noch etwas in Banff erledigen. Wir treffen uns im Hotel.«

Lars sah sie an, mit einem Mal verunsichert, sichtlich zweifelnd. »Kann es sein, dass du einen anderen hast?«

Sie musste lachen. Es klang fast etwas hysterisch. »Du spinnst ja. So schnell geht das bei mir nicht. Das würde ich eher dir zutrauen.«

»Mir?« Seine wasserhellen Augen weiteten sich ungläubig. »Ich liebe dich. Warum sonst stehe ich jetzt wie ein Trottel hier vor dir und warte darauf, dass du dich freust? Ich kann jedoch auch mit dem nächsten Flieger wieder abfliegen und den ganzen Ausflug hierher als Materialschlacht verbuchen. In diesem Fall wäre dies jedoch das Ende unserer Beziehung. So lasse ich mich nämlich nicht behandeln.«

Er hatte ja recht, musste sie sich eingestehen, während ihre gerade noch empfundene Wut der Reue Platz machte. Klar, in der letzten Zeit fühlte sie sich nicht mehr ganz so wohl mit

Lars, aber gab es nicht in jeder Beziehung gute und schlechte Phasen? Sie mochte Lars. Sie mochte ihn wirklich.

Julia presste die Lippen fest aufeinander und atmete einmal tief durch. Dann lächelte sie versöhnlich und erwiderte: »Bitte versteh mich doch. Du weißt, dass ich nicht so spontan bin wie du. Ich brauche immer etwas Zeit, um mich an eine neue, völlig unerwartete Situation zu gewöhnen. Ich schlage vor, wir fahren jetzt nach Banff. Ich erledige dort meine Sachen, und wir sehen uns in etwa zwei Stunden im Hotel. Okay?«

Da ging ein Strahlen über sein hübsches Jungengesicht. Lars beugte sich zu ihr hinunter und gab ihr einen Kuss auf den Mund.

»Ich wusste doch, dass du dich freuen würdest, mich zu sehen«, sagte er mit triumphierender Miene, die sie erneut wütend machte. Doch das zeigte sie nicht.

* * *

Lars kannte kein langsames Fahren. Nachdem sie Blackfoot Village hinter sich gelassen hatten, gab er auf der schnurgeraden, einsamen Landstraße Gas, als gäbe es den Grand Prix zu gewinnen. Julia war es recht. Sie fühlte sich erst einmal erleichtert, als der schwarze Mietwagen kleiner und kleiner wurde und dann gar nicht mehr zu sehen war. Erst jetzt gab sie den Namen des Naturschutzbundes ins Navigationssystem ein und stellte fest, dass dessen Büro direkt auf der Banff Avenue lag. Von der Banff Avenue war es nicht mehr weit bis zum Hotel.

Mit jedem Kilometer, der sie näher an ihr Ziel brachte, stellte sie sich innerlich mehr darauf ein, die nächsten drei Tage mit Lars zu verbringen. Er war hier, in Kanada, in der Provinz Alberta, in Banff. Daran gab es nichts mehr zu rütteln. Nun gut, das Powder stash mit Lynn und Jenny konnte sie nachholen. Lars würde zukünftig ja wohl nicht jedes Wochenende anreisen. Aber den Mathetest musste sie heute noch vorbereiten, ob es ihm passte oder nicht.

Eigentlich lag es an ihr selbst, ob sie die nächsten Tage mit ihm genießen würde. Lars liebte das gute Leben, die Liebe, den Spaß und den Luxus. Er war unkompliziert und fröhlich, kannte kaum Launen. Wenn er mal wütend wurde, beruhigte er sich auch schnell wieder. Eigentlich war er berechenbar und pflegeleicht, wenn nicht gar ein wenig oberflächlich. Sie hatte es in der Hand, was sie aus den kommenden Stunden machen würde. Ein paar schöne Stunden oder die letzten einer Beziehung, in der sie anfangs durchaus glücklich gewesen war.

* * *

Erst als Julia vor dem Büro des Naturschutzbundes parkte, fiel ihr auf, dass sich das Wetter verändert hatte. Kein einziger blauer Fleck war mehr am Himmel zu sehen, nur eintöniges Grau mit dunklen Wolken, die drohend über den Gipfeln der Rockys hingen. Ob es heute noch Schnee geben würde?

Sie stieg aus. Der Naturschutzbund war in einer verschwindend kleinen, alten Hütte untergebracht, die eingezwängt zwischen zwei großen, sichtlich neu erbauten Holzhäusern stand, einem Drugstore sowie einem Bekleidungsgeschäft. Die Holzhütte war zu Westernzeiten vielleicht eine Poststelle oder das Sheriffbüro gewesen, ging ihr durch den Sinn, als sie die beiden ausgetretenen Stufen zu der schmalen Veranda hinaufstieg. Über der Tür hing ein Schild mit der Aufschrift *Büro des Naturschutzbundes*, unter diesem ein Poster, das eine Grizzlyfamilie in einem gerodeten Waldstück zeigte, umgeben von Konservendosen und Plastikabfällen.

Sie drückte die Klinke hinunter und befand sich in einem Raum, in dem ein Schreibtisch und Regale standen. An diesem Schreibtisch saß Josh.

Julia hätte mit allem gerechnet, aber nicht damit, Josh hier vorzufinden. Er hatte doch zu Timmy ins Krankenhaus gewollt.

Josh, der von seiner Arbeit aufblickte, schien nicht weniger überrascht zu sein als sie. Die so ungewöhnlich blauen Augen sahen sie groß an.

»Du?« Er stand auf.

»Ja, ich«, antwortete sie mit einem Lächeln, das sich nicht so richtig an seinem Platz anfühlte. Sie räusperte sich. »Ich wollte Meldung machen.«

Da breitete sich ein Lächeln auf seinem Gesicht aus, dieses ungemein anziehende Lächeln, das sie schon einmal an diesem Tag bei ihm gesehen hatte, als er von seinem Sohn gesprochen hatte. Dieses Mal galt es ihr und traf geradewegs in ihr Herz.

»*Meldung machen*«, wiederholte er mit ruhiger, ja geradezu weich klingender Stimme. Seine Augen glitzerten belustigt. »Das klingt gut. Das gefällt mir. Hast du die Hündin gesichtet?«

Sie nickte nur. Ihr Herz schlug gerade den sprichwörtlichen Purzelbaum, denn Josh sah sie an. Und nicht nur das. Er sah ihr so intensiv in die Augen, als wollte er in ihre Seele schauen. Ihre Blicke trafen sich, der Augenblick zog sich in die Länge. Dann veränderte sich der warme Ausdruck in den Männeraugen. Er wurde wieder distanziert. Josh rieb sich die Stirn und wiederholte mit veränderter Stimme in sachlichem Ton: »Du hast also die Hündin gesehen?«

Seine Tonlage empfand sie wie eine kalte Dusche.

»Ja, deshalb bin ich hier«, erwiderte sie nun in ebenso kühlem Ton und beschrieb ihm, wo sie die vermeintliche Hündin gesichtet hatte.

Josh machte sich Notizen.

»Okay«, meinte er schließlich. »Das ist doch schon was. Ich werde gleich zwei Leute von uns anrufen. Wobei ...« Er hielt inne, klopfte mit dem Kuli ans Kinn. »Vielleicht war es ja auch ein Wolf, den du gesehen hast.«

»Aber Wölfe treten doch im Rudel auf.«

»Es gibt auch einsame Wölfe.«

Sie sah ihn an, erstaunt darüber, dass er genau die Formulierung wählte, die sie für ihn gefunden hatte. In seinen Augen leuchtete eine fiebrige und zugleich zornige Intensität. Galt sie den Menschen, die die Natur irgendwann einmal aus dem Gleichgewicht und die in ihr lebenden Tiere in Gefahr gebracht hatten, oder galt sie den oder dem Menschen, der ihn selbst vielleicht zum einsamen Wolf gemacht hatte?

Wieder fanden sich ihre Blicke, lagen ineinander. Schweigen breitete sich im Raum aus. Die Zeit schien stehen zu bleiben, die Welt in ihrer Bewegung innezuhalten. Spannung breitete sich in dem kleinen, niedrigen Zimmer aus. Es füllte sich mit Elektrizität, die alles hätte entzünden können, wenn Josh sich nicht irgendwann bewegt hätte. Abrupt setzte er sich wieder auf den Drehstuhl, vielmehr ließ er sich darauf fallen, als hätte er einen Entschluss gefasst. Er richtete den Blick auf den Schreibtisch und schob umtriebig ein paar Unterlagen von rechts nach links und wieder zurück. Wie maskulin seine Hände waren. Kräftig, gebräunt, mit kurzen Nägeln. Sie verrieten Stärke und die Gabe, Geborgenheit schenken zu können, so wie der ganze Mann den Eindruck vermittelte, dass er seine Frau und sein Kind immer beschützen würde.

Jetzt hörte sie ihn in ihre törichten Gedanken hinein hart und hastig sagen: »Okay. Danke für den Hinweis. Solltest du noch etwas bemerken, ruf einfach hier an. Das Büro ist tagsüber immer besetzt. Ich habe noch zu tun. Eigentlich wollte ich gar nicht hier sein, aber im Dienstplan ist etwas durcheinandergeraten. Ich war nur kurz bei Timmy. Ich hoffe, er verzeiht es mir.«

Seine Worte klangen so, als wären sie an ihn selbst gerichtet. Sie schien für ihn gar nicht mehr anwesend zu sein. Diese offensichtliche Ablehnung traf sie wie eine Ohrfeige. Da war er wieder, ihr *Mister Unhöflich*. Vielleicht war der sie so faszinierende Mann nur ein Bild ihrer Fantasie, und Josh Mayer war und blieb ein blöder Kerl.

Dennoch bemühte sie sich um Haltung, lächelte und sagte: »Okay, dann wünsche ich dir schon mal ein schönes Wochenende. Bis dann.« Sie hob die Hand und ging zum Ausgang, innerlich wie ein Gummiband zum Reißen gespannt. Würde Josh noch etwas sagen? Etwas Nettes, etwas Persönliches?

Fehlanzeige. Hinter ihr blieb es still.

Mit einem tiefen Seufzer stieg sie ins Auto. Auf dem Weg zum *Snowmountain Hotel* bemühte sie sich, das Chaos in ihrem Herzen niederzukämpfen. Die Begegnung mit Josh war wirklich eine super Einstimmung für ein gelungenes Wochenende mit Lars!

* * *

Als Julia so völlig unerwartet das Büro betreten hatte, durchzuckte es Josh wie unter einem Stromschlag. Diese Frau stellte die personifizierte Versuchung für ihn dar. Nicht, weil er sie so schön fand. Vielmehr war es ihre Ausstrahlung, die einer weichen, anschmiegsamen Weiblichkeit kombiniert mit Stärke und Entschlossenheit. In Julias Augen hatte ein warmes Leuchten gestanden, das ihn für einen Moment den eiskalten Wind, der sein Leben umwehte, vergessen ließ. Ihre Augen hatten einen wundervollen Glanz gehabt, in ihnen hatte eine

Wärme gelegen, wie er sie bei noch keinem Menschen gesehen hatte. Märchenaugen. Ein Lächeln herzlicher Freude hatte sich auf ihren Lippen gezeigt, nachdem sie sich von der Überraschung, ihn hier anzutreffen, erholt hatte. Julia war keine Frau, die kokettierte. Sie hatte seinem Blick standgehalten, was ihn sicher gemacht hatte, dass auch sie das Knistern zwischen ihnen gespürt hatte, das in den wenigen Augenblicken gelegen hatte, in denen sich ihre Blicke begegneten. Sein Blut war schneller durch den Körper gelaufen. Sein Pulsschlag beschleunigte sich. Um sich von diesen höchst beunruhigenden Regungen abzulenken, hatte er Geschäftigkeit vorgetäuscht. Er wollte, dass sie ging – und wollte, dass sie noch blieb. War sie ihm bisher stark, selbstbewusst und selbstsicher erschienen, hatte ihn ihr Lächeln, das als Reaktion auf sein abweisendes Verhalten bei ihrer Verabschiedung um ihre Lippen zitterte, ins Herz geschnitten. Natürlich hatte er sie wieder einmal durch sein rüdes Verhalten getroffen. Am besten würde für sie beide sein, wenn er sie zukünftig mied. Er würde sie nur verletzen. Gefangen in seiner Liebe zu seiner Frau hatte er Julia nichts anzubieten. Und eine Frau für nur eine Nacht war sie nicht.

Josh fiel es nach dieser Begegnung mit Julia schwer, sich auf den Artikel für die Naturschutzbundzeitung zu konzentrieren, den er an diesem Tag noch fertig schreiben musste. Danach würde er, entgegen seiner ursprünglichen Planung, nach Hause fahren und erst einmal nicht mehr nach Blackfoot Village kommen. An diesem Mittag war im Sägewerk eine Maschine kaputtgegangen, und die Männer hatten ihre Arbeit niederlegen wollen. Amy fühlte sich überfordert von der Situation. Deshalb musste er schon heute zurück, obwohl er morgen eigentlich noch einmal ein paar Stunden bei Timmy hatte verbringen wollen. Aber wie immer hatte sein kleiner Mann Verständnis gezeigt.

»Wenn du keine Zeit hast, werden mich bestimmt Emily und Bill besuchen«, hatte sein Sohn gesagt und ihm dabei beruhigend zugenickt, wie ein Großer. »Damit komme ich klar.«

Bei dieser Erinnerung wurde ihm der Hals eng. Sein kleiner großer Sohn ... Wie viel musste er entbehren. Vielleicht sollte er ihm seinen Herzenswunsch zu Weihnachten doch erfüllen, überlegte er. Auch wenn das die Gesamtsituation nur noch schwieriger machen würde.

8.

Julia verabschiedete Lars Sonntagmittag vor dem Hoteleingang. Lars machte es kurz.

»Also, Süße, wir telefonieren. Ich werde alles organisieren. Vielleicht komme ich vor Weihnachten noch mal.« Ein flüchtiger Kuss, ein aufmunterndes Augenzwinkern, als wollte er sie trösten, ein Winken – und dann fuhr er los.

Julia sah dem Auto nach, bis es hinter der Biegung verschwunden war. Das Wochenende war besser geworden, als sie erwartet hatte. Lars hatte sich so zärtlich und einfühlsam gezeigt wie selten, hatte sie seiner Liebe versichert und ihr gestanden, sie niemals verlieren zu wollen. Als sie ihm den Verlust des Ringes gebeichtet hatte, war er ganz ruhig geblieben und hatte nur gesagt: »Das kann passieren.« Trotzdem hatte sie das Zusammensein auch als sehr anstrengend empfunden. Wieder einmal hatte sie gemerkt, dass sie in zwei verschiedenen Welten lebten. Nun stand sie hier und hätte das Gefühl, dem sie nachspürte, nicht benennen können. War es Traurigkeit oder Erleichterung? Sie sah auf ihre Armbanduhr. Zwölf Uhr mittags. Die zweite Hälfte dieses Sonntags gehörte ihr.

Langsam ging sie zu ihrem Wagen. Als sie über die Banff Avenue fuhr, warf sie einen Blick auf das Büro des Naturschutzbundes. Die Sonne spiegelte sich in den kleinen Scheiben der Hütte, hinter denen an diesem Tag niemand saß. Auf der Landstraße in Richtung Blackfoot Village spürte sie dann, wie sie sich entspannte. Sie fuhr nach Hause, zurück in die *bunte Kiste*, wo es so herrlich nach Fichtenholz roch, wo der Kamin so behaglich knisterte. Die klimatisierte Luft in der Suite des Snowmountain Hotels hatte vornehm zurückhaltend nach weißen Lilien geduftet und war sehr trocken gewesen. Je näher sie Emilys Blockhaus kam, desto freier fühlte sie sich. Ja, hier passte sie hin. Hier wollte sie sein. Der Vorplatz der beiden Häuser war fein säuberlich vom Neuschnee geräumt, was wahrscheinlich Bills Werk war. Emilys Pick-up stand an seinem Platz, und auf den hohen Fichten, den Wächtern des Anwesens, glitzerte der Schnee. Sie atmete tief durch. Die frische, klare Luft füllte ihre Lungen und gab ihr neue Energie. Wenn sie an diesem Tag auch nicht mehr Ski laufen würde, wollte sie aber noch einen Spaziergang machen.

Als sie ihre Reisetasche schulterte, öffnete sich Emilys Haustür. Im Rahmen stand ihre Vermieterin, an ihrer Seite ein Junge mit hellblondem Lockenkopf. Er stützte sich auf eine Gehhilfe und sah ihr neugierig entgegen. Timmy. Joshs Sohn.

»Timmy möchte dich gerne kennenlernen«, rief Emily ihr zu. »Magst du auf einen Kaffee reinkommen?«

Wie konnte Julia da Nein sagen, zumal sie auf Joshs Sohn schon neugierig war?

»Hi, ich bin Timmy«, begrüßte dieser sie und reichte ihr wohlerzogen die Hand.

Sie ergriff die Kinderhand. »Hi, ich bin Julia. Ich habe schon von dir gehört. Wie geht es dir?« Sie zeigte auf sein Gipsbein.

»Gut. Emily hat mich schon gestern aus dem Krankenhaus geholt. Und morgen darf ich wieder in den Kindergarten.«

Julia sah in die blauen Kinderaugen, in Joshs Augen, in denen keine Distanz, sondern ein fröhliches Leuchten stand.

»Kannst du Schokolade kochen?«

Verblüfft über diese Frage hob sie die Brauen. »Schokolade?«

Timmy lachte. »Ja, Schokolade mit Sahne und Marshmallows. Eileens Schokolade hat nicht geschmeckt. Kannst du es besser?«

»Jetzt komm erst mal rein«, brach Emily mit einem Lachen diesen offensichtlichen Sympathietest ab. »Wir backen gerade Plätzchen.«

In Emilys Haus roch es herrlich nach Butter und Vanille.

»Hm, hier duftet es aber gut«, sagte Julia innerlich berührt von der heimeligen Atmosphäre.

»Wir haben heute Brownies und Peanutsplätzchen gebacken«, verkündete Timmy stolz. »Den Teig für die Peanutsplätzchen habe ich gemacht.«

»Ich weiß gar nicht, wer das alles essen soll«, fügte Emily hinzu, wobei sie die braunen Augen verdrehte. »Aber bis Weihnachten ist es ja noch eine Zeit hin.«

»Keine Sorge, die isst Papa schon«, meinte Timmy lässig. Dann wandte er sich wieder an Julia. »Kannst du nun Schokolade kochen oder nicht?«

»Wenn du Kakao meinst ... Ja. In Hamburg mache ich oft Kakao mit Sahne.«

Ein forschender Blick aus Timmys Augen traf sie, als ginge es dem Kleinen darum, eine lebenswichtige Entscheidung zu treffen. »Und wie machst du ihn?«

Julia biss sich auf die Lippe. »Also ...«, begann sie in gedehntem Ton. »Zuerst mache ich die Milch warm und löse die Schokolade darin auf. Dann gebe ich Zucker hinzu oder auch Vanille, Zimt oder etwas Muskat, und koche das Ganze auf. Danach schlage ich Sahne steif, die als Haube obendrauf kommt. Die Erwachsenen bekommen, wenn sie wollen, noch einen Schuss Cognac oder Rum hinein.«

»Und die Kinder Marshmallows?«

Sie verzog das Gesicht. »Da muss ich passen. Das kenne ich nicht, aber vielleicht kannst du mir da ja helfen. Ich koche die heiße Schokolade und du sagst mir, wie ich das mit den Marshmallows machen soll.«

Da lachte Timmy. »Ganz einfach. Du tust sie einfach hinein. Sie saugen sich voll und schmelzen. Das konnte selbst Eileen, aber bei der schmeckte die Schokolade nicht. Die war immer angebrannt und viel zu süß.«

»Kaffee?« Emily sah Julia lächelnd an. Mit der gerüschten Schürze, den geröteten Wangen und den blitzenden Augen wirkte sie wie eine glückliche Hausfrau in einem Fernsehwerbespot für Backmittel.

»Gern.« Julia setzte sich an den langen Holztisch, auf dem eine Schale mit Gebäck stand. Timmy ließ sich ihr gegenüber auf den Stuhl plumpsen.

»Emily hat sagt, dass du Sportlehrerin bist. Kennst du die Calgary Roughnecks?« Wieder lagen diese intensiv blauen Kinderaugen mit prüfendem Ausdruck auf ihrem Gesicht.

Sie lachte. »Junger Mann, du machst mich ganz verlegen. Nein, die kenne ich genauso wenig wie heiße Schokolade mit Marshmallows.«

Timmy winkte ab. »Macht nichts. Die Calgary Roughnecks sind eine Lacrosse-Mannschaft. Die spielen sogar in der National Lacrosse League. Weißt du denn, was Lacrosse ist?«

Erleichtert atmete sie auf. »Ja, da kann ich mitreden. Lacrosse ist ein Mannschaftssport, der mit einem Lacrosseschläger und einem Hartgummiball gespielt wird und deswegen zu den Ballsportarten zählt. Lacrosse gilt neben Eishockey als kanadischer Nationalsport.« Sie hielt inne und zwinkerte ihm zu. »Ich kann dir sogar sagen, woher das Spiel ursprünglich stammt. Oder weißt du es?«

Timmy schüttelte den Lockenkopf. Sein Blick hing mit neugierigem Ausdruck an ihren Lippen.

»Das Spiel stammt von den Indianern, die auf den Gebieten

des heutigen Kanada lebten. Sie nannten es *Tewaraathon*. Das bedeutete *Kleiner Bruder des Krieges*. Sie spielten es als Vorbereitung des Teamgeists für eine bevorstehende kriegerische Auseinandersetzung, aber auch, um Streitigkeiten zwischen Stämmen und anderen Gruppen zu schlichten. Nicht selten endete dieses Spiel dann tödlich. Das Spiel wurde manchmal sogar mit mehr als hundert Spielern ausgetragen. Als Tor galt ein Stein oder ein Baum.«

Timmys Augen waren während des Zuhörens größer und größer geworden. Insgeheim musste Julia schmunzeln. Dem Jungen stand auf dem Gesicht geschrieben, dass sie gerade mächtig Eindruck auf ihn gemacht hatte, was sie freute. Timmy war eines der Kinder, das man auf Anhieb ins Herz schloss – und in ihrem Fall nicht etwa, weil er Joshs Sohn war. Der Junge war bereits eine kleine Persönlichkeit. Und das mit erst sechs Jahren.

»Bill, mein Onkel, stammt von dem Stamm der Blackfoot ab«, erklärte die *kleine Persönlichkeit* jetzt stolz.

»Ich weiß.«

»Weißt du noch mehr über die Ureinwohner Kanadas?«

Sie lächelte ihn an. »Eine ganze Menge, glaube ich. Als Kind habe ich viel über sie gelesen.«

»Erzählst du mir davon? Dann erzähle ich dir, was ich so alles weiß.«

»Das ist bestimmt sehr viel.«

Timmy zog die Stirn zusammen. »Na ja, so viel ist es auch nicht. Ich bin ja jünger als du.«

Julia und Emily lachten.

»Josh hat mir versprochen, nach Weihnachten mit mir zu einem Lacrosse-Spiel zu fahren. Wenn du willst, kannst du mit«, bot ihr Timmy großzügig an.

Sie zögerte. »Mal sehen.«

»Wenn du schulfrei hast.«

»Ja, wenn ich dann schulfrei haben sollte.«

»Mein Vater holt mich am Freitag zu sich. Aber vorher fahren wir zu der Berghütte, wo es die leckerste heiße Schokolade gibt.«

»Mit Marshmallows, vermute ich.« Julia zwinkerte ihm zu.

»Ich mag sie nur so. Willst du mitkommen?«

Lieber Himmel. Wie gern würde sie das, aber sein Vater würde vermutlich dagegen sein. Und überhaupt, was würde Timmys Mutter dazu sagen?

»Amy kommt auch mit«, hörte sie Timmy in ihre Überlegungen hinein sagen. »Obwohl ich lieber mit Josh allein wäre. Die beiden reden dann immer nur übers Sägewerk.«

Mochte Timmy seine Mutter etwa nicht?

Julia fühlte sich plötzlich unwohl. Was sollte sie dazu sagen? Das Thema wurde ihr unangenehm. Sie trank ihren Kaffee aus und sah Emily an, wahrscheinlich so hilflos, wie sie sich gerade fühlte.

»Du bist bestimmt müde vom Wochenende«, kam ihr da die Ältere zu Hilfe. »Geh erst einmal nach Hause und ruh dich aus.«

»Kann ich mitgehen?«, fragte Timmy wie aus der Pistole geschossen.

»Julia muss sich noch auf den Unterricht morgen vorbereiten«, gab Emily ihrem Großneffen geistesgegenwärtig zur Antwort.

Julia lächelte Timmy an. Sie konnte nicht anders: Sie musste ihm über den Lockenkopf streichen.

»Wenn du möchtest, kannst du mich kommende Woche mal nachmittags besuchen«, bot sie ihm an. »Dann mache ich uns eine schöne heiße Schokolade. Natürlich mit Marshmallows. Vielleicht fallen mir bis dahin auch ein paar Geschichten über die Blackfoot-Indianer ein.«

»Au ja.« Ein Strahlen breitete sich auf dem süßen Kindergesicht aus, das jetzt jeden Ausdruck von Erwachsensein wieder verloren hatte.

※ ※ ※

Julia wanderte über den alten Indianertrail, der vom Haus aus durch den Wald führte. Unter jedem ihrer Tritte knirschte der Schnee. Die Hemlocktannen zu beiden Seiten des Trails wirkten wie mit weißem Pelz verbrämt und mit unzähligen Diamanten bestreut. Manchmal federte einer ihrer Zweige in dem schwachen Wind. Dann stäubte glitzernder Puder durch die Luft. Nur ihre Schritte waren zu hören, ansonsten herrschte Ruhe um sie herum – in ihrem Innern dagegen höchste Unruhe. Nachdem sie sich von Lars verabschiedet hatte und wieder in ihr Leben hier in Kanada eingetaucht war, fühlten sich die Tage mit Lars plötzlich falsch an. Wie verschieden sie doch waren, wie wenig sie gemeinsam hatten. Würde Lars die Sehnsucht in ihr nach dem Verschmelzen zweier Seelen jemals stillen können? Konnte sie sich wirklich mit diesem Mann in nur wenigen Wochen verloben? Nein. Oder doch? Es hieß, dass sich Gegensätze anzogen. Aber nur, wenn sie sich schließlich zu einem harmonischen Ganzen vereinen, sagte sie sich. Lars und sie würden nie eine harmonische Einheit bilden können.

Julia blickte hinauf in den wolkenlosen Himmel, an dem ein Falke seine Kreise zog, frei, von aller irdischen Last befreit. Da wurde ihr wieder einmal bewusst, wie klein der Mensch doch war, verglichen mit der unendlichen Weite dort oben. Und wie unwichtig seine Probleme im großen Ganzen.

Wenn jemand ein Problem erkannt hat und nichts zur Lösung des Problems beiträgt, ist er selbst ein Teil des Problems, so lautete ein indianisches Sprichwort. Sie lächelte vor sich hin.

In welcher Hinsicht also war sie ein Teil ihres Problems namens *Lars*? Hatte sie Angst vor dem Alleinsein? War es ihre biologische Uhr, die tickte, oder die Befürchtung, sie würde so schnell keinen Mann mehr finden, der wie sie eine Familie gründen wollte? Wie immer die Antwort lauten mochte, sie wusste plötzlich eines: Lars würde bestimmt ein unheimlich süßer Vater sein, aber für sie war er nicht der Mann fürs Leben. Sie musste sich von ihm trennen.

Als sie umkehrte, drang aus der Ferne der Ruf eines Wolfes zu ihr herüber. Als dumpfes Echo blieb er in der kristallklaren Luft hängen. Das Heulen war jedoch viel zu weit weg, als dass es ihr Angst machte. Vielleicht verkündete der Leitwolf eines Rudels gerade seinen Artgenossen, dass er eine besonders fette Beute ausgemacht hatte und mit ihnen nun auf Jagd gehen wollte, überlegte sie mit einem Lächeln auf den Lippen.

Nachdem die Hälfte des Rückweges hinter ihr lag, knackte unweit vor ihr ein Ast. Instinktiv blieb sie stehen, wie auch eine Sekunde später ihr Herz.

Er stand mitten auf dem Trail, etwa zwanzig Meter vor ihr. Der Hund, ein Husky- oder Schäferhundmischling mit langer Schnauze, spitzen Ohren und grauweißem Fell, schaute sie mit glashellen Augen an. Unverwandt, wie eine Statue stand er da. Das Tier war stark abgemagert und eindeutig trächtig. Das konnte nur der vermeintliche Wolf sein, auf den die Menschen hier Jagd machten. Sie liebte Hunde, dennoch hielt sie den Atem an, wagte nicht, sich ihm zu nähern. Wie sollte sie sich verhalten? Mitleid mit dieser gepeinigten Kreatur überflutete ihr Herz. Doch ehe sie sich zu einer Reaktion durchringen konnte, verschwand die Hündin so plötzlich, wie sie erschienen war, im Unterholz jenseits des Trails. Nein, das war kein Wolf gewesen, eindeutig nicht. Ein Wolf hätte bei ihrem Anblick geknurrt, die Zähne gefletscht. Dieses Tier jedoch musste an den Umgang mit

Menschen gewöhnt gewesen sein – und hatte mit ihnen keine guten Erfahrungen gemacht.

Langsam ging sie weiter. Ein paar Male noch glaubte sie im Dämmerlicht des Dickichts zwei helle Punkte zu entdecken. Eisblaue Augen, die sie beobachteten. Doch nach einigen Metern verschwanden die Lichter dann genauso geheimnisvoll, wie sie aufgetaucht waren. Sie verschmolzen mit der Dunkelheit, die sich inzwischen im Unterholz eingenistet hatte. Das Tier war weg. Sie war wieder allein mit der Einsamkeit und der Natur.

Mit Aufruhr im Herzen beschleunigte sie ihre Schritte und erreichte schließlich atemlos Emilys Anwesen. Sie nahm sich vor, Emily noch an diesem Abend von ihrer Entdeckung zu erzählen, damit sie Josh oder auch Bill darüber informieren konnte. Julia hatte Glück. Als sie vor dem Haus ankam, stand ihre Vermieterin auf der Veranda, mit einem Becher in der Hand, aus dem Rauchfähnchen in die eiskalte Luft stiegen. Emily winkte zu ihr herüber.

»Möchtest du auch einen Punsch?«, rief sie ihr zu.

»Sehr gern.«

»Dann komme ich gleich zu dir rüber. Timmy schaut fern.«

Nur wenige Minuten später stand Emily mit einer Thermoskanne vor der Tür.

»Hm, lecker«, lobte Julia den Punsch, der sie im Nu wieder wärmte. Dann erzählte sie Emily, dass sie gerade die trächtige Hündin gesehen hatte. »Wie Donnerstag an ungefähr der gleichen Stelle.«

»Hast du schon den Naturschutzbund benachrichtigt?«

»Die haben sonntags doch geschlossen.«

»Ich werde Josh gleich anrufen«, bot sich Emily an. »Es scheint fast so, als wenn sich das Tier jetzt bei uns angesiedelt hätte.«

Julia nickte. Sollte sie Emily nach Joshs Telefonnummer fragen, um ihn selbst anrufen zu können? Dieser Gedanke ging ihr kurz durch den Kopf, um ihn dann jedoch wieder zu verwerfen. Josh war verheiratet. Außerdem zeigte er ihr eindeutig, dass er nichts mit ihr zu tun haben wollte. Sonst hätte er ihr ja seine Nummer selbst geben können.

»Ich befürchte, dass sich Josh mit seiner ehrenamtlichen Arbeit beim Naturschutzbund übernimmt«, hörte sie Emily in ihre Überlegungen sagen. »Das große Sägewerk, seine gerade neu gegründete Holzhausbaufirma, Timmy ...« Julia konnte Emilys Sorge um ihren Neffen auf deren Gesicht ablesen. »Bill sagt auch, dass Josh in seinem Leben etwas ändern muss«, fuhr Emily fort, während sie mit kummervoller Miene in ihrem Punsch rührte. »Zumal Timmy ja immer größer wird und irgendwann nicht mehr mit zwei Tagen am Wochenende zufrieden sein wird. Besonders in der Pubertät braucht ein Junge einen Vater, eine männliche Hand.«

Merkwürdig. Emily redete immer nur von Josh. Was war denn eigentlich mit Amy, Timmys Mutter?

Julia biss sich auf die Lippe, zögerte. Stand es ihr zu, diese Frage zu stellen? Wollte sie überhaupt die Antwort wissen?

Emily seufzte und fuhr fort: »Ich liebe meinen Neffen wie den Sohn, den ich nie bekommen habe, und ich bin glücklich, dass ich ihm helfen kann, indem ich mich die Woche über um Timmy kümmere. Das ist jedoch keine Lösung für die Ewigkeit. Irgendwann werde ich zu alt sein, um einem Jugendlichen das geben zu können, was er braucht. Die Welt entwickelt sich so rasend schnell, dass ich irgendwann nicht mehr mitkommen werde. Außerdem ... Auch wenn ich nicht mehr die Jüngste bin, habe ich trotzdem noch ein eigenes Leben. Ein Leben als Frau mit all den Träumen, die *frau* hat – wenn du verstehst, was ich meine.«

Ja, Julia verstand. Emily liebte Bill. Wahrscheinlich hatte sie ihn immer schon geliebt und war deswegen nie eine andere Bindung eingegangen.

»Hattest du nie ...?

Wissend lächelte die Ältere sie an. »Nein, nie längere Beziehungen, immer nur kurze, weil es nie der Richtige war.«

Julia nickte, und plötzlich fiel ihr noch ein indianisches Sprichwort ein.

»*Du musst die Dinge mit dem Auge in deinem Herzen ansehen, nicht mit dem Auge in deinem Kopf*«, sagte sie in nachdenklichem Ton. »So lautet ein indianisches Sprichwort. Ich habe als Jugendliche viel gelesen, leider auch viel wieder vergessen, aber jetzt, hier in diesem Land, fällt mir manches wieder ein.«

In Emilys dunklen Augen stand gleichermaßen Erstaunen wie auch eine herzliche Wärme, die nur ihr gelten konnte.

»Das gefällt mir. Das gefällt mir sehr. Du hast es erkannt. Das Auge in meinem Herzen hat immer nur Bill gesehen.« Emily streckte die Hand über den Tisch und drückte ihre. »Ich hatte gleich bei deiner Ankunft das Gefühl, dass du hier hingehörst.«

Die beiden schwiegen eine Weile und tranken ihren Punsch.

»Übrigens, ich habe deinen Verlobten kennengelernt.«

Julia verschluckte sich fast. »Lars ist nicht mein Verlobter.« Die Antwort sprang ihr geradezu über die Lippen. »Er möchte sich mit mir Weihnachten verloben, aber ich bin heute endgültig zu dem Entschluss gekommen, dass ich das nicht möchte.«

»Heute?« Die Ältere sah sie erstaunt an.

»Ja, heute.«

»Liebst du ihn?«

»Nein.« Auch diese Antwort kam wie aus der Pistole geschossen aus ihrem Mund. Er entlockte Emily ein herzliches, tiefes Lachen.

»So, wie du klingst, scheinst du dir diesbezüglich ja sehr sicher zu sein.«

»Inzwischen bin ich mir sicher«, bestätigte sie.

Emily griff in die Keksschale. »Bei ihm scheint die Sache aber anders zu sein, sonst wäre er dir nicht schon nach wenigen Tagen nachgereist.«

Julia nickte nur stumm.

»*Die Einsamkeit festigt die Liebe, macht sie demütig und einzigartig*, das ist übrigens auch ein indianisches Sprichwort«, fügte Emily hinzu.

»Das mag so sein, wenn es Liebe ist. Ich jedoch habe erkannt, dass ich die Beziehung mit ihm beenden muss«, entgegnete sie mit fester Stimme. Nachdem sie diesen Satz ausgesprochen hatte, fühlte sie sich mit einem Mal erleichtert.

Danach ließen die beiden dieses Thema fallen und plauderten noch eine Weile über Dies und Das. Nachdem Emily weg war, ging Julia noch einmal nach draußen. Der Schnee knirschte unter ihren Sohlen. Am Himmel zeigten sich die ersten Sterne wie blitzende Diamanten auf schwarzem Samt, und die Stille des Waldes umfing sie wie ein weicher Umhang. Sie schaute sich um, in der Hoffnung, *ihr* Wolfshund würde sich irgendwo blicken lassen. Doch er zeigte sich nicht. Trotz der Kälte blieb sie eine Weile stehen, ließ den Frieden um sich herum auf sich wirken, der die widersprüchlichen Gedanken und Gefühle, die die mit Lars verbrachten Tage in ihr in vollem Ausmaß hatten hervorbrechen lassen, endlich zum Schweigen brachte. Sie wurde innerlich immer ruhiger. Schließlich kehrte sie langsam zurück zum Haus und ging schlafen – nicht ohne in Gedanken bei dem Wolfshund zu sein, der irgendwo dort draußen in der eisigen Wildnis mit seinen ungeborenen Jungen allein herumirrte.

Lupa, ich werde sie Lupa nennen ... Das war ihr letzter Gedanke vor dem Einschlafen.

9.

Auch am Montag ließ sich die Sonne wieder an einem wolkenlosen Himmel sehen. Nach dem Unterricht fuhr Julia umgehend zum Büro der Naturschützer. Hinter dem Schreibtisch saß dieses Mal eine junge Frau mit rotem, kurzem Haar und einem fröhlichen Lachen auf dem sommersprossigen Gesicht.

»Hi, kann ich dir helfen? Ich bin Susan.«

Julia stellte sich vor und berichtete von ihrer Beobachtung am Tag zuvor.

»Ich weiß bereits Bescheid«, erwiderte Susan. »Josh hat mich gestern Abend sofort angerufen. Wir gehen jetzt dank deiner Beschreibung fest davon aus, dass es sich bei dem angeblichen Wolf um eine trächtige Hündin handelt, die sich zurzeit in der Nähe von Blackfoot Village aufhält.«

»Obwohl ich nichts von Wölfen verstehe, bin ich mir sehr sicher«, erwiderte Julia mit bekräftigendem Nicken. »Und dass sie trächtig ist, konnte ich genau erkennen.«

»Wir werden noch heute etwas tun, sonst machen irgendwelche Leute Jagd auf das Tier, bevor wir ihm helfen können.«

»Und was werdet ihr tun?«

»Wir richten am Spätnachmittag Futterstellen ein. Du hast uns ja genau beschrieben, wo sie sich aufhält. Hungrige Tiere zieht es immer zum Futter, vorausgesetzt, dass ihnen vom Futterplatz keine Gefahr droht.«

»Okay«, sagte sie. »Ich halte euch auf dem Laufenden, sollte ich sie noch einmal sehen.«

Danach kaufte sie im Supermarkt alle Zutaten ein, die sie für eine heiße Schokolade nach Timmys Geschmack brauchte. Sie war sich sicher, dass sie den Jungen im Laufe der Woche wiedersehen würde.

Obwohl sie dem Sonnenschein kaum widerstehen konnte, begab sie sich an diesem Nachmittag nicht auf den alten Indianertrail, sondern bereitete den Unterricht für die nächsten Tage vor. Zwischendurch skypte sie mit ihrer Schwester, die sich höchst erstaunt zeigte, dass Lars am Wochenende schon in Banff gewesen war.

»Den wirst du nicht mehr los«, sagte Corinna mit Grabesstimme.

»Ich weiß jetzt, dass ich mich Weihnachten nicht verloben werde«, tat Julia ihr kund.

»Denkst du, dass Lars das akzeptieren wird?«

Sie lachte laut auf. »Entschuldige bitte, was soll er denn machen? Er kann mich doch nicht zwingen.«

»Wahrscheinlich wird er vor dem Fest noch mal bei dir anreisen und dich beknien. Wie steht er denn sonst da, vor seinen Freunden und Bekannten und auch vor seiner Familie?«

Nach dem Skypen mit Corinna arbeitete Julia weiter, obwohl sie sich nun nicht mehr so richtig konzentrieren konnte. Corinna mochte recht haben. Lars würde um die Verlobung kämpfen, aber sie hatte sich nun einmal entschieden. Punkt.

***

Mittwoch bekam Julia Besuch von Timmy. In der Hand hielt er eine große Tüte Marshmallows.

»Danke, aber ich habe schon welche für dich gekauft«, sagte Julia und zauberte damit ein Leuchten in die blauen Jungenaugen.

»Dann hast du mich also nicht vergessen?«, fragte der Kleine ernst.

»Wie könnte ich. Ich habe mich schon auf deinen Besuch gefreut«, versicherte sie ihm.

An diesem Nachmittag bestand sie den Schokoladentest, erzählte Timmy, was sie über die Blackfoot Indianer wusste, und spielte mit ihm Karten. Wie schön musste es doch sein, ein Kind zu haben, dachte sie mehrmals. Und wie stolz musste Josh auf diesen süßen, kleinen, großen Sohn sein.

Im Laufe der Stunden erwähnte Timmy auch wieder Amy, seine Mutter. Wie er über sie sprach, verriet ihr, dass er kein besonders enges Verhältnis zu ihr haben konnte.

»Magst du Hunde?«, fragte Tim in ihre Gedanken hinein.

»Sehr.« Froh darüber, ein anderes Thema zu haben, erzählte sie ihm, dass sie mit einem Hund aufgewachsen war.

»Ich hatte auch einen kleinen Hund, aber der ist gestorben. Er war sehr krank. Ich kann dir mal sein Grab zeigen. Es ist ganz in der Nähe.« Timmys blaue Augen verschleierten sich. »Ich hätte soooo gern wieder einen Hund, aber Papa meint, das wäre zu schwierig, weil er ja so wenig Zeit hat und ich noch zu klein bin, um für ihn allein zu sorgen. Außerdem muss ich ja nächstes Jahr zur Schule und habe dann auch nicht mehr so viel Zeit. Mama würde mir sofort einen Hund kaufen, aber sie kann ja nicht«, fügte er mit bebenden Lippen ganz vernünftig hinzu, was ihr verriet, dass er die Tränen nur mit Mühe zurückhalten konnte.

Immerhin verband Mutter und Sohn zumindest die Tierliebe, aber wahrscheinlich hatte in dieser Ehe Josh Mayer das Sagen, ging Julia durch den Sinn.

Als die Kinderaugen jetzt feucht schimmerten, stand sie spontan auf, ging um den Esstisch herum und nahm den Jungen in die Arme. Als wäre er ihr eigener Sohn, wiegte sie ihn liebevoll hin und her und murmelte dabei in sein Haar:

»Vielleicht findet dein Papa eine Lösung für dieses Problem, und du bekommst doch noch einen Hund.«

Timmy machte sich los. Mit sichtlich neu gewonnener Hoffnung sah er sie an.

»Kannst du mal mit ihm reden? Vielleicht bekomme ich dann ja doch einen zu Weihnachten? Das ist nämlich mein einziger Wunsch.«

Au weia. Da hatte sie sich aber sehr weit aus dem Fenster gelehnt. Und das als Pädagogin.

»Ich kenne deinen Papa noch kaum«, erwiderte sie verlegen. »Ich glaube nicht, dass er auf mich hören wird.«

Wenn er schon nicht auf seine Frau hört, fügte sie in Gedanken hinzu.

»Wenn du am Samstag mit uns zur Berghütte fährst, kannst du ja mit ihm sprechen«, lautete Timmys ganz selbstverständlich und zuversichtlich klingender Kommentar.

Danach wandte er sich wieder ihrem Kartenspiel zu, bei dem sie dann auch zur großen Freude ihres Spielpartners verlor, weil ihr viel zu viele Gedanken durch den Kopf gingen.

* * *

Julia gab sich große Mühe, so wenig wie möglich über Timmys Vater nachzudenken. Ebenso energisch verdrängte sie die Gedanken an Lars, der sich wider Erwarten in den folgenden Tagen nur einmal mit einer knappen SMS bei ihr meldete. Einerseits war sie darüber erleichtert, dass er nicht jeden Tag anrief, andererseits fragte sie sich natürlich auch nach dem Grund. Diesen erfuhr sie dann Freitagmorgen, als Lars sie wieder einmal viel zu früh weckte.

»Ich wollte mich nur von dir verabschieden, Süße. Ich muss

gleich zum Flughafen. Ich fliege mit ein paar Leuten zur Weinprobe in die Toskana. Wie geht es dir?«

»Gut. Und dir?«

»Super. Die Woche war arbeitsreich und total hektisch, deshalb bin ich nicht dazu gekommen, mich öfter zu melden. Das mit der Zeitverschiebung finde ich auch ziemlich kompliziert. Entweder haben wir hier in Hamburg Nacht oder umgekehrt. Ich denke, dass du zu Weihnachten kommen solltest. Der Schnee dort bei euch, diese Kälte ... Ich weiß nicht. Meine Eltern haben keine Lust, das Fest in der Fremde zu verbringen. Und ich, ehrlich gesagt, auch nicht, so super das Hotel auch war. Weihnachten zu Hause ist doch am schönsten, was meinst du?«

Inzwischen war Julia so hellwach, dass sie spitzfindig fragte:

»Wo zu Hause? Bei dir oder bei mir?«

Pause. Lars schien ernsthaft zu überlegen.

»Bei mir natürlich. Ich meine, in der Villa meiner Eltern. Das hatten wir doch auch schon so besprochen«, fügte er ungeduldig klingend hinzu.

»Du hast das beschlossen«, stellte sie richtig.

Sollte sie ihm jetzt sagen, dass es keine Verlobung geben würde? Dass sie ihre Beziehung beenden wollte? Nein, das wäre der völlig unpassende Zeitpunkt.

»Ich gehe davon aus, dass du das genauso siehst. Oder wollen wir etwa auf dem Bauernhof deiner Schwester feiern?«

»Wenn du so anfängst, sollten wir es ganz lassen.«

»Oh Mann, jetzt sei doch nicht sofort beleidigt«, schnappte Lars durch die Leitung. »Du, ich muss jetzt wirklich los. Beruhige dich erst mal wieder. Ich rufe an, wenn ich Sonntag zurück bin. Also Süße, pass auf dich auf und ciao.«

Es klickte in der Leitung. *Beruhige dich erst mal wieder ...*

Wie überheblich Lars geklungen hatte! Julia hätte ihr Smartphone am liebsten gegen die Schlafzimmerwand geschleudert. Nein, mit so einem Typen, der ihre Bedürfnisse derart ignorierte, konnte sie wirklich nicht länger zusammen sein.

* * *

Nachdem die Schüler sie morgens auf andere Gedanken gebracht hatten, trank Julia am Nachmittag mit Timmy eine heiße Schokolade und machte sich am Abend wieder auf den Weg nach Banff, wo sie mit ihren Kollegen in der Westernbar verabredet war. Hier kam jeden Freitagabend eine lustige Runde zusammen. Alles junge und herzliche Leute, nicht nur Lehrer, die sie sofort offen in ihrem Kreis aufnahmen. Natürlich war auch Andy dabei, der sich mit viel Selbstironie als *King des Square Dance* bezeichnete und sie trotz ihrer Proteste schon bald zur Countrymusic der Liveband auf der Tanzfläche herumwirbelte. Julia atmete an diesem Abend Lokalfeeling ein. Viele Männer trugen Jeans, Stiefel, karierte Hemden und Stetsons, die Frauen Cowboystiefel, weite Röcke und Petticoats, die ihre Partner beim Tanzen fliegen ließen. Alle in dieser Freitagsrunde zogen das dunkle Craftbeer Champagner vor und ein saftiges T-Bone-Steak flambiertem Hummer. Julia fühlte sich pudelwohl in ihrer neuen Umgebung. Als sie draußen frische Luft schnappte, merkte sie, wie entspannt und zufrieden sie war.

»Hey, komm lieber mal wieder rein«, hörte sie Andys Stimme in ihre Gedanken hinein sagen. »In der Kälte hier wirst du noch zur Eissäule gefrieren.« Er legte den Arm um ihre Mitte und zog sie zurück ins Warme zu den anderen. Sie mochte Andy wie einen guten Freund, diesen attraktiven, großen Jungen mit dem sonnengebleichten Haar und dem Body von Barbies Ken. Niemals jedoch hätte sie sich ihn als

Lebenspartner vorstellen können. Zu ihrer Beruhigung bedachte er auch nicht nur sie mit flirtenden Blicken und Komplimenten. Das war einfach seine Art, wie sie inzwischen wusste.

Der Abend zog sich bis Mitternacht hin, und als sie die Westernbar verließen, blieben alle verblüfft stehen. Das Wetter hatte sich jäh verschlechtert. Die Sterne versteckten sich hinter schwarzen Wolken. Ein böiger Wind brachte frostige Kälte von den Bergen mit und trieb aufwirbelnden Neuschnee über den Bürgersteig. Der frostige Atem des Wintergeistes, wie die Indianer sagten, fegte über das Land.

»Der erste Schneesturm in diesem Jahr!«, rief Lynn gegen das Fauchen des Windes an, die sich, wie alle anderen, an die Holzwand drückte. »Der musste ja auch bald kommen.«

»Bei diesem Wetter kannst du unmöglich nach Blackfoot Village zurück«, sagte Jenny zu Julia. »Du wirst keine fünf Meter weit kommen.«

»Du kannst bei mir schlafen«, bot Andy sofort an, was Lynn und Jenny mit einem wissenden Lachen quittierten.

»Das könnte dir so passen. Sie schläft bei mir«, stellte Lynn energisch klar und hakte Julia unter. »Komm, bis zu meiner Wohnung sind es nur ein paar Meter. Den Wagen kannst du hier stehen lassen.«

In Anbetracht der Wetterlage und der so selbstverständlichen und herzlichen Einladung ihrer Kollegin überlegte Julia nicht lange. Sie schickte Emily eine SMS und verbrachte die Nacht bei Lynn in der Banff Avenue. Bei Craftbeer und Chips, gemütlich im Schneidersitz auf Lynns buntem Fleckenteppich hockend, klang für sie dieser ereignisreiche Tag aus. An diesem Freitagabend dachte sie weder an Lars noch an Josh, nur kurz vor dem Einschlafen an Lupa und hoffte voller Sorge, dass auch sie bei diesem Schneesturm irgendwo Unterschlupf gefunden hatte.

10.

Die ersten Sonnenstrahlen am Samstagmorgen ließen Julia ihren ersten Schneesturm in Kanada schnell vergessen. Nach dem Frühstück brach sie auf. Dank des frühen Einsatzes des Winterdienstes lag der Schnee auf der Avenue so fest, dass die Autos sicher darauf fahren konnten. In der kleinen Stadt am Fuße der Rockys herrschte Wintersportstimmung. Schneeketten rasselten über die Straße, und die Geschäfte boten auf geräumten Bürgersteigen Schneeschuhe und Schlitten feil. Menschen, dick verpackt in Anoraks, strebten mit geschulterten Skiern auf die nahe gelegenen Pisten von Sunshine Valley zu, um erste Spuren in das jungfräuliche Weiß zu ziehen.

Kurz vor Blackfoot Village machte sich eine leichte Nervosität in Julia breit. Würde sie Josh und Amy gleich begegnen, wenn sie Timmy für den Ausflug abholten? Bis jetzt war Timmys Mutter nur ein Phantom für sie. Vielleicht würde sie Josh erst nach der Begegnung mit seiner Frau für immer und ewig aus ihrem Kopf verdrängen können. Ihre Nervosität schlug jedoch jäh in herbe Enttäuschung um, als sie auf Emilys Anwesen zufuhr. Weder Emilys roter Pick-up noch Joshs silberner waren dort zu sehen. Das Grundstück machte einen verlassenen Eindruck. Nur die vom Neuschnee geräumten Wege verrieten, dass Bill mit seinem Schneemobil bereits da gewesen sein musste.

Inzwischen lag das Land in strahlendem Sonnenschein. Genau das richtige Wetter für einen Ausflug zu einer romantischen Berghütte, dachte Julia mit einem Anflug von Wehmut. Unwillig schüttelte sie den Kopf. Schluss jetzt. Bevor sie auf weitere dumme Gedanken kommen konnte, wechselte sie rasch ihre Kleidung und begab sich auf den Indianertrail, den ein Schneemobilfahrer bereits gespurt hatte. Bill vielleicht?

Die Temperatur war trotz der Zehnuhrsonne gegenüber dem Vortag deutlich gesunken, so als wollte der Wintergeist klarstellen, dass er nun endgültig die Herrschaft über den Spätherbst übernommen hatte. Eine beinahe andächtige Stille erfüllte die eisklare Luft. Wie in Erwartung auf etwas schien die Natur den Atem anzuhalten. Jedes Geräusch war ungleich lauter zu hören als sonst – das Knirschen ihrer Langlaufskier, ihr Atmen, das Rieseln der Kristalle, die von den Zweigen der Hemlocktannen herunterfielen. Tiefe Einsamkeit lag über der Landschaft. Frieden pur. Julia kam sich vor wie der erste Mensch, der diese schneeweiße Welt betrat. Sicher und schwerelos folgte sie der exakten Spur des Schneemobils, ließ sich vertrauensvoll von ihr leiten. Nach einer Wegbiegung hielt sie plötzlich im Lauf inne. Unweit vor ihr entdeckte sie Bills Schneemobil. Timmy hatte es ihr beschrieben. *Es ist gelb und bemalt mit Huskys.* Erfreut darüber, in der Einsamkeit dann doch auf einen liebenswerten Menschen zu treffen, fuhr sie an das Mobil heran und sah sich um.

Von Bill war keine Spur zu sehen, dafür jedoch die eines Paares ovaler Schneeschuhe, die durch den Tiefschnee neben dem Trail in den Wald hineinführte. Sollte sie ihr folgen?

Unschlüssig blieb sie stehen. Bevor sie zu einer Entscheidung finden konnte, hörte sie scharrende Geräusche. Weiße Gischt rauschte von den Zweigen herunter, und den Bruchteil einer Sekunde später tauchte Bill unter den Bäumen auf. Bill?

Julia machte große Augen. Ihr Herz setzte einen Schlag aus. Nein, das war nicht Bill. Das war Josh, der mit gesenktem Kopf und einem Korb in der Hand auf sie zukam. Noch hatte er sie nicht entdeckt. Ihr Herz schlug einen Trommelwirbel. Sie schluckte aufgeregt. Josh schien allein hier zu sein, ohne Timmy. Unwillkürlich hielt sie den Atem an. Seltsam. Josh tauchte immer dann auf, wenn sie nicht damit rechnete.

Endlich hob er den Kopf. Ganz deutlich sah sie den Ausdruck von Erstaunen auf seinem Gesicht. Er hielt im Schritt inne. Über die Entfernung von ein paar Metern hinweg schauten sie sich an. Josh sah ihr geradewegs in die Augen – bis tief in ihre Seele. So kam es ihr zumindest vor. Sein Blick verursachte einen Strudel in ihrem Innern, der sich bis zu ihren Füßen fortsetzte, sodass sie das Gefühl hatte, den Boden unter den Skiern zu verlieren. War es nicht seltsam, dass ein Mann, den sie erst wenige Male gesehen, mit dem sie bisher kaum gesprochen hatte, eine solch verheerende Wirkung auf sie ausübte?

Da breitete sich dieses Lächeln auf seinem markanten Gesicht aus, dieses so unwiderstehliche sexy Lächeln, das auch sie nun lächeln ließ und alle Gedanken aus ihrem Kopf verscheuchte. Sie sah nur noch ihn, mitten in dieser weißen Wildnis, in die er gehörte, und empfand dieses Lächeln wie einen Sonnenstrahl ins Herz. In dieser Sekunde – oder waren es mehrere, eine Minute oder gar eine Ewigkeit, in der sich ihre Blicke berührten? – wurde sie sich ganz sicher, dass Josh sich genauso freute wie sie, sie hier so unverhofft zu treffen.

Irgendwann hielt sie seinen intensiven Blick, dieses Lächeln, nicht mehr länger aus. Nur noch ein, zwei hämmernde Herzschläge lang – und sie hätte sich auf ihn zu bewegt, vielleicht sogar die Hand gehoben, um ihn zu berühren. Allein dieses Bedürfnis machte ihr so große Angst, dass sich der Zauber, der dieser kleinen Ewigkeit innegewohnt hatte, jäh verflüchtigte.

Sie räusperte sich und erkundigte sich mit hörbar belegter Stimme: »Bist du allein hier?«

Vielleicht würde Amy ja gleich aus dem Unterholz hervortreten.

»Klar doch.« Josh klang erstaunt.

Was machte er hier? Wahrscheinlich kümmerte er sich um die Futterstellen, die seine Leute aufgestellt hatten. Genau diese Vermutung bestätigte er ihr dann auch.

»Nimmt Lupa das Futter an?«, erkundigte sie sich wissbegierig.

Josh zog die schwarzen Brauen hoch. »Lupa?«

Sie musste lachen. »Ich habe ihr einen Namen gegeben. Lupa bedeutet im Lateinischen *Wölfin*. Ich denke ...« Sie zögerte, sprach dann jedoch mit fester Stimme weiter. Er sollte ruhig wissen, wie sie dachte und fühlte. »Ich denke, jemand, der dazugehört, braucht einen Namen. Dann kann man ihn nicht vergessen.«

Josh sah sie an, viel zu lange für ihren Geschmack. Denn wieder jagte der Blick aus diesen besonderen Männeraugen ihr einen wohligen Schauer über die Haut.

»Das hast du gut gesagt.« Er senkte den Kopf, als würde er den Inhalt des Korbes, den er immer noch in den Händen hielt, eingehend prüfen. »Ja, Lupa nimmt das Futter an«, fuhr er dann fort. Sein Gesichtsausdruck wechselte, wurde sachlich, förmlich. »Ich kann gar nicht so viel Nachschub besorgen, wie sie frisst. Sie hat einen großen Nachholbedarf, zumal sie ja auch trächtig ist.«

Erleichtert atmete sie aus. »Dann lebt sie also noch«, sagte sie mehr zu sich als zu ihm.

»Sie ist zäh.«

»Was gebt ihr ihr zu fressen?«

»Trockenfutter, das bei den Temperaturen nicht gefrieren kann. Frischfleisch wäre zwar nahrhafter, aber wie gesagt ...«

»Lockt das Futter auch andere Tiere an?«

»Bis jetzt habe ich noch keine Spuren in der Nähe der beiden Futterstellen entdeckt.«

»Wo mag Lupa sich verstecken?«

Da erschien ein weiches, verschmitztes Lächeln auf Joshs Gesicht. »Hier ganz in der Nähe in einer Höhle. Ich habe in den vergangenen Tagen ihre Spur verfolgt. Sie führt immer wieder zu einer Höhle, die ich im Sommer entdeckt habe.«

»Bist du jeden Tag hier?«, erkundigte sie sich überrascht. Sie wusste doch, dass das Sägewerk etwa fünfzig Kilometer von hier entfernt lag.

»Ich fahre jeden zweiten Tag in der Mittagsstunde schnell mal hierhin. Die anderen vom Naturschutzbund haben zurzeit andere Aufgaben zu erfüllen.«

Schnell mal?«, wiederholte sie erstaunt.

Er lachte. »Well, in unserem Land sind fünfzig Kilometer keine so große Entfernung.«

»Stimmt. Die Welt zeigt sich im Vergleich«, erwiderte sie trocken.

»Wieder ein guter Spruch«, meinte er blinzelnd.

»Danke.« Sie zwinkerte zurück.

»Aber bitte kein Wort zu Timmy darüber«, sagte er jetzt mit ernster Miene. »Momentan habe ich nicht die Zeit, um dann auch noch mit ihm und Emily zu Mittag zu essen. Tim hätte nichts davon, wenn ich nur kurz *Hallo* sagen und dann sofort wieder verschwinden würde. Ich weiß ...« Er seufzte, und seine betroffene Miene drückte nur allzu deutlich aus, wie schwer es ihm fiel, seine Arbeit im Sägewerk, die Arbeit im Naturschutzbund und seine Verantwortung und Liebe zu seinem Sohn unter einen Hut zu bringen.

Sie hob ihre behandschuhte Rechte wie zum Schwur. »Ich sage nichts. Keine Sorge. Wo ist Timmy denn jetzt? Er hat mir erzählt, dass ihr heute zu einer Berghütte fahren wolltet.«

»Er hilft Bill gerade bei der Fütterung der Hunde. Das liebt er. Ich fahre jetzt zurück und hole ihn ab. Natürlich soll er heute noch seine geliebte Schokolade bekommen. Der Weg zur Berghütte wird inzwischen auch geräumt sein. Sie liegt auf dem Weg zu uns, ungefähr auf der Mitte der Strecke. Dieses Mal bringe ich ihn erst Montag zurück, weil ich Montagvormittag noch etwas im Stadthaus zu erledigen habe.«

So gesprächig hatte sie ihn noch nicht erlebt. Von Amy war bisher nicht die Rede gewesen. Vielleicht war sie gar nicht mitgekommen.

»Ich muss weiter«, sagte er dann mit freundlich-neutralem Lächeln und schob die Sonnenbrille aus dem Haar auf die Nase. »Die warten schon auf mich.«

Die... Das konnten nur Timmy und Amy sein. Sie verspürte einen leichten Stich im Herzen.

»Weißt du, wo Emily ist?«, fragte sie hastig.

»Bei Bill und Timmy«, lautete seine Antwort, während er auf das Schneemobil zu stapfte. »Noch viel Spaß im Trail. Bis dann.« Er wandte ihr den breiten Rücken zu und stieg auf. Ein paar Atemzüge später startete er das zitronengelbe Gefährt und fuhr davon.

Julia blieb stehen, horchte dem Motorgeräusch nach, das leiser und leiser wurde und irgendwann ganz verklang. Und dann breitete sich wieder diese unendliche Stille um sie herum aus, die ihr mit einem Mal das Gefühl von Einsamkeit gab. Ja, Josh kam ihr vor wie eine verwandte Seele, so lächerlich das für andere Menschen auch klingen mochte und so lächerlich dies auch in Anbetracht ihrer beider persönlichen Situationen war. Dennoch. Josh Mayer würde ihr etwas bedeuten können. Sie befürchtete ernsthaft, dass er ihr sogar sehr viel bedeuten könnte – falls sie ihn nicht schleunigst meiden würde.

✲ ✲ ✲

An diesem Samstag war Julia nach dem Langlauf ganz allein auf dem großen Anwesen am Fuße der Rocky Mountains. Den Nachmittag nutzte sie, um die Wohnung zu putzen und Ordnung zu schaffen. Danach skypte sie mit ihren Eltern und telefonierte mit Corinna.

»Ich habe Eileen kennengelernt«, erzählte ihre Schwester.

»Wie bitte? Wie denn das?«

»Sie stand vorgestern hier auf dem Hof. Wollte mal *Hallo* sagen. Du musst ihr erzählt haben, wo ich wohne.«

Julia überlegte. »Kann sein. Und?«

Corinna zögerte hörbar. »Sie ist nett. Sehr hübsch, unkompliziert, ein wenig forsch.« Sie lachte. »Eileen ist auf der Suche nach einem reichen Typen, um hierbleiben zu können. Ich finde es immer bewundernswert, wie es manche Frauen schaffen, sofort den Zugang zu den so genannten *besseren Kreisen* zu finden, wenn sie irgendwo fremd sind. Vergangenes Wochenende war sie mit ein paar Leuten aus der Hamburger High Society auf Sylt. Wenn man bedenkt, dass deine kanadische Kollegin gerade erst in der dritten Woche hier ist...«

»Solche gesellschaftlichen Erfolge kann ich nicht verbuchen. Dafür habe ich aber eine Wölfin kennengelernt«, sagte Julia und erzählte von ihren Erlebnissen mit Lupa.

Und einen *Einsamen Wolf*, hätte sie fast ergänzt, verkniff sich diese Bemerkung jedoch noch früh genug.

»Was macht Lars?«, fragte ihre Schwester.

»Gut, glaube ich.«

Eine bedrückende Stille hing in der Verbindung. Sie ahnte, dass Corinna mit dem Thema *Lars* noch nicht durch war.

»Willst du es dir nicht noch mal überlegen?«, sagte ihre Schwester jetzt auch prompt.

»Was?« Sie wusste genau, was Corinna meinte.

»Die Verlobung.«

»Nein«, erwiderte sie mit fester Stimme. »Lars und ich passen nicht zusammen. Ich werde die Beziehung beenden.«

»Gibt es jemand anderen?«

»Gibt es nicht.« Wieder klang sie trotzig und aggressiv.

»Also doch«, erwiderte Corinna matt.

»Bitte ... Überlass meine Zukunft bitte mir. Ich weiß schon, was ich tu.«

»Okay, okay, entschuldige. Ich will mich wirklich nicht einmischen. Übrigens ...«

Klugerweise wechselte Corinna nun das Thema, und die beiden plauderten noch eine Weile, wobei sich Julia nicht mehr wohlfühlte. Nach dem Gespräch nahm sie ein Buch und setzte sich vor den Kamin. Da gingen draußen vor der Glasfront die Bewegungsmelder an. Julia trat vors Fenster und glaubte, im Lichtschein der Lampen Lupas Umrisse zu erkennen. Rasch zog sie sich etwas über und ging hinaus. Eine Weile lang suchte sie mit den Augen die Umgebung ab. Doch die Hündin ließ sich nicht sehen. Wahrscheinlich hatte sie sich getäuscht. Wahrscheinlich war nur der Wunsch, Lupa möge ihre Nähe suchen, der Grund für ihre Vermutung gewesen.

Ein paar Sekunden lang blieb sie noch in der eisigen, trockenen Kälte stehen und spürte dem Gefühl nach, das sich in ihr ausbreitete. Sie fühlte sich plötzlich einsam in der weißen, so unendlich weiten Landschaft, die ihr bisher das köstliche Gefühl von Freiheit vermittelt hatte. Ja, jetzt brach eine neue Phase an. Sie war wieder Single, zumindest schon in ihrem Bewusstsein. An diesen Zustand musste sie sich erst wieder gewöhnen.

11.

Wie so oft hatte am nächsten Morgen eine kraftvoll aufgehende Sonne die düsteren Schatten der Nacht vertrieben und begleitete Julia zu ihrer Verabredung mit Lynn und Jenny auf die Schneepiste oberhalb von Banff. Traumabfahrten mit glitzerndem federleichten Pulverschnee, monumental aufragende Schneewände und hellblau schimmernde Eispanzer ließen Julia an diesem Sonntag erst einmal ihre Sorgen vergessen. Bevor sie an diesem Sonntagabend zufrieden und müde von der Bergluft und der Bewegung ungewohnt früh ins Bett fiel, rief Lars an. In Hamburg war es jetzt kurz nach Mitternacht.

»Ich bin aus der Toskana zurück, gerade erst gelandet«, teilte er ihr mit. »Wie geht es dir?«

»Super.« Sie erzählte ihm kurz von ihrem Tag.

»Vielleicht sollte ich nächstes Wochenende noch mal zu dir rüber fliegen. Was hältst du davon?« Seine Stimme klang liebevoll, voller Sehnsucht. Jetzt war keine Rede mehr von Schnee und Kälte, die ihm in Kanada so missfallen hatten. Typisch Lars. Stets flexibel.

Sie biss sich auf die Lippe. War jetzt der Moment gekommen, mit ihm Schluss zu machen? Konnte sie eine Beziehung, die ein Jahr gedauert hatte, einfach so am Telefon beenden?

»Ich muss mit dir reden«, fuhr er fort. »Dafür würde ich dich gerne sehen. Ich habe ein Problem, oder gleich zwei, und du bist doch immer so stark, so klug, so sachlich. Mit niemandem kann ich besser reden als mit dir. Ich bin zurzeit ziemlich down.«

»Ein Problem?«, wiederholte sie verdutzt. Lars, der keine Probleme kannte? »Was ist passiert?«, fragte sie besorgt.

»Das sage ich dir, wenn ich bei dir bin. Kann ich oder nicht?«

»Wenn dir der Flug nicht zu viel ist«, erwiderte sie, was in seinen Ohren nicht entschlossen genug zu klingen schien.

»Julia, ich will eine eindeutige Ansage von dir.«

Sie biss sich auf die Lippe. »Pass auf, wie wäre es, wenn du übernächstes Wochenende kommen würdest? Ganz verbindlich, okay? Ich versuche, irgendwo hier in der Nähe ein Zimmer zu organisieren.«

»Warum kann ich nicht bei dir wohnen?«, fragte er erstaunt.

»In dieser *bunten Kiste?*«

Da lachte Lars wieder sein unbeschwertes Lachen. »Ich habe nicht vor, drei Wochen zu bleiben. Aber okay, besorge meinetwegen für uns ein schönes Hotel oder auch eine Hütte.«

Natürlich ging er davon aus, dass sie die Nächte zusammen verbrachten. Sollte sie diese Vorstellung jetzt am Telefon korrigieren? Jetzt, da es ihm sowieso nicht gut ging?

»Ich würde dich wirklich gern in vierzehn Tagen wiedersehen«, fuhr er in weichem Ton fort. »Zum ersten Advent sozusagen. Ich brauche dich, Julia. Das ist mir jetzt ganz besonders klar geworden. Besonders wenn es einem schlecht geht, braucht man den Partner«, fügte er in eindringlichem Ton hinzu, als ahnte er, dass er sie bereits verloren hatte.

* * *

Als Julia am nächsten Tag aus der Schule kam, entdeckte sie schon von weitem den silbernen Pick-up vor Emilys Veranda. Er blinkte ihr in der Sonne entgegen, als wolle er sie willkommen heißen. Und sofort begann ihr Herz schneller zu schlagen. Dummes Herz, schalt sie sich. Was erhoffte sie sich? Mit ungesund pochendem Puls ging sie ins Haus. Sie war sich ziemlich sicher, dass Josh ihren Wagen hatte kommen hören – vorausgesetzt, er war überhaupt bei Emily. Vielleicht kümmerte er sich auch um Lupas Futterstellen. Ein Klopfen an ihrer Haustür brachte ihr umgehend Klarheit.

»Wir haben dich kommen hören«, sagte Timmy. »Emily fragt, ob du mit uns Kaffee trinken möchtest. Sie hat Papas Lieblingskuchen gebacken.«

Lass es, flüsterte ihr Verstand ihr zu. Leider zu leise.

»Gern.« Liebevoll strich sie Timmy über die Locken. »Sehr gern sogar. Ich habe nämlich unheimlich großen Hunger. Mein Frühstück musste heute Morgen ausfallen, weil ich nichts mehr im Kühlschrank hatte.«

»Haben dir deine Schüler nichts abgegeben?«

Sie musste lachen. »Ich esse meinen Kids doch nichts weg.«

»Ich würde dir aber was von meinem Kindergartenfrühstück abgeben«, meinte der Kleine mit treuherziger Miene. Dann kicherte er. »Nur heute Morgen nicht. Heute hat Amy mir Brote gemacht. Die schmeckten nicht.«

Tim schien ein merkwürdiges Verhältnis zu seiner Mutter zu haben.

Sie lächelte flüchtig und folgte dem Kleinen, der sich inzwischen mithilfe seiner Krücke auf geräumten Wegen wieselflink bewegen konnte.

»Schön, dass du da bist«, begrüßte Emily sie mit herzlicher Umarmung an der Tür. Julia erwiderte die Geste nicht minder herzlich, während ihr Blick Josh suchte.

Er kam mit der Kaffeekanne aus der Küche, als sie sich an den langen gedeckten Holztisch setzte.

»Hi.« Mehr sagte er nicht. Und das mit flüchtigem Lächeln.

Da war er wieder, ihr *Mister Unhöflich*. Ob er ganz einfach nur unter Launen litt, sich über seine Frau geärgert hatte oder ihm ihre Anwesenheit grundsätzlich nicht passte?

»Hi«, erwiderte sie betont leichthin.

Emily überspielte die Situation, die auch sie wahrnehmen musste, indem sie munter zu plaudern begann. Sie erzählte ein wenig zu ausführlich von einer Nachbarin, die ihr das Kuchenrezept gegeben hatte, und davon, dass Bill gestern für sie indianisch gekocht hätte. Julia hörte zu, lächelte, nickte, stellte Fragen und aß dabei den Kuchen, der köstlich schmeckte. Josh schwieg, auch dann noch, als Timmy eine Geschichte aus dem Kindergarten zum Besten gab. Für sein Alter konnte er schon sehr gut erzählen, was Julia bewog, ihm ein Kompliment zu machen, woraufhin sich seine Wangen vor Stolz röteten.

»Und jetzt spielen wir«, beschloss Tim.

Sein Vater erhob sich. »Ich muss ...«

»Bitte, Papa ...« Mit einem herzzerreißenden Blick sah der Junge seinen Vater an, was auf diesen nicht ohne Wirkung blieb.

»Eigentlich muss ich zurück ins Sägewerk«, sagte Josh sichtlich hilflos.

»Josh ...« Es war Emilys weiche Stimme, die von einem ebensolchen Blick begleitet wurde, die Josh veranlasste, sich wieder zu setzen.

»Nun gut«, gab er sich geschlagen. »Aber nur drei Spiele. Danach fahre ich.«

»Ich räume schnell ab«, sagte Emily.

»Ich helfe dir«, bot sich Timmy an.

Beide verschwanden mit Geschirr und Bestecken in der Küche. Julia und Josh saßen sich gegenüber. Es herrschte plötzlich Stille im Raum, die nur das Geklapper und leise Stimmen in der Küche unterbrachen. Bis jetzt hatten sich die beiden nicht direkt angesehen. Nun konnte Julia nicht mehr anders. Sie richtete ihren Blick auf Josh – genau in dem Moment, als er auch sie ansah. Zwei Atemzüge lang verfingen sich ihre Blicke, dann schauten sie beide gleichzeitig weg.

»Es ist alles nicht so einfach«, hörte Julia Tims Vater mit unterdrückter Stimme sagen.

Sie ahnte, was er meinte: Es war nicht so einfach, all seinen Aufgaben und Verantwortungen gegenüber gerecht zu werden.

Sie nickte nur stumm und sah ihn wieder an. Ein Ausdruck von Sorge, Bedauern und Hilflosigkeit lag auf seinen attraktiven Zügen. Um etwas Unverfängliches zu sagen, fragte sie: »Hat euch die heiße Schokolade am Samstag geschmeckt?«

Josh schien sich erst einmal erinnern zu müssen. Dann nickte er. »Ja, dort oben ist es sehr schön. Hattest du auch ein gutes Wochenende?«

Überrascht von seinem Interesse, erzählte sie ihm begeistert von ihrem Skierlebnis.

»Ich würde auch gern mal wieder Skilaufen, aber es fehlt mir leider die Zeit dafür. Außerdem könnte ich Tim mit seinem gebrochenen Bein ja auch gar nicht mit auf die Piste nehmen.«

»Bei euch ist der Winter lang. Vielleicht im Februar oder März...«

Er hob die breiten Schultern und schwieg.

»Was macht Lupa?«, wechselte sie das Thema. »Ich habe sie in den vergangenen Tagen nicht mehr gesehen.«

»Sie ist noch in der Gegend. Ich habe ihr heute Vormittag Futter gebracht.«

»Soll ich das für dich in dieser Woche übernehmen?«, bot sie ihm ganz spontan an.

Erstaunen spiegelte sich auf seinem Gesicht wider. Dann schüttelte er den Kopf.

»Lass nur. Ich habe Susan gebeten. Sie ist ja vor Ort. In den nächsten Tagen habe ich dafür keine Zeit, aber Susan ist sehr zuverlässig.«

Schade, ging ihr durch den Sinn. Sie hätte so gern etwas für die Hündin getan. Und mit Josh Mayer eine Gemeinsamkeit gehabt, was sie sofort innerlich verurteilte. Dieser Mann war verheiratet. Noch niemals hatte sie etwas mit einem gebundenen Mann angefangen. Und das sollte tunlichst auch so bleiben.

»Wenn du möchtest, kannst du den Dienst in der nächsten Woche übernehmen«, bot Josh ihr nun an, als hätte er ihre Gedanken gelesen.

»Das mache ich sehr gern«, versicherte sie ihm eifrig.

»Susan muss dir dann nur vorher die Futterstellen zeigen.«

Sie nickte.

»Oder ich werde sie dir am Samstag zeigen, wenn ich Timmy abhole.«

Wow! Noch besser, jubilierte sie stumm.

Vorsicht, warnte sie umgehend ihre innere Stimme.

»Übrigens, Bill hat Lupa gestern gesehen«, erzählte Emily, die mit Tim aus der Küche kam und den letzten Teil ihres Gesprächs mitbekommen hatte. »Bill sagte, sie sei dicker geworden. Mit ihrer Niederkunft kann es nicht mehr lange dauern.«

»Was bedeutet *Niederkunft*?«, fragte Timmy.

»Wenn ein Hund Welpen bekommt«, erklärte Josh ihm.

»Kann ich eines von Lupas Jungen behalten?« Wieder ein flehender Kinderblick.

Josh schluckte sichtlich. »Wir haben dieses Thema schon öfter gehabt, und ich habe dir erklärt, dass zurzeit einfach nicht die richtige Lebensphase dafür ist. Außerdem wissen wir ja gar nicht, ob Lupa dann noch hier in der Gegend sein wird, wenn es so weit ist.«

»Sie wird da sein, wo ihr Futter ist«, sagte Julia ruhig und bestimmt, obwohl sie genau wusste, dass sie Josh mit dieser Bemerkung in gewisser Weise in den Rücken fiel. Doch sie konnte nicht anders. Timmy tat ihr leid. Nur zu gut kannte sie die tröstende Wirkung, die der Umgang mit Tieren für Kinder haben konnte. Und sie war sich sicher, dass Emily jeden Welpen im Haus akzeptieren würde, um Timmy glücklich zu sehen. Außerdem hatte Tim ja auch noch eine Mutter, und die schien ja nichts gegen einen neuen Hund zu haben. Josh Mayer sollte sich also nicht so anstellen.

Da blitzte es in den Männeraugen kurz auf. Dieses Blitzen verriet ihr nur allzu deutlich, dass Josh ihre Bemerkung eindeutig als unerwünschte Einmischung wertete.

»Ich wünsche mir so sehr einen kleinen Hund zu Weihnachten«, murmelte Tim nun mit bebenden Lippen. Man sah ihm an, dass er kurz davor war, in Tränen auszubrechen, sich dies jedoch nicht anmerken lassen wollte. Tapferer kleiner Mann, dachte Julia und hätte ihn am liebsten in die Arme genommen.

»Wenn Mama noch da wäre, hätte ich schon längst wieder einen Hund«, fügte er heftig hinzu.

Dieser Satz saß. Julia zuckte unter ihm innerlich zusammen. Das konnte nur heißen, dass Amy Mann und Kind verlassen hatte und nur noch im Sägewerk arbeitete – bestenfalls auch mal Tim zuliebe einen Familienausflug zu einer Berghütte machte. Doch welche Mutter verließ ihr Kind, einen solch süßen Jungen? Und einen solchen Ehemann? Sie biss sich so fest auf die Lippe, dass es schmerzte.

Josh senkte den Kopf. Emily rutschte auf dem Stuhl hin und her. Ein bedrückendes Schweigen senkte sich über den Tisch, das Emily schließlich beendete. Entschlossen streckte sie ihr Kinn vor und sagte:

»So, und jetzt spielen wir. Dein Papa muss gleich ja wieder zurück.«

Es wurde dann noch ein lustiger Spielnachmittag, der viel länger dauerte, als Josh geplant hatte. Als er aufbrach, war es schon lange dunkel. Er drückte seinen Sohn, der nun höchst zufrieden und auch müde war, an sich, küsste Emily auf die Wange und reichte Julia seine große, warme Hand. Sein Blick hielt ihren fest, drei, vier Lidschläge lang. Dabei lächelte er sie an. Es war wieder dieses besondere Lächeln, jungenhaft und verwegen zugleich, und sehr, sehr sexy.

»Bis auf bald«, meinte er dann, als er ihre Hand losließ.

»Bis Samstag«, erinnerte sie ihn. Sie wollte sichergehen, dass er ihre Verabredung nicht vergaß.

Gutmütig lachte er auf, als wüsste er genau um ihren Beweggrund. »Ja, bis Samstag«, bestätigte er ihr.

An diesem Abend kam Julia gedanklich nicht zur Ruhe. Josh lebte offensichtlich von seiner Frau getrennt, wenn die beiden auch noch geschäftlich miteinander zu tun hatten. Das ließ ihre unleugbare Affinität zu ihm in einem ganz anderen, neuen Licht erscheinen. Vielleicht würden sie sich doch noch näherkommen können?

Stopp!, gebot ihr der Verstand. Offiziell war sie noch nicht von Lars getrennt.

12.

Freitagmittag nach dem Unterricht begann für Julia das Wochenende. Das ruhige Winterwetter hielt sich noch, was laut Emily sehr ungewöhnlich war für November. Julia wollte es ausnutzen. Sobald sie zu Hause sein würde, wollte sie in die Loipe gehen. Vorher jedoch musste sie noch ein paar Lebensmittel fürs Wochenende einkaufen. Dafür hielt sie vor dem Supermarkt am Stadtrand an.

»Julia!«

Das war doch Timmys Stimme, dachte sie überrascht und drehte sich um. Mit strahlender Miene humpelte der Kleine mit seinem Gipsbein auf sie zu. Als sie die Frau wahrnahm, die hinter ihm hereilte, fiel es ihr schwer, sein Lächeln zu erwidern. Julia schätzte sie auf etwa dreißig. Oder sogar älter.

»Hi, ich bin Amy«, stellte sie sich in breitem Englisch vor. »Du bist bestimmt die deutsche Lehrerin. Tim hat mir schon von dir erzählt.«

Julia sah sie an, ohne auch nur ein einziges Wort hervorbringen zu können. Natürlich hatte sie sich schon gefragt, wie Joshs Frau aussehen mochte. Sie hatte sich für den *American-Girl-Typ* entschieden: groß, schlank, sportlich, natürlich, glattes langes blondes Haar, blaue Augen. Wie man sich doch irren konnte.

Sie zwang sich zu einem Lächeln.

»Hi. Ja, ich bin die deutsche Lehrerin«, erwiderte sie auf Englisch, was ihr nicht besonders geistreich vorkam.

»Amy hat mich vom Kindergarten abgeholt, weil ich heute Nachmittag zu einer Party eingeladen bin«, sagte Timmy hörbar aufgeregt in ihre Verwirrung hinein. »Da ist auch meine Freundin. Sie heißt Olivia.«

»Olivias Mutter und ich sind Freundinnen«, half ihr Amy jetzt mit einem Fotolächeln auf die Sprünge. »Olivia feiert heute bei ihrer Grandma ihren sechsten Geburtstag, ganz in der Nähe von uns.«

»Und Josh bringt mich Sonntagabend wieder zurück zu euch«, fügte Tim hinzu.

»Schön.« Mehr fiel Julia in diesen Augenblicken nicht ein. Immer noch hatte sie damit zu kämpfen, sich bewusst zu machen, dass die Frau vor ihr Joshs Ehefrau war. Als sie Amys fixierenden – oder eher taxierenden? – Blick spürte, gab sie sich schließlich einen Ruck. »Dann wünsche ich dir viel Spaß bei der Party«, sagte sie zu Timmy, verbot sich jedoch, ihm übers Haar zu streichen. Amy sandte sie ein freundliches Lächeln mit den Worten: »Ein schönes Wochenende.«

»Bye-bye.« Timmys Mutter hob die Hand, legte den Arm um die Schultern ihres Sohnes und machte kehrt. Tim sah sich jedoch noch einmal zu ihr um und rief: »Bis Sonntag!«

Nach dieser Begegnung wusste Julia nicht mehr, was sie eigentlich hatte einkaufen wollen. Wahllos warf sie einen Salat, Tomaten, Eier, Bacon und Toast in den Einkaufswagen und begab sich zur Kasse. Erst als sie im Wagen saß und in Richtung Blackfoot Village fuhr, beruhigte sich ihr Pulsschlag.

Das war also Amy gewesen. Joshs Frau. Amy Mayer hatte all ihre nur vagen Vorstellungen über sie Lügen gestraft. Amy war schlichtweg eine ... eine Sexbombe. Eine andere, treffendere Bezeichnung fiel ihr zu dieser Frau nicht ein, wenn diese auch ziemlich antiquiert war. Tizianrote Locken umrahmten ein herzförmiges, geschminktes Gesicht, in dem schwarz umrandete braune Augen mit dunkelrot geschminkten, vollen Lippen um die Aufmerksamkeit des Betrachters wetteiferten. Der ziemlich kurze Rock, zu dem Amy Stiefel mit Absatz und eine wattierte schwarze, nur taillenlange Jacke trug, zog wahrscheinlich jeden Männerblick auf sich. Zu allem Überfluss gab der geöffnete Reißverschluss dieser Jacke auch noch eine tief ausgeschnittene Bluse frei. Und das bei diesen Temperaturen. Unglaublich.

Julia schüttelte mehrmals den Kopf. Niemals hätte sie einem Mann wie Josh Mayer einen solchen Geschmack zugetraut. Aber so waren die Männer nun mal. Wahrscheinlich war Amy einfach gut im Bett. Das mochte das Geheimnis dafür sein, dass Josh sich nicht für andere Frauen – zum Beispiel für sie – interessierte. Ob Amy ihrem Mann treu war? Ihr erster Eindruck von Josh, als sie ihn im Warteraum des Hamburger Flughafens gesehen hatte, war der eines *Einsamen Wolfes* gewesen. Vielleicht war dieser Eindruck doch der richtige gewesen?

Kaum zu Hause angekommen, stieg Julia in die Langlaufskier. Sie brauchte dringend die frische, eiskalte Luft, um ihr angeheiztes Gemüt abzukühlen. Bevor sie das Haus verließ, packte sie schnell noch ein paar Stücke Wurst ein, für den Fall, dass sie Lupa begegnen würde.

Noch nie hatte Julia ein solches Tempo vorgelegt. Sie lief so schnell, als gäbe es etwas zu gewinnen. Nachdem sie Joshs Frau kennengelernt hatte, war ihr endgültig klar: Sie musste Josh Mayer ein für alle Mal aus ihrem Herzen verbannen. Dass er sich bereits dort im hintersten Winkel eingenistet hatte, konnte sie schon lange nicht mehr leugnen. Das jedoch musste jetzt aufhören. Wahrscheinlich würde er ihr sogar dabei helfen, indem er ihre morgige Verabredung cancelte. Timmy war bereits heute von seiner Mutter nach Hause geholt worden. Warum sollte er dann noch so viele Kilometer fahren – nur, um ihr die Futterstellen zu zeigen? Er würde ganz einfach Susan vom

Naturschutzbund anrufen und sie bitten, auch noch in der kommenden Woche für Lupa zu sorgen.

Irgendwann blieb Julia atemlos stehen, ungefähr an der Stelle, wo sie Josh vor knapp einer Woche mit Bills Schneemobil getroffen hatte. Wie sie sich angeschaut hatten! Josh hatte sich gefreut, sie zu sehen. Blödsinn, korrigierte sie sich. Das hatte sie sich eingebildet, sie hätte es nur gern so gehabt. Sie nahm die Trinkflasche aus der Gürteltasche und trank ein paar Schlucke. Die Geschwindigkeit hatte sie durstig gemacht. Als sie die Handschuhe wieder überzog, entdeckte sie Lupa.

Die Hündin stand im Tiefschnee neben dem Trail unter den herabhängenden Zweigen einer der Hemlocktannen und sah sie an. Ihre hellen Augen – Huskyaugen – besaßen etwas Hypnotisches. Die Intelligenz und Eindringlichkeit, die aus ihnen sprachen, gaben dem Tier etwas Menschliches. Lupas Bauch war dicker geworden. Dagegen traten ihre Rippenbögen noch deutlicher hervor als bei ihrer letzten Begegnung.

Julia spürte ein Kribbeln in der Kehle. Ihre Augen füllten sich mit Tränen. Die Einsamkeit, die die trächtige Hündin umgab, berührte sie, überflutete ihr Herz mit Mitleid für dieses arme Geschöpf, das irgendwelche Menschen irgendwann einmal davongejagt oder einfach vergessen hatten.

Während sie Lupas Blick standhielt, befahl sie sich, ganz gelassen zu bleiben. Die Hündin würde ihr nichts tun, dessen war sie sich ziemlich sicher – vorausgesetzt, Lupa würde sich von ihr nicht angegriffen fühlen. Sie wusste, wie wichtig es war, mit scheuen Tieren leise und ruhig umzugehen.

»Hi, du Schöne«, sagte sie. Dabei spürte sie ein zitterndes Lächeln auf ihren Lippen, das ihr aus dem Herzen brach. »Wie geht es dir denn?«

Der Hund regte sich nicht, wie angewachsen stand er da. Immerhin lief er nicht weg. Das verbuchte sie als Erfolg. In unterdrücktem, weichem Tonfall sprach sie behutsam weiter, sagte das, was ihr gerade einfiel. Irgendeinen zärtlichen Unsinn. Es ging ja nur darum, Lupa an ihre Stimme zu gewöhnen. Immer noch blieb die Hündin stehen, legte jetzt sogar den Kopf ein wenig schief, mit aufgestellten Ohren, als wollte sie ihr ganz genau lauschen. Julias Herz machte einen Sprung. Das Tier reagierte also auf sie.

»Ich habe dir etwas Leckeres mitgebracht«, redete sie weiter, wagte jedoch noch nicht, die Wurst aus der Gürteltasche zu nehmen, aus Angst davor, die Bewegung würde Lupa fliehen lassen. »Du hast doch bestimmt Hunger, du Schöne«, fuhr sie sanft fort. Dabei ging sie ganz langsam in die Knie, sodass sie auf Augenhöhe mit dem Tier gewesen wäre, wenn es direkt vor ihr gestanden hätte. Als sich Lupa immer noch nicht vom Fleck rührte, zog sie ebenso langsam den Handschuh von ihrer Rechten und streckte den Arm aus. »Komm her zu mir. Schnupper mal«, lockte sie die Hündin an, wohl wissend, welchem Risiko sie sich damit aussetzte. Doch sie verspürte keinerlei Angst. Ohne jede Vorbehalte, allein geleitet durch ihre Tierliebe, trat sie Lupa ganz selbstverständlich entgegen, so als würde sie sie bereits kennen. Kein Hund war von Geburt an gefährlich. Vielleicht erinnerte sich Lupa daran, dass auch nicht alle Menschen böse waren. In diese Gedanken versunken wartete sie geduldig auf eine Reaktion. Ihr Herz blieb dann jedoch jäh stehen, als sich die Hündin bewegte. Eigentlich wider ihres Erwartens. Lupa machte tatsächlich einen Schritt auf sie zu. Ob sie die frische Wurst in der Gürteltasche auf diese Entfernung roch? Leider war es nur ein Schritt, den Lupa machte. Dann schrie ein Vogel hoch in den Wipfeln der Tannen auf. Die Hündin kniff den Schwanz ein und floh in den Schutz des Waldes.

Julia hatte sich genauso erschreckt wie Lupa. Jetzt hörte sie über sich kräftige Flügelschläge. Sie schaute hoch in den Himmel, in den sich ein mächtiger Weißkopfseeadler erhoben hatte und sich auf seine Bahn begab. Ein paar Schneekristalle rieselten noch zu Boden, dann wurde es wieder still. Sie wartete noch eine Weile, obwohl sie sich sicher war, dass sich Lupa nicht mehr sehen lassen würde. Sollte sie die Wurst hier ablegen? Vielleicht würde die Hündin ja zurückkommen. Doch wie lange würde sie sich damit Zeit lassen? Gefrorene Wurst konnte ihrem Magen schaden. Womöglich würde der Geruch auch andere Tiere anlocken. Lieber nicht. Lupa bekam ja regelmäßig ihr Futter. Und für solch frische Leckereien würde es hoffentlich bald schon eine neue Gelegenheit geben.

* * *

Als Julia von ihrem Ausflug nach Hause zurückkam, leuchtete der Himmel im Westen bereits in zartem Rosé. Es trieben jedoch schon Wolkenmassen auf das Abendrot zu, die diese friedvolle Schönheit Lügen straften. Sie kündigten neuen Schnee an.

Julia wollte gerade Tee kochen, als das Telefon klingelte. Es war Eileens Telefon, das alarmierend schellte. Mit großen Augen sah sie auf das Display. Es zeigte ihre Nummer in Hamburg. Eileen rief sie von ihrem Festnetz an? Da musste irgendetwas passiert sein. Mit pochendem Puls drückte sie die grüne Taste.

»Eileen?« Sie hörte selbst, wie besorgt sie klang.

»Hallo, Süße, ich bin's«, erschall da Lars' muntere, vielleicht etwas zu laut klingende Stimme an ihrem Ohr.

»Lars?«

»Da staunst du, was? Jetzt weiß ich, wo ich meine Schildplattbrille vergessen hatte. In deiner Wohnung.«

War Lars etwa in Eileens Abwesenheit in ihre Wohnung gegangen? Oder hatte er sogar ihre kanadische Kollegin erschreckt, indem er ohne Vorankündigung einfach hineinspaziert war? Wie peinlich.

»Und ... und Eileen?«, kam ihr spontan über die Lippen.

»Eileen sitzt neben mir«, erwiderte Lars ganz selbstverständlich. »Sag Julia mal *Hi*«, hörte sie ihn fortfahren und nahm daraufhin auch prompt ein fröhliches *Hi-hi* wahr.

»Eileen war diejenige, die mir sagte, dass meine Brille bei dir ist«, klärte Lars sie auf. »Daraufhin bin ich heute nach Büroschluss bei ihr vorbeigefahren. Und da dachte ich, ich rufe dich bei dieser Gelegenheit auch gleich mal von dir zu Hause aus an. Ist mir die Überraschung gelungen?« Es folgte ein zufriedenes Lachen.

Ja, diese Überraschung war ihm tatsächlich gelungen. So sehr, dass sie sich von ihr immer noch nicht ganz erholt hatte. Woher kannten sich Eileen und Lars?

»Ich habe Eileen vor ein paar Tagen in unserem Bistro am Alsterufer kennengelernt«, erhielt sie nun auch prompt die Antwort. »Sie saß da mit ein paar Bekannten von mir. Nur ein paar Sätze, und ich habe sofort gewusst, dass sie nur deine kanadische Kollegin sein kann. Ist das kein Zufall? Ist schon komisch, wie klein die Welt ist, oder?«

Lars' Begeisterungsausbruch setzte in Julia eine Flut unterschiedlicher Empfindungen frei, denen sie so schnell gar keinen Namen geben konnte.

»Hi, Süße! Du sagst ja gar nichts«, bemerkte Lars nun in deutlich unsicherem Ton.

Tja, was sollte sie dazu sagen?

»Sorry, Lars«, erwiderte sie, wobei sie sich um einen verbindlichen Ton bemühte, »aber du erwischst mich in einer ungünstigen Situation. Ich bin gerade erst vom Langlauf gekommen, deswegen ist es gerade schlecht. Wir telefonieren morgen miteinander. Okay? Ciao.«

»Moment! Warte mal, Süße.« Lars klang plötzlich panisch. »Es bleibt doch bei nächstem Wochenende, oder? Eileen meint auch, wir müssten uns öfter sehen. Über diese weite Entfernung verliert man sonst schnell den Kontakt zueinander. Ich meine, den inneren ...«

Eileen? Also bitte, was ging die das denn an?

»Sorry, ich muss jetzt auflegen«, sagte sie entschlossen. »Wir können morgen über alles reden. Ciao.«

Dann drückte sie die rote Taste von Eileens Telefon. Mit dem Apparat in der Hand sank sie auf das bunte Sofa. Ihr war zumute, als wäre gerade der Schneesturm über sie hinweggefegt, der sich bereits am Himmel ankündigte. Was sollte das denn?, fragte sie sich mit verständnislosem Kopfschütteln. Plötzlich fühlte sie sich müde, zerschlagen. Körperlich wie geistig. Einen Atemzug später riss sie ein neuerliches Klingeln aus ihren Gedanken heraus. Es war Lynn, die ihr Treffen in der Westernbar wegen des Wetters absagte. Julia war nicht allzu traurig darüber. Durch die große Fensterfront blickte sie hinaus. Ums Haus fauchte bereits der Wind. Ob Lars noch lange bei Eileen bleiben würde? Ob er mit ihr über seine Probleme sprach? Oder hatten sich diese bereits erledigt – so locker, wie er drauf gewesen war? Oder hatte er die Probleme etwa nur erfunden, um einen Grund zu haben, sie nächste Woche besuchen zu können?, ging ihr plötzlich durch den Sinn. Lars wusste, dass sie eine soziale Ader hatte und anderen gern half.

Dieser Gedanke ließ sie bis zum Einschlafen nicht mehr los.

13.

Der Schneesturm war von Norden gekommen und hatte stundenlang gewütet. Räumfahrzeuge waren erst kurz vor Mitternacht zum Einsatz gekommen, um die Straßen wieder befahrbar zu machen. Timmy hatte mit Amy zusammen bei Amys Freundin übernachtet. Vom Sägewerk aus war kein Durchkommen möglich gewesen. Die orkanartigen Böen, das Schneetreiben vor den hohen Fenstern des Schlafzimmers, die bei schönem Wetter einen unverstellten Blick auf die Rockys boten, und die vielen Gedanken, die seinen Kopf marterten, hatten Josh in dieser Freitagnacht lange wachgehalten. Er war froh, als sich nach diesen zähen Stunden dann endlich ein heller Schein am östlichen Horizont erahnen ließ, der einen neuen Tag ankündigte. Nach zwei Bechern Kaffee brach er früh auf, noch in der Morgendämmerung, die sich an diesem Tag ungewöhnlich viel Zeit ließ. Gegen Mittag musste er zurück sein, um Timmy abzuholen.

Außer ihm befand sich zu dieser Zeit niemand auf dem schnurgeraden Highway, der sich durch die verschneite Landschaft schnitt. Hier und da fielen noch leichte Flocken. Mit jeder Meile, die er hinter sich ließ, wurde der Himmel heller. Die aufgehende, fahle Sonne ließ den Schnee in einem eigenartigen Zwielicht glänzen. So diffus wie das Licht waren auch seine Gefühle, mit denen er seinem Ziel entgegenfuhr – der Verabredung mit Julia. Ob sie sich überhaupt noch daran erinnerte?, fragte er sich, während sich die Stollenräder seines Pick-ups durch die Schneemassen pflügten, die sich vor Emilys

Haus türmten. Seine Tante hatte bestimmt bei Bill übernachtet, was erklärte, dass dieser noch nicht geräumt hatte.

Er parkte vor Julias Veranda. Und jetzt?, fragte er sich unsicher, als er ausstieg. Sollte er klopfen? Natürlich, sagte er sich dann entschlossen. Letztendlich konnte sie entscheiden, ob sie ihn so früh zu den Futterstellen begleiten oder es lassen wollte. Der Schnee knirschte unter seinen Stiefeln, als er die Stufen hinaufstieg.

»Hallo?« Er klopfte und horchte. Nichts. Keine Reaktion. Ob sie noch schlief? Er wagte nicht, durch eines der Fenster zu blicken. Es hätte ja sein können, dass sie womöglich gerade in diesem Moment nur sparsam bekleidet ins Bad laufen würde. Und diesen Anblick wollte er sich nun wirklich nicht antun. Ihm reichte schon die Wirkung, die sie angezogen auf ihn ausübte.

Er biss sich auf die Lippe, trat von einem Fuß auf den anderen und blickte dabei hoch zu den majestätischen Gipfeln der Rocky Mountains, die über jegliches Geschehen hier unten auf der Erde erhaben waren. Dann endlich hörte er Schritte im Haus, die Tür öffnete sich und dann ... dann stand Julia vor ihm. *Augen so grün wie der Lake Louise im Frühling, Haare so golden und schwer wie süßer Honig*, hatte Bill sie in der bildhaften Sprache seines Stammes an dem Abend beschrieben, bevor er sie beim Potluck wiedergesehen hatte. Wie umwerfend schön diese Frau war! Auch jetzt musste er sich wieder zusammennehmen, um seinen Blick im Zaum zu halten.

»Hi. Ich hoffe, du bist nicht überrascht, dass ich so früh hier auftauche«, sagte er auf Deutsch.

Er sprach gern mit ihr die Sprache seines Vaters.

Sie lächelte ihn an. Ja, sie strahlte geradezu, als wäre sie freudig überrascht, ihn hier stehen zu sehen.

»Schön, dass du gekommen bist«, erwiderte sie mit ihrer

melodisch klingenden Stimme und lachte weich. »Für mich ist es nicht zu früh. Ich konnte wegen des Sturms sowieso kaum schlafen und war schon zeitig wach.«

Wieder spürte er die Wärme, die von ihr ausging. Eine Wärme, die ihn anzog und die vielleicht die Kälte in seinem Leben hätte vertreiben können, wenn da nicht Amelie gewesen wäre.

»Magst du reinkommen auf einen Kaffee, oder wollen wir gleich ...?« Sichtlich unsicher sah sie zu ihm hoch.

»Leider habe ich nur wenig Zeit«, musste er ihr nun antworten, obwohl er es viel lieber anders gehabt hätte.

»Okay.« Sie nickte freundlich. »Ich hole meinen Parka.«

Sie wandte sich von der Tür ab und ging in den kleinen Abstellraum. Ihre Bewegungen waren leicht und geschmeidig, und bei jedem Schritt wippte der Pferdeschwanz, der ihr etwas Mädchenhaftes gab, hin und her. Er wandte sich ab und stellte sich ans Geländer, den Blick auf die verschneiten Wälder gerichtet. Dann hörte er, wie sie wiederkam und die Tür schloss. Sie schickte sich gerade an, den Parka anzuziehen.

»Lass mich.« War das seine Stimme? Wie ferngesteuert durch eine fremde Macht nahm er ihr die Jacke ab und half ihr hinein. Dabei stand er so dicht hinter ihr, dass er ihren Duft einatmete. Es war der gleiche zarte Pfirsichduft, den sie bei ihrer vierten Begegnung im Büro des Naturschutzbundes zurückgelassen hatte. Wie zur Erinnerung an sie, so hatte er es fast empfunden. Dieser Duft passte so gut zu ihr.

»Danke«, hörte er sie in belustigtem Ton sagen, als sie in die Ärmel schlüpfte. »Kanadische Männer haben ja doch Manieren.«

Er musste lachen, wusste er doch genau, worauf sie anspielte.

»Das war eine absolute Ausnahmesituation«, verteidigte

er sich. »Ich stand irgendwie unter Schock. Tims Unfall...« Sollte er ihr seine damalige innere Verfassung erklären? Dieses Déjà-vu-Erlebnis? Nein, lieber nicht.

Während ihm diese Überlegungen durch den Kopf gingen, zog er ihr ganz automatisch den langen Pferdeschwanz unter dem Fellfutter hervor. Wundervolles, gelocktes Haar, seidig, weich und duftend. Als ihm diese vertraute Geste bewusst wurde, trat er schnell, geradezu entsetzt über sich, zwei Schritte von ihr zurück, als hätte er ins Feuer gegriffen.

Julia drehte sich um und sah zu ihm hoch. Verwirrung lag in ihrem Blick, die gleiche Verwirrung, die auch er in diesen Augenblicken empfand. Er stopfte die Hände in die Taschen seiner Daunenjacke, ballte sie zu Fäusten. Dann zwang er sich zu einem sachlichen Ton: »Ich habe Schneeschuhe für dich im Wagen. Ohne die schaffen wir es nicht zu den Futterstellen.«

Sie nickte nur und konzentrierte sich mit gesenktem Kopf darauf, den Reißverschluss ihres Parkas hochzuziehen. Derweil holte er die Schuhe aus seinem Pick-up.

»Kennst du dich damit aus?« Er reichte ihr das Paar.

Wieder nickte sie, ohne ihn anzusehen. Und während sie sich bückte, um die Schuhe anzuschnallen, sagte sie: »Als Schülerin war ich oft auf Skifreizeiten in den Alpen. Da haben wir auch Schneewanderungen gemacht.«

»Dann bist du also eine gute Skifahrerin?«, erkundigte er sich, als sie auf den alten Indianertrail zustapften.

Hörbar verlegen lachte sie. »Es geht. Der weiße Sport macht mir auf alle Fälle sehr viel Spaß. Und wenn man etwas gern tut, ist man auch in der Regel gut darin.«

Wieder so ein Spruch von ihr, der ihm gefiel.

»Wo warst du denn überall in den Alpen?«, fragte er neugierig. Er kannte aus seiner Kindheit nur die bayerischen und österreichischen Berge.

Sie begann zu erzählen, und er hörte ihr zu. Nein, er lauschte ihr geradezu andächtig, mehr dem Timbre ihrer Stimme, die ihn durch ihre Sanftheit einlullte, als ihren Worten. Und dabei wünschte er sich, sie würde niemals aufhören zu erzählen.

* * *

Natürlich hatte sich Julia an diesem Samstagmorgen für eine Schneewanderung zu den Futterstellen angezogen, obwohl sie nicht daran glaubte, dass Josh tatsächlich kommen würde. Dennoch spürte sie nach dem Aufwachen eine ungesunde Unruhe in sich, die sie umtrieb. Immer mit einem Ohr auf die Geräusche nach draußen gerichtet, spülte sie Geschirr, räumte Gegenstände von rechts nach links und kämmte ihr Haar schließlich zum Pferdeschwanz, der nicht nur praktisch war, sondern ihr auch noch gut stand. Und den Lars geradezu hasste. Als sie dann Motorgeräusch vernahm, redete sie sich aus reinem Zweckpessimismus ein, Emily würde zurückkommen. Oder Bill, um Schnee zu räumen. Sie wagte gar nicht, durchs Fenster zu blicken, aus Angst, ihre Vermutung könnte sich bestätigen. Als es an ihrer Haustür klopfte, setzte ihr Herz ein paar Schläge aus.

Josh! Das konnte nur Josh sein. Sie erkannte seine hohe Gestalt durch das kleine Fenster in der Holztür und straffte sich. Jetzt war Gelassenheit angesagt. Nur nicht zeigen, wie sehr sie sich freute, dass er ihre Verabredung nicht vergessen hatte. Auch wenn es ihm womöglich mehr darum ging, dass sie in der kommenden Woche Lupa versorgte, würde sie an diesem Morgen ein bisschen Zeit mit ihm verbringen. Und zwar genau dort, wo sie sich beide wohlfühlten: in der unberührten Natur.

Mit angehaltenem Atem öffnete sie. Da wehte ihr auch

schon der Wind Joshs Geruch in die Nase, den Duft von seinem angenehm riechenden Aftershave, den von Zedernholz und Leder, vermischt mit dem von frischer Bergluft. Einen so betörenden Duft, dass er sie für den Bruchteil einer Sekunde schwindlig machte. Sie sah zu Josh hoch, in seine so ungewöhnlich blauen Augen, in denen sie ein Leuchten zu erkennen glaubte, das diesen grauen Morgen sofort erhellte.

Und wieder zog seine Aura sie völlig in den Bann. Er war nicht nur ein äußerst attraktiver Mann. Nein, er besaß eine faszinierende Ausstrahlung, die in ihr etwas zum Schwingen brachte, das sie nie zuvor gespürt hatte. In diesem Augenblick brach ein Jubel in ihr los. Ja, sie freute sich, dass er gekommen war, dass es ihn überhaupt gab, dass sie ihn kennengelernt hatte. Und während ihre Blicke ineinandertauchten, vergaß sie Amy. Sie genoss einfach nur das köstliche Gefühl, Josh nahe zu sein. Er stand nicht nur greifbar vor ihr. Vielmehr glaubte sie wieder, ihn bereits gut zu kennen, empfand erneut dieses seltsame und widersinnige Gefühl von Vertrautheit.

»Hi. Ich hoffe, du bist nicht überrascht, dass ich so früh hier auftauche.« Seine rauchige Stimme machte jedes Wort samten, ließ ihr jedes einzelne unter die Haut gehen und machte es ihr schwer, so natürlich und gelassen wie möglich zu wirken. Als er ihr dann auch noch das Haar aus dem Parka holte, wobei seine Finger nur für den Bruchteil einer Sekunde ihren nackten Nacken berührten, ließ ihr Verstand sie völlig im Stich. Ihre Kehle funktionierte nicht mehr, sie war unfähig zu sprechen, konnte kaum stehen. Auch während sie ihm dann im Trail von ihren Skifreizeiten erzählte, spürte sie diese winzige Berührung noch, als hätte sie sich in ihren Nacken eingebrannt.

Inzwischen schweigen sie beide. Sie stapften hintereinander her. Josh ging voran, und sie folgte ihm in der Spur, die er zog.

Trotz des schweren Rucksacks legte er ein flottes Tempo vor. Ihr Atem ging keuchend, ihr war warm. Die Fellkapuze hatte sie längst abgestreift. Einige Male schaute sie hoch zum Himmel. Die Sonne gab sich immer mehr Mühe, durch die restlichen grauen Wolken zu dringen. Hier und da blitzte bereits ein Stückchen Blau auf.

Josh blieb stehen und streckte den Arm aus.

»Zur ersten Futterstelle müssen wir hier links rein.«

Sie duckten sich unter die Zweige der Hemlocktannen. Schnee rieselte auf sie herunter. Die kalten Flocken schmolzen auf ihren heißen Wangen. Ihre Kälte tat ihr gut, machte sie ruhiger. Vorfreude kam in ihr auf. Vielleicht würden sie sogar Lupa begegnen. Natürlich hatte sie wieder Wurst eingesteckt.

Josh blieb stehen, gebot ihr durch ein Zeichen, ebenfalls stehen zu bleiben. Über die Schulter hinweg sah er sie an und lächelte geheimnisvoll. Dann zeigte er auf die Spur im Schnee, die sie noch nicht entdeckt hatte – und auch nicht hätte lesen können. Es konnte nur Lupas Spur sein. Sie führte tiefer in den Wald hinein. Josh nickte ihr erwartungsvoll zu. Sie verstand. Lupa war schon vor ihnen hier gewesen. Sie nickte zurück und lächelte ihn wissend an. Daraufhin machte er ihr ein Zeichen, dass es weiterging.

Josh folgte der Spur, die sie tatsächlich zur Futterstelle führte, zu einer Holzwanne auf Stelzen mit einem tief gezogenen Satteldach. Die Wanne besaß die richtige Höhe, sodass Lupa, wenn sie sich auf die Hinterläufe stellte, ihr Futter problemlos fressen konnte. Wasser brauchte sie ja nicht. Schnee gab es genug.

»Hier sind wir«, sagte Josh mit unterdrückter Stimme. »Falls sie hier in der Nähe ist, hat sie uns natürlich längst gehört.«

»Vielleicht lässt sie sich ja gleich sehen«, erwiderte sie und erzählte ihm von ihrer Begegnung mit Lupa am Vortag. »Ich habe natürlich wieder Wurst bei mir«, fügte sie mit verschwörerischem Zwinkern hinzu.

»Ich glaube nicht, dass du sie damit anlocken kannst. Dafür ist sie zu scheu.« Josh öffnete den Rucksack und verteilte das Trockenfutter in der Wanne.

Julia sah sich derweil um. Die Futterstelle stand auf einer kleinen Lichtung, die von mächtigen Hemlocktannen umrundet wurde, deren Wipfel sich einander zuneigten und so den Futterplatz überdachten. Dieses Dach hatte viel vom nächtlichen Neuschnee abgehalten.

»Ihr habt den Platz perfekt ausgesucht«, sagte Julia beeindruckt.

»Die andere liegt ähnlich geschützt. Die zeige ich dir gleich.«

»Lupa ist heute schon hier gewesen, hat aber noch nichts vom Futter genommen. Schau mal.« Ganz deutlich waren hier die Hundepfoten zu erkennen. Julia sah Josh an. »Lass uns doch eine Weile hier warten. Vielleicht kommt sie ja gleich. Sie wird Hunger haben.« Sie bemerkte, wie er zögerte, wie er überlegte. Klar, sie wusste, an diesem Vormittag hatte er nur wenig Zeit.

»Okay«, stimmte er ihr dann zu ihrer Überraschung zu. »Lass uns aber lieber wieder ein Stück in den Wald hineingehen.«

Gemeinsam zogen sie sich zurück an eine Stelle, die ihnen freien Blick auf die Futterstelle bot. Hier lag der Schnee wieder kniehoch. Mit einer einzigen Bewegung fegte Josh ihn von einem der Holzstapel.

»Bitte ...« Mit einladender Geste und diesem faszinierenden Lächeln forderte er sie auf, Platz zu nehmen.

Dicht nebeneinander saßen sie nun da und schwiegen. Es war ein harmonisches Schweigen, wie zwischen zwei Menschen, die auf einer Wellenlänge liegen.

Welch eine Stille, welch ein Frieden!, dachte Julia voller Dankbarkeit an den Großen Manitu, an den sie sich hier in der kanadischen Wildnis, wo er hingehörte, wieder erinnerte. Sie lächelte hoch zu der blassen Wintersonne, die ein paar gleißende Strahlen durch das Geäst der Bäume auf sie herunterschickte. Die Zweige über ihnen trugen dicke Schneepolster, der Boden um sie herum war mit tausenden von Diamanten bestreut, die die Sonnenstrahlen funkeln ließen. Eine Märchenwelt. Ja, und sie mittendrin, mit ihrem Märchenprinzen ganz nah an ihrer Seite.

Jetzt aber!, rief sie sich stumm zur Ordnung. Um sich von diesem Kitsch abzulenken, konzentrierte sie sich wieder auf die Natur.

Hin und wieder federten ein paar Zweige, und weißer Puder stäubte in die kristallklare Luft. Hier und da rief ein Vogel in den Wipfeln. Dann wurde es wieder still. Ihr Atem malte kleine Fähnchen. Sie sah ihnen nach, wie sie mit denen von Joshs Atem hoch über ihren Köpfen anmutig zu tanzen begannen.

Diese Sekunden oder Minuten waren die schönsten, die Julia bisher in Kanada erlebt hatte. Sie wusste, dass sie sie nie vergessen würde. Ganz gleich, wie das Leben weitergehen mochte. Es waren die Momente, von denen man in schlechten Zeiten zehren konnte. Sie versprachen, dass es ein Verschmelzen zweier Seelen doch gab, wenn vielleicht auch nur für die Zeit einiger Herzschläge lang.

In dieser romantischen – oder kitschigen? – Stimmung sah sie Josh von der Seite an. Sie konnte gar nicht anders. Spürte auch er diese Atmosphäre der Vertrautheit zwischen ihnen? Ja, so musste es sein. Die Intensität, mit der er ihren Blick erwiderte, jagte ihr einen Schauer über die Haut. Er schaute sie an, als sähe er sie zum ersten Mal. Ihr Blick wurde von seinem gefangen gehalten, und selbst, wenn sie gewollt hätte, hätte sie den Bann nicht brechen können. Sie spürte die Kraft, die von diesem Mann ausging. Und dann ... Dann wandte er sich von ihr ab.

Sein Blick richtete sich wieder auf die Futterstelle. Er verschränkte die Arme vor der Brust, rückte von ihr ab. In Verteidigungsstellung, darauf bedacht, sicheren Abstand zu ihr zu wahren, blieb er sitzen, um dann, bevor sie sich von seinem Stimmungswechsel erholt hatte, mit heiserer Stimme zu sagen:

»Lass uns zu der anderen Futterstelle gehen. Ich muss bald wieder zurück.«

Zurück zu seiner Frau. Ja, sie verstand. Immerhin konnte sie für sich verbuchen, dass sie ihm gefiel. So viel Erfahrung im Umgang mit Männern besaß sie schon, um das nach diesem Morgen beurteilen zu können. Doch ein Typ wie er hatte Prinzipien.

Rasch stand sie auf und schloss sich Josh an, der sich so schnell, als wäre er auf der Flucht, auf seinen Schneeschuhen einen Weg durch den Tiefschnee bahnte. Da verspürte sie einen Anflug von Wehmut, von Bedauern, ein Gefühl, das sich immer dann einstellt, wenn man glaubt, etwas Schönes verpasst zu haben.

* * *

Damnd! Josh stieß den Atem scharf aus, während er sich durch den Schnee kämpfte. Worauf hatte er sich eingelassen? Er konnte nicht genug bekommen von ihrer Nähe. Es war beinahe so, als würde sie ihn aus einer schon ewig dauernden Erstarrung reißen.

In Julias Gegenwart fühlte er sich lebendig. Ja, das war es. Er merkte, wie das Blut durch seine Adern rauschte, sobald er ihrer nur ansichtig wurde, als würde ihn ihre Anwesenheit mit einer bisher nie gekannten Energie aufladen. Und gerade ... Wie sie ihn angesehen hatte! Ohne jede Koketterie. In diesen wunderschönen Frauenaugen hatte er nur zu deutlich gelesen, dass er ihr gefiel. Und noch mehr. Auch sie schien diese besondere Affinität zwischen ihnen zu spüren. Da war er sich sicher.

Er konnte sich auf einen Flirt mit ihr einlassen. Ein bisschen Flirten, vielleicht ein One-Night-Stand? Nein, dazu war sie ihm zu wertvoll. Außerdem musste er sich an seine Prioritäten erinnern: Timmy, seine Arbeit, Amelie und seine selbst auferlegte Enthaltsamkeit, wenn diese sein schlechtes Gewissen auch nicht mindern konnte.

Die Bewegung in der eisklaren Luft kühlte sein Gemüt ab. Er hörte das Scharren von Julias Schneeschuhen hinter sich. Ansonsten war es still um sie beide herum. Jetzt jedoch empfand er die Stille als bedrückend, ganz anders als noch vor ein paar Minuten, als sie zusammen auf Lupa gewartet hatten. Der Zauber war verflogen. Er war sich seiner Situation wieder voll bewusst geworden. Ganz abgesehen davon war Julia keine Frau für nur eine Nacht. Sie war anders als Amy. Amy ...!, fiel ihm jetzt wieder ein. Er würde die beiden noch abholen müssen. Nun hieß es, schnell die andere Futterstelle zu befüllen, damit Lupa etwas zu fressen bekam, und dann würde er zurückfahren. In der kommenden Woche wollte sich Julia um die Versorgung der Hündin kümmern. Das Futter in seinem Pick-up musste er noch abladen. Julia mochte Lupa. Und allein dafür schon mochte er Julia. Mehr als es sein durfte.

14.

Am frühen Nachmittag machte Julia sich auf den Weg nach Banff, wo sie mit einigen Kollegen verabredet war, um ein Konzept für die Weihnachtsfeier in der Schule auszuarbeiten.

Als sie in den Ort hineinfuhr, staunte sie nicht schlecht. Über Nacht weihnachtete es hier. Aus den Schaufenstern blinkten ihr übergroße rotwangige Weihnachtsmänner, Rentiere, Schneemänner und Lichterketten zu. Ja, am nächsten Sonntag war der erste Advent. Bei diesem Gedanken kamen ihr die roten Bratäpfel in den Sinn, die Corinna stets am ersten Adventssonntag backte. Abends gab es dann auf dem Hof am Feuerbecken den ersten Punsch dieser Jahreszeit. Für all diese Gedanken blieb Julia jedoch nicht viel Zeit. Ihre Kollegen warteten bereits auf sie. Selbst die Arbeit außerhalb der Schulzeit machte ihr hier Spaß. Als das Konzept für die Weihnachtsfeier endlich stand, fragte Andy bei der Verabschiedung: »Hast du Zeit und Lust, morgen mit meinem Freund und mir nach British Columbia zum Heliskiing zu fliegen?«

Ja, Julia hatte Zeit, und sie hatte Lust. Sogar große Lust. Ohne zu zögern, sagte sie zu. »Ich kann aber erst am späten Vormittag weg«, fügte sie rasch hinzu.

Morgens war sie ja mit Lupa verabredet.

»Super. Ich freue mich. Du wirst sehen, das wird ein einmaliges Erlebnis für dich werden.«

»Wie lange dauert es bis dahin?«, fragte sie. Die Gletscher in Banff lagen doch zum Greifen nah.

»British Columbia liegt knapp eineinhalb Autostunden von

Banff entfernt, aber mit dem Helikopter geht es natürlich viel schneller.« Verschwörerisch zwinkerte er ihr zu. »Du wirst begeistert sein.«

* * *

Als Julia auf Emilys Haus zufuhr, fiel ihr sofort das Rentiergespann auf der Veranda auf: ein bunter, von vier fast lebensgroßen Rentieren gezogener Schlitten, an dessen Spitze Rudolph, das rotnasige Rentier, stand. Auf dem Schlitten thronte Santa Claus, der in Kanada am Weihnachtsabend von Haus zu Haus fuhr, durch den Kamin stieg und dort die Geschenke für die Kinder ablegte. Das Geländer der Veranda wie auch den Giebel zierten Lichterketten mit bunten Lämpchen. Emilys Haustür war mit Tannengrün und Mistelzweigen geschmückt. Julia musste lächeln. Bei so viel weihnachtlichem Prunk konnte sie nun nicht mehr darüber hinwegsehen, dass Weihnachten im wahrsten Sinne des Wortes vor der Tür stand. Sie stieg in dem Moment aus, als ihre Vermieterin nach draußen trat.

»Ich bin wieder da«, verkündete eine strahlende Emily. »Hoffentlich hattest du in der vergangenen Nacht keine Angst bei dem Sturm. Ich bin bei Bill geblieben.«

Julia lächelte sie an. »Und heute hast du gleich nach deiner Rückkehr alles geschmückt.«

»Bill hat mir geholfen. Er ist eben erst gefahren. Hast du heute Abend schon etwas vor?«, wechselte Emily das Thema.

»Nichts Besonderes. Ich wollte es mir vorm Kamin gemütlich machen. Vielleicht lesen oder ...«

»Magst du auf einen Punsch zu mir rüberkommen? Bill und ich sehen uns erst morgen wieder, wenn wir Timmy am Spätnachmittag abholen.«

Ob Amy ihrem Ehemann verboten hatte, den Jungen zu

bringen, nachdem sie sie am Freitag kennengelernt hatte?, ging Julia durch den Kopf, wofür sie sich umgehend schalt. Mist. Warum konnte sie von dem Thema *Josh* nicht ablassen?

* * *

Julia wollte die Haustür gerade hinter sich zuziehen, als ihr Handy den Eingang einer SMS ankündigte. »Hi, Süße. Kommendes Wochenende bin ich bei dir«, schrieb Lars und hatte die Nachricht, die ihr im ersten Augenblick wie eine Drohung vorkam, mit einem verschwörerisch zwinkernden Smiley dekoriert. Mit einem tiefen Seufzer stapfte sie auf Emilys Haus zu, das auch drinnen üppig geschmückt war. Kerzen brannten; es duftete nach Weihnachtszeit.

Emily freute sich sichtlich über ihren Besuch, und sie kamen auch gleich ganz ungezwungen ins Gespräch. Im Nachhinein hätte Julia nicht mehr sagen können, ob es die heimelige Atmosphäre in Emilys Haus, die mütterliche Ausstrahlung ihrer Vermieterin oder das erste Glas Punsch auf nüchternem Magen war, das sie bewog, mit Joshs Tante zum ersten Mal über Joshs Frau zu reden.

»Freitagmittag habe ich Timmy und seine Mutter im Supermarkt getroffen«, erzählte sie Emily, deren Hand, die gerade in die Schale mit den Peanutsplätzchen griff, in der Luft hängen blieb.

Die dunklen Frauenaugen sahen sie verständnislos an. »Tim und seine Mutter?«

»Ja. Amy«, erwiderte sie mit bekräftigendem Nicken.

»Amelie ist seit zwei Jahren tot.«

Tot? Unwillkürlich zuckte sie zusammen. Hatte sie richtig verstanden?

»Joshs Frau hat in dem Auto gesessen, in dem auch meine

Schwester und mein Schwager, Joshs Eltern, waren. Sie sind aus einer Kurve geflogen und in eine Schlucht gestürzt. Alle drei waren auf der Stelle tot, laut Aussagen der Rettungsleute.« Während Emily sprach, starrte sie aus dem Fenster in die Dunkelheit.

Julia fühlte sich außerstande, etwas zu sagen. In ihrem Kopf herrschte absolutes Chaos. Timmy wuchs ohne Mutter auf? Josh war alleinerziehender Vater? Seit zwei Jahren schon? Aber Amelie ... Amy?

Völlig verwirrt sah sie Emily von der Seite an, die jetzt fortfuhr: »Als Josh bei seiner Landung in Calgary von Tims Unfall erfuhr, kam sofort die Panik in ihm hoch, jetzt auch noch sein Kind zu verlieren. Deshalb seine Reaktion in dem Mietwagenbüro.« Emily wandte sich ihr wieder zu und lächelte matt. »Verstehst du?«

Ganz automatisch nickte sie. Aber wer war dann Amy? Sie räusperte sich, um ihrer Stimme einen festen Klang zu geben, und fragte: »Timmys Mutter hieß Amelie?«

Auf dem Gesicht der Älteren zeigte sich ein weiches Lächeln. »Amelie ist eine Nebenform von dem germanischen Namen Amalia, was die Sanfte, die Tapfere bedeutet. Dieser Name passte so gut zu ihr.«

Julia musste sich noch einmal räuspern. Zu schwer ging ihr die nächste Frage über die Lippen.

»Aber wer ist dann Amy? Ich dachte ...« Sie verstummte, hielt unwillkürlich die Luft an.

»Joshs Sekretärin«, lautete Emilys Antwort.

Joshs Sekretärin also, wiederholte sie stumm. In Gedanken versunken nahm sie von dem Weihnachtsgebäck und knabberte daran. Abgesehen von dem Schock, den Emilys Geschichte gerade in ihr ausgelöst hatte, hätte sie sich jetzt doch eigentlich entspannen können. Josh war seit zwei Jahren Witwer. Es gab keine Ehefrau. Doch da war noch eine winzige Unklarheit: Welche Rolle spielte Amy in seinem Leben? Gehörte zum Aufgabenbereich einer Sekretärin, mit dem Sohn des Chefs auf die Geburtstagsparty der Tochter ihrer Freundin zu gehen oder mit Vater und Sohn samstags zu einer Berghütte zu fahren, wo es die beste Schokolade gab?

Irgendwann spürte Julia, dass Emily sie ansah. Sie erwiderte deren Blick, zwang sich zu einem Lächeln und wartete darauf, dass Joshs Tante noch etwas zu Amy sagen würde. Emily schwieg jedoch. In ihren großen dunklen Augen lag ein forschender Ausdruck. Wartete Emily darauf, dass sie noch etwas zu Amy sagen oder fragen würde?

»Hast du mit dem blonden, jungen Mann aus Hamburg Schluss gemacht?« Emilys Frage traf Julia wie ein Keulenschlag. Was sollte dieser Themenwechsel bedeuten?

»Er kommt nächstes Wochenende, um mit mir über alles zu reden. Für mich ist diese Beziehung zu Ende.«

Sie nahm ein paar kleine Schlucke Punsch, der sogleich eine Hitzewallung in ihr auslöste. Plötzlich fühlte sie sich unwohl. Eine merkwürdige Stimmung hing in dem hohen Raum. Emily war diejenige, die dieser gespannten Atmosphäre ein Ende machte.

»Möchtest du ein Foto von Timmys Mutter sehen?«

Amelie Mayer war eine schöne Frau gewesen. Groß, fast so groß wie Josh, schlank, ein klar geschnittenes Gesicht mit grauen Augen und weichem Mund. Der blonde Kurzhaarschnitt gab ihr etwas Sportliches. Auf dem Foto trug sie einen Skianzug und winkte lachend in die Kamera.

»Amelie und Josh waren glücklich miteinander«, hörte sie Emily leise sagen. »Timmy war erst vier Jahre alt, als seine Mutter verunglückte.«

»Timmy spricht kaum von ihr.«

»Der Psychologe, bei dem Josh Rat gesucht hat, meinte, das wäre nicht unnormal für Kinder in Tims Alter. Das sei ihre Art, mit einem solchen Verlust fertigzuwerden. Er hat uns geraten, Timmy ein Jahr später einzuschulen. Zumal nach Amelies Tod auch noch sein Hund eingeschläfert werden musste.«

Der arme Junge. Er hat schon so viel erleiden müssen. Das waren Bills Worte gewesen, als sie ihn zum ersten Mal gesehen hatte. Jetzt erst konnte sie diese richtig einordnen.

Sie biss sich auf die Lippe, bevor sie vorsichtig sagte: »Vielleicht wäre es wirklich gut für Timmy, wenn er zu Weihnachten einen Hund bekommen würde.«

»Das sehe ich genauso, aber du hast ja gehört, wie Josh darüber denkt. Ich kann ihn natürlich auch verstehen. Einen Hund zu haben bedeutet, Verantwortung zu tragen. Und auch zeitliche Einschränkung. Josh hat genug um die Ohren, und Tim ist noch zu jung, um sich allein um ein Tier kümmern zu können. Lass uns über etwas anderes reden«, schlug Emily mit einem Seufzer vor. »Es war damals eine schlimme Zeit. Ich habe an meiner Schwester sehr gehangen. Sie zu verlieren...« Zwei Lidschläge lang versagte ihr die Stimme. Dann begann sie zu lächeln. »Bill und seine Mutter haben mich in dieser Zeit durch ihre Einstellung zum Leben sehr getröstet. *Verzweifle niemals*, sagten sie immer zu mir. *Die Tage vergehen wie das im Wind fliegende Herbstlaub, sie kehren jedoch auch wieder mit dem reinen Himmel und der Pracht der Wälder. Aufs Neue wird jedes Samenkorn erweckt. Genauso verläuft das Leben.* Diese indianische Lebensweisheit hat mir immer wieder aus dem tiefen Loch der Verzweiflung herausgeholfen.«

An diesem Abend wollte es den beiden Frauen dann doch nicht mehr so recht gelingen, unbeschwert zu sein. Julia verabschiedete sich auch bald.

»Ich muss morgen früh aufstehen«, entschuldigte sie sich. »Ich bringe Lupa zum ersten Mal Futter.«

»Schön, wie du dich einbringst.« Emily strahlte sie an.

»Ja...« Sie nickte mit eindringlichem Blick. »Ich habe gleich gewusst, dass du hier hingehörst.«

Da war Julia zumute, als würde eine warme Woge ihr Herz überspülen. Ganz spontan nahm sie Emily in die Arme, die ihre Umarmung genauso stumm und herzlich erwiderte.

* * *

Als sich Julia am nächsten Morgen auf den Weg zu den Futterstellen machte, war es noch dämmrig. Mit frischer Energie stieß sie die Stöcke in den Schnee. Noch lag ein gespenstisches Licht über den Rockys, das sich mit dem Nebel über den bewaldeten Hängen vermischte. Dann wurde es rasch heller, und als sich die Sonne über die Berge schob, begann der Schnee um sie herum zu glühen. Der klare Himmel versprach einen weiteren sonnigen Tag – genau das richtige Wetter für das Heliskiing, auf das sie sich schon freute.

Während sie die klare, kalte Luft einatmete, wurde ihr erneut bewusst, in welcher Wunderwelt sie sich hier befand, wie gut diese Welt ihrem seelischen Gleichgewicht tat. Und in dieser Wunderwelt erschien dann auch ein paar Atemzüge später Lupa. Die Hündin tauchte wie aus dem Nichts neben dem Trail auf. Wie beim allerersten Mal stand sie dort wie eine Statue. Julia hielt im Lauf inne, wagte nicht, sich zu bewegen. Natürlich hatte sie auch wieder frische Wurst bei sich.

»Guten Morgen, du Schöne«, sprach sie das Tier an, leise und sanft. Sie legte all ihre Sympathie für diese einsame, gejagte Hündin in ihre Stimme. Wie schmal sie war, bis auf den trächtigen Bauch. Kein Wunder, ihre Babys aßen ja mit.

Lupa reagierte nicht, sah sie nur an. Sie stand kaum sechs Meter von ihr entfernt.

»Ich habe dich Lupa genannt«, führte sie die einseitige Unterhaltung im gleichen Ton fort. »Das heißt Wölfin, weil du so aussiehst wie eine Wölfin. Ich habe dir auch etwas mitgebracht. Frische Wurst. Hmm, die ist lecker...« Sie sagte leise und lockend all die Dinge, die Hundebesitzer nun mal zu ihren geliebten Vierbeinern sagten – so albern sie auch klingen mochten. Und tatsächlich. Irgendwann machte Lupa einen Schritt auf sie zu, dann noch einen und noch einen, und dann – sie glaubte in diesem Moment zu träumen – stand sie vor ihr, hob den Kopf und erschnüffelte die Luft zwischen ihnen. Das war eindeutig. Sie roch die Wurst in ihrer Gürteltasche. Ganz langsam zog sie den Reißverschluss auf. Der würzige Duft der Mortadella stieg in die Morgenluft. Lupas Hals wurde länger, ihre schwarze, feuchte Nase bebte. Julia hielt den Atem an. Hoffentlich würde die Hündin sie jetzt nicht anspringen oder gar angreifen, um an diesen Leckerbissen zu kommen. Da hörte sie ein leises Winseln, einen Laut wie ein Betteln, den sie von ihrem eigenen Hund kannte. Ja, Lupa bettelte um die Wurst.

»Natürlich bekommst du sie«, versicherte sie dem Tier, während sie langsam in die Tasche griff und ein Stück herausholte. Mit der einen Hand hielt sie es Lupa entgegen, mit der anderen strich sie ihr behutsam über das struppige, glanzlose Fell. Lupa schnappte nicht. Nein, sie war vielmehr auf der Hut und schnüffelte erst einmal prüfend an der Mortadella. Sie traute keinem Zweibeiner, obwohl sie hungrig war.

»Es ist in Ordnung, du kannst sie ruhig nehmen«, versicherte sie der Hündin voller Zärtlichkeit für sie. Und als hätte diese sie verstanden, fraß sie die Wurst dann.

Julia griff erneut in die Tasche. In diesem Moment klingelte ihr Handy. Sein schriller, durchdringender Ton in dieser weißen Einsamkeit ließ nicht nur sie zusammenzucken, sondern auch ihre neue Freundin. Lupa duckte sich und floh in den Wald. Oh nein! Hilflos sah sie ihr nach, während der Handyton, der so gar nicht in diese von jeglicher Zivilisation unberührte Wunderwelt passte, in seiner Lautstärke ihre Nerven peinigte.

In ihr breitete sich das Gefühl von Verlust aus: Sie hatte Lupa verloren, weil diese das Vertrauen zu ihr verloren hatte. Unbarmherzig klingelte ihr Handy weiter. Erst als ihr Kopf zu zerspringen drohte, nahm sie es schließlich aus der Gürteltasche.

Der Anrufer war Lars. In Deutschland musste es jetzt etwa drei Uhr nachmittags sein.

»Habe ich dich geweckt?« Seine Stimme klang schwer. Er musste bereits ein paar Gläser getrunken haben.

»Nein, hast du nicht«, erwiderte sie und bemühte sich dabei um einen freundlichen Ton. Er konnte ja nicht wissen, dass er ihr gerade eine wunderschöne Situation verpatzt hatte.

»Rat mal, von wo ich dich anrufe. Ich bin für einen Tag auf Sylt. Mit Konstantins Flieger, du weißt schon.«

Ja, sie wusste schon. Konstantin, ebenfalls ein Spross aus reicher hanseatischer Familie, war mit Lars in dem englischen Internat gewesen. Wer war denn kürzlich auch auf Sylt gewesen?, fragte sie sich, während Lars weiterredete.

»Wir haben hier super Wetter, viel zu warm für November. Momentan sitzen wir vorm *Sansibar* in der Sonne, schlürfen Austern und trinken Champagner. Alles coole Leute hier, richtig super Stimmung.«

»Was machen deine Probleme?«, erkundigte sie sich steif.

Die schienen ihn ja momentan nicht allzu sehr zu belasten.

»Die trinke ich gerade weg.«

Das war allerdings ein neuer Zug an ihm. Sie hatte Lars kennengelernt als Genießer, aber betrunken hatte sie ihn noch nie erlebt.

»Kennst du schon deine Flugzeiten?«, wechselte sie kühl das Thema. Plötzlich konnte sie es kaum mehr erwarten, ihre Beziehung offiziell zu Ende zu bringen. Am liebsten hätte sie es sofort getan. Doch dafür war sie dann doch zu fair.

Lars lachte dröhnend an ihr Ohr. »Hallo? Ich bin auf Sylt. Nicht mitbekommen?«

Na und? Er hatte den Flug doch wahrscheinlich schon gebucht.

»Okay, dann schreib sie mir, oder ruf mich noch mal an.«

Lars ließ sich mit der Antwort Zeit.

»Zu Befehl, Süße«, sagte er dann mit schwerer Zunge. »Ciao.«

Das Klicken in der Leitung klang hart und metallisch. Dann herrschte wieder Stille, an ihrem Ohr, um sie herum. Sie befand sich wieder allein in ihrer Wunderwelt – und vermisste Lupa. Eines war sicher: Das Handy würde sie das nächste Mal auf lautlos stellen. Nichts war so wichtig, wie sich das scheue Tier vertraut zu machen. Und dabei störte alles, was Lupa erschrecken konnte.

* * *

Als Julia in Banff ankam, sah sie Andys Jeep schon von weitem auf dem Schulparkplatz stehen. Ihr Kollege winkte ihr entgegen.

»Bereit für das große Abenteuer deines Lebens?«, fragte Andy und strahlte mit der Sonne um die Wette. Sogleich fühlte sie sich wie befreit.

»Ich freue mich total«, versicherte sie ihm, während er bereits beherzt ihre Ski in seinen Wagen lud.

»Auf geht die wilde Fahrt.« Er zwinkerte ihr zu. »Zum Hangar fahren wir eine Viertelstunde. Christian wartet da auf uns. Du wirst ihn mögen. Er ist so ein Typ wie ich.«

Julia musste lachen. Andy war einfach erfrischend natürlich, unkompliziert und stets ein Garant guter Laune.

Allein der Flug mit dem Helikopter war schon ein Abenteuer. Aus der Vogelperspektive wirkte das Land noch weiter, noch wilder. Zugefrorene Flüsse, die sich durch die Einsamkeit schnitten, glitzernde Gipfel zum Greifen nahe und unberührte Gletscherflächen, die sich wie weiße, weiche Decken zwischen ihnen ausbreiteten. Schnell hatten sie den Banffer Nationalpark verlassen und die Grenze zur Provinz British Columbia überflogen. Christian erwies sich als sicherer Pilot, der seinen Helikopter fest im Griff hatte. Nach anfänglicher Skepsis fühlte sich Julia immer besser. Zumal die gute Laune der beiden Jungs sie alle Ängste und Vorbehalte vergessen ließ.

»Fährst du auch?«, fragte sie Christian, der den Heli jetzt über einem Schneefeld zwischen zwei monumentalen Gipfeln in schwindelerregender Höhe schaukeln ließ.

»Heute bin ich nur zum Chauffieren unterwegs«, antwortete ihr Pilot. »Ich setze euch ab und nehme euch nach der Abfahrt wieder in Empfang, um euch zu einem anderen Gletscher zu fliegen. Sofern es von dir gewünscht wird«, fügte er mit einem Zwinkern hinzu.

»Julia ist eine sehr gute Skifahrerin«, verteidigte Andy sie. »Davon habe ich mir vergangenen Sonntag in Sunshine Valley ein Bild machen können. Sollte es sie trotzdem mal aus den Skiern hauen, fange ich sie gern mit beiden Armen auf«, fügte er mit gespielt harmloser Miene hinzu.

Lachend drohte sie ihm mit dem Zeigefinger. »Mach dir keine falschen Hoffnungen. Ich bin fast verlobt.«

»Christian, dreh wieder um«, ulkte Andy. »Die Sache lohnt sich nicht für mich.«

Sie landeten auf einem Gletscher, der mehr als drei Tagesmärsche von jeglicher Zivilisation entfernt lag. Rundum nichts als felsige Gipfel, glitzernde Eiswände und Traumabfahrten mit unberührtem Schnee. Überwältigt von dieser Kulisse vergaß Julia in den nächsten Stunden alles, was zur Erde unter ihr gehörte. Andy war stets in ihrer Nähe, vor ihr, nur wenige Meter seitlich von ihr oder dicht hinter ihr, wenn sie die erste Spur in den Pulverschnee legte. Dort, wo das Gelände dann doch zu steil wurde, überholte er sie und führte sie aus der Gefahrenzone. Bevor die Sonne dann selbst auf über dreitausend Metern Höhe untergehen musste, machte Christian den Helikopter abflugbereit. Julia und Andy blieben derweil vor der Hütte sitzen, vor der bunte Snowcats und Motorschlitten geduldig auf ihre Besitzer warteten, die auch noch die letzten Sonnenstrahlen dieses Sonntags genossen.

»Ich danke dir«, sagte Julia voller Inbrunst. Dabei griff sie über den Tisch und legte ihre Hand auf Andys. »Das war das schönste Erlebnis in meinem Leben.«

»Ich hoffe doch sehr, dass es da bisher noch andere schöne gegeben hat«, erwiderte Andy mit vielsagendem Lächeln.

Sie lachte und verbesserte sich: »Okay, das schönste Skierlebnis. Das werde ich niemals vergessen.«

Andy zog seine Hand unter ihrer weg. »So soll es sein«, sagte er in einem Ton, den sie noch nicht von ihm kannte. Er klang ungewöhnlich ernst, ja fast resignierend. Dann nahm er seine Geldbörse aus der Skijacke.

»Nein, bitte...«, wehrte sie energisch ab. »Die Rechnung geht auf mich. Das ist doch wohl selbstverständlich.«

Ihr Kollege lehnte sich zurück. Der Blick, der sie aus diesen himmelblauen Jungenaugen traf, wirkte nachdenklich. Dann zeigte sich wieder das unbeschwerte Lachen auf seinen attraktiven Zügen.

»Soll ich dir was sagen? Ich finde dich gut. Nicht nur äußerlich. Nein, du bist ein Mensch, vor dem ich Respekt habe. Und eine Frau, in die ich mich vielleicht tatsächlich verlieben könnte, wenn ich es mir nicht verbieten würde.«

Seine Worte machten sie zwei, drei Atemzüge lang sprachlos. So ernst hatte sie Andy noch nie reden hören. Da diese Seite für sie so ungewohnt war, flüchtete sie sich in einen Scherz.

»Ich dachte, du verliebst dich alle Tage neu.«

Seine Miene verriet ihr, dass sie gerade ins Fettnäpfchen getreten war.

»Ich gebe zu, dass ich einen solchen Eindruck mache«, entgegnete er ruhig, während er den Teebecher auf seinem Handteller kreisen ließ. »Doch dieser Eindruck täuscht. Alles nur Tarnung. Ich finde, die Liebe ist eine ziemlich schwierige Angelegenheit. Nach einer ebenso schwierigen Beziehung mit einer sehr viel älteren Frau«, versonnen lächelte er vor sich hin, bevor er weitersprach: »Ja, mit meiner absoluten Traumfrau, habe ich beschlossen, mein Herz erst einmal für ein paar Jahre im Zaum zu halten. Ich habe sie gehen lassen. Sie wollte einen gleichaltrigen Partner. Es hat sehr wehgetan. Heute weiß ich, dass es sich leichter lebt, wenn man keine so tiefen Gefühle hat.«

Erstaunt hatte sie ihm zugehört. So viel Tiefgang überraschte sie bei dem stets lustigen Andy.

»Ich weiß nicht«, erwiderte sie. »Ist es nicht auch ein schönes Gefühl zu lieben? Ganz unabhängig davon, ob diese Liebe erwidert wird? Zu lieben bedeutet auch, innerlich zu leben. So empfinde ich es zumindest.« Und plötzlich fielen ihr Emilys Worte wieder ein, die sie ihr nach dem Potluck bei Bill auf der

Rückfahrt gesagt hatte: »Ist es nicht besser, überhaupt zu lieben, als niemals dieses große Gefühl gehabt zu haben? Und gehört zur großen Liebe nicht auch der Schmerz?«

Andy sah sie an, sichtlich überrascht, aber auch sichtlich berührt. »Das gefällt mir an dir: Du bist nicht so oberflächlich wie die meisten Frauen in unserem Alter.«

In entschuldigender Geste hob sie die Hände. »Sorry, das ist nicht meine Weisheit. Das hat vor kurzem eine Frau zu mir gesagt, die, so glaube ich, genau weiß, was Liebe ist. Altersmäßig könnte sie meine Mutter sein. Und ich wünsche ihr von ganzem Herzen, dass sich für sie in diesem Leben doch noch diese große Liebe erfüllen wird.«

Andy schwieg, was selten vorkam. Er hielt den Kopf gesenkt, spielte an dem Griff des Bechers herum. Als er sie wieder ansah, sagte er: »Du liebst also deinen Verlobten. Oder zukünftigen Verlobten. Er scheint deine Gefühle jedoch nicht ganz so zu erwidern. Oder?«

Und da kam die Antwort ganz von selbst über ihre Lippen.

»Nein, nicht meinen zukünftigen Verlobten. Ich werde die Beziehung beenden. Ich habe hier einen Mann kennengelernt. Die Begegnung mit ihm...« Sie zögerte, überlegte, wie sie Joshs Wirkung auf sie beschreiben konnte. »Die Begegnung mit ihm hat mir eine ganz neue Dimension eröffnet«, fuhr sie dann fort. »Obwohl ich ihn kaum kenne, spüre ich so eine Seelenverwandtschaft zwischen uns. Ich weiß nicht...« Unsicher sah sie Andy an. »Ich liebe ihn noch nicht, aber es könnte irgendwann in diese Richtung gehen.«

Sie war gar nicht überrascht, dass sie sich Andy gegenüber derart outete. Es mochte daran liegen, dass sie gerade eine ganz andere Seite an ihm entdeckt hatte. Die Seite des tief verletzten Menschen, der innere Größe gezeigt und den anderen hatte gehen lassen. Vielleicht auch daran, dass sie hier oben auf über dreitausend Metern Höhe den weltlichen Dingen so fern, so erhaben waren und deshalb auch ganz frei über sie reden konnten.

»Ich weiß genau, wovon du sprichst. Ist er Kanadier?«

Sie nickte.

»Frei für dich?«

Oh Mann! Jäh wurde ihr wieder bewusst, dass es in Joshs ohnehin kompliziertem Leben auch noch Amy gab. Amy war bestimmt nicht nur seine Sekretärin. Warum sonst ging er so auf Distanz zu ihr? Sie seufzte. »Ich glaube nicht.«

Andy wollte gerade etwas sagen, als Christian neben ihrem Tisch auftauchte. »Wir sollten starten. Sonst wird es zu spät. Ich überfliege die Rockys nur ungern in der Nacht.«

15.

Es war bereits dunkel, als Julia nach diesem Ausflug wieder in Blackfoot Village ankam. In den Vorgärten funkelten die Lichterketten in den Tannen mit den Sternen am Himmel um die Wette. Vor Emilys Haus stand der rote Pick-up, was bedeutete, dass ihre Vermieterin zurück war. Timmy war also auch wieder da. Irgendwie ein schönes Gefühl, gestand sich Julia ein.

Sie hatte gerade ihre Skisachen gegen einen bequemen Jogginganzug ausgetauscht, als es an ihrer Haustür klopfte. Im Rahmen stand ein strahlender Timmy, der sie spontan umarmte.

»Kann ich ein bisschen bei dir bleiben? Machst du uns heiße Schokolade?«

Seit sie Timmy kannte, gehörten die Zutaten für eine Schokolade nach Timmys Geschmack zu ihrer Standardausrüstung in der Küche.

»Klar, komm herein und erzähl mir, wie die Geburtstagsparty von Olivia war.«

In lässiger Manier winkte Timmy ab. »Das mit Olivia ist vorbei«, sagte er mit der Miene eines Großen. »Sie hat jetzt kurze Haare. Seit Freitag habe ich eine neue Freundin. Sie hat ganz, ganz langes dunkles Haar, heißt Amber und hat einen kleinen Hund, der Sweety heißt. Wir haben die ganze Zeit miteinander gespielt. Amber mag mich. Da es geschneit hat, mussten Amy und ich bei Olivias Grandma übernachten, und Sweety hat die ganze Nacht bei mir geschlafen. Amber war gar nicht eifersüchtig. Nur Amy war sauer. Sie mag keine Hunde. Sie sagt, die stinken.«

Welche Neuigkeiten!, dachte Julia hellhörig, während sie die Schokolade auf dem Herd schmelzen ließ.

»Hast du auch Marshmallows?«

»Sicher doch. Heiße Schokolade ohne Marshmallows mag ich nicht.«

Timmy kicherte vergnügt. »Das habe ich dir beigebracht.«

»Stimmt. Das hast du mir beigebracht. Und ich werde sie auch nie mehr anders trinken. Höchstens vielleicht noch verfeinert mit ein bisschen Rum.«

»Wenn du wieder zu Hause bist.« Die außergewöhnlich blauen Kinderaugen sahen sie traurig an.

Sie räusperte sich. »Das dauert ja noch ein bisschen.«

»Bei uns im Supermarkt gibt es bestimmt auch Rum zu kaufen«, meinte der Kleine eilfertig.

Liebevoll strich sie ihm ein paar Locken aus der Stirn. Timmy schwieg eine Weile, was nicht oft vorkam. Mit nachdenklicher Miene sah er zu, wie sie in dem Topf rührte. Welche Gedanken mochten durch sein Köpfchen gehen? Seit sie wusste, dass er Halbwaise war, betrachtete sie ihn mit aufmerksameren Augen. Ob er sich nach seiner Mutter sehnte? Nach ihrer Zärtlichkeit, der Geborgenheit, die sie ihm gegeben hatte? Ob er noch wusste, wie Amelie ausgesehen hatte? Den weich geschwungenen Mund hatte er von ihr. Auch das lockige Haar.

Unwillig zog sie die Stirn zusammen. Diese Gedanken machten sie nur traurig.

»Ich habe heute Morgen Lupa gesehen«, sagte sie in das Schweigen hinein. »Sie ist sogar ganz nah an mich herangekommen. Ich hatte Wurst bei mir. Die hat sie wahrscheinlich gerochen.«

»Hast du sie gestreichelt?«

»Leider nur kurz. Dann ist sie weggelaufen. Mein Handy hat geklingelt.«

»Schade.« Timmy zog eine süße Schnute. »Hatte sie ihre Kinder dabei?«

Sie musste lachen. »Die sind doch noch gar nicht geboren. Aber ich glaube, vor Weihnachten könnte es so weit sein.«

»Vielleicht kann sie mir dann eines von ihren Babys schenken.«

Tims Worte schnitten ihr ins Herz.

»Amy mag lieber Katzen, aber Papa sagt, es gibt auch keine Katze.«

Aha. Wollte die rassige Sekretärin den Mayerschen Haushalt um ein süßes Kätzchen bereichern?

Vorsichtig füllte sie die Schokolade in die Becher. Dabei fragte sie betont nebensächlich: »Wo wohnt Amy eigentlich?«

Während sie auf Timmys Antwort wartete, hielt sie unwillkürlich die Luft an.

»Ganz in unserer Nähe.«

Wie praktisch.

»Eigentlich ist sie sehr nett«, fuhr Timmy fort, als wollte er Amy gegen ihren stummen hämischen Kommentar verteidigen. »Sie hat keine Kinder. Ich mag es nur nicht, wenn sie mich erziehen will«, fügte er mit einem trotzigen Zug um den Mund hinzu. »Dann mag ich sie nicht mehr. Papa sagt immer, dass sie das nicht so meint.«

Ganz Kavalier, der Papa. Er verteidigte also seine Sekretärin, die bestimmt auch seine Geliebte war. Dessen war sich Julia inzwischen absolut sicher. Amy war die personifizierte Versuchung. Eine Sirene, die einsame Schiffer in die Falle lockte. In diesem Fall einen einsamen Sägewerkbesitzer. Joshs Frau war zwei Jahre tot. Ein Mann wie Josh konnte doch niemals so lange enthaltsam sein. Und eine Frau wie Amy, Anfang dreißig, suchte einen Hafen. Wenn der Hafenmeister dann auch noch die Ausstrahlung eines Josh Mayer und dessen Geld besaß, legte sich *frau* doch ganz besonders ins Zeug.

»Amy hat gesagt, dass sie Papa heiraten will, aber er hat gelacht«, erzählte Timmy weiter. Dann trank er einen Schluck, was ihr die Zeit gab, diese Information erst einmal zu verarbeiten.

Na bitte. Damit lagen Amys Absichten ja klar auf der Hand.

»Wusstest du, dass Amy Schauspielerin werden wollte?« Tim sah sie bedeutsam an. »Aber ihre Mutter war dagegen. Dann hat sie einen anderen Beruf gelernt. Papa sagt, dass Amy eine gute Sekretärin ist«, fügte Timmy hastig hinzu, als hätte er vorher etwas Schlechtes über sie gesagt.

Eine gute Bürokraft und Sexbombe in einer Person – und die Woche über sturmfreie Bude. Besser konnte es wahrlich nicht sein. Diese Gedanken schossen Julia wie Kugeln durch den Kopf. Gleich darauf schämte sie sich ihrer. Neid hatte bisher nicht zu ihren Charakterzügen gehört. Ja, sie war neidisch auf Amy, der es gelungen war, das Herz dieses außergewöhnlichen und verschlossenen Mannes zu erobern. Aber sprach das nicht auch für Amys menschliche Qualitäten?

Um irgendetwas zu tun, begann sie, die Plätzchen in der Schale neu anzuordnen.

»Warum bist du so still?«, fragte Tim mit großen Augen. Dabei leckte er den Löffel ab, mit dem er den Rest seines Lieblingsgetränks aus dem Becher gelöffelt hatte.

Sie schluckte, bemühte sich um ein Lächeln und flunkerte: »Ich habe gerade daran gedacht, dass ich Lupa morgen wieder Futter bringe.«

»Vielleicht siehst du sie ja wieder«, meinte der Kleine mit

funkelnden Augen. »Vielleicht hat sie schon geworfen. Bringst du mir dann einen Welpen mit?«

Kinder... Sie musste lächeln, hilflos und traurig. Für Kinder war alles noch so einfach.

»Ich werde Lupa von dir grüßen, okay?«, versprach sie ihm mit matt klingender Stimme, um sich an einer ehrlichen Antwort vorbeizumogeln.

Zu ihrer Erleichterung kam Timmy dann auf die Idee, eine Runde Karten zu spielen. Nur zu gern stimmte sie zu. Die Karten würden sie endlich auf andere Gedanken bringen.

* * *

Montagmorgen rief Julia im Snowmountain Hotel an, um für Lars ein Einzelzimmer zu reservieren. Über den ersten Advent war dort jedoch alles ausgebucht.

»Kannst du mir hier in Banff ein gutes Hotel empfehlen?«, fragte sie Andy.

Ihr Kollege nannte ihr ein paar, bei denen sie dann in der zweiten Schulpause ebenfalls nachfragte. Ohne Erfolg.

»Am ersten Adventswochenende haben wir hier jedes Jahr das so genannte *Skispecial*«, erklärte Andy ihr. »Dann sind die Lifte umsonst, und die Hotels locken mit Rabatten.«

Julia biss sich auf die Lippe. Zu dumm. Sie wollte das Treffen mit Lars nur ungern weiter aufschieben.

»Und eine Hütte?« Unsicher sah sie Andy an.

»Ein Freund meines Vaters betreibt in der Nähe von Blackfoot Village, gleich bei dir um die Ecke, einen Hüttenpark. Ich meine zwar, dass der in der Wintersaison geschlossen ist, aber vielleicht lässt sich da doch etwas machen.«

Julia fiel ein, dass Emily diesen Park erwähnt hatte. Auch mit den Worten, dass er nur im Sommer betrieben wurde.

Schon nach dem Unterricht gab Andy ihr die Adresse des Parkbetreibers. Das Büro befand sich in einer Seitenstraße der Banff Avenue am Ufer des Bow Rivers. Der Freund von Andys Vater begrüßte sie wie eine langjährige Bekannte.

»Andy hat Sie schon angekündigt.« Mr. Normer bot ihr in seinem vollgestopften Büro einen Platz auf einem wackeligen Holzstuhl an – und eine Cola, die Julia jedoch dankend ablehnte.

»Der Park ist geschlossen«, teilte er ihr mit bedauerndem Lächeln mit. »In dieser Jahreszeit lohnt es sich nicht, ihn für vielleicht nur vier oder sechs Touristen zu öffnen. Die Leute wollen alle nah an den Skigebieten wohnen.« Mit sichtlich nachdenklicher Miene kratzte er sich an der Stirn, wobei sein Stetson, den eine mächtige Adlerfeder zierte, hin und her rutschte. »Ich hätte da vielleicht eine Möglichkeit...«

Voller Erwartung sah Julia ihn an.

»Ein guter Bekannter von mir aus Calgary besitzt ganz in der Nähe des Parks eine Hütte, die er immer nur von Juni bis höchstens Oktober benutzt. Ziemlich nah an dem alten Indianertrail. Kennen Sie den?«

Klar kannte sie den!

»Ich könnte ihn fragen, ob er sie Ihnen für das Wochenende zur Verfügung stellt.«

Julia zögerte.

Mr. Normer sah sie aufmerksam an. »Für wen brauchen Sie denn diese Unterkunft?«

»Für einen Bekannten, der mich für ein paar Tage besuchen will.«

»Ich gebe Ihnen den Schlüssel, und Sie sehen sie sich an. Sie können ihn mir morgen oder übermorgen nach der Schule zurückbringen. Andy hat sich für Sie verbürgt. Die Hütte ist wirklich sehr schön. Mit allem Komfort ausgestattet. Strom und warmes Wasser durch Sonnenenergie. Das ist eine Rarität in unserer Wildnis.«

Julia nickte. Sie war sich sicher, dass Lars nicht eine Stunde in dieser Hütte verbringen würde, dennoch nahm sie das Angebot an. Der Ferienparkbetreiber hatte sie neugierig gemacht. Nach der Beschreibung klang die Hütte so, als würde sie sich darin total wohlfühlen. Und falls sie Weihnachten gar nicht nach Hamburg fliegen und Corinna sie vielleicht sogar besuchen würde ...

Nach diesem Besuch hatte Julia es eilig, nach Hause zu kommen. Sie musste Lupa ihr Futter bringen. Würde sie sie heute wiedersehen?

Und dann ... Tatsächlich. Dort, wo die Hündin gestern beim Klingeln des Handys vor ihr Reißaus genommen hatte, entdeckte sie einen Schatten im Unterholz. Unwillkürlich hielt sie die Luft an. Wenn sie nicht die feine Atemfahne gesehen hätte, wäre sie davon ausgegangen, dass dieser Schatten vielleicht ein Stück Holz gewesen wäre. Und dann bewegte er sich. Geradewegs auf sie zu. Lupa kam aus dem Unterholz hervor, das Fell voller Schneestaub. Julias Herz machte einen Freudensprung.

»Hi, meine Schöne«, begrüßte sie die Hündin mit sanfter Stimme. »Ich habe dir wieder etwas mitgebracht.«

Ob Lupa die Mortadella bereits gerochen hatte?

Ihr Wolfshund blieb stehen, mit aufgestellten Ohren und wachsamem Blick in den Huskyaugen. Vorsichtig griff Julia in die Gürteltasche und hielt Lupa die Wurst entgegen. Wie beim ersten Mal näherte sich diese ihr Schritt für Schritt in geduckter Haltung, als wäre sie jederzeit bereit zum Sprung zurück in den Wald. Ihr Handy konnte heute nicht klingeln. Sie hatte es auf lautlos gestellt.

»Komm noch ein bisschen näher«, lockte sie die Hündin an. »Vor mir musst du keine Angst haben.«

Und dann passierte das Gleiche wie am Vortag. Nach eingehender Prüfung fraß Lupa das erste Stück – und schließlich alle anderen auch. Danach leckte sie sich die Lefzen. Höchst genüsslich, wie es Julia vorkam. Am liebsten hätte sie sich vor dem Tier niedergekniet und es in die Arme geschlossen, wie sie es früher immer mit ihrem Hund gemacht hatte. Doch eine solche Vertraulichkeit erschien ihr noch zu riskant. Lupa blieb vor ihr stehen, sah zu ihr hoch, mit durchdringendem oder sogar anklagendem Blick. Warf sie ihr vor, was andere Zweibeiner ihr angetan hatten? Sie begann wieder zu ihr zu sprechen, ohne sich des Inhalts der Sätze richtig bewusst zu sein. Ihr ging es nur darum, all die Liebe in ihre Worte zu legen, die sie für die Natur, und für Lupa besonders, empfand. Ihr Wolfshund schien sie zu verstehen. Einige Male legte er den Kopf schief, während er sie nicht aus den Augen ließ. Und dann, nach einer Zeit, die sie nicht hätte benennen können, kam er noch näher und – sie konnte es kaum fassen – schmiegte seinen Kopf an ihr Bein. Da verstummte sie. Aufsteigende Tränen schnürten ihr die Kehle zu. Mit aller Kraft unterdrückte sie ihr Schluchzen, aus Angst davor, Lupa könnte sich durch diesen für sie ungewohnten, Laut erschrecken und wieder weglaufen. Am liebsten hätte sie die Welt stillstehen lassen. Der Hündin tat es sichtlich gut, ihren Kopf an ihrem Hosenbein zu reiben. Sie konnte gar nicht genug davon bekommen. Selbst als sie sie sacht streichelte, machte sie weiter. Dann musste Lupa plötzlich niesen. Als hätte sie nun genug von der menschlichen Nähe, drehte sie sich nach dem dritten Niesen um und verschwand im Unterholz. Nicht besonders eilig oder gar in Panik wie am Vortag, nein, ganz selbstverständlich und zufrieden. Vielleicht suchte sie jetzt ihre Höhle auf, die in der Nähe der ersten Futterstelle liegen musste. Zu dumm, dass Josh ihr diese am Samstag nicht gezeigt hatte. Sie hatten dafür zu wenig Zeit gehabt.

Mit einem tiefen Seufzer, es war ein höchst zufriedener Seufzer, fuhr Julia langsam zu der Hütte und kam erst bei Einbruch der Dämmerung nach Hause zurück. Kaum hatte sie das Haus betreten, rief das Telefon sie schon zu sich. Auf dem Display las sie Corinnas Nummer.

Noch ganz erfüllt von dem Erlebten erzählte Julia ihrer Schwester von Lupa, die sie täglich fütterte, und auch von der Hütte, die sie sich angesehen hatte. »Du glaubst gar nicht, wie schön die ist. Zwei Wohnräume, eine Küchenzeile, Flickenteppiche, ein Kamin, ein Schaukelstuhl und ein großes Messingbett mit einer weißen Spitzendecke. Auf der überdachten Veranda steht sogar eine Hundehütte. Und das alles in der kanadischen Wildnis.«

»Moment mal, was willst du denn mit einer Hütte?«, fragte Corinna geradezu entrüstet. »Du wohnst doch schon in der Wildnis, zumindest an deren Rand, wie ich auf den Fotos sehen konnte.«

»Jetzt übertreibe mal nicht. Emily hat schließlich Nachbarn, wenn sie auch nicht direkt in Blickweite sind. Diese Hütte ist wirklich totales Outback. Sie liegt in einem idyllischen Tal. Man kann natürlich auch mit dem Auto heranfahren«

»Was willst du damit?« Ihre Schwester betonte jedes Wort.

»Vielleicht mit dir dort Weihnachten feiern?«

Sie konnte das verblüffte Schweigen von Seiten Corinnas mit den Händen greifen. Ihre Schwester brauchte ein paar schwere Atemzüge, die als einziges Geräusch an ihr Ohr drangen, bis sie antwortete: »Sorry, Schwesterchen, aber mit mir kannst du nicht rechnen. Du weißt, dass ich den Hof nicht gern allein lasse, aber davon abgesehen, in einer einsamen Hütte von Bären und Wölfen umgeben zu sein, ist nicht mein Ding. Und deines sollte es auch nicht sein. Aber sag mal, willst du Weihnachten nicht nach Hause kommen?«

Julia zögerte. »Das weiß ich noch nicht. Wenn, dann nur zu dir, nicht mehr zu Lars. Der besucht mich kommendes Wochenende. Er muss mit mir über ein großes Problem sprechen. Wenn er hier ist, sage ich ihm endgültig, dass ich die Beziehung nicht mehr möchte. Wegen Lars war ich auch bei der Hütte. Hier bekomme ich keine Hotelzimmer mehr für das Adventswochenende, und bei mir möchte ich ihn nicht übernachten lassen.«

Lange Zeit war es wieder still auf dem Weg zwischen Blackfoot Village und Hamburg. Dann fragte Corinna nach einem tiefen Seufzer:

»Du willst also nicht über Weihnachten nach Hamburg kommen?«

»Wir werden sehen«, wich Julia der Antwort aus. »Ich muss erst einmal die Sache mit Lars hinter mich bringen. Wir telefonieren ja wieder.«

Sie hatte gerade aufgelegt, als es erneut klingelte.

Lars?, fragte sie sich ungläubig, als sie seinen Namen auf dem Display sah. Zu dieser Uhrzeit?

»Ich muss absagen.« Seine Worte schnitten wie ein scharfes Messer durch die Leitung. »Ich kann am Wochenende nicht kommen.«

»Warum nicht?«, fragte sie verdutzt.

»Es passt zeitlich nicht. Da ist ein Auftrag, außerdem der weite Flug. Ich bin total gestresst. Und überhaupt. Es wäre viel besser, wenn du hier wärst. Ich würde dich jetzt brauchen. Du bist die Stärkere von uns beiden. Und jetzt hast du mich einfach verlassen.«

Nee, oder? Weinte Lars etwa? Lars Asbeck, der Sohn der Sonne, der unbeschwerte Typ, der keinerlei Probleme kannte? Was war passiert? *Lars braucht eine Frau wie dich.* Das hatte Cornelius Asbeck zu ihr gesagt, vor noch gar nicht langer Zeit.

Jetzt würde sie mit seinem Sohn Schluss machen. Oh weia. Plötzlich tat ihr Lars leid.

»Sag mir, was passiert ist«, bat sie ihn. »Bitte. Wir reden darüber.«

»Etwa am Telefon? Komm du doch hierhin. Dann sag ich es dir«, keifte er fast wie eine hysterische Frau in die Leitung.

»Ich kann nicht. Ich stehe hier in einem Arbeitsverhältnis und muss unterrichten«, entgegnete sie ruhig. »Willst du nicht doch am Wochenende kommen? Wir reden in Ruhe über alles. Es gibt für alles eine Lösung. Mindestens eine.«

»Ich weiß nicht.« Er klang jämmerlich. »Vielleicht. Aber erst übernächstes Wochenende.«

»Wie du willst«, entgegnete sie matt.

»Also ciao, ich melde mich wieder.«

Es klickte, und Julia blieb mit einem unguten Gefühl und zu vielen unbeantworteten Fragen auf dem Sofa sitzen.

16.

Wochenende! Freitagmittag auf dem Heimweg ließ Julia die Woche in Gedanken Revue passieren. In der Schule war alles bestens gelaufen, was bei all den angenehmen Schülern allerdings kein Verdienst ihrerseits war. Dienstag hatte sie Lupa wiedergesehen und auch wieder streicheln dürfen. Ebenso Mittwoch. Nur gestern hatte sie vergeblich auf die Hündin gewartet. Ob sie sich heute blicken lassen würde? Ob es ihr gutging?, fragte sich Julia, während sie auf der schnurgeraden Straße in Richtung Blackfoot Village fuhr. Lars hatte sich noch einmal mit einer SMS gemeldet. Diese war knapp gewesen und hatte total gestresst geklungen. Kein einziges zärtliches Wort hatte sie enthalten. *Julia* hatte er sie genannt, nicht mehr *Süße*. Das allein hätte sie nicht betroffen gemacht, wenn sie nicht ganz genau um den Grund für seine Distanz gewusst hätte. Auch wenn sie die Beziehung beenden wollte, schmerzte sie dennoch der Gedanke, dass es ihm zurzeit offensichtlich schlecht ging. Weder wusste sie warum, noch konnte sie ihm über die große Entfernung hinweg helfen. Sie seufzte in sich hinein. Letztendlich war alles für etwas gut, dachte sie wieder einmal. Vielleicht wurde Lars so endlich erwachsen.

Julia blinzelte in die Sonne, die sich an diesem Freitagmittag zum ersten Mal wieder seit Tagen zeigte. Sie freute sich darauf, wieder einmal bei Sonnenschein in die Loipe gehen zu können. Und dann kam ihr die Frage in den Sinn, ob sie an diesem Wochenende Josh wiedersehen würde. Emily wollte Timmy an diesem Nachmittag zu seinem Vater bringen, um ihm die Fahrt nach Banff zu ersparen. Vielleicht aber würde Josh seinen Sohn übermorgen zurückbringen.

Als sie von der Hauptstraße in Blackfoot Village zu Emilys Haus abbog, hätte sie fast abrupt abgebremst. Was machte Joshs Wagen dort vor der Veranda?

Während sie langsam auf den silbernen Pick-up zufuhr, begann ihr dummes Herz wieder einmal äußerst ungesund zu schlagen. Bevor es sich beruhigen konnte, trat Josh aus Emilys Haustür. Er kam auf sie zu, ganz selbstverständlich, als hätte er auf sie gewartet.

Sie stieg aus. Sie sahen sich an. Wieder umspielte der ihr bereits so vertraute Duft von Zedernholz ihre Nase.

»Hi.« Der Blick aus diesen so unverschämt blauen Männeraugen traf sie wie ein Schock. Diese Augen! Schmal geschnitten, weit auseinander stehend, von dichten schwarzen Wimpern beschattet. Und dazu dieses sexy Lächeln. Ihr war zumute, als würde sie unter Joshs eindringlichem Blick vergehen, einfach so dahinschmelzen wie Eis in der Sonne.

»Hi«, brachte sie ziemlich kraftlos klingend hervor. Genauso fühlte sich ihr Lächeln an. Dieser Mann schaffte sie, allein durch seine ungeheure Wirkung auf sie. So etwas hatte sie noch nie erlebt. Vorsicht!, gebot ihr da der verbleibende Rest ihres Verstandes. Mach dich bloß nicht lächerlich!

»Emily hat mir heute Morgen ihre Planänderung mitgeteilt. Sie isst mit Timmy bei Bill zu Mittag. Bills Mutter ist zu Besuch, und Timmy kann gar nicht genug bekommen von den Geschichten ihrer Vorfahren.« Er zwinkerte ihr zu. »Das wird bestimmt länger dauern. Danach kann ich Emily nicht zumuten, Tim noch zu mir zu bringen.«

Julia erinnerte sich, dass Bills Mutter zum Stamm der Blackfoot gehörte. Sie musste lachen.

»Ja, ich weiß. Timmy liebt die Geschichten über die Ureinwohner eures Landes. Ich finde es gut, dass er sich für die Vergangenheit interessiert.«

»Es ist nichts Schlechtes«, stimmte Josh ihr zu. Dann schien er um noch ein paar Zentimeter zu wachsen und sagte: »Ich dachte, wir könnten Lupa heute gemeinsam das Futter bringen. Dann zeige ich dir auch ihre Höhle. Das habe ich Samstag ja nicht mehr geschafft.«

Wow! Welch ein Angebot. Da würde sie ganz bestimmt nicht Nein sagen. Sie lächelte zu ihm hoch und wusste, wie viel dieses Lächeln über die Freude verriet, die er ihr durch seinen Vorschlag machte.

»Gibst du mir ein paar Minuten? Ich ziehe mich nur schnell um.«

»Mach in Ruhe«, meinte er gelassen. »Ich streue inzwischen Sand auf die Wege. Durch die höheren Temperaturen und die Sonne heute taut der Schnee. Wenn es dann in der Nacht wieder kälter wird, könnte alles zur Rutschpartie werden.«

Während Julia mit fliegenden Händen die Kleidung wechselte, hörte sie Josh draußen arbeiten. Vor lauter Aufregung begann das Blut ihr in den Kopf zu steigen. Kritisch betrachtete sie sich im Spiegel. Ihre Wangen waren hochrot wie im Fieber. Ihre Augen glänzten genauso. Lippenstift? Nein. Sofort sah sie Amys rote Lippen vor sich. Bloß nicht Joshs Geliebter nacheifern. Lieber nur etwas Glanz. Haare offen? Ein kurzer Lacher kam ihr aus der Kehle. Jetzt aber ... Sie gingen schließlich nicht zusammen aus. Kurz entschlossen flocht sie sich einen Zopf und zupfte aus ihm ein paar Strähnen ums Gesicht heraus. Sie wusste, dass ihr diese Frisur gut stand.

»Fertig.« Mit diesem Wort trat sie vor Josh.

Sein Blick verriet ihr, was er in diesem Moment empfand. In seinen Augen stand ein Funkeln, auf seinem Gesicht lag der Ausdruck von Wohlgefallen. Ja, ihm gefiel, was er sah. Dessen war sie sich sicher. Inzwischen kannte sie ja auch seine teilnahmslose, sachlich-nüchterne Miene. Und während ihre Blicke einander berührten, fügte sie mit einem Hochgefühl im Herzen hinzu: »Ich finde es wirklich nett von dir, dass du mit mir gehst. Dann kann ich dir auch gleich zeigen, wie zutraulich Lupa geworden ist.« Sie klopfte auf ihre Gürteltasche, die sie über ihrem Anorak trug. »Ich habe wieder Wurst dabei. Du wirst staunen.« Verschwörerisch blinzelte sie ihm zu.

* * *

Die Frau, die gerade vor ihm stand und zu ihm hochlächelte, war so schön, dass es ihm die Kehle zuschnürte. Seit langem hatte er nichts mehr gesehen, das seinem Auge so wohltat. Ganz spontan wollte er die Hände ausstrecken, um sich durch eine Berührung zu vergewissern, dass dieses Bild nicht gleich wieder verschwinden würde. Natürlich beherrschte er sich. Ja, Julia besaß eine verheerende Wirkung auf ihn. Sie nebelte seinen Verstand ein, erschwerte ihm das Atmen und ließ Körperteile wach werden, von denen er nichts wissen wollte.

Mit fast übermenschlicher Kraft überwand er all diese verwirrenden Anwandlungen, straffte sich und sagte mit einer Stimme, die in seinen Ohren heiser klang: »Ich habe Schneeschuhe für dich im Wagen. Oder möchtest du lieber mit den Langlaufskiern...?«

Ihre Augen, so grün und klar wie der Lake Louise im Frühling, ihr offener, freier Blick und die unverhohlene Freude auf ihren Zügen ließen ihn vergessen weiterzusprechen. Julia Lehmann war nicht nur eine Naturschönheit, sie war auch eine Frau, der jeglicher Trick, jegliche Farce oder List, um einen Mann zu umgarnen, fremd waren. Ihre Augen waren tatsächlich der Spiegel ihrer Seele, in der er jetzt las, dass sie gern mit ihm zusammen war. In diesem Augenblick wurde ihm jäh bewusst, dass sich die Spannung, die zwischen ihnen stets in der Luft lag, irgendwann Raum brechen würde. Ob er wollte oder nicht.

»Schneeschuhe sind gut«, antwortete sie. Dabei strahlte sie ihn an, als hätte er ihr das schönste Geschenk gemacht.

Josh war froh, in den folgenden Minuten erst einmal etwas zu tun zu haben, was ihn von Julias Gegenwart ablenkte. Sie befestigten die ovalen Schneebretter an ihren Stiefeln und befüllten den Rucksack mit Lupas Futter. Jetzt konnte es losgehen.

Während sie zunächst schweigend hintereinanderher in Richtung Trail stapften, fuhr er in seinem stummen Selbstgespräch fort. Ja, Emilys Planänderung war ihm gelegen gekommen. Nicht nur, weil Timmy Bills achtzigjährige Mutter ganz toll fand und er seinem Sohn die Freude nicht hatte verderben wollen, sondern auch, weil sie ihm überdies Gelegenheit gegeben hatte, Julia wiederzusehen. Konnte er seiner Tante etwa zumuten, Tim in der hereinbrechenden Dunkelheit zum Sägewerk zu bringen? Ganz bestimmt nicht. Also musste er Tim abholen.

»Josh?«

Julias Stimme hinter ihm ließ ihn jäh in seinem inneren Monolog innehalten. Er blieb stehen, wartete, bis sie ihn eingeholt hatte.

»Gleich sind wir an der Stelle, wo ich immer Lupa treffe. Ungefähr um die gleiche Zeit wie jetzt.« Sie zögerte, sah ihn unsicher an. »Vielleicht kommt sie heute wieder hierher.«

Ihre Liebe zu der trächtigen Hündin rührte ihn. Er lächelte sie an. »Dann warten wir hier auf sie. Okay?«

»Okay.« Mit leuchtenden Augen schaute sie sich suchend um. Er ahnte, was sie suchte.

»Dort hinten.« Unwillkürlich dämpfte er die Stimme. Er machte ihr ein Zeichen, ihm zu dem verschneiten Holzstapel zu folgen, auf den sie sich setzen konnten. Wie schon einmal fegte er den Schnee herunter und bot ihr in übertrieben höflicher Manier Platz an. Da legte sich ein wissendes, ja verschmitztes Lächeln auf ihre weich geschwungenen Lippen. Musste sie auch gerade daran denken, wie sie sich kennengelernt hatten? Sie setzten sich nebeneinander und schwiegen erst einmal.

»Anfangs habe ich dich *Mister Unhöflich* genannt«, vertraute sie ihm dann mit unterdrückter Stimme an, als wollte sie die Stille um sie herum so wenig wie möglich stören. Dabei neigte sie ihm den Kopf zu, so nah, dass er ihren zarten Pfirsichduft roch. Dass sie ihm diesen Namen gegeben hatte, belustigte ihn.

»Ich arbeite gerade an einer Namensänderung«, gab er genauso gedämpft zurück. »Ich hoffe, du bemerkst es.«

Ein glucksendes Lachen entfuhr ihr. Ihre Augen sprühten Funken. »Etwa *Mister Höflich*?«

Jetzt neigte er ihr den Kopf zu und erwiderte leise:

»Yep. *Mister Höflich*.«

Ihre Gesichter waren einander nah. Sie sahen sich in die Augen. Er bewegte sich nicht, hätte sich gar nicht bewegen können. Und Julia zog den Kopf auch nicht zurück. Die Luft zwischen ihnen vibrierte. Er spürte es ganz deutlich, war aber nicht in der Lage zu handeln. Sein plötzlich leer gefegtes Gehirn befand sich in einem tranceähnlichen Zustand. Gefangen zwischen Wunsch und Wirklichkeit, konnte er sich nicht entscheiden, in welche Richtung er gehen sollte. Dann hörte er ein Geräusch, ziemlich nah hinter ihnen. Das Zucken auf Julias Gesicht verriet ihm, dass sie es ebenfalls gehört hatte. Sie wandte sich um, und den Bruchteil einer Sekunde später griff ihre behandschuhte Hand nach seinem Oberschenkel, als suche sie Halt bei ihm. Er drehte sich ebenfalls um, natürlich in der Erwartung, Lupa zu sehen. Doch das, was er sah, war nicht die Hündin, sondern ein riesiges Geweih, das langsam durch das Geäst eines Baumes stach. Schnee rieselte von den Ästen, Zweige knackten, ein Schnaufen – und dann erschien der passende braune Körper zu dem ausladenden Geweih. Zum Greifen nah sahen sie sich einem Hirsch gegenüber. Der blickte nicht minder überrascht drein als sie beide wahrscheinlich.

»Ein Elch«, flüsterte Julia in ehrfürchtigem Ton. Ihre Hand lag immer noch auf seinem Bein.

Das mächtige Tier schien zu überlegen. Riesige, sanfte Augen schauten sie an. Eine Sekunde lang, zwei, drei, vier. Schließlich entschied sich das Wild, seinen Rückzug anzutreten. Nicht etwa panisch, sondern vielmehr mit gemessenen Schritten, wie es sich für den *König der Wälder* gehörte. Jetzt erst zog Julia ihre Hand zurück. Mit ungläubigem Blick und einem verwunderten Lächeln wandte sie sich ihm wieder zu.

»Ein Elch. Und so nah. Der erste lebendige Elch, dem ich gegenübergestanden habe.«

Er musste lächeln und spürte, dass es ein sehr liebevolles Lächeln war. »Gesessen.«

Sie lachte leise. »Ja, gesessen.«

»Das war kein Elch, wenn ich *Frau Lehrerin* verbessern darf. So sehen unsere Hirsche aus, die bei uns zwar *Elk* genannt werden, aber der richtige Elch heißt hier *Moose*.«

Julia zwinkerte ihm zu, was ihr etwas Spitzbübisches gab. »Danke für die Lektion, Herr Kollege. Damit kann ich weiterarbeiten.«

»Hoffentlich denkst du jetzt nicht, ich gehöre zu der Kategorie der Besserwisser«, fügte er rasch hinzu.

Amelie hatte sich manchmal schwer damit getan, wenn er

recht behalten hatte. Kaum hatte ihn diese Erinnerung überfallen, da schalt er sich für diesen Vergleich. Wie konnte er nur Amelie mit Julia vergleichen! Nach ihrem Tod, an dem er allein schuldig war, hatte er seine Frau auf ein Podest gehoben, an das keine andere Frau bisher auch nur annähernd gereicht hatte.

»Überhaupt nicht. Im Gegenteil. Ich möchte alles über dein Land lernen«, sagte Julia mit einer Inbrunst in der Stimme, die seiner jähen Gefühlsaufwallung guttat. Ja, Julia Lehmann war eine starke Frau, die durchaus wusste, was sie konnte und was sie wert war. Eine solche Frau konnte auch Fehler eingestehen. Das fand er gut.

»Josh?« Es war Julias weiche, warme Stimme, die ihn in die Gegenwart zurückrief. »Ich glaube nicht, dass Lupa noch kommt«, hörte er sie traurig sagen. »Gestern habe ich sie ja auch nicht gesehen. Ob ihr etwas passiert ist?«

Er räusperte sich. »Dann gehen wir jetzt erst einmal zu den Futterstellen. Vielleicht finden wir dort Spuren, die uns irgendeinen Hinweis geben.« Vielleicht sogar blutige, die darauf hinwiesen, dass sie verletzt war, sagte er sich stumm. »Und danach zeige ich dir ihre Höhle«, fuhr er in aufmunterndem Ton fort. »Komm.«

* * *

Die beiden Futterwannen waren unberührt, was bedeutete, dass Lupa seit gestern, nachdem Julia sie neu gefüllt hatte, nicht mehr da gewesen war.

»Dann hat sie ja seit gestern gar nichts mehr gefressen«, sagte sie tief beunruhigt.

Josh suchte die Umgebung nach frischen Spuren ab. »Es sieht so aus, als wäre sie auch nicht mehr hier gewesen. Die Tritte hier sind verharscht.«

»Ob sie ihr Gebiet gewechselt hat?« Julia spürte, wie eine Welle der Enttäuschung ihr Inneres überschwemmte, die dann sogleich dem Gefühl von Panik Platz machte. »Oder ob man sie erschossen hat?«

Josh zögerte kurz. »Im Nationalpark ist das Schießen verboten. Was jedoch nicht heißt, dass sich alle daran halten.«

»Die Familienväter aus Banff.« Bei diesem Gedanken erfasste sie ein Schauder.

»Oder Trapper.«

»Trapper? Das klingt so nach Wildwestzeiten.«

»Man sollte es nicht glauben, aber auch heute gibt es noch Pelzjäger.«

Sie musste schlucken. »Und welche Pelze?«

»Hier im südlichen Kanada meist Kojoten, Wölfe und Fischmarder.«

»Aber Fischmarder ...«

»Fischmarder sind Landtiere«, unterbrach er sie. »Sie heißen nur so, weil sie Köderfische aus den Fallen stehlen.«

»Meinst du, Lupa könnte in eine solche Falle getappt sein?« Bei dieser Vorstellung zog sich ihr Herz vor Grauen zusammen.

Josh schwieg mit fest aufeinandergepressten Lippen. Dann berührte er ihren Arm. »Komm, ich zeige dir ihre Höhle. Vielleicht finden wir dort eine Spur.«

Von der Lichtung führte Josh sie immer tiefer in den Wald hinein. Schon bald verlor sie die Orientierung. Sie blieb dicht hinter ihm, folgte ihm blind. Sie wäre ihm überallhin gefolgt, das wurde ihr mit jedem Schritt bewusster. Josh war ein Mann, dem *frau* sich anvertrauen konnte. Stark, besonnen, souverän. Mit diesen Gedanken im Kopf und der Angst um Lupa im Herzen stolperte sie über vom Schnee verdeckte Wurzeln oder abgebrochene Äste, die der Herbststurm den Bäumen entrissen hatte. Die Beine wurden ihr immer schwerer. Erschöpft passte sie sich Joshs Tempo an. Er schien es eilig zu haben, so als würde ihn ein schrecklicher Verdacht vorwärtstreiben. Einige Male blieb er stehen, schob für sie schwere, tief hängende Äste beiseite, schüttelte den herabfallenden Schnee wie ein Hund von sich und überholte sie dann wieder. Sie schwiegen. Es war ein unheilvolles Schweigen, das den dichten Wald erfüllte.

Und dann fanden sie nicht nur eine Spur, sondern Lupa.

Julia stockte der Atem. Ihr Herz wollte nicht mehr weiterschlagen. Josh ließ einen zischenden Laut hören. Dann:

»Diese Verbrecher.«

Vor ihnen lag Lupa, unter einem tief hängenden Ast. Der Schnee um sie herum war mit gefrorenem Blut verkrustet. Die Hündin starrte sie mit schreckensweiten Augen an. Die Ohren lagen eng an ihrem Kopf. Mit zurückgezogenen Lefzen knurrte Lupa sie an. Julia gab einen erstickten Laut von sich. Ihre Kehle verengte sich. Es war nicht zu übersehen: Lupas Vorderlauf klemmte in einer Falle. Diese hing an einer Kette, die Lupa an einen Umkreis von etwa einem Meter fesselte.

Unfähig, sich zu bewegen, blieb Julia stehen. Tränen strömten ihr übers Gesicht.

»Diese Schweine«, hörte sie Josh sagen, der den Rucksack abstreifte. Er sah sie an. »Pscht.« Dann sein Lächeln, das so liebevoll, ja zärtlich war. »Das kriegen wir schon hin. Ich werde sie betäuben müssen.«

»Betäuben müssen?«, wiederholte sie wie eine aufgezogene Puppe.

Es war weniger Lupas Verletzung – die nicht lebensgefährlich war, das wusste auch sie –, sondern vielmehr waren es die Niederträchtigkeit, die Gemeinheit, die Brutalität der Menschen, die eine solche Tat begangen, die Julia völlig außer

Gefecht setzten. Wer war denn hier das *wilde Tier?* Der vermeintliche Wolf oder der Mensch?

»Ich rufe Bill an. Er muss den Erste-Hilfe-Koffer bringen«, sagte Josh wie zu sich selbst und tippte auch schon Bills Nummer in sein Handy. Er sprach abgehackt, las die Koordinaten von seinem Kompass ab. Und dann: »Okay. Eine Viertelstunde. Beeil dich bitte. Danke. Ich werde sie gleich betäuben, damit sie erst einmal keine Schmerzen mehr hat.«

Mit einem beruhigenden Lächeln sah er sie an. »Bill kommt gleich mit dem Schneemobil.«

Die Klammer um Julias Herz lockerte sich ein klein wenig. Immer noch liefen ihr die Tränen über die Wangen. Lupas Anblick konnte sie nur schwer ertragen, zumal diese jetzt nicht mehr knurrte, sondern sie – so wirkte es zumindest – flehentlich ansah.

»Meine Schöne«, begann sie mit erstickter Stimme. Auf den Knien wagte sie sich näher an *ihren Wolfshund* heran. »Wir helfen dir. Keine Angst. Bald ist alles vorbei.« Sie sprach weiter, und sie hatte den Eindruck, als würde Lupa ihr zuhören. Stocksteif lag sie da und sah ihr entgegen. »Ich habe wieder Wurst bei mir. Magst du welche?« Ob sie in Anbetracht ihrer Schmerzen überhaupt Appetit auf Mortadella hat?, ging ihr die Frage durch den Sinn, während sie sich auf allen vieren noch näher an sie heranpirschte. Und dann zeigte Lupa ihr wieder die Zähne. Mit den hoch gezogenen Lefzen wirkte sie jetzt richtig gefährlich.

»Ihr Zahnfleisch ist fast blutleer. Das bedeutet, dass sie kurz vorm Kollabieren steht«, sagte Josh in besorgtem Ton. »Halt lieber Abstand. Sie wird jetzt nur noch um sich beißen.«

Julia musste all ihre Kraft aufwenden, um einen Schluchzer zu unterdrücken.

»Was können wir tun?« Sie verharrte in ihrer Haltung. Durch die Fesseln konnte Lupa den Abstand zwischen ihnen nicht verringern. Sie blickte zu Josh hoch und sah, wie er gerade ein Gewehr zusammenschraubte. Er musste ihr Entsetzen in ihrem Blick gesehen haben.

»Ein Betäubungsgewehr«, erklärte er. »Ich habe es immer bei mir, wenn ich nach draußen gehe. Wir warten noch ein paar Minuten, dann verabreiche ich ihr das Mittel. Sie soll nicht zu viel davon bekommen, wegen der Welpen.«

Julia blieb auf der Stelle hocken. Mit langsamen Bewegungen holte sie die Wurst aus der Gürteltasche. Vielleicht erinnerte deren bekannter Geruch sie ja daran, dass ihr nichts Böses drohte. Als sie die Hand ausstreckte, um Lupa die Stücke hinzulegen, knurrte die Hündin wieder. Verdammt. Diesen Verbrechern, die die Falle gelegt hatten, war es gelungen, das winzige Pflänzchen Vertrauen, das in Lupas Herz gekeimt hatte, zu zerstören. Am liebsten hätte Julia ihre Wut laut herausgeschrien, doch sie schlang nur die Arme um sich und versuchte den Kontakt zu Lupa zu halten, indem sie weiterhin sanft und ruhig zu ihr sprach. Irgendwann spürte sie eine Hand auf der Schulter. Josh kniete sich neben sie hin – und dann legte er seinen Arm um sie. Ja, er zog sie sogar ein klein wenig an sich heran. Nur nicht ganz die Fassung verlieren, befahl sie sich. Er sollte sie schließlich nicht für eine Heulsuse halten.

»Gib ihr deinen Schal«, sagte er leise. »Sie kennt deinen Geruch. Das beruhigt sie vielleicht ein wenig.«

Langsam zog sie den Wollschal ab und legte ihn zusammen. Tatsächlich gelang es ihr, ihn dicht vor Lupas Kopf zu legen, ohne dass die Hündin erneut die Lefzen hochzog. Dafür musste sie sich vorbeugen und verlor dabei Joshs Arm. Als sie sich wieder in ihre ursprüngliche Position begab, blieb Josh zwar weiterhin dicht neben ihr sitzen, ohne sie jedoch noch einmal zu berühren. Sie schwiegen. Lupa fiepte leise. Natürlich hatte sie Schmerzen. Ihre qualvollen Laute taten Julia körperlich weh.

Josh warf einen Blick auf seine Armbanduhr. »Bill muss gleich hier sein«, sagte er mit gedämpfter Stimme. »Ich werde sie jetzt betäuben. Dann spürt sie die Schmerzen nicht mehr.«

Als er aufstand, begann Lupa wieder zu knurren. Josh legte das Gewehr an, ein kaum wahrnehmbares kurzes Geräusch erklang, und eine feine Nadel steckte in Lupas Hinterlauf. Ein Grollen entwich ihrem Maul. Sie versuchte, nach hinten zu beißen, was ihr jedoch nicht mehr gelang. Ihre Augen wurden trüb, ihre Glieder erschlafften. Im Zeitlupentempo fiel sie auf die Seite. Im nächsten Moment war Julia neben ihr. Jetzt konnte sie all ihrem Mitgefühl für dieses gepeinigte Tier Ausdruck geben. Während sie Lupa streichelte, legte Josh der Hündin eine Augenbinde an.

»Ihre Augen sind jetzt sehr empfindlich«, erklärte er ihr.

Und dann das erlösende Geräusch: der Motor von Bills Schneemobil. Es parkte unweit von ihnen.

»Hier sind wir!«, rief Josh, und nur wenige Sekunden später hastete Bill heran.

»Die Schweine«, fluchte er, als er sich neben Lupa kniete.

Julia stand auf, zog sich zurück. Jetzt musste sie den beiden Männern den Platz überlassen. Die Hände fest ineinander verschlungen, verfolgte sie, wie Josh die Federn an der Seite der Falle vorsichtig aufdrückte. Die Umklammerung löste sich, sodass Bill Lupas blutende Pfote herausziehen konnte. Als Josh die Falle losließ, schnappte sie wieder mit einer Wucht zu, die Julia zusammenzucken ließ.

»Ich habe Decken mitgebracht«, sagte Bill. »Durch die Betäubung kann sie leicht unterkühlen.« Er sprang für einen Mann, der so kräftig und gut beleibt war wie er, überraschend schnell auf und verschwand wieder im Wald. Derweil untersuchte Josh die Wunde.

»Lupa hat Glück gehabt«, murmelte er vor sich hin. »Der Knochen ist nicht gebrochen. Das wird schon wieder.« Er sah zu Julia auf, lächelte ihr beruhigend zu, und in diesem Moment hätte sie ihn am liebsten umarmt. Das tat sie natürlich nicht, zumal er mit Lupa beschäftigt war. So legte sie nur kurz ihre Hand auf seine Schulter und drückte sie.

»Öffne bitte den Koffer und nimm das Desinfektionsspray heraus«, bat er sie, den Blick fest auf seine Patientin gerichtet. »Das Silberspray ist wie ein Verband für sie.« Nachdem er die Wunde versorgt hatte, bat er sie um das Stethoskop und horchte Lupa ab. »Alles wieder im normalen Bereich«, stellte er zufrieden fest. »Ich werde ihr gleich noch ein Antibiotikum und ein Schmerzmittel spritzen. Dann warten wir, bis sie aufwacht.«

»Woher kannst du das alles?«, fragte Julia voller Respekt.

»Als mein Vater noch lebte, habe ich neben meiner Arbeit im Sägewerk eine Ausbildung zum Ranger gemacht. Dabei habe ich vieles gelernt, was ich heute bei meiner ehrenamtlichen Tätigkeit beim Naturschutzbund nutzen kann. Unter anderem auch, Erste Hilfe zu leisten.«

Inzwischen war Bill mit zwei Decken zurückgekommen. Zu dritt hüllten sie Lupa darin ein. Hin und wieder schnaubte sie leise. Während der ganzen Zeit hockte Julia neben ihr und streichelte sie.

»Was machen wir, wenn sie aufwacht?«, fragte sie. »Kommt sie mit der Verletzung überhaupt hier draußen klar?«

»Wildtiere besitzen die Fähigkeit, sich in kürzester Zeit von den schlimmsten Verletzungen zu erholen«, sagte Bill. »Das ist in der Natur so vorgesehen.«

»Aber sie ist doch ein Hund, kein Wolf«, wandte sie ein.

»Ein wilder Hund«, berichtigte Bill sie mit liebevollem Blick. »Sie würde Zeit brauchen, um sich wieder vollständig domestizieren zu lassen. Wenn du das möchtest, brauchst du Geduld.«

Julia nickte entschlossen. »Die werde ich haben. Vielleicht kann ich mir Lupa irgendwann so vertraut machen, dass sie von selbst zu mir kommt. Und vielleicht auch bleibt«, fügte sie mit versonnenem Lächeln hinzu.

»Willst du sie etwa mit nach Hamburg nehmen?« Josh sah sie mit schmalen Augen an, geradezu so stechend, dass sie unwillkürlich nach Luft schnappte. Mit einem Mal hatte sie das Gefühl, ihn als Gegner zu haben.

»Nein, natürlich nicht«, antwortete sie rasch und fügte, in ihren Ohren ganz selbstverständlich klingend, hinzu: »Vielleicht gehe ich ja gar nicht nach Deutschland zurück. Dieses Land hier ...« Sie erfasste die Natur um sich herum mit einem Blick: die blau schimmernden Gipfel der Rockys, die Hemlocktannen mit ihren Schneepolstern auf den Ästen, den Boden unter ihr, aus dem nach der Schneeschmelze wieder neue Wildblumen wachsen würden. »Ich fühle mich hier wohl«, fuhr sie fort. »Wie zu Hause, auch wenn das in euren Ohren merkwürdig klingen mag und ihr jetzt denkt, ich sei verrückt.«

»Keiner von uns denkt, du seist verrückt«, entgegnete Bill mit ernstem Blick. »Emily meint, dass du hierhin passt. Emily hat einen guten Instinkt.«

Josh sagte gar nichts. Er prüfte Lupas Pulsschlag. Die Hündin gab jetzt ein schmatzendes Geräusch von sich. Sie versuchte, ihre rosa Zunge zurückzuziehen, was ihr jedoch nicht so richtig gelingen wollte. Ihre Beine begannen zu zucken. Dann hob sie den Kopf, der jedoch sogleich wieder auf die Decke fiel.

»Sie wird gleich aufwachen«, sagte Josh. Er sah Julia, die ihren Wolfshund immer wieder streichelte, bedeutsam an. »Du solltest ein Stück von ihr abrücken. Wenn sie zu Bewusstsein kommt, könnte sie um sich beißen.« Mit behutsamer Geste nahm er Lupa die Augenbinde ab. Noch schaute seine Patientin ziemlich benebelt drein, dann klärten sich ihre hellen Augen. Als Nächstes versuchte sie, auf die Beine zu kommen. Unbeholfen setzte sie sich, schwankte leicht, stand auf und wankte. Es fiel ihr sichtlich schwer, ihre Läufe zu koordinieren. Ihr hilfloser Anblick schnitt Julia ins Herz.

»Sie kann doch gar nicht alleine...«, entfuhr ihr in panischem Ton.

Da fing sie Joshs beruhigendes Lächeln auf. »Keine Sorge, sie kann. Sie braucht nur noch ein bisschen Zeit.«

»Und wenn sie morgen wieder in eine Falle tritt?« Sie hörte selbst den anklagenden Ton in ihrer Stimme. Nein, sie wollte Lupa nicht gehen lassen. Sie wollte sie in ihrer Nähe behalten, sie beschützen vor diesen Verbrechern, die ihr diese Verletzung angetan hatten.

»Ein Wolf, der einmal in so ein Ding getreten ist, macht diesen Fehler kaum ein zweites Mal«, sagte Bill. »Und diese Hündin ist wie ein Wolf. Beim nächsten Mal wird sie die Falle vorher riechen.«

Inzwischen bewegte sich Lupa schon sicherer auf den Beinen. Sie machte ein paar Schritte nach vorn, zeichnete einen Halbkreis und sah dann Julia an, so, als würde sie überlegen, ob sie tatsächlich gehen sollte. Julia wagte nicht, sich zu bewegen. Auch Josh und Bill hockten regungslos auf der Stelle. Da streckte Lupa den Hals und stieß einen lang gezogenen, klagenden Laut aus, der mit einem leisen Fiepen ausklang. Er ging Julia durch Mark und Bein. Noch bevor sie sich versah, drehte sich Lupa um und lief in den Wald, wo sie mit dem Strahlenbündel verschmolz, das die Nachmittagssonne durch die vereisten Äste warf.

Julia blinzelte in die gleißende Leere, während Lupas Heulen noch in ihr nachklang. Es hatte sich wie ein trauriger Abschiedsgruß angehört. Wahrscheinlich hatte die Hündin nun endgültig genug von den Menschen. Als ihr erneut die Tränen in die Augen stiegen, trat Josh auf sie zu und nahm sie an die Hand.

»Komm. Wir gehen nach Hause.«

17.

Auf dem Rückweg musste Julia erst einmal innerlich verarbeiten, was sie gerade erlebt hatte. Lupas Heulen hatte sie noch im Ohr. Es zerriss ihr das Herz. Wie konnte sie der trächtigen Hündin helfen? Fest stand, dass sie sich auch in der kommenden Woche um ihr Futter kümmern wollte. Das war das Wenigste, was sie tun konnte. Darüber hinaus wollte sie aber auch etwas für die Rettung der Tiere im Allgemeinen tun.

»Sie haben keinen Respekt vor der Natur«, stieß sie gleichermaßen zornig wie verzweifelt aus. »Das ist einfach nur krank. So etwas muss verboten werden. Ich dachte, hier im Banffer Nationalpark sei das Jagen verboten.«

»Ist es auch«, sagte Josh sachlich dicht hinter ihr im Trail. »Offiziell ist es verboten, aber wie wir heute gesehen haben, passiert es trotzdem.«

»Ich werde in meinem Leben niemals einen Pelzmantel tragen.« Während sie sprach, stieß sie die Skistöcke mit aller Wucht in den Schnee.

»Viele brauchen den Kitzel, sehen es als Spaß an, auf Beutejagd zu gehen. Früher zu Wildwestzeiten haben die Trapper vom Pelztierhandel gelebt. Heute ist Fallenstellen meist nur ein Hobby. Ein sehr widerliches Hobby. Das Fell eines Fischmarders brachte früher etwa fünfhundert Euro, heute nur noch um die achtzig.«

»Früher mochte man Pelze noch als Winterkleidung brauchen«, sagte sie grimmig. »Heute gibt es die beste High-Tech-Kleidung, die genauso wärmt.«

Wieder schwiegen sie einige Zeit, in der sie Emilys Haus immer näher kamen.

»Vielleicht könnte ich mich bei euch im Naturschutzbund nützlich machen.« Forschend sah sie Josh von der Seite an. Der hielt sichtlich überrascht im Schritt inne.

»Willst du?«

»Ja, das halte ich für sinnvoll. In Hamburg würde ich auf eine solche Idee kaum kommen. Mitten in der Stadt ist man der Natur sehr fern. Aber hier fühle ich mich verpflichtet, zum Erhalt der Natur, die mich hier überall umgibt und mir Freude schenkt, beizutragen.«

Da lächelte Josh sie an, mit diesem sexy Lächeln, das ihr prompt wieder weiche Knie machte. »Je mehr ich über dich erfahre, desto mehr überraschst du mich.«

Sie lachte verlegen. »Hoffentlich im positiven Sinne.«

»In sehr positivem Sinne«, bestätigte er ihr ernst und ließ seiner Antwort einen tiefen Blick folgen, der ihr Blut schneller durch den Körper kreisen ließ.

Rasch senkte sie den Kopf und stapfte auf ihren Schneeschuhen weiter. Sie bog als Erste vom Trail auf den Weg zu Emilys Haus ab. Josh folgte ihr. Als sie vor der Veranda standen und sich von den Schneeschuhen befreiten, fragte er: »Soll ich Susan bitten, Lupa ab morgen das Futter zu bringen?«

Aha. Josh würde sich also in den kommenden Tagen von Blackfoot Village fernhalten. Mit einem Mal fühlte sie sich ernüchtert. Aus diesem Mann wurde sie nicht schlau. Sie hatte das deutliche Gefühl, dass er sich, nachdem er sich ihr gegenüber ein klein wenig geöffnet hatte, bereits wieder zurückzog. Ob Emily ihm von Lars, *ihrem Verlobten*, erzählt hatte? Oder mochte Amy der Grund dafür sein?

»Nein, ich möchte das tun.« Sie straffte sich. »Ich habe am Wochenende nichts vor. Und in der kommenden Woche auch nicht. Ich bin sowieso nach der Schule gern draußen.« Sie hielt inne und fügte dann mit fester Stimme hinzu: »Außerdem möchte ich Lupa wiedersehen. Vielleicht kann ich sie mir ja aufs Neue vertraut machen.«

Ganz deutlich bemerkte sie jetzt wieder ein warmes Licht in Joshs Augen.

»Ich wünsche es dir«, erwiderte er in herzlicherem Ton.

Da fühlte sie sich ihm sofort wieder näher. Sie reichte ihm die Schneeschuhe. »Danke, dass du sie mir geliehen hast.«

»Bitte.«

Er wandte sich zu seinem Wagen, öffnete die hintere Tür und verstaute die Schneeschuhe, während sie ziemlich untätig wie auch unschlüssig vor der Veranda stehen blieb. Wie eine Blöde, beschimpfte sie sich einen Atemzug später stumm.

»Also ...« Sie hob die Hand und schickte sich an, die Stufen hinaufzusteigen. »Grüß Timmy von mir, und bis bald.«

»Das Futter für Lupa!«, rief er ihr über die Entfernung zu. »Ich habe es noch im Kofferraum.«

»Stellst du es bitte unter die Veranda? Ich bediene mich dann.« Sie winkte ihm noch einmal zu, zog die Stiefel aus und öffnete die Tür. In dem Moment hörte sie seine schweren, knirschenden Schritte. Mit großer Überwindung schloss sie dennoch die Tür hinter sich – und Josh damit aus. Ein paar Geräusche folgten, die ihr verrieten, dass er drei Säcke brachte, dann sah sie noch einmal ganz kurz seinen Hinterkopf in der Glasscheibe. Kurz darauf fuhr der Pick-up mit röhrendem Motor davon, so als würde er wütend sein.

* * *

Shit. Stumm fluchte Josh vor sich hin. Irgendwie hatte er es nicht mehr richtig drauf – das Flirten. Es hatte doch durchaus ein paar Situationen zwischen ihnen gegeben, die er für eine Verabredung hätte nutzen können, ohne aufdringlich zu wirken. So hätte er zum Beispiel sagen können: »*Komm doch Sonntagnachmittag beim Büro des Naturschutzbundes vorbei. Dann gebe ich dir Material.*« Er hatte dort sowieso einiges zu erledigen. Oder gar: »*Am ersten Advent bin ich mit Tim bei Emily. Vielleicht könnten wir ja übermorgen noch mal zusammen Karten spielen.*« Was hatte er stattdessen getan? Geschwiegen.

Was auch besser so war, bestätigte ihm sein Verstand. Julia ist bestimmt in Hamburg gebunden. Eine solche Frau läuft nicht mehr solo durch die Gegend. Und eine solche Frau will auch eine verbindliche ernsthafte Bindung.

Wie kann sie dann aber davon sprechen, hierbleiben zu wollen?, hielt er dieser Stimme entgegen.

Frauen. Sie sind häufig Stimmungen unterworfen.

Nicht alle. Julia machte einen sehr ausgeglichenen Eindruck. Sie war eine Persönlichkeit, kein Fähnchen im Wind. Eine starke Persönlichkeit mit einem großen Herzen. Wie sie sich Lupa gegenüber verhalten hatte, hatte ihn dann endgültig für sie eingenommen. Ihr Mitgefühl und ihre Liebe zur Natur hatten sie ihm innerlich noch ein Stück nähergebracht. Auch ihr Verantwortungsgefühl. Plötzlich fiel ihm ein Satz ein, den sein Vater ihm als Kind beigebracht hatte: *Du bist für das verantwortlich, was du dir vertraut gemacht hast.* Dieser Satz stammte aus einem Buch, aus dem ihm sein Vater vorgelesen hatte. Den Titel und den Autor hatte er vergessen. Die Lebensweisheit jedoch nicht.

Deshalb halte dich fern von Julia, riet ihm da wieder die kühl klingende Stimme seines Verstandes. Mach sie dir gar nicht erst vertraut. Du kannst ihr nicht geben, was sie braucht oder was ihr zusteht. Außerdem hast du jedes Recht auf ein eigenes Glück verspielt.

Da beschloss er, den ersten Advent bei sich zu Hause zu verbringen statt in der gefährlichen Nähe zu dieser Frau.

* * *

Am Abend fuhr Julia zum Freitagstreff in die Westernbar. Es wurde wieder lustig, und für ein paar Stunden vergaß sie Josh und auch Lars, von dem sie an diesem Tag wieder nichts gehört hatte. Was sie beunruhigte. Auf dem Nachhauseweg durch die helle Nacht nahm sie sich vor, ihn am Wochenende anzurufen. Irgendwie fühlte sie sich für ihn verantwortlich – auch wenn sie ihn als Mann an ihrer Seite nicht mehr wollte.

Für den nächsten Tag hatte sie sich mit ihren Kolleginnen zum Skilaufen verabredet, und am ersten Advent war sie mit Jenny zusammen bei deren Eltern eingeladen. Der erste Advent ... Eigentlich hatte sie dieses Wochenende mit Lars verbringen sollen. Doch sie musste zugeben: Tief im Herzen fühlte sie sich erleichtert, dass es nicht zustande gekommen war.

Erst als sie zu Hause war, fiel ihr ein, dass sie ihr Mobiltelefon in der Bar ausgeschaltet hatte, und stellte auch prompt fest, einen Anruf verpasst zu haben.

»Melde dich, wenn du daheim bist«, hörte sie die drängend klingende Stimme ihrer Schwester auf der Mailbox. »Egal, wie spät es ist.«

Julia warf einen Blick auf die Uhr. Kurz vor Mitternacht, was bedeutete, dass es in Hamburg jetzt sechs Stunden später war. Als Bäuerin stand Corinna immer mit den Hühnern auf. Sie würde ihre Schwester wahrscheinlich gerade beim ersten Frühstück erwischen.

»Hi, ich bin es. Du hast mich angerufen«, sagte sie innerlich angespannt. »Du hast dich so angehört, als wenn etwas passiert wäre.«

»Guten Morgen, Kleines«, begrüßte Corinna sie hörbar erfreut und fröhlich. »Wo warst du denn die ganze Nacht?«

»Beim Kollegenstammtisch. Übrigens haben wir hier erst zwölf«, stellte sie trocken richtig. »Also, was gibt es?«

Ihre Schwester lachte. »Ich dachte nur, ich öffne mal wieder die Leitung nach Blackfoot Village.«

Warum nur glaubte sie Corinna nicht, die jetzt ein paar Atemzüge lang schwieg?

»Was gibt es denn Neues bei dir?«, erkundigte sich ihre Schwester in beschwingtem Ton.

Da hätte sie so manches zu berichten gehabt.

»Alles in bester Ordnung hier«, antwortete sie knapp, holte tief Luft und fragte: »Und bei dir?«

Corinna erzählte ihr ein paar Geschichten aus ihrem Alltag, doch sie hörte kaum zu. Schließlich unterbrach sie die Ältere: »Entschuldige, aber ich habe das Gefühl, du willst mir eigentlich ganz etwas anderes erzählen, oder?«

»Ich habe Lars heute mit Eileen zusammen in der City gesehen«, sagte Corinna nun völlig unvermittelt.

Lars und Eileen? Sieh mal einer an! Julia musste erst einmal schlucken, bevor sie erwiderte: »Als ich letztens mit Lars telefoniert habe, war er bei Eileen in meiner Wohnung.«

»Das ist krass.«

»Lars hatte seine Brille vor meiner Abreise in meiner Wohnung vergessen und abgeholt«, erklärte sie ihrer Schwester. »Da haben die beiden halt ein Glas zusammen getrunken. Na und? Da ist doch nichts dabei.« Sie biss sich auf die Lippe. Das Schweigen zwischen Blackfoot Village und Hamburg ließ in ihr den Verdacht hochsteigen, dass eben doch etwas dabei gewesen war. »Wie hast du denn die beiden zusammen in der City gesehen?«, erkundigte sie sich in spitzfindigem Ton. »Sozusagen in flagranti?«

»So ist es durchaus zu sagen. In inniger Umarmung. Keine Umarmung der platonischen Art.«

Die konnte sie sich bei Eileen auch schlecht vorstellen. Lars war ja durchaus ein smarter Typ. Und reich. Sie atmete tief ein, bevor sie sachlich sagte: »Okay, dann weiß ich Bescheid. Das erklärt, warum Lars sich nicht mehr bei mir gemeldet hat. Und warum er dieses Wochenende abgesagt hat. Damit kenne ich auch sein Problem, das nämlich darin besteht, mir zu sagen, er hätte eine andere. Wobei das für mich gar kein Problem darstellt. Im Gegenteil. Ich hätte ihm an diesem Wochenende sowieso sagen wollen, dass ich die Beziehung nicht mehr will.«

Corinna schwieg, dann fragte sie mit ihrer tiefen Stimme: »Echt?«

»Meine Güte! Das habe ich dir doch bereits mehrere Male gesagt.« Julia spürte, wie sie langsam wütend wurde. Wütend auf Lars, der sie belogen hatte, als er seine Probleme als berufliche verkleidet hatte. Wütend auf sich selbst, dass sie so blauäugig gewesen war, bisher nicht einmal in Erwägung gezogen zu haben, Lars könnte sie in ihrer Abwesenheit betrügen. Und wütend auf Corinna, die plötzlich auf Beziehungskurs war.

»Kleines, hallo? Bist du noch dran?«

»Sicher. Ich bin nur gerade total sauer.«

»Das verstehe ich.«

»Ich bin total sauer auf mich selbst, weil ich mal wieder Rücksicht auf ihn hatte nehmen wollen. Ich hatte diesem Wochenende nur zugestimmt, weil ich mich verpflichtet gefühlt habe, mit ihm seine Probleme zu lösen. Außerdem wollte ich ihm das Ende unserer Beziehung nicht gerade am Telefon oder gar per Mail verkünden. Lars dagegen zieht mal wieder einfach sein Ding durch, ohne mir offen zu sagen, dass er unsere Beziehung nicht mehr will. Er cancelt einfach das Wochenende, indem er andere Gründe vorschiebt. Mistkerl. Aber jetzt weiß ich wenigstens Bescheid und brauche mir keine Gedanken mehr zu machen und auch keine Rücksicht mehr zu nehmen. Meine Entscheidung wird er jetzt per Mail bekommen. Basta.«

»Vielleicht tust du ihm unrecht.«

»Geht's noch? Du hast mir doch gerade höchstpersönlich erzählt, ihn mit Eileen in flagranti erwischt zu haben.«

»Sie haben sich leidenschaftlich geküsst. Ja, das habe ich genau gesehen, aber vielleicht will er dich gar nicht wirklich gegen Eileen austauschen. Vielleicht ist das nur eine Trotzreaktion des verwöhnten Sohnemanns darauf, dass du ihn allein gelassen hast. Ein Ausrutscher sozusagen ...«

»Dann soll er weiterrutschen. Für mich ist die Sache erledigt. Das war sie schon vor unserem Gespräch, aber deine Info hat mich jetzt auch noch von meinem schlechten Gewissen befreit. Du siehst, alles ist bestens.«

Nach diesem Telefonat blieb Julia noch einige Zeit vor dem Kamin sitzen. Das Gefühl, von Lars belogen worden zu sein, nagte mehr an ihr als die Tatsache, dass er mit einer anderen Frau zusammen war. Von wegen Stress und großer Auftrag. Er hatte schlichtweg eine Andere. Ein kurzer Lacher sprang ihr über die Lippen. Eileen! Unglaublich, wie das Leben spielte. Tatsächlich passte die oberflächliche Eileen viel besser zu ihm. Also war doch jedem geholfen.

Weit nach Mitternacht ging sie noch einmal nach draußen. Emilys Anwesen schlummerte im Mondschein. Mit ruhigem Glanz blickten die Sterne auf sie herunter und leuchteten ihr den Weg. Während sie ein paar Schritte ging, fühlte sie sich von einer friedvollen Stimmung umfangen, die es im vergangenen Jahr in Hamburg für sie nicht wirklich gegeben hatte. Und während sie zu dem funkelnden Himmel hochblickte, freute sie sich, dass nun eine neue Lebensphase für sie begann.

18.

Das Wochenende war für Julia dann doch noch schön und abwechslungsreich gewesen. Beim Skifahren hatte sie eine Menge Spaß gehabt, und der erste Advent bei Jennys Eltern war ein stimmungsvoller Auftakt zur Weihnachtszeit gewesen. Auf dem Rückweg hoffte sie, Josh bei Emily zu treffen. Dem war jedoch nicht so. Kein silberner Pick-up, dafür aber kam Timmy aus dem Haus.

»Wir sind auch gerade heimgekommen«, erzählte er ihr. »Emily und Bill haben mich bei Papa abgeholt. Wir haben Advent gefeiert. Amy hat einen ganz großen Adventskranz gebracht. Viel größer als deine Reifen hier.«

»Toll.« Was sollte sie sonst darauf sagen?

»Spielst du jetzt noch mit mir Karten?«

»Es ist doch schon spät«, entgegnete sie mit einem Mal wie erschlagen. »Du musst morgen früh in den Kindergarten und ich in die Schule.«

Tim warf einen Blick zum Himmel, an dem sich die Sterne bereits alle versammelt hatten. Dann zog er eine Schnute. »Stimmt. Ich glaube, ich muss jetzt ins Bett.« Er berührte ihren Arm, zog sie zu sich herunter und flüsterte ihr ins Ohr: »Ich bin auch nur rausgekommen, weil Emily telefoniert. Eigentlich sollte ich mir die Zähne putzen.«

Julia musste lachen. Voller Zärtlichkeit streichelte sie ihm über die Locken. Wie sehr sie den pfiffigen, kleinen Kerl mochte!

»Dann rat ich dir, schnell wieder ins Haus zu gehen, bevor Emily es merkt«, flüsterte sie zurück.

»Mach ich.« Doch er zögerte noch. »Hast du Lupa gesehen?«

Sie seufzte. »Leider nein. Weder gestern noch heute Vormittag.«

»Papa hat mir erzählt, was passiert ist. Glaubst du, sie lebt noch?«

»Sie lebt ganz bestimmt noch«, tröstete sie ihn. »Sie ist wahrscheinlich jetzt nur noch vorsichtiger den Menschen gegenüber, aber das kann sich wieder ändern.«

* * *

Lupa sollte ihr Verhalten in der nächsten Woche jedoch nicht ändern. Julia hoffte jeden Tag aufs Neue, sie zu treffen. Doch die Hündin ließ sich nicht mehr sehen. Als große Beruhigung empfand sie, dass sich ihre vierbeinige Freundin jeden Tag ihr Fressen abholte. Und zwar mit offensichtlich gutem Appetit. Ihre beiden Holzwannen waren am nächsten Mittag stets leer.

Auch in dieser Woche meldete sich Lars nicht. Sollte er doch mit Eileen glücklich werden! Was sie an der Sache inzwischen am meisten störte, war, dass Eileen in ihrer Wohnung in Hamburg lebte, in all ihren Sachen, an denen sie hing. Seit sie um die Lovestory wusste, fühlte sie sich ihrerseits in Eileens Wohnung nicht mehr wohl. Das Klingeln ihres Handys riss Julia schließlich aus all diesen Gedanken heraus.

»Hier spricht Friederike.«

Julia glaubte, sich verhört zu haben. Friederike Asbeck? Ihre ehemals zukünftige Schwiegermutter? Vor Aufregung begann ihr Herz in einen ungesunden Rhythmus zu fallen. Ihr schwante Übles.

»Ich muss mit dir reden«, kam Lars' Mutter dann auch sogleich zur Sache. »Ich mache mir große Sorgen um meinen

Sohn. Sein Leben hat sich völlig verändert. Er feiert die Nächte durch, hat große Probleme in der Werft und trinkt zu viel. Ich war ja von vornherein gegen diesen Lehreraustausch. Ich ahnte, dass Lars damit nicht klarkommen würde. Er braucht eine starke Partnerin. Stark bist du zweifellos, aber ohne jedes Verantwortungsgefühl deinem Partner gegenüber.«

Also ... Jetzt aber! Julia verschlug es schlichtweg die Sprache. Musste sie sich das bieten lassen? Ganz bestimmt nicht. Was hatte sie damit zu tun, dass Friederike Asbeck sich ein verwöhntes Muttersöhnchen herangezogen hatte, das sein Leben nur als Spaß auffasste und bei der ersten steifen Brise umfiel? Und überhaupt! Ein Jahr lang hatte diese Frau jeden Kontakt zu ihr vermieden – wenn es denn möglich gewesen war –, und jetzt rief sie sie an und machte ihr die schwersten Vorwürfe?

Ihre Halsschlagader pochte, das Blut stieg ihr in den Kopf. Ruhig, Julia, befahl sie sich. Nein, sie würde sich zusammennehmen. Sie würde dieser Person keinen Grund geben, über sie noch mehr herzufallen.

»Ich finde es gut, dass du anrufst«, erwiderte sie betont langsam und ruhig. »Auch ich habe mir Sorgen um Lars gemacht, bis ich jedoch erfuhr, dass er eine neue Freundin hat. Und zwar meine kanadische Kollegin, die in meiner Wohnung wohnt. Eileen ist sehr nett, sehr hübsch und auf reiche Männer aus. Ich kann nur hoffen, dass sie es ernst meint mit Lars«, fügte sie noch honigsüß hinzu, obwohl sie sich gleich darauf schäbig vorkam. Diese Spitze hätte sie sich auch sparen können, zumal sie gerade befürchtete, Friederike wäre in ihrer weißen Villa in Blankenese umgefallen. »Friederike?«, fragte sie besorgt, als es mehrere Atemlängen lang in der Leitung totenstill blieb.

»So, so«, hörte sie dann. Diesen beiden genäselten Worten folgte ein höhnisch klingendes Schnauben. »Das hat Lars mir noch nicht erzählt, obwohl er mir sonst alles anvertraut. Wenn dem dann so sein sollte, geht sein ...«, Lars' Mutter suchte nach den richtigen Worten, »... geht diese Eskapade auf dein Konto, meine Liebe. Das wird dir ja wohl klar sein. Wärst du hiergeblieben, hätte es keine kanadische Stellvertreterin in deiner Wohnung gegeben. Wenn du in unsere Familie einheiraten willst, solltest du schleunigst zurückkommen. Ich werde natürlich ganz auf deiner Seite stehen und immer noch dafür plädieren, dass ihr beide euch Weihnachten verlobt. Was sollen sonst die Leute denken?«

Julia wurde plötzlich speiübel. In ihr braute sich gerade eine explosive Mischung unterschiedlichster Gefühle zusammen, die dringend einen Ausgang suchten.

»Ich muss jetzt auflegen«, sagte sie mit gepresster Stimme. »Nur eines noch: Ich werde nicht zurückkommen, und es wird auch keine Verlobung geben. Ich habe mit Lars abgeschlossen. Das ist mein letztes Wort zu dieser Sache. Alles Gute.« Dann drückte sie auf die rote Taste ihres Handys, sekundenlang, als hätte sie Angst, sie würde ihr dieses Mal den Dienst verweigern – was sie natürlich noch nie getan hatte.

Nur eine Minute später überschüttete Julia ihre Schwester mit dem giftigen Gefühlscocktail, den dieses Telefonat in ihr gemixt hatte. Wie immer half Corinna ihr ruhig und liebevoll dabei, ihren Kopf wieder zu klären und ihr Herz von all den schlechten Anwandlungen zu reinigen, sodass sie in der Nacht schlafen konnte.

* * *

Freitag hieß *Wochenende*. Am Ende dieser Woche bedauerte Julia zum ersten Mal, dass sie zwei schulfreie Tage vor sich hatte. Abgesehen von ihrem Lehrertreff am Abend hatte sich keine weitere Verabredung ergeben. Umso mehr freute sie sich auf die Westernbar. An diesem Freitag brach sie früher als sonst nach Banff auf. Jenny wollte vorher noch unbedingt einen Kaffee mit ihr trinken und ihr von einem Typen erzählen, den sie vor ein paar Tagen kennengelernt hatte.

Als sie gerade aus dem Haus gehen wollte, kam Timmy. Sie hatte ihn seit Mittwoch nicht mehr gesehen.

»Ich habe heute meinen Gips abgenommen bekommen«, teilte er ihr stolz mit. »Guck mal, jetzt habe ich nur noch einen Verband. Damit kann ich mich viel besser bewegen.«

»Super!«, rief sie aus. »Dann kannst du ja bald wieder Skilaufen.«

»Nee, das werde ich noch nicht können«, meinte er mit herabgezogenen Mundwinkeln. »Der Arzt hat gesagt, dass ich im Kindergarten noch keinen Sport machen darf.« Sie wollte gerade etwas Tröstendes sagen, als Tim mit roten Wangen fortfuhr: »Papa ist eben gekommen. Wir fahren morgen zu den Nordlichtern. Dafür müssen wir mehrere Stunden lang Auto fahren. In den Norden von Alberta.«

»Das ist ja schön.« Was sollte sie sonst darauf sagen?

Da tauchte plötzlich ein großer Schatten in der hereinbrechenden Dämmerung neben ihr auf. Josh.

»Hi«, begrüßte er sie. »Was ist mit Lupa? Hast du sie in den vergangenen Tagen gesehen?«

Diese Frage konnte sie nur verneinen. »Aber sie frisst ihr Futter«, fügte sie hinzu. »Kranke Hunde haben keinen Appetit.«

Er lächelte wieder dieses sexy Lächeln. »Du kennst dich aus.«

Bei Hunden ja, bei Männern weniger, hätte sie fast hinzugefügt. Josh war ihr sowieso ein einziges Rätsel, und Lars hätte sie auch keinen Betrug zugetraut.

»Ich geh wieder rein«, sagte Tim. »Ich möchte gern den Kinderfilm weitersehen.«

»Mach das.« Sie strich ihm übers Haar. »Besuch mich mal wieder.« Sie sah ihm nach, wie er schon viel behänder die Treppen zur Veranda hinaufstieg.

»Er ist froh, den Gips los zu sein«, sagte Josh, dessen Blick ihrem gefolgt war.

»Jetzt kann es nur noch bergauf gehen«, erwiderte sie, was in ihren Ohren ziemlich steif klang.

»Genau«, lautete Joshs nicht weniger steifer Kommentar.

Oh Mann. Jetzt standen sie hier in dieser Kälte zusammen und wussten nicht, was sie sagen sollten. Von der prickelnden Atmosphäre zwischen ihnen war rein gar nichts mehr zu spüren.

»Und? Was hast du heute noch vor?«, trieb Josh die förmliche Konversation betont leichthin voran.

Sie blickte auf, mitten in diese Männeraugen hinein. Warum fragte er? Plötzlich begann ihr Herz erwartungsvoll zu pochen. Vielleicht würde er ihr jetzt vorschlagen, den Abend mit ihm und Timmy zusammen zu verbringen? Nein, entschied sie konsequent. Sie war bereits verabredet. Selbst für Josh wollte sie ihre Kollegen nicht versetzen.

»Ich fahre jetzt nach Banff. Meine Kollegen treffen sich freitagabends immer in der Westernbar. Sie haben mich sofort in ihre Runde aufgenommen, und es ist immer sehr nett dort.«

»Etwa die Sunshine-Bar?« Erstaunt sah er sie an.

»Ja, so heißt sie. Kennst du sie?«

»Klar kenne ich sie. Mit dem Sohn des Besitzers bin ich in die High School gegangen. Er hat Musik studiert und spielt manchmal dort mit seiner Band. Sie machen sehr gute Countrymusic.«

»Schon früher habe ich gern Countrymusic gehört, ganz untypisch für meine Generation«, plauderte sie wie auf Kommando los. »Das ist schließlich keine *coole* Musik. In der

Sunshine-Bar habe ich dann meinen ersten Squaredance getanzt. Das macht echt Spaß.«

Oh no! Was redete sie denn da für einen Schwachsinn daher?

»Ja.« Mehr sagte Josh nicht. Genauso wenig wie sein Blick, der den ihren suchte. Mit unergründlichem Ausdruck lag er auf ihrem Gesicht. Was mochte er jetzt denken? Sie hatte das deutliche Gefühl, dass er sich, nachdem er sich vergangenes Wochenende ihr gegenüber ein klein wenig geöffnet hatte, bereits wieder zurückzog.

»Ich fahre jetzt zu Bill«, teilte er ihr mit. »Ich wollte dir nur kurz Hallo sagen.« Wieder dieses träge, schelmische Schmunzeln, das so verführerisch wirkte. »Wir Kanadier lieben Countrymusic, jung wie alt, und kommen uns nicht uncool dabei vor.«

»Schön.« Und weil sie ihn noch nicht gehen lassen wollte, redete sie einfach weiter. »Tim erzählte mir gerade, ihr fahrt morgen zu den Nordlichtern. Darüber habe ich gelesen.«

»Ja, wir wollen hoch nach Jaspers.«

»Ich wünsche euch viel Spaß«, sagte sie nun entschlossen. Er sollte bloß nicht den Eindruck gewinnen, als würde sie auf eine Einladung zu diesem Ausflug spekulieren. »Also dann ...« Sie hob die Rechte und wandte sich ab.

»Wir bereden Sonntag, wie wir das kommende Woche mit Lupas Fütterung machen. Okay?«

»Alles easy«, erwiderte sie in ihren Ohren etwas zu flötend klingend und stieg schleunigst ins Auto.

19.

Blöde Kuh, schimpfte sich Julia auf dem Weg nach Banff. Natürlich hatte sie auf Josh den Eindruck gemacht, gern mit nach Jaspers zu wollen. Nun gut, das war nun nicht mehr zu ändern.

Das Kaffeetrinken mit Jenny lenkte sie dann von ihren eigenen Problemen ab. Wie sie jetzt hörte, hatte ihre Kollegin auch einen Mann kennengelernt, dessen Verhalten sie nicht deuten konnte – was sie wiederum tröstete. Männer!

Dann wurde es auch Zeit, dass die beiden zur Westernbar aufbrechen mussten. Julia trug zum ersten Mal die Cowboyboots, die sie sich in Banff gekauft hatte. Sie waren aus cognacfarbenem Leder, hatten einen abgeschrägten Absatz, Ton-in-Ton-Stickereien und Ledersohlen, mit denen es sich auf den alten Holzdielen der Sunshine-Bar gut tanzen ließ. Zur engen Jeans passte der lässige beige Hoodie, dazu die auf dem Oberkopf hochgesteckten Haare. Als sie die Westernbar betrat, schlugen ihr warme Luft und die Klänge einer Liveband entgegen. Die Bar war bereits gut besucht. Alle Tische waren besetzt. An der Theke saßen und standen die Leute zweireihig, und auf der Tanzfläche drehten sich Paare eng aneinandergeschmiegt zur melodischen Countrymusic.

»Wir dachten schon, ihr würdet nicht mehr kommen«, sagte Lynn erleichtert. »Andy wollte gerade schon wieder nach Hause gehen«, scherzte sie mit einem bedeutsamen Blick zu dem Sportlehrer hin, der in einen sichtlichen Flirt mit einer hübschen Schwarzhaarigen vertieft war, die Julia noch nicht kannte. Als Andy sie entdeckte, winkte er ihr zu.

»Heute spielt die Band, die dem Sohn des Besitzers gehört«, teilte Ann, eine andere Kollegin, Julia und Jenny mit. »Die machen unheimlich gute melodische Musik. So richtige Lagerfeuerromantikmusik.«

»Na ja, das Feuer müssten wir noch entzünden«, meinte Lynn trocken.

»Das entzündet sich beim Tanzen, vorausgesetzt, du tanzt mit dem Richtigen«, konterte eine andere junge Frau namens Jill aus dieser Runde, die Julia bereits vom letzten Mal kannte.

»Diesbezüglich sieht es bis jetzt aber schlecht aus.« Lynn ließ ihren kritischen Blick über die Menge schweifen und schüttelte dann den Kopf. »No, ich glaube, für mich ist zurzeit niemand dabei.«

»An der Theke stehen die Typen zweireihig«, sagte ein Kollege, der seine feste Freundin mitgebracht hatte.

»Typen aus der zweiten Reihe will ich nicht.« Lynn zuckte desinteressiert mit den Schultern.

»Schau mal, der da hinten.« Jenny stieß Julia in die Seite. »Der frisst dich geradezu mit den Augen auf. Schon als du hereingekommen bist, hat der einen langen Hals gekriegt.«

»Weißt du, wer das ist?« Jill zog eine bedeutsame Miene. »Das ist der reichste Mann aus Banff.«

Julia hatte die dreisten Blicke auch schon bemerkt.

»Auf geht's, Jungs! Fordert die Frau eurer Träume zum Tanz auf!«, rief da eines der Bandmitglieder nach der kurzen Pause im Ton eines Jahrmarktverkäufers ins Mikrofon. »Holt euch eure Frau, wenn die Wahl auch schwerfällt bei all den Schönheiten heute Abend.« Kaum war dieser Aufruf verhallt, da erhob sich auch schon der reichste Mann aus Banff und steuerte auf Julia zu.

»Ich gehe mal schnell auf ein gewisses Örtchen«, flüsterte sie Jenny mit bedeutungsvollem Blick zu, stand auf und verschwand wieselflink in entgegengesetzter Richtung. Nur weg von diesem feisten Typ!

Die Toilette lag hinter der langen Theke, an der sie mit gesenktem Kopf vorbeieilte, als wollte sie sich unsichtbar machen. Bloß keinen Blickkontakt mit irgendeinem Typen hier, sagte sie sich. Auf einen Tanz zu dem langsamen Blues, den die Band jetzt anspielte, hatte sie nun wahrlich keine Lust.

Während sie in dem Waschraum dem Song *Sunday Morning Coming Down* von Kris Kristofferson zuhörte, betrachtete sie sich im Spiegel. Die Frau, die ihr entgegensah, wirkte natürlich und zufrieden. Ja, sie fühlte sich wohl, wenn die melodische Countrymusic dort draußen vielleicht auch ein klein wenig Sehnsucht in ihr erweckte. Sehnsucht nach wem? Sehnsucht nach was? Vielleicht Sehnsucht nach Zärtlichkeit, Nähe, Berührungen? Sehnsucht nach einem Mann wie Josh? Blödsinn, sagte sie sich, blies sich eine Strähne aus der Stirn und nickte sich aufmunternd zu. Dann wandte sie sich zur Tür. Schließlich konnte sie nicht den ganzen Abend hier ausharren. Die Tanzpaare hatten sich jetzt erst einmal gefunden. Und dieser reiche Typ würde wahrscheinlich auch fündig geworden sein.

Als sie heraustrat, sah sie die Tanzfläche dicht besiedelt von eng aneinandergeschmiegten Paaren. Einfach schön ... Plötzlich fühlte sie eine große Hand, die ihren Arm festhielt. Sie gehörte einem der Männer, die sich um die Theke scharten. Sie hatte schon eine entsprechend scharfe Bemerkung auf den Lippen, als sie in das Gesicht desjenigen sah, der sie am Weitergehen hinderte. Dieser Blick, diese Augen, dieses Lächeln ...

»Josh.«

»Hi.« Er trat auf sie zu, stellte sich so dicht vor sie, dass sich ihre Körper berührten. »Ich habe dich eben schon gesehen.«

»Ich dich nicht.« Ihre Stimme klang belegt.

Seine Gegenwart zog sie vollständig in seinen Bann. Sein

Duft, seine sexy Stimme, seine Hand, die immer noch ihr Handgelenk festhielt, die Wärme, die sich durch sie in ihrem Körper verteilte, und die sanften Töne der Band, die geradezu zärtlich und lockend ihre Ohren umspielten – *Help Me Make It Through The Night* ebenfalls von Kristofferson –, schalteten ihren Verstand vollständig aus und ließen sie nur noch Herzfrau sein.

»Tanzen wir?«

Sie nickte. Josh nahm ihre Hand in seine, und sie folgte ihm zu den anderen Paaren, die sich eng umschlungen zum Takt der Musik wiegten. Mit einer einzigen Bewegung zog Josh sie in seine Arme. Sie legte ihre um seinen Nacken. Vom ersten Schritt an bewegten sie sich im Gleichtakt, so, als würden sie schon ewig miteinander getanzt haben. Nach ein paar kleinen Schritten – mehr Raum ließen ihnen die anderen nicht –, spürte sie Joshs Kinn an ihrer Stirn. Er zog sie noch enger an seine Brust, und ihre Arme legten sich noch fester um ihn. Ihre Wange ruhte auf dem Stück nackter, gebräunter Haut, das sein Hemdkragen freigab und das so herrlich männlich roch. Geführt durch Joshs Arme und gehalten von seinen Händen, vergaß sie alles um sich herum. Ihr war zumute, als befänden sie sich ganz allein in dieser Bar, auf dieser Welt. Oder war sie schon mit ihm im Himmel? Sie wünschte sich nichts mehr, als dass dieser Tanz niemals enden würde. Ihr Inneres strömte diesem Mann unaufhaltsam zu, und sie wusste, dass nichts sie mehr aufhalten konnte.

Irgendwann hörte die Band auf zu spielen. Die Tanzfläche leerte sich. Julia fühlte sich, als würde sie aus einem Traum aufwachen. Erst als Josh sich langsam von ihr löste, den Arm um ihre Schultern legte und sie vom Parkett in Richtung Theke schob, kehrte ihr Verstand zurück. Was jetzt?, fragte sie sich.

»Jack rief mich an, nach langer Zeit mal wieder, um mir zu

sagen, dass er heute Abend bei seinem Vater spielt.« Josh lächelte vage, hob die Schultern, als wollte er sich entschuldigen, dass er da war.

»Schön.« Sie konnte nicht aufhören, ihn anzusehen. Ihr Blick fing alles ein: die feinen Linien um seine Augen, jede Bewegung seiner Lippen, wenn er die Worte formte, das Schimmern seiner Zähne, das leichte Heben seiner schwarzen Brauen, nachdem er zu Ende gesprochen hatte und sie ansah.

»Ich werde jetzt wieder fahren.«

Wie bitte? Sie fühlte sich, als hätte sie einen Schlag vor den Kopf bekommen. Er wollte jetzt so einfach gehen?

Joshs Zeigefinger strich ihr über die Wange. »Wir sehen uns.« Seine Stimme klang heiser. Mit diesen Worten ging er an ihr vorbei in Richtung Ausgang. Die Stimmen der anderen Gäste, ihr Lachen, die Musik aus der Stereoanlage, die die Band ersetzte – all das schwoll zu einer Geräuschkulisse an, die Julia schwindeln ließ. Wie benebelt ging sie zum Stammtisch zurück. Als Andy sie kommen sah, stand er auf.

»Ich muss mal frische Luft schnappen. Kommst du mit?«

Sie nickte, dankbar, dass er sie der Situation enthob, sich zu den anderen setzen zu müssen, die in ausgelassener Stimmung waren. Andy wählte den Nebenausgang der Bar, der auf einen Hinterhof führte.

»War er das?«

Sie nickte.

»Willst du darüber reden?« Als sie schwieg, fügte er hinzu: »Ich sehe dir doch an, dass der Tanz nicht so schön geendet wie er angefangen hat.«

Ihre Kehle verengte sich. Vielleicht auch deshalb, weil Andy so einfühlsam war – und Josh so brutal.

»Komm, spuck es aus, was dich bewegt«, sagte Andy sanft.

Sie erzählte ihm nur das Wichtigste, ohne Namen zu erwähnen. Dass Josh Witwer war, er eine Sexbombe als Sekretärin hatte, die ihrer Meinung nach auch seine Geliebte war, dass er sie jetzt einfach so hatte stehen lassen ohne eine Erklärung – und dass sie sich wahrscheinlich rettungslos in diesen Kerl verliebt hatte.

»Sehr ungeschickt dieser Mann.« Andy schüttelte den Kopf. »Vielleicht ist er nach dem Tod seiner Frau den Umgang mit Frauen nicht mehr gewohnt. Ich meine, mit Frauen wie dir. Vielleicht ist er unsicher, weiß selbst nicht, was er will und was nicht. Ich habe euch tanzen sehen. Das war echt. Glaub mir. Vielleicht schläft er mit dieser Amy, was man ihm ja nicht verdenken kann. Männer...« Andy lächelte sie bedeutsam an, wurde dann wieder ernst. »Ich kann dich verstehen, aber Männer ticken anders als Frauen.«

Sie war Andy dankbar, dass sie mit ihm darüber hatte sprechen können, aber der Abend war für sie zu Ende. Er hatte seine Leichtigkeit verloren. Sie war gerade aus einer weichen rosa Wolke gefallen und auf hart gefrorenem Boden angekommen. Jetzt wollte sie nur noch ins Bett, die Decke über sich ziehen und diesen Tag beenden.

* * *

Es war eine helle Nacht, in die Julia nach dem Gespräch mit Andy aufbrach. Die Gipfel der Rockys schimmerten bläulichweiß unter dem mit Sternen übersäten Himmel. Auf der schnurgeraden, einsamen Landstraße überfiel sie wieder eine leise Sehnsucht. Dieses Mal wusste sie genau, wem diese Sehnsucht galt: Josh. Obwohl er sie durch seine Flucht nach diesem einzigartigen Tanz verletzt hatte, wünschte sie sich nichts mehr, als ihn noch einmal ganz eng an ihrem Körper zu spüren. Vielleicht seine Lippen auf ihren, seine großen, warmen Hände in ihrem Haar, auf ihrer Haut? Erst ein Rentier, das plötzlich die Straße überqueren wollte, was im Nationalpark häufig vorkam, riss sie aus ihren Fantasien heraus und ließ ihren Fuß immerhin noch geistesgegenwärtig auf die Bremse treten. Fasziniert beobachtete sie, wie das mächtige Tier ganz gelassen von einer Seite auf die andere wechselte. Es schien zu wissen, dass es hier Vorfahrt hatte, und schien völlig erhaben zu sein über die Menschen, die ständig ihre Richtung verloren.

Langsam fuhr sie weiter. Auf der Hauptstraße in Blackfoot Village kam Weihnachtsstimmung in ihr auf. Die liebevoll geschmückten Vorgärten, die bunten Lichterketten an den Häusern, der Rauch, der sich aus den Schornsteinen in den Nachthimmel kringelte, verhießen Wärme und Heimeligkeit – Empfindungen, die ihrer momentanen melancholischen Stimmung nicht gerade guttaten. Wieder musste sie an Corinnas Bratäpfel denken, an ihr Zuhause in Hamburg, das sie vergangenes Jahr zur Weihnachtszeit so liebevoll geschmückt und das Eileen für sie inzwischen vergiftet hatte. Und sie dachte an Lupa, um sich mit einem Mal selbst wie eine einsame Wölfin zu fühlen.

Mit traurigem Herzen bog sie zu Emilys Anwesen ab. Der unerwartete Anblick des silbernen Pick-ups ließ sie innerlich zusammenzucken. Normalerweise fuhr Josh freitags mit Timmy nach Hause.

Bevor sie einen weiteren Gedanken fassen konnte, öffnete sich Emilys Tür, und Josh trat auf die Veranda. Sollte das Zufall sein? Ihre Hand zitterte leicht, als sie den Motorschlüssel abzog. Ihre Halsschlagader pochte. Sie öffnete die Wagentür, und Josh kam auf sie zu. Mit festen Schritten, fast eilig.

»Ich habe auf dich gewartet«, begann er ohne Umschweife. »Planänderung. Tim und ich übernachten heute hier. In der Bar eben ...« Er räusperte sich entschlossen. »Ich habe nicht die richtigen Worte gefunden. Also...« Sein Blick, seine im Mondlicht funkelnden Augen, sein Lächeln. »Also, Tim würde sich total freuen, wenn du uns morgen begleiten würdest.« Er schwieg, sichtlich erleichtert, seinen Monolog beendet zu haben. Wahrscheinlich hatte Andy recht. Josh war im Umgang mit Frauen ein wenig außer Übung.

Sie hielt seinem Blick stand, zögerte noch. *Also, Tim würde sich total freuen, wenn du uns morgen begleiten würdest*, hatte er ihr gerade versichert. Wie sah es denn bei ihm aus? Freute er sich auch total darauf? Nein, so leicht wollte sie es ihm nicht machen.

»Und wie sieht das bei dir aus?«, erkundigte sie sich mit hochgezogenen Brauen. »Möchtest du auch, dass ich mitkomme?«

»Ja.« Ein einfaches, fest klingendes Ja und ein bekräftigendes Nicken, mehr konnte sie nicht erwarten. Das passte zu ihm. Und dann hob er die Hand und strich ihr mit einer unendlich behutsamen Geste eine Strähne aus der Stirn, die der leichte Nachtwind hineingeweht hatte. Dabei sah er ihr in die Augen. Nein, er blickte ihr bis tief in die Seele. Wie gern hätte sie da ihr Gesicht in seine Hand geschmiegt, die so viel Sicherheit, so viel Geborgenheit versprach. Doch eine solche Geste wagte sie nicht. An diesem Abend hatte Josh eine Annäherung gewagt, keinesfalls wollte sie diese durch irgendeine Eigeninitiative stören. Was immer diesen Mann bewog, einen Schritt vor und zwei zurück zu gehen – sie wusste, sie musste Geduld haben, wenn er irgendwann einmal ihre Sehnsucht nach ihm stillen sollte.

»Also?« Erwartungsvoll hob er die schwarzen Brauen, begleitet von diesem Lächeln, das ihr Herz öffnete.

»Ja.« Ihr Ja klang genauso fest, und ebenfalls ließ sie ihm ein bekräftigendes Nicken folgen. »Ich komme sehr gern mit euch.«

Atmete er tatsächlich erleichtert aus? Sein Gesichtsausdruck ließ sich durchaus so deuten.

»Hoffentlich verspreche ich dir jetzt nicht zu viel. Die Aurora Borealis, so werden sie genannt, sind von September bis April in klaren Nächten am Himmel über den Northwest Territories zu sehen, aber auch in North-Alberta und vereinzelt sogar viel weiter südlich wie in Jaspers, wo wir morgen hinfahren. Vielleicht haben wir Glück. Das Wetter ist dafür auf jeden Fall schon einmal super.« Wieder ein Lächeln, ein sehr verheißungsvolles, bevor er weitersprach: »Emily hatte die Idee, wir sollten schon morgen Vormittag fahren, falls du Zeit hast. Der Highway 93 ist zwischen dem Banffer und Jasper Nationalpark eine der schönsten Panoramarouten Kanadas. Emily sagte, dass du bisher noch gar nicht so viel von unserem Land gesehen hast. Das wäre doch eine Gelegenheit. Möchtest du?«

»Sehr gern.« All ihre Freude über diese Idee, und die Aussicht darauf, so viele Stunden mit Josh und Tim verbringen zu können, schwang in diesen beiden Worten hörbar mit.

»Okay. Zehn Uhr Abfahrt? Passt das?«

»Super.« Sie trat zwei Schritte von ihm zurück, aus Angst, sie hätte ihn ganz spontan umarmt. »Bis morgen.«

»Noch etwas: Ich habe eine Hütte zur Übernachtung gemietet. Wir kommen also erst Sonntag zurück.«

Hütte? Übernachtung? Upps! Eine Nacht mit Josh zusammen in einer Hütte? Sie spürte, wie ihr das Adrenalin durch die Adern schoss.

»Ist das okay für dich?« Sein forschender Blick traf sie. Wusste er etwa, woran sie dachte?

Betont lässig hob sie die Schultern. »Klar, kein Problem. Ich nehme einen Schlafsack mit.« Sie winkte ihm zu und drehte sich um.

»Schlaf gut!«, rief er ihr nach, während sie die Stufen zur Veranda hinauflief. Dabei war ihr zumute, als flöge sie auf der sprichwörtlichen *Wolke Sieben*.

21.

Samstagmorgen war Julia schon sehr früh wach. Während sie ihren Kaffee im Bett trank und dabei beobachtete, wie im Osten der neue Tag aufzog, überlegte sie, was sie für das Wochenende einpacken sollte. Bereits eine halbe Stunde vor Aufbruch klopfte Timmy an ihre Tür. So aufgedreht und zugleich anschmiegsam hatte sie ihn vorher noch nie erlebt. Während er ihr beim Packen der Tasche half, umarmte er sie immer wieder und erzählte ihr, was sie in den beiden Tagen alles zusammen unternehmen würden.

»Papa macht heute Abend ein großes Lagerfeuer, um das wir uns setzen und auf die Nordlichter warten. Vorher gehen wir essen. Papa sagte, wir fahren in ein Hüttendorf, aber wir kochen nicht selbst. Dort gibt es auch Restaurants. Und nach dem Essen spielen wir Karten. Josh sagt, dass sich die Nordlichter erst spät in der Nacht zeigen. Wir sehen bestimmt heute welche, auch wenn wir nicht ganz hoch im Norden sind«, versicherte ihr der Kleine mit treuherzigem Blick.

Ja, Tim freute sich wie ein Schneekönig, und allein diese Freude war es wert, sich auf diese Reise zu begeben. Ganz abgesehen davon, was sie vielleicht sonst noch an Schönem erleben würde, dachte Julia mit versonnenem Lächeln, als sie die Haustür hinter sich schloss.

Josh stand schon draußen vor seinem Wagen. Groß, breit, in Jeans, kariertem Hemd und seinen alten Stiefeln, die ihn so sexy aussehen ließen.

»Hi.« Fast kam es ihr so vor, als würde sein Blick sie streicheln. »Bereit für die große Reise?« Ganz Gentleman nahm er ihr das Gepäck ab.

»Bereit«, erwiderte sie mit klopfendem Herzen. Und nicht nur dafür, fügte sie in Gedanken hinzu.

Emily kam auch heraus. In ihren dunklen Augen glomm ein warmes Licht. Zum Abschied küsste sie Julia auf beide Wangen und raunte ihr verschwörerisch zu: »Ich freue mich.«

In Anbetracht so vieler guter Vorzeichen konnte das Wochenende doch nur schön werden, oder?, sagte sich Julia, als sie in den Pick-up kletterte.

Bei strahlendem Sonnenschein, wolkenlosem Himmel und klirrender Kälte, die laut Josh eine gute Voraussetzung für die Aurora Borealis war, ging die Fahrt los, begleitet durch leise Countrymusic aus dem Radio. Es ging lustig zu in der viersitzigen Fahrerkabine des Pick-ups. Tim unterhielt die beiden Erwachsenen aufs Beste. Für einen Sechsjährigen besaß er schon eine Menge Witz, der seinen Vater und Julia immer wieder zum Lachen brachte. Tatsächlich hatte Josh nicht zu viel versprochen, als er den Highway 93 als wunderschöne Panoramaroute angekündigt hatte. Nach etwa einer Stunde kamen sie nach Lake Louise, einem kleinen Ort, der an einem gleichnamigen See lag. Dieser war für seine intensive türkisblaue Farbe während der Sommermonate berühmt.

»Die Farbe entsteht durch das Steinmehl, das von dem Gletscherschmelzwasser in den See gespült wird«, klärte Josh seine beiden Mitfahrer auf.

Jetzt im Winter zierten Eisskulpturen die Eisfläche, die nichts von der legendären Farbe unter sich preisgab.

»Wow!«, rief Julia angesichts des Schlosses aus, das nur einen Steinwurf vom Seeufer entfernt lag, zu Füßen des knapp dreitausendfünfhundert Meter hohen Victoria-Massivs. Einsam thronte das imposante Gebäude auf einer Höhe inmitten der Wildnis.

»*Château Lake Louise*, eine der feinsten Hoteladressen in den Rocky Mountains«, erklärte Josh. »Es dürfte wohl die meistfotografierte Szenerie der Rockys sein.«

Das war also das Hotel, in das Lars sie bei seinem Besuch hatte einladen wollen. Lars ... Ein paar Lidschläge lang beschlich sie ein Gefühl, dem sie keinen Namen geben konnte. Nein, Wut auf ihn war es nicht mehr. Etwa Bedauern, dass diese Beziehung eigentlich schon von Beginn an aufgrund ihrer unvereinbaren Charaktere zum Scheitern verurteilt gewesen war? Ein Anflug von Traurigkeit darüber, dass Lars sich nicht mehr bei ihr gemeldet hatte? Schuldgefühle oder gar Sorge um ihn? *Du darfst mich niemals allein lassen. Ich brauche dich*, hatte er ihr im Snowmountain Hotel gesagt. Und sie hatte ihn allein gelassen.

»Warum heißt das Hotel *Louise*?«, hörte sie Timmy hinter sich sagen. Seine Frage brachte sie in die Wirklichkeit zurück. Und die sah so aus, wie sie es sich gewünscht hatte: Sie war in dem Land ihrer Träume, zusammen mit Tim und seinem Vater.

»Es ist nach Prinzessin Louise Alberta benannt, einer Tochter von Königin Victoria«, antwortete Josh.

»Wer ist Königin Victoria?«

»Eine Königin von England beziehungsweise von Großbritannien und Irland«, erklärte Julia dem Kleinen. »Sie lebte, wenn ich mich nicht irre, etwa von 1830 bis 1900.«

»Aber wenn sie die Königin von England war, warum ist denn hier bei uns in Kanada ein Hotel nach ihr benannt?«

»Weil einige Teile des heutigen Kanadas früher einmal den Engländern sowie den Franzosen gehört haben«, entgegnete sie. »Deshalb wird in einigen Provinzen heute vorwiegend Englisch oder Französisch gesprochen.«

»Danke, Frau Lehrerin.« Josh warf ihr ein belustigtes Lächeln zu.

»Ich habe Hunger.« Timmy gähnte.

Julia lachte seinen Vater an. »Siehst du? Das ist mein Los als Lehrerin. Ich bin einfach zum Gähnen.«

Ein kurzer Seitenblick und dann Joshs ebenso kurze Bemerkung: »Für mich nicht.«

Wow! Wenn das kein Kompliment war! Wärme breitete sich in ihrem Herzen aus. Sie lehnte sich zurück und betrachtete die Landschaft.

Die Fahrt ging vorbei an dramatischen Felsformationen, eisblauen Gletscherwänden und gefrorenen Wasserfällen, durch scheinbar endlose Wälder, wo sie auf der verschneiten Straße streckenweise allein unterwegs waren und nur hin und wieder einem Wapitihirsch oder ein paar Bergziegen am Straßenrand begegneten. In einem Roadhouse machten sie Rast und aßen Elch-Burger.

Dann erreichten sie auch schon bald den südlichen Eingang des Jasper Nationalparks. Das Hüttendorf lag von dort aus noch etwa einhundert Kilometer entfernt inmitten der Berge. Es bestand aus einem Hotel im Ranchstil, zwei Restaurants, einem Campground und zehn kleinen Holzhütten. Die unendliche Weite des Landes erlaubte, dass die Hütten weit auseinander standen und die überdimensional großen Wohnmobile im Campground einander nicht störten.

Schnell hatten sich die drei in dem urigen Holzhaus eingerichtet. Es verfügte, zu Julias Erleichterung, über zwei Schlafzimmer, einen Wohnraum mit offenem Kamin und einer Küchenzeile sowie Dusche und Toilette. Seine rustikale Einrichtung entsprach genau dem Bild, das sie sich von einer Hütte in Kanada gemacht hatte.

Der Nachmittag in der neuen Umgebung verging wie im

Flug. Mit dem gemieteten Schneemobil fuhren sie die Gegend ab. Natürlich tranken sie zum Aufwärmen heiße Schokolade, machten eine Schneeballschlacht und bauten selbstverständlich vor ihrer Hütte einen Schneemann. Nach dem Abendessen spielten sie Karten, und dann war es so weit: Josh und Tim entfachten das Feuer in dem Stahlbecken, das vor einer roh gezimmerten, mit dicken Fellen ausgelegten Holzbank stand. Der Abend hätte nicht schöner sein können. Es war klirrend kalt. Die Temperatur fiel auf minus fünfzehn Grad. Am Himmel standen unzählige Sterne. In einiger Entfernung brannten noch andere Feuer. Der Duft von Gegrilltem zog durch das Hüttendorf. Die Menschen, die in dieser Nacht hier draußen waren, warteten alle auf das Gleiche: auf das bunte Wunder am Himmel.

In dicke Decken eingehüllt saßen Julia, Josh und Timmy am Feuerbecken, voller Erwartung auf den *Geistertanz am Himmel*, wie die Indianer die Aurora Borealis nannten. Tim hatte sich auf Julias Schoß gekuschelt, während Josh neben ihr Gitarre spielte. Seine Stimme war tief und weich, sie streichelte ihr Ohr, ließ sie erschauern. Der melodische Countrysong, der von einer unerfüllten Liebe erzählte, ging ihr unter die Haut. Würde sich ihre Sehnsucht nach diesem Mann, mit dem sie dieses ungewöhnliche, wunderschöne Erlebnis teilte, dem sie sich innerlich schon so nah fühlte, genauso unerfüllt bleiben? Den ganzen Tag über hatten ihr Joshs Blicke, sein Lächeln, kurze, scheinbar unbeabsichtigte Berührungen versprochen, auf mehr hoffen zu können. Aber vielleicht wollte er gar nicht dieses Mehr. Vielleicht reichte ihm ein Flirt mit ihr. Dass er flirtete, dessen war sie sich inzwischen sicher.

»Wann kommen denn die Nordlichter?«, fragte Timmy jetzt hörbar müde.

»Bill sagt, man kann nie sagen, wann sie kommen und wie stark sie leuchten. Vielleicht sehen wir sie heute auch gar nicht«, antwortete sein Vater, woraufhin sich der Kleine wieder in Julias Arme kuschelte.

»Trotzdem ist es eine wunderschöne Nacht«, sagte Julia leise und lächelte Josh zu. »Danke.«

»Bitte.« Seine Stimme klang belegt. Dann nahm er ihre Hand, drehte sie um und – ihr Herzschlag beschleunigte sich, und sie vergaß zu atmen – küsste die Innenseite ihres Handgelenks. Die Berührung seiner Lippen, genau auf der Stelle zwischen ihrem Handschuh und Ärmel, genau dort, wo unter der Haut ihr Puls pochte, ihr Leben. Geradezu greifbar war die Spannung zwischen ihnen. Sie spürte die Wärme von Joshs Körper, obwohl sie beide dick in ihre wattierten Parkas verpackt waren, atmete seinen Duft von Zedernholz ein und entdeckte die Funken in seinen Augen. Er musste sie doch auch spüren, diese erotische Atmosphäre zwischen ihnen. Das konnte gar nicht anders sein. Wie durch Nebel nahm sie wahr, wie Timmy in ihrem Arm regelmäßig atmete. Der Kleine war eingeschlafen. Regungslos blieb sie sitzen, um ihn nicht zu wecken, aber auch, weil sie nicht wusste, was sie jetzt tun sollte. Am liebsten hätte sie Josh berührt oder noch lieber geküsst. Sie gehörte nicht gerade zu den Frauen, die bei einem Mann forsch die Initiative ergriffen, aber bei Josh konnte sie sich kaum beherrschen. Während in ihr das Chaos tobte, wandte sich Josh wieder seiner Gitarre zu. Er schlug ein paar Saiten an, spielte mit geistesabwesender Miene eine Tonabfolge.

»Ob wir sie diese Nacht noch sehen werden, die Nordlichter?«, fragte sie leise, um überhaupt etwas zu tun.

Joshs unergründliches Lächeln war die Antwort. »Wer weiß? Ist die Luft geladen, sind die Voraussetzungen für diese Lichter optimal. Dann tanzen sie.«

Wie meinte er das? Ja, die Luft war geladen. Und wie. Sie schwieg, versuchte dem Gefühlschaos in ihrem Herzen Herr zu werden. Derweil hatte ein leichter Wind das inzwischen heruntergebrannte Feuer wieder neu entfacht. Funken flogen aus dem rot glühenden Becken; Funken, die aufwirbelten und für ein paar Augenblicke wie Sterne umhertanzten.

»Bist du eigentlich in Deutschland liiert?«

Joshs Frage traf sie so unvorbereitet, dass sie ihn mit großen Augen ansah.

»Ich meine, hast du einen Freund?«

Also hatte ihm Emily nichts von Lars erzählt. Dessen war sie sich jetzt sicher. Joshs bisherige Zurückhaltung konnte nichts damit zu tun haben, dass er davon ausging, sie sei schon in festen Händen.

Sie räusperte sich, um ihrer Stimme eine festen Klang zu geben.

»Nein, ich bin solo«, antwortete sie. »Bis vor kurzem hatte ich eine Beziehung, aber die besteht nicht mehr.« Sie schluckte, schwieg. Ja, sie hatte die Wahrheit gesagt. Für sie war die Beziehung mit Lars endgültig vorbei, und er hatte eine andere. Details waren überflüssig. Sollte sie Josh jetzt die gleiche Frage stellen? Sollte sie ihn nach seinem Verhältnis zu seiner Sekretärin fragen? Irgendetwas hielt sie davon ab. Etwa die Angst vor seiner Antwort? Andererseits – wie gern hätte sie diesbezüglich Klarheit gehabt. Aber in dieser Nacht?, fragte da eine Stimme in ihr zweifelnd.

»Josh?« Sie hatte seinen Namen ausgesprochen, ohne es wirklich zu wollen. Leise, so leise, dass sie den Bruchteil einer Sekunde später hoffte, er hätte es gar nicht gehört.

Er hörte auf zu spielen, sah sie an und beugte sich langsam vor. Ihre Augen schlossen sich von selbst, sein Duft umspielte ihre Nase – und dann hörte sie Schreie. Jäh öffnete sie die Lider, sah Josh an, der wieder von ihr zurückgewichen war und zum Himmel hochblickte, über den jetzt Lichtbänder in Grün,

Rot, Blau, Lila, in allen Farben des Regenbogens tanzten und sich in bunten Schleiern über die Bäume legten, um dann im geheimnisvollen Dunkel des Unterholzes zu erlöschen. Ihre Blicke fanden sich, gleichzeitig nickten sie, und gleichzeitig berührten sie Timmy, um ihn zu wecken.

»Schau mal hoch«, sagte Julia mit bewegter Stimme zu dem Kleinen. »Dort oben sind sie, die Nordlichter.« Dabei rückte sie näher an Josh heran, der den Arm um ihre Schultern legte und mit der anderen Hand die seines Sohnes nahm. Eng aneinandergeschmiegt, wie ein einziger Schatten im Licht des Feuers, verfolgten sie dieses spektakuläre Schauspiel. Nach den ersten Begeisterungsrufen war es im Hüttendorf still geworden. Es herrschte eine geradezu ehrfürchtige Stille, so als würde die Welt den Atem anhalten. Julia hätte im Nachhinein nicht mehr sagen können, wie lange sie so gesessen und zugeschaut hatten, wie immer neue bunte Bänder anmutig über den Himmel tanzten.

»Mir ist so kalt«, sagte der nun übermüdete Tim irgendwann in die Stille der Natur hinein.

»Dann lasst uns in die Hütte gehen«, schlug Julia vor.

»Hoch im Norden sollen die Lichter noch deutlicher zu sehen sein«, sagte Josh, als sie die Hüttentür hinter sich geschlossen hatten. »Viele Inuits sind davon überzeugt, die Nordlichter singen oder knistern hören zu können.«

»Was sind Inuits, Papa?«

»Das sind die Ureinwohner hoch im Norden von Kanada.«

»Wie die Blackfoot Indianer bei uns?«

»Genau so.« Josh sah Julia an und lächelte. »Ich denke, ich bringe den Häuptling jetzt ins Bett. Trinken wir danach einen Whisky?«

Bevor Julia diese Frage bejahen konnte, fragte Tim sie: »Kommst du mit uns?«

»Gern, wenn du das möchtest«, erwiderte sie voller Freude

darüber, dass Tim sie bei seinem Gutenachtritual dabeihaben wollte.

Josh setzte sich auf die Bettkante, zauberte ein kleines Buch aus seiner Hemdtasche hervor und begann zu lesen. Es war eine kurze Geschichte von einem Indianerjungen, der, zum ersten Mal allein auf Jagd, einem Wolf begegnete und diesen, statt auf ihn zu schießen, sich zum Freund machte.

»Warum kann ich zu Weihnachten keinen Hund bekommen?«, fragte Timmy gleichermaßen schlaftrunken wie auch traurig. »Ich hätte so gern wieder einen.«

Julia sah, wie Josh schluckte. Er schien mit sich zu hadern. Dann gab er seinem Sohn einen Kuss. »Wir schauen mal«, sagte er leise mit heiser klingender Stimme.

»Gute Nacht, Papa«, murmelte der Kleine verschlafen. »Gute Nacht, Emily, gute Nacht, Bill und gute Nacht, liebe Mama.« Seine letzten Worte trieben Julia, die am Ende des Bettes stand, die Tränen in die Augen.

»Sagst du mir auch gute Nacht?« Timmy öffnete noch einmal die Lider und sah sie an.

»Na klar«, antwortete sie mit brüchiger Stimme. Als sie sich zu ihm hinunterbeugte, legte Josh seine Hand auf ihren Rücken. Als wären wir eine Familie, ging es ihr durch den Sinn, während sie den Jungen zärtlich auf die Wange küsste. Tim drehte sich zur Seite und schlief ein, noch während sie neben dem Bett standen. Die Situation hatte sie tief berührt. Zum ersten Mal war ihr so richtig bewusst geworden, wie eng das Band zwischen Vater und Sohn war. Absolut reißfest und voller Liebe. Dafür hätte sie die beiden am liebsten umarmt.

»Komm.« Joshs Hand in ihrem Rücken führte sie aus dem Zimmer.

Als sie wieder im Wohnraum waren, blieb Josh vor dem Kamin stehen und sah sie an, mit einem Blick, den sie nicht eindeutig deuten konnte. Verlangen glaubte sie in ihm zu lesen, aber auch Leid. Plötzlich war sie sich ganz sicher, dass sie und Josh sich in dieser Nacht näherkommen würden. Es musste so sein, sollte so sein. Ob dies auf körperlicher Ebene sein würde, hätte sie nicht zu sagen vermocht, aber sie wusste, dass sie zum ersten Mal richtig miteinander reden würden. Sie stellte sich vors Hüttenfenster, sah den bunten Farbbändern nach, die immer noch über den Himmel flimmerten, während Josh den Whisky einschenkte. Dann spürte sie seinen warmen Atem im Nacken. Und dann kam alles doch ganz anders.

Im nächsten Moment drehte sie sich um. Brust an Brust standen sie sich gegenüber. Josh hielt in jeder Hand einen Whiskybecher. Einen wollte sie ihm gerade abnehmen, da stellte er beide gleichzeitig, um sie herum greifend, auf die Fensterbank. Und danach zog er sie in die Arme. Ganz selbstverständlich, so wie am Abend zuvor auf der Tanzfläche. Während ihre Blicke miteinander zu tanzen begannen, während das Feuer in dem offenen Kamin Funken sprühte, loderte und knisterte, strich Josh ihr aufreizend langsam mit dem Daumen über die Unterlippe. Dabei hielt er sie mit dem linken Arm fest an seinen gestählten Körper gedrückt. Jetzt endlich wusste sie, dass sie ihn genauso erregte wie er sie, und sie vergaß alle Themen, über die sie mit ihm hätte reden können.

Ihr Körper schmiegte sich ganz von selbst an seinen, ihre Arme legten sich um seinen Nacken, ihre Finger verfingen sich in seinen Haaren. Zuerst berührten sich nur ihre Blicke, die ihre eigene Sprache sprachen. Dann berührten Joshs Lippen ganz zart ihren Mund. Sie schloss die Augen, als sie weiterwanderten. Zu ihren Wangen, hoch zu ihrer Stirn, über ihre Lider, wieder hinunter zu ihrem Kinn, an ihrem Hals entlang. Ein leiser Seufzer kam ihr über die Lippen. Ihr Körper wollte mehr Nähe, mehr Kontakt zu diesem Mann. Er drängte sich enger an

Joshs. Einmal nur in seinen Armen liegen. Nur einmal seine Haut an ihrer spüren, nur einmal mit diesem Mann verschmelzen, ja, das wünschte sie sich. Da begaben sich Joshs Lippen auf den Rückweg, ganz langsam, aufreizend langsam. Seine Küsse zogen eine brennende Spur über die nackte Haut ihres Dekolletés, das der V-Ausschnittpulli freigab. Sie versetzten sie in einen Rausch, entfachten in ihr ein Feuer, dessen Flammenspitzen bis zum Himmel emporzuschlagen schienen. Am Ende dieser erotischen Lippenwanderung fand Joshs Mund dann endlich ihren. Sein Kuss war unglaublich. Stark, leidenschaftlich, fordernd und dennoch so zärtlich. Er war alles, was sie sich je erträumt hatte. Während sie seine Küsse ebenso verlangend erwiderte, wurde ihr ganz schwindelig. Ihr war zumute, als würde sie jede Bodenhaftung verlieren, als würde sie sich selbst verlieren. Hastig machte sie sich von Josh los, wich ein paar Handbreit vor ihm zurück. Völlig durcheinander sah sie ihn an.

»Was stellst du mit mir an?«, fragte sie atemlos. »Das ist ... das ist unglaublich.« Mit beiden Händen strich sie sich das Haar aus dem erhitzten Gesicht, atmete tief durch.

»Nichts, was du nicht gewollt hast«, antwortete Josh gelassen mit diesem sexy Lächeln. »Zum Küssen gehören immer zwei.«

»Ja, ich will es«, flüsterte sie, während sie ihre Arme wieder um seinen Nacken legte. Als sie in seine Augen sah, erkannte sie, dass sie in der Falle saß – in der Liebesfalle, aus der es kein Entrinnen mehr geben würde. Sie schloss die Lider, sog Joshs betörend männlichen Duft tief ein. Er wirkte wie ein Aphrodisiakum auf sie. Nun gab es kein Halten mehr für sie. Zum ersten Mal übernahm sie die Initiative. Die Spannung in ihrem Körper schien sie zerreißen zu wollen. Wie eine Stichflamme schoss eine nie zuvor empfundene Leidenschaft in ihr hoch.

»Ich will dich«, sagte sie mit fester Stimme, bevor sie sein Gesicht in beide Hände nahm und ihn küsste, als gäbe es kein

Morgen mehr. Sie nahmen sich nicht einmal mehr die Zeit, in ihr Zimmer zu gehen. Vor dem lodernden Kamin liebten sie sich wie zwei Verdurstende, nur eingehüllt von dem Zauber dieser Nacht. Sie kamen gleichzeitig, und Julia glaubte zu schweben, an Joshs Körper geklammert alle Sphären des Kosmos zu durchfliegen. Durch ihre Adern strömte ein so reines Glücksgefühl, dass ihr die Tränen hinter den Lidern brannten. Der Sex mit Josh befriedigte nicht nur jede Zelle ihres Körpers, sondern auch ihre Seele. So etwas hatte sie noch nie erlebt.

Nachdem sich Josh vorsichtig aus ihr zurückgezogen hatte, nahm er sie in die Arme und hielt sie fest an sich gedrückt, bis ihre Herzen wieder ruhiger schlugen. Sie spürte seine Wärme, hörte den Schlag seines Blutes. Es waren Minuten ohne Worte, ohne Liebesschwüre oder gar glühende Versprechungen für die Ewigkeit. All das hätte nicht gepasst. Sie wusste nur eines: Dieser Mann war ihr Schicksal, ganz gleich, wie es mit ihnen nach dieser Nacht weitergehen würde.

* * *

Das Röhren eines Wapitihirsches in der Ferne hörte Julia als Erstes. Zuerst nahm sie die Welt um sich herum nur Stück für Stück wahr. Joshs warmen Körper neben sich, den ihr so angenehmen Geruch seiner Haut, sein Bein, das er über ihres gelegt hatte, seinen regelmäßigen Atem und dann das Tageslicht, das an ihre Augenlider drang. Ja, irgendwann in den frühen Morgenstunden waren sie von ihrem Bett aus weichen Fellen vorm Kamin in ihr Schlafzimmer gegangen. Timmy!, fiel ihr als Nächstes jäh ein, und mit einem Mal war sie hellwach. Vorsichtig versuchte sie, sich aus dem Bett zu schieben, ohne Josh zu wecken. Aber er spürte sofort, dass sie sich entfernen wollte, hielt sie fest und öffnete die Augen.

»Timmy«, flüsterte sie nur.

»Hat er sich schon gemeldet?« Sein einzigartiges Lächeln umfing sie.

»Noch nicht, aber vielleicht wäre es nicht gut, wenn er uns völlig unvorbereitet so zusammen sieht.«

Ein tiefer Seufzer kam aus Joshs Kehle. Er legte sich auf den Rücken, streckte sich genussvoll und zog sie dann auf sich.

»Vielleicht hast du recht.« Er lachte leise. »Mit Sicherheit hast du recht. Es ist nur so schön mit dir«, murmelte er immer noch schlaftrunken in ihr Haar, das sich über sein Gesicht ergoss. »Hmm, du riechst so gut«, flüsterte er weiter, während er die Decke wieder über sie beide breitete.

Seine Worte, seine Zärtlichkeit nach dieser Liebesnacht machten Julia nun ganz sicher, dass diese Nacht für ihn mehr gewesen war als nur ein kurzes, heftiges Zwischenspiel. Und obwohl sie ihn am liebsten gleich aufs Neue geliebt hätte, gab sie der Stimme ihres Verstandes nach, die ihr sagte, dass Tim gleich aufwachen musste.

»Lass uns aufstehen«, bat sie Josh. »Wegen Timmy.«

»Josh? Julia?«, hörten die beiden da auch einen Sekundenbruchteil später die helle Jungenstimme und gleich darauf ein Klopfen an der Zimmertür. »Seid ihr hier drin?«

In einer einzigen Bewegung sprang Julia aus dem Bett. Josh ebenso.

»Alles klar, Timmy. Wir kommen gleich!«, rief er zurück und schlüpfte in Windeseile in seine Kleidung. Julia tat es ihm gleich. Atemlos, mit verwuschelten Haaren, gleichermaßen geröteten Gesichtern und mit strahlenden Augen standen sie sich gegenüber, lächelten sich verschwörerisch zu. Josh drückte ihr noch schnell einen Kuss auf den Mund. In diesem Moment wünschte sich Julia nichts mehr, als dass sie einen Weg finden würden, das fortzusetzen, was in der vergangenen Nacht begonnen hatte. Warum ein leiser Zweifel in der hintersten Ecke ihres Bewusstseins das sie überströmende Glücksgefühl dennoch trübte, hätte sie nicht sagen können. Irgendwie kam ihr dieser Kuss wie ein Abschiedskuss vor. Doch Timmy ließ ihr keine Zeit für solche dunklen Gedanken.

»Ich habe Hunger. Kommt ihr?«

Da hatte Josh auch schon die Schlafzimmertür aufgeschlossen.

»Guten Morgen, Häuptling«, begrüßte er seinen Sohn und gab ihm einen Kuss auf den Scheitel. »Gut geschlafen?«

»Wie ein Bär.« Tim strahlte und erklärte Julia: »Das sagt Bill immer, wenn er aufwacht. Wo frühstücken wir denn? Der Kühlschrank hier ist ja ganz leer.«

»Für nur eine Nacht habe ich kein Frühstück eingepackt«, erwiderte Josh. »Ich schlage vor, wir gehen in eines der Restaurants oder wir kaufen am Kiosk ein. Was meint ihr?«

Bevor Julia eine Entscheidung treffen konnte, rief der Kleine schon begeistert: »Wir kaufen ein und frühstücken hier. Wie in einer richtigen Familie.«

Peng! Sein Satz ging Julia durch und durch. Und noch eines rührte ihr Herz: Tim schien es gar nicht ungewöhnlich zu finden, dass sie und sein Vater in einem Zimmer geschlafen hatten. Ob er das von ihm und Amy gewohnt war?

Wollte das Teufelchen in ihr, das diese Frage gestellt hatte, ihr etwa diesen sonnigen Morgen vermiesen?

Unwillkürlich straffte sie sich. Amy gehörte nun wirklich nicht in diese Hütte. Sie entschloss sich zu einem unbeschwerten Lächeln und sah die beiden auffordernd an. »Während ihr das Frühstück kauft, decke ich schon den Tisch. Einverstanden?«

Eine Viertelstunde später saßen sie um den großen Holztisch herum, aßen Schinkenspeck und Pancakes mit Ahornsirup aus den Wäldern des Jasper Nationalparks. Der Kamin verströmte behagliche Wärme, durchs Fenster schauten sie in einen sonnigen, neuen Tag mit blauem Himmel und glitzerndem Schnee. Aus dem Radio klang leise weihnachtliche Musik. Schöner konnte der zweite Advent nicht beginnen. Ja, Julia kam sich vor, als hätte sie eine glückliche Familie um sich herum. Ihre Familie. Ihr war nicht nach Reden zumute. Sie wollte diese Momente mit allen Sinnen genießen, damit sie in Zeiten, in denen es vielleicht anders sein würde, von dieser Wärme, die jetzt ihr Herz erfüllte, zehren konnte.

Glücklicherweise redete dafür Timmy genug für sie beide. Er schmiedete Pläne, was sie nächstes Wochenende zusammen unternehmen könnten. Da war vom Besuch des Weihnachtsmarktes die Rede, von einer Hundeschlittenfahrt auf Bills riesigem Schlitten, vom Eisstockschießen, davon, den Weihnachtsbaum zu schlagen und schon zu schmücken. Bei allen Unternehmungen bezog er sie ganz selbstverständlich ein. Während sie ihm mit versonnenem Lächeln zuhörte, fand ihre Hand unterm Tisch ganz von selbst den Weg zu Joshs Oberschenkel.

Unter ihren Fingern fühlte sie seine starken Muskeln, die sich an- und wieder entspannten. Wie sollte sie dieses Muskelspiel deuten? Joshs Gesichtsausdruck wirkte ziemlich abwesend während Timmys Monolog. Sie wollte ihre Hand schon wieder wegziehen, als Josh seine darüberlegte. Mit seinen warmen Fingern hielt er ihre ein paar Atemlängen fest, als wollte er ihr versichern, dass er noch da war. Doch seine nachdenkliche Miene ließ in ihr den Verdacht aufkommen, er könnte diese familiäre Situation vielleicht doch nicht so genießen wie sie und Timmy. Was mochte ihm durch den Sinn gehen? Bekam er plötzlich Panik? Angst davor, ihr zu nahe gekommen zu sein? Angst vor seinen Gefühlen? Kämpfte er etwa mit einem schlechten Gewissen? Wem gegenüber? Amy? All diese Überlegungen besetzten immer mehr ihren Kopf.

»So, wir brechen jetzt auf«, sagte Josh unvermittelt, trank den Kaffee in einem Zug aus und stand auf.

»Fahren wir jetzt schon?« Große Kinderaugen sahen ihn voller Enttäuschung an.

»Wir haben eine lange Strecke vor uns. Ich muss euch beide noch nach Blackfoot Village fahren und will auch nach Lupa sehen. Danach muss ich zurück ins Sägewerk. Morgen beginnt eine neue Arbeitswoche.«

»Darf ich mit zu Lupa gehen?«, fragte Tim sofort.

»Das schaffst du noch nicht mit deinem Bein«, erwiderte Josh. »Damit müssen wir noch warten.«

»Schade.« Der Kleine senkte den Kopf.

Julia strich ihm über die Wange. »Ich werde Lupa ab morgen wieder Futter bringen und dir berichten, ob ich sie gesehen habe.«

Ihre Worte schienen den Jungen tatsächlich ein wenig zu trösten.

Was mochte ihr diese neue Woche bringen?, fragte sich Julia, während sie mit Timmy zusammen das Geschirr spülte. Würde sie Josh sehen? Plötzlich war sie sich gar nicht mehr sicher, ob diese Nacht für ihn tatsächlich mehr gewesen war als nur ein kurzes Zwischenspiel, wie sie noch vor etwa zwei Stunden in der wohligen Wärme ihres Bettes gedacht hatte. Vielleicht war es nur genau das gewesen und nicht mehr.

* * *

Die Rückfahrt verlief in weit weniger ausgelassener Stimmung als die Hinfahrt. Josh schwieg über weite Strecken mit undurchsichtiger Miene. Auf ihre zaghafte Frage hin, ob alles für ihn in Ordnung sei, erwiderte er mit einem müden Lächeln und den Worten: »Ich muss mich aufs Fahren konzentrieren.«

Sie glaubte ihm nicht. Vielleicht würde er mir den Grund für seine veränderte Stimmung sagen, wenn Tim nicht dabei wäre, überlegte sie. Doch es war, wie es war. Dafür entspannte Timmy das belastende Schweigen in der Fahrerkabine durch seine Redseligkeit. Er war ein fröhliches und unkompliziertes Kind, obwohl er als Halbwaise aufwuchs. Das mochte Joshs Verdienst sein. Er erfüllte Mutter- und Vaterpflichten gleichzeitig, wenn Emily ihn auch entlastete. Das war viel für einen Mann, der noch ein Sägewerk, eine Menge Mitarbeiter und eine Holzhausbaufirma leitete.

Julias Gedanken bescherten Timmy beim Kartenspiel auf der Rückbank des Pick-ups in den nächsten Stunden eine Glückssträhne nach der anderen. Den Rest der Fahrt schaute der Kleine auf einem der Monitore, die sich auf den Rückseiten der Kopfstützen befanden, einen Kinderfilm, und Julia schloss sich dem inzwischen beharrlichen Schweigen Joshs an.

Emily zeigte sich sichtlich erstaunt, dass sie bereits am Nachmittag zurückkamen. Ihr wacher Blick ging zwischen Julia und ihrem Neffen hin und her.

»Ich bringe der Hündin Futter, bevor es dunkel wird«, sagte Josh nur und drehte sich auf dem Absatz um.

Julia öffnete kurz den Mund, dann schloss sie ihn wieder, wie ein Fisch auf dem Trocknen. Es war eindeutig, Josh wollte sie nicht dabeihaben.

»War es denn schön?«, fragte Emily in die fühlbar gespannte Situation hinein.

»Und wie. Wir haben die Nordlichter gesehen«, plapperte Timmy auch gleich los.

»Kommt doch erst mal herein. Ich mache Schokolade.« Emily sah Julia forschend an. »Vielleicht möchtest du auch lieber auspacken und dich ausruhen«, zog sie dann ihre gut gemeinte Einladung zurück.

Julia schluckte und nickte nur stumm. Danke, Emily. Sie musste allein sein. Joshs widersprüchliches Verhalten lag wie Packeis auf ihren Schultern und drückte sie stimmungsmäßig völlig nieder.

Es war schon lange dunkel, da hörte sie Joshs Wagen wegfahren. Das Geräusch tat ihr körperlich weh. Es klang nach Abschied. Mit angezogenen Beinen hockte sie auf dem Sofa und sah sich um in der *bunten Kiste*, wie Lars Emilys Wohnung genannt hatte. So vieles erinnerte sie plötzlich an ihre kanadische Kollegin, die in Hamburg in ihrer Wohnung ihr Glück gefunden hatte. Nein, sie neidete Eileen Lars nicht, aber ja, es schmerzte sie, dass sie wohl weniger Glück mit den Männern hatte und hier jetzt mutterseelenallein saß. Und das nach dieser einzigartigen Nacht.

An diesem Abend wusste Julia, dass sie auf Dauer nicht bei Joshs Tante wohnen bleiben konnte. Abgesehen von Eileen wollte sie nicht ständig der Gefahr ausgesetzt sein, Josh zu begegnen. Und Timmy wollte sie sich nicht noch vertrauter machen. Das würde dem Jungen schaden. Darüber hinaus war eine Achterbahn der Gefühle nicht ihr Ding. Dann fand sie sich lieber damit ab, erst einmal ohne die große Liebe durchs Leben zu gehen. Wie sagten die Blackfoot Indianer? Es passierte nichts ohne Grund. Alles hatte irgendeine Bedeutung, die man oft erst im Nachhinein erkannte.

* * *

Josh fühlte den eiskalten Wind im Gesicht und die Hitze, die durch seine Adern floss. Vor seinem inneren Auge sah er Julia – ihre Augen, die frei und offen die Welt betrachteten, ihr honigfarbenes dichtes Haar, ihre sinnlichen weichen Lippen, ihren weiblichen geschmeidigen Körper ... Nein, an den durfte er gar nicht erst denken. Es war nicht nur ihre Schönheit. Es war ihr großes Herz. Es war die Tatsache, dass sie so viele Gemeinsamkeiten hatten. Sie dachten und fühlten gleich, wenn sie auch unterschiedlich reagierten. Julia war die erste Frau, bei der er diese seltene elementare Seelenverwandtschaft spürte. Dazu kam noch ihre mütterliche Art, die Timmy so guttat. Ganz zu schweigen von dem Sex mit ihr! Auch den hatte er bisher noch nie so leidenschaftlich erlebt.

Mit zusammengebissenen Zähnen fluchte er in sich hinein, während er seine Schritte beschleunigte. Die Sonne würde gleich hinter den Rockys versinken, und er musste noch vor Einbruch der Dunkelheit die beiden Futterwannen füllen. Niemals zuvor hatte er sich derart zerrissen gefühlt. Er wusste nur eines: Tim war seine oberste Priorität. Unter seiner inneren Zerrissenheit durfte der Junge nicht leiden. Durch seine Vaterschaft war er erwachsen geworden. Nach Amelies Tod reif und sogar ein bisschen weise. Zumindest so weise, dass er wusste: Frauen konnte *Mann* austauschen. Immer und überall gab es nette Frauen wie Amy, die leicht zu gewinnen waren, die sich problemlos anpassten, die Timmy eine neue Mutter sein wollten und die nur wenig Pflege sowie Zeit beanspruchten, wenn der Lebensstandard für sie stimmte. Frauen wie Julia gab es nur wenige. Sie nahmen einen ganz anderen Platz im Leben eines Mannes ein. Einen sehr viel bedeutenderen. Wollte er das? Hatte er nicht abgesehen von seinem Sohn schon viel zu viel mit seinem Geschäft zu tun? Da war auch noch seine Arbeit beim Naturschutz, die ihm ein Anliegen war.

Und die Julia mit dir teilen würde, erinnerte ihn da die Stimme im Innern.

Dennoch. Da war ja auch noch die Frage der Treue. Und die seines Gewissens. Durfte er überhaupt noch einmal ein solches Glück, das ihm die Nacht mit Julia versprochen hatte, erfahren? Nein!

Inzwischen war er an der ersten Futterstelle angekommen. Lupa hatte gefressen, was ein gutes Zeichen war. Auch die andere Futterwanne war leer. Doch die Hündin ließ sich nicht blicken. Kein Wunder. Anders als Julia hatte er keine frische Wurst bei sich. Er musste lächeln.

Ob er noch zu Lupas Höhle gehen sollte? Falls sich die Hündin aufgrund ihrer Verletzung erst einmal von den Menschen zurückziehen wollte, würde er sich dadurch bei ihr nur unbeliebt machen. Da fiel ihm ein, dass er Julia immer noch nicht die Höhle gezeigt hatte. Vielleicht sollte er ihr heute noch eine Wegbeschreibung hinterlassen.

Langsam senkte sich die Abenddämmerung über den alten Indianertrail, und die ersten Sterne begannen über ihm in kalter Pracht zu funkeln. Josh kam es so vor, als würde die Temperatur mit jedem weiteren Schritt um einen Grad fallen. Die schneidend kalte Luft roch nach Winter. Unwillkürlich musste er an die wohlige Wärme in der Hütte in Jaspers denken. Es war nicht nur das Kaminfeuer gewesen. Julias Gegenwart hatte ihn innerlich gewärmt. Shit, auf was hatte er sich da nur eingelassen? Diese Sache musste ein Ende haben, bevor sie richtig begann. Er war einfach nicht frei für diese Liebe.

22.

Als Julia am nächsten Morgen zum Auto ging, entdeckte sie einen Zettel unter dem Scheibenwischer.

Habe Lupa gestern nicht gesehen. Hier die Wegbeschreibung zu ihrer Höhle. Futter steht im Carport. Josh.

Mit fest aufeinandergepressten Lippen seufzte sie in sich hinein. *Josh.* Schmuckloser ging es nicht mehr. Immerhin dachte er an sie und hatte ihr diese Nachricht zukommen lassen. Nach seiner ernüchternden Reaktion auf der Rückfahrt von Jaspers konnte sie nicht mehr viel schocken. Dieser Mann war schwierig. Aber nicht nur das. Irgendetwas musste es geben, weswegen er sich nach dieser einzigartigen Liebesnacht so jäh von ihr zurückgezogen hatte. Ein mutmaßlicher *Verlobter* ihrerseits konnte es nicht sein. Er wusste, dass sie frei war. Auf einmal musste sie wieder daran denken, als sie ihn in dem Warteraum der Fluggesellschaft zum ersten Mal gesehen hatte. Tief in sich versunken lehnte er an der Wand. Sehr viel mehr als seine Attraktivität hatte sie seine Ausstrahlung in den Bann gezogen. Kraftvoll, ruhig und selbstbewusst hatte er auf sie gewirkt. Darüber hinaus war da noch diese Aura von Einsamkeit gewesen, die sie angerührt hatte. Mit einem tiefen Seufzer setzte sie sich hinters Steuer.

Während des Vormittags zog sich der Himmel zu. Als Julia aus der Schule kam, war die trockene, klirrende Kälte der vergangenen Tage einer unangenehmen nasskalten gewichen. An diesem Tag würde es bestimmt noch früher dunkel werden als sonst. Sie verzichtete aufs Mittagessen und stapfte sofort zu

Lupas Futterstellen. Natürlich hatte sie auch wieder frische Wurst bei sich. Doch die Hündin ließ sich auch heute nicht blicken.

Es tat Julia tief in der Seele weh, dass Lupa nun auch ihr zu misstrauen schien. Nach kurzem Überlegen beschloss sie, zu der Höhle zu gehen. Schon nach wenigen Minuten hatte sie ihr Ziel erreicht. Dass sie den richtigen Ort gefunden hatte, verrieten ihr Lupas Tatzenspuren, die den gesamten Abhang bedeckten, den sie hinuntergehen musste. Nirgends gab es Fußspuren, kein Anzeichen dafür, dass vor kurzem ein menschliches Wesen hier gewesen war. Lupas Spuren endeten an einem der verschneiten Büsche, über die sich schwere Fichtenzweige beugten. Hier musste es nach Joshs Skizze sein. Ein hervorragendes Versteck.

Langsam, Schritt für Schritt, wagte sie sich weiter, bewegte sich auf die tief hängenden Zweige zu und ging in die Hocke. Dabei stellten sich ihre Nackenhaare auf. Plötzlich hatte sie das Gefühl, nicht mehr allein zu sein. Vorsichtig drehte sie sich um, um dann jedoch nur festzustellen, dass ihre Ahnung sie trog. Aufatmend hob sie einen besonders dichten Zweig hoch und entdeckte eine Art Stollen, der in den Abhang führte. Unbehagen beschlich sie, als sie in den dunklen, nach Erde und Moder riechenden Gang blickte, dessen Ende sie nicht ausmachen konnte. Rasch zog sie sich zurück. Nur einen Sekundenbruchteil später nahm sie aus dem Augenwinkel den Schatten neben sich wahr. Etwa drei Meter neben sich, also ungemütlich nah. Entschlossen drehte sie den Kopf in seine Richtung und sah mitten in die eisblauen Augen Lupas hinein.

»Lupa!« Ihr Herz machte einen Freudensprung. Ihr Blick richtete sich auf Lupas Pfote. Erleichtert stellte sie fest, dass sie gut verheilt war. Im nächsten Moment hörte sie das leise Knurren. Die Hündin gab ihr die eindeutige Warnung, sich nicht in ihre Höhle hineinzuwagen. Nach diesem ersten Schrecken fiel ihr auf, dass Lupa viel schlanker war als bei ihrer letzten Begegnung. Das konnte nur eines bedeuten: Sie hatte ihre Jungen bekommen. Klar, ihre Zitzen waren auch deutlich größer. Da begriff sie: Die Hündin beschützte ihre Babys, die sich in der Höhle befanden, und sah sie als Eindringling, als Bedrohung, an. Diese Erkenntnis tat ihr weh. Sie hatte sich Lupa doch schon vertraut gemacht und sogar insgeheim darauf gehofft, ihr ein neues Zuhause geben zu können.

Wie naiv du bist, sagte sie sich. Lupa ist eine wilde Hündin, fast eine Wölfin. Eine Freundschaft zwischen Wolf und Mensch gibt es nur in Märchen.

Aber war es nicht schön, für kurze Zeit an ein solches Märchen zu glauben? Nein, sie würde noch nicht aufgeben.

Ganz langsam streckte sie die Hand aus.

»Hi, Lupa.« Sie legte all die Liebe in ihre Stimme, die sie für dieses Tier empfand. »Ich habe dir Wurst mitgebracht. Du musst jetzt viel essen. Schau mal.« Früher hatte sie irgendwo gelesen, dass Wildtiere ein sehr feines Gehör hatten und ein ruhiger Tonfall ihnen vermittelte, dass man ihnen nichts Böses wollte.

Die Hündin regte sich nicht, stand so da, als wäre kein Leben in ihr. Nur ihrem aufgerichteten, leicht bebenden Schwanz war ihre Anspannung anzusehen. Mit Sicherheit würde die Hundemutter ihre Jungen sofort verteidigen, wenn sie jetzt eine falsche Bewegung machen würde. Das war Julia nur allzu klar. Im Zeitlupentempo trat sie deshalb den Rückzug an, während ihre Hand die Gürteltasche öffnete, in der sich die Mortadella befand. Als sie sah, wie sich Lupas schwarze, nasse Nase bewegte, entspannte sie sich ein wenig. Aha, die Hündin erschnüffelte die Wurst.

»Ich lege sie dir hierhin. Dann gehe ich sofort wieder, meine Schöne.«

Aufmerksam, immer noch aufs Höchste angespannt, beobachtete Lupa, wie sie die Wurst aus der Tasche nahm, sich bückte und die Leckerei in den Schnee legte.

»Weißt du was? Ich bringe dir die Wurst jetzt jeden Tag hierher. Was meinst du?«, führte Julia die einseitige Unterhaltung fort. Als sich Lupa immer noch nicht regte, seufzte sie in sich hinein. »Du brauchst Zeit. Ich weiß. Aber du kannst sicher sein, ich werde dir und deinen Kindern nichts tun. Im Gegenteil, am liebsten würde ich ...« Ihr versagte die Stimme. Tränen verschlossen ihr den Hals. Am liebsten hätte sie die Hündin mit ihren Babys zu sich genommen. »Okay, ich gehe«, flüsterte sie mit tränenerstickter Stimme. »Morgen komme ich wieder.«

Auf dem Rückweg ließ der plötzlich aufkommende eisige Wind die Baumwipfel erzittern. Julia begann unter dem wattierten Skioverall zu frösteln. Hoffentlich hatte die Hundemutter genügend Milch, um ihre Kinder zu ernähren. Dass Lupa nicht mehr so abgemagert aussah, beruhigte sie einstweilen.

Als sie zu Hause ankam, war es bereits dämmrig. Von weitem schon hießen sie die bunten Lichterketten an Emilys Haus und der rotwangige, zufrieden lächelnde Santa Claus auf der Veranda willkommen. Schade, aber seit sie von Eileen und Lars wusste, fühlte sie sich nicht mehr richtig wohl hier. Darüber hinaus war da ja auch noch ihr undefiniertes Verhältnis zu Josh, dem sie jederzeit hier begegnen konnte. Bevor sie in ihre Wohnung ging, klopfte sie an Emilys Haustür. Nach dem Erlebnis mit Lupa musste sie sich unbedingt jemandem mitteilen.

»Kann ich dich sprechen?«, fragte sie mit unterdrückter Stimme und bedeutsamem Blick auf Timmy.

Emily verstand sofort.

»Komm doch herein. Tims Kindersendung beginnt gleich. Dann muss ich mich wenigstens nicht langweilen.«

»Was schaust du dir denn im Fernsehen an?«, erkundigte sich Julia bei ihrem kleinen Freund.

Während Emily Teewasser aufsetzte, erzählte ihr Tim ausführlich von der Kinderserie und Lilly, der hübschen Hauptperson. »Jetzt fängt sie an«, fügte er hastig mit einem Blick auf die Wanduhr hinzu und humpelte flink auch schon ins andere Zimmer.

»Heute habe ich Lupa wiedergesehen. Sie hat geworfen«, teilte Julia der Älteren mit, als die beiden an dem langen Tisch saßen und Tee mit Whisky tranken.

Ein Strahlen ging über Emilys stets entspannte Züge. Dann sagte sie ernst: »Timmy sollten wir das noch verschweigen. Du weißt ja, wie sehr er sich einen Hund zu Weihnachten wünscht.«

»Ich weiß. Deshalb wollte ich es auch nur dir sagen. Vielleicht kannst du Josh Bescheid geben. Er wird sich bestimmt auch freuen.«

Emilys langen Blick konnte sie nicht richtig deuten. Nur das Schweigen, das sich über den Tisch senkte. Es war voller Spannung, und sie ahnte auch, warum.

»Timmy war von eurem Wochenende ganz begeistert. Er hat den ganzen Nachmittag davon erzählt.« Pause. Dann: »Hat es dir auch gefallen?« Emilys Stimme klang sanft, ja fast mitfühlend.

»Hat dir Josh erzählt, wie es war?«, fragte sie vorsichtig.

Emilys erste Antwort war ein weiches Lächeln. Dann erwiderte sie: »Nein, ich weiß nichts. Josh spricht mit mir nicht über seine Gefühle. Das hat er nach Amelies Tod noch nie getan. Ihr Tod hat ihn verändert.«

Julia schluckte schwer.

»Seid ihr...« Joshs Tante räusperte sich. »Darf ich fragen, ob ihr euch nähergekommen seid?«

»Ja – und nein«, entgegnete sie und ließ ihrer Antwort ein müdes Lächeln folgen. »Ich weiß nicht, wie ich Josh einschätzen soll. Er ist so widersprüchlich in seinem Verhalten mir gegenüber. Vor und zurück, falls du weißt, was ich meine. Wir haben eine wunderschöne Nacht zusammen verbracht, nach der er gestern so getan hat, als wäre nichts gewesen. Könnte es sein...?« Sie hielt inne, überlegte und rang sich dann dazu durch, Emily die Frage zu stellen, die ihren Kopf so sehr besetzte. »Kann es sein, dass er mit seiner Sekretärin liiert ist? Ich meine, Amy ist ein Frauentyp, an dem ein Mann wahrscheinlich kaum vorbeigehen kann.«

Emily ließ sich Zeit mit ihrer Antwort.

»Ich habe wirklich keine Ahnung. Josh spricht kaum über Amy. Nur von Tim weiß ich, dass Amy sehr darauf bedacht ist, sich auch außerberuflich bei den beiden nützlich zu machen. Wenn Josh von ihr redet, klingt es so, als kämen sie gut miteinander aus. Natürlich ist er auch von ihr abhängig. Sie ist seine einzige Bürokraft und will nicht, dass er noch eine weitere anstellt. Dafür legt sie sich mächtig ins Zeug.«

Das klang doch eigentlich sehr deutlich danach, dass Josh und Amy eine stabile Beziehung verband, dachte Julia. Und dass diese auch eine sexuelle Komponente besaß, war für sie sonnenklar. Andy würde ihr das sofort bestätigen. Wie hatte er gesagt? *Männer.*

Da griff Emily über den Tisch und nahm ihre Hand.

»Glaub mir, ich wäre so glücklich, wenn du und Josh... Ich habe sofort gespürt, dass du hierhin passt. Zu uns passt. Timmy hängt schon sehr an dir. Bill kann Josh genauso wenig verstehen. Er meint auch, dass ihr beide ein gutes Paar abgeben würdet. Und Bill ist ein Mann mit viel Intuition.«

Wieder hörte Julia die Liebe aus Emilys Stimme, die sie mit dem Musher verband, eine Liebe, die schon so lange auf Erfüllung wartete. Nein, das war nicht ihr Ding. Niemals würde sie die nächsten Jahre darauf warten wollen, dass Josh seine Gefühle für sie entdecken würde. Wie sagte ihre Mutter? *Lieber ein Ende mit Schrecken als ein Schrecken ohne Ende.*

Dieser Satz ging Julia noch den ganzen Abend durch den Kopf. Wie ein Mantra sagte sie ihn in Gedanken immer wieder stumm vor sich hin. Ja, sie hatte den tollsten Mann in ihrem bisherigen Leben kennengelernt. Ja, sie hatte wunderschöne Stunden und eine märchenhafte Nacht mit ihm verlebt und wünschte sich nichts sehnlicher als eine Beziehung mit ihm, aber nein, nicht um jeden Preis. Nicht um den Preis, zukünftig mehr unglücklich als glücklich zu sein. Zurzeit tat Josh ihr mehr weh als gut. Und das durfte sie nicht zulassen.

Julia stand auf, schenkte sich ein Glas Rotwein ein und setzte sich vor den Kamin. Morgen werde ich mir noch einmal die Hütte von Mr. Normer ansehen, beschloss sie, bevor sie ins Bett ging. Andy würde bestimmt ein gutes Wort für sie einlegen, wenn sie die Hütte für die nächste Zeit mieten wollte.

Noch während sie sich im Bett von einer Seite auf die andere legte, klingelte ihr Handy. Lars? Merkwürdigerweise kam er ihr zuerst in den Kopf. Wahrscheinlich auch nur deshalb, weil ein abschließendes Gespräch mit ihm noch ausstand. Ihr Display zeigte stattdessen eine ihr unbekannte Nummer. Eine kanadische Nummer.

»Josh hier.« Die tiefe, samtweiche Stimme gab ihr das Gefühl, im nächsten Moment innerlich zu zerfließen.

Mist! Das durfte nicht sein. Abrupt setzte sie sich auf.

»Hi.« Ihre Begrüßung hörte sich nicht gerade freundlich an, wie sie selbst feststellte.

»Emily hat mich angerufen und mir deine Nummer gegeben. Lupa hat also geworfen. Weißt du, wie viele Welpen es sind?«

Aha. Sein Gespräch war also rein sachbezogen. Wunderte sie das nach seinem gestrigen Verhalten?

»Nein. Lupa hat mich angeknurrt. Ich habe nicht in die Höhle schauen dürfen. Ich denke, sie ist okay. Hoffentlich sind es ihre Babys auch. Morgen gehe ich wieder zu ihr. Mal sehen, ob sie sich blicken lässt. Ich habe ihr heute wieder Wurst mitgebracht.« Warum sie gerade eine ganze Story erzählt hatte, wusste sie selbst nicht. Eine kurze Info hätte auch gereicht. Vermutlich wusste Josh die Geschichte ja bereits von seiner Tante.

»Nimm morgen einen Schal von dir mit und lass ihn vor der Höhle liegen. Vielleicht den, den sie schon kennt. So hat sie deinen Geruch in der Nase.« Nach diesem wertvollen Tipp herrschte erst einmal Schweigen in der Leitung.

»Ist sonst alles in Ordnung?«, hörte sie Josh dann mit seiner erotisch klingenden Stimme fragen und sah sein Lächeln vor sich, dieses träge, wissende Lächeln.

Erst nach einem krampfhaften Schlucken konnte sie betont leichthin antworten: »Alles bestens. Ich liege schon im Bett.«

Idiotin! Am liebsten würde sie doch die ganze Nacht mit ihm reden.

»Dann schlaf gut. Wir sehen uns.« Seine beiden Sätze kamen wie zwei viel zu hart angeschlagene Klaviersaiten bei ihr an. Das Klicken in der Leitung wie ein Schlussakkord.

Die beste Voraussetzung für einen guten Schlaf, dachte sie ironisch, während sie danach noch lange wach lag.

※ ※ ※

Ziemlich schnell nach dem Wochenende in Jaspers stellte sich bei Josh die Sehnsucht ein. Amy hatte sich ein paar Tage frei genommen, um ihre kranke Mutter zu pflegen. Dadurch blieb die Büroarbeit liegen, um die er sich jetzt eigentlich hätte kümmern müssen. Mittwochmittag konnte er dem Drang, nach Blackfoot Village zu fahren, nicht mehr widerstehen. Er hatte sich zurückziehen, hatte den Zeiger zurück auf null stellen wollen, doch es gelang ihm einfach nicht. Seit er von Jaspers zurück war, versuchte er, zur Tagesordnung überzugehen. Erfolglos. Wie auch, wenn sie so gut zueinanderpassten? Julias Humor, ihre Wärme, ihre Sanftheit, all das kombiniert mit ihrer innerlichen Stärke, und dann ihre Leidenschaft, die ihn so sehr um den Verstand gebracht hatte, trieben ihn seit drei Tagen um, sodass er sich heute ins Auto gesetzt hatte, um sie wiederzusehen.

Als er dem Dorf näher kam, beschloss er, nicht vor Emilys Haus zu parken. An diesem Nachmittag war seine Tante mit Timmy im Kindergarten zum Weihnachtsbasteln. Julia würde sofort wissen, dass er wegen ihr kam. Diesen Eindruck wollte er nicht erwecken, zumal jetzt kurz vor Blackfoot Village erneut das Gefühl von Panik in ihm aufkam. Wie lange war es her, dass er auf eine Frau zugegangen war? Vor Jahren hatte er Amelie erobert und sich dabei viel Mühe geben müssen. Alle anderen Frauen waren ihm einfach so zugeflogen. Noch verbot er sich, sich einzugestehen, Julia so willentlich erobern zu wollen wie Amelie. Viel lieber wollte er ein Zusammentreffen mit ihr dem Zufall überlassen. Vielleicht würden sie sich ja bei den Futterstellen begegnen. Falls nicht, sollte es so sein. Dann hätte das Schicksal entschieden. Andererseits – was hieß hier Schicksal? Das Schicksal zu bemühen war etwas für bequeme Menschen oder für schwache. Er war losgefahren, weil ihn die Sehnsucht nach dieser Frau getrieben hatte. Jetzt wollte er sie auch sehen.

Kurz entschlossen wendete er und fuhr zu Emilys Haus. Als er dort ankam, stieg Julia gerade aus den Langlaufskiern. Der Blick, den sie ihm entgegenschickte, legte all ihre Empfindungen offen. Ein Leuchten ging über ihr Gesicht, dann lächelte sie ihn an – und dann verschloss sich ihre Miene abrupt. Wahrscheinlich sagte sie sich genau in diesem Moment, dass sie ihre Freude über sein Erscheinen besser erst einmal zurückhalten sollte. Kein Wunder, so widersprüchlich wie er sich ihr gegenüber verhielt. Doch damit musste jetzt Schluss sein.

* * *

Wie immer, wenn sie ihn unvorbereitet sah, brach ein Sturm in ihrem Innern los. Stopp, befahl sich Julia jedoch sogleich. Jetzt war Beherrschung angesagt. Äußere wie innere. Dieses Mal wollte sie immun sein gegen seinen Holzfällercharme, gegen seine sie so faszinierende Ausstrahlung, gegen das Gefühl einer vermeintlichen Seelenverwandtschaft. Kein zweites Mal würde sie zulassen, dass er sie auf die Achterbahn der Gefühle schickte.

»Emily und Tim sind heute Nachmittag im Kindergarten zum Weihnachtsbasteln«, begrüßte sie ihn freundlich, aber deutlich distanziert.

»Ich weiß, aber ich will zu dir.«

Peng. Eins zu null für ihn.

Sie drückte den Rücken durch. »Futter für Lupa ist noch reichlich da.«

»Ich bin nicht wegen des Futters gekommen. Ich muss mit dir reden. Darf ich?« Lächelnd zeigte er auf ihre Haustür. »Falls du keine Zeit hast, fahre ich natürlich wieder. Ich meine nur, dass ich dir etwas erklären sollte.«

Du lieber Himmel! Das klang ernst und wichtig. Wollte er

etwa ganz offiziell ihre Liebesnacht widerrufen? Nun gut, dann wusste sie wenigstens, woran sie war.

»Amy ist seit ein paar Tagen bei ihrer kranken Mutter«, fuhr er fort, während er hinter ihr über die Schwelle trat.

Hallo? Was sollte diese Bemerkung denn? Bei der Erwähnung seiner Sekretärin sackte ihr das Herz in den Bauch.

»Dadurch, dass die Büroarbeit weitgehend liegenbleibt, habe ich zurzeit auch weniger zu tun. Sie bearbeitet die Aufträge, und bevor die nicht unterschrieben zurück sind, beginne ich kein Projekt.« Er hob die Schultern, lächelte sie an. »Das ist ganz gut so. So kann ich auch mal an etwas anderes denken als nur an die Arbeit. Und das habe ich in den vergangenen Tagen getan.«

Was sollte sie dazu sagen? In ihrem Kopf herrschte Chaos, genauso wie in ihrem Herzen.

»Magst du eine heiße Schokolade?«

»Hast du auch einen Whisky?«

Viel besser. Den konnte sie jetzt auch vertragen.

Als sie sich zuprosteten, sah Josh sie so intensiv an, dass ihr dummes Herz wieder einmal einen Purzelbaum schlug. Da war sie wieder – diese Anziehung zwischen ihnen, die elektrische Spannung im Raum, dieses Prickeln, das ihr das Blut durch den Körper jagte. Vorsicht! Jetzt war reine Sachlichkeit angesagt.

»Also, worum geht es?« Freundlich sah sie zu ihm hoch.

Sein Blick drückte Verunsicherung aus. Vielleicht sogar den Anflug von Resignation? Dann jedoch straffte Josh sich. Er schien sich entschlossen zu haben, das zu sagen, was er sich vorgenommen hatte.

»Können wir uns auch setzen?« Ein feinsinniges Lächeln umspielte diese Lippen, die so wunderbar küssen konnten.

»Natürlich.« Sie steuerte den Sessel an, er die Couch, zwangsweise, denn es gab nur einen Sessel.

Josh leerte sein Glas in einem Zug, stellte es mit Nachdruck auf den kleinen Tisch vor sich. Sein eindringlicher Blick zwang sie geradezu, ihn zu erwidern.

»Du stürzt mich in einen ungemeinen Gewissenskonflikt. Seit ich dich kenne, fühle ich mich unwohl. Und nach unserer gemeinsamen Nacht habe ich Panik bekommen. Ich bin nicht bereit für eine Beziehung mit einer Frau wie dir. Ich ...« Er verstummte, senkte den Kopf, strich sich mit beiden Händen über das streng nach hinten gekämmte Haar.

Super! Sie war ja ein richtiges Glückskind. *Seit ich dich kenne, fühle ich mich unwohl.* So etwas hatte ihr noch kein Mann gesagt.

Erst einmal schlucken, dann tief Luft holen, und schließlich erwiderte sie voller Ironie: »Das tut mir wirklich leid.«

Josh hob den Kopf. Sie las den Schmerz in seinen blauen Augen und bereute sogleich ihre bissige Bemerkung. Nein, sie wollte ihn nicht verletzen. Genauso wenig jedoch wollte sie sich weiterhin von ihm verletzen lassen.

»Das ist für mich kein One-Night-Stand gewesen, kein oberflächliches Vergnügen«, fuhr er ungeachtet ihrer verbalen Spitze fort. »Du bist in meinem Kopf und in meinem Herzen, aber es darf nicht sein. Ich habe ein neues Glück nicht verdient.«

Oh nein! Alles in ihr krampfte sich zusammen. Sie hatte ihn völlig falsch verstanden. Verwirrt rückte sie auf die Sesselkante vor. Dann machte sich ihre Hand selbstständig. Sie legte sich einfach auf Joshs Knie.

»Ich habe Amelies Tod und den meiner Eltern auf dem Gewissen.« Josh fixierte einen imaginären Punkt an den Holzbalken über ihnen. Ihre Hand schien er gar nicht zu registrieren. »An dem Abend, an dem sie verunglückt sind, wollte ich noch arbeiten. Amelie hat meine Eltern nach Hause gefahren, das erste Mal in all der Zeit. Dann der Unfall. In einer der Kurven ist sie von der Straße abgekommen. Ich hätte sie nicht fahren lassen dürfen. Ich wusste doch ganz genau, dass sie gern zügig fuhr. An diesem Abend hatte es den ersten Frost gegeben. Sie hat die Kontrolle über den Wagen verloren. Ich jedoch hatte nur den Kunden im Kopf, für den ich bis zum nächsten Tag einen Kostenvoranschlag ausrechnen musste. Ich habe nur an mich gedacht und ans Geschäft. Deshalb habe ich jedes Recht auf ein Glück mit dir verspielt«, beendete er seinen Monolog mit leiser Stimme. Dabei senkte er den Kopf wieder und starrte auf seine Hände, deren Finger sich während des Redens ineinander verschlungen hatten. Ihre Knöchel stachen weiß hervor, verrieten, wie viel Kraft ihn dieses Geständnis gekostet haben musste.

Julia sah ihn an, unfähig etwas zu sagen. Dabei rasten tausend unfertige Gedanken durch ihren Kopf. Doch keinen davon konnte sie einfangen und zu Ende denken. Josh fühlte sich schuldig am Tod seiner Frau und seiner Eltern. Für sie, die Außenstehende, klang seine Geschichte jedoch eher wie eine Verkettung unglücklicher Umstände. Wie konnte sie ihm helfen? Und dann brach sich etwas ganz anderes seinen Weg durch ihr Gedankenchaos. Nämlich die Erkenntnis, dass Josh ihr gerade auch gestanden hatte, wie sehr er sie mochte. Und zwar nicht nur für eine Nacht. »*Du bist in meinem Kopf und in meinem Herzen, aber es darf nicht sein.*« Sie hatte also einen Platz in seinem Herzen. Wenn das keine Liebeserklärung war. Mit einem Mal fühlte sie sich leicht. Ihr war zumute, als hätte jemand in ihrem Innern ein großes, helles Licht angezündet, dessen Wärme sie durchströmte. Neue Energie begann in ihr zu fließen, eine Energie, die alles möglich machen konnte. Sie nahm ihre Hand von seinem Knie und stand auf. Josh blickte zu ihr hoch. Als sie ihn anlächelte, stand er ebenfalls auf.

»Ich habe mich in dich verliebt«, begann sie. Die gerade gewonnene Sicherheit, ihm auch etwas zu bedeuten, sowie die erwachende Kraft in ihr gaben ihr den Mut, ihm dieses Geständnis zu machen. »Ich würde mir wünschen, dass du irgendwann diese Schuldgefühle überwindest, damit wir beide einen Weg zueinander finden können. Nicht heute, nicht morgen, aber irgendwann, solange wir noch jung sind. Nicht wie Emily und Bill. Ja, das wünsche ich mir.«

Da breitete sich Erleichterung auf seinen attraktiven Zügen aus. Sie konnte es ganz deutlich sehen. Ihr folgte dieses bezwingende Lächeln, das ihr Herz auch jetzt sofort wieder heftiger schlagen ließ. Josh schlang den Arm um ihre Taille und zog sie an sich, bevor sie ihn umarmen konnte. Mit der anderen Hand strich er ihr das Haar aus dem Gesicht. »Julia.« Sanft sprach er ihren Namen aus, in einem so weichen Ton, den sie noch nicht bei ihm gehört hatte. Langsam fuhren seine Finger über ihr Gesicht, zeichneten die Linie ihrer Wangen nach, ihres Kinns, ihrer Lippen, als würde er sie zum ersten Mal sehen. Sie wollte sich nicht bewegen, nicht atmen, um den Zauber dieses Augenblicks so lange wie möglich zu erhalten. Ja, es würde weitergehen mit ihnen beiden. Dessen war sie sich nun sicher. Und falls sich Josh wieder einmal ihr gegenüber distanziert verhalten würde, kannte sie den Grund. Und würde ihn verstehen.

Er nahm ihr Gesicht in seine Hände, in diese großen, warmen Hände, die so viel Sicherheit versprachen. »Julia.« Seine Stirn lehnte sich an ihre. »Ich habe mich in dich verliebt. Trotz allem heiße ich dieses Gefühl willkommen, weil es mich von innen wärmt, und ich möchte es nicht mehr verlieren«, sagte er in feierlichem Ton.

Hypnotisiert von seinem Blick und wie betäubt von seinem Liebesgeständnis vergaß sie zu atmen. Das Gefühl unglaublicher Nähe und Verbundenheit zu diesem Mann, der so offen über seine Gefühle zu ihr sprach, seine Schwächen ihr genauso offen eingestand, überwältigte sie. Sie wollte ihn jetzt nur noch küssen, ganz nah an sich spüren. Es war alles gesagt.

Entschlossen stellte sie sich auf die Zehenspitzen und legte ihren Mund auf seinen. Nach einem Sekundenbruchteil erwiderte Josh ihren Kuss. Erst langsam und dann voller Leidenschaft. Als er schließlich seine Lippen von ihren löste, sah er sie zärtlich an. »Ich möchte, dass du mich übers Wochenende besuchst. Passt das?«

Und wie das passte. Ja, sie wollte sehen, wie er lebte.

»Ich komme gern«, sagte sie heiser und atemlos.

»Samstag. Du könntest Tim mitbringen.«

Hinter dem Nebel in ihrem Gehirn blitzte nur ganz kurz die Frage auf, warum nicht schon Freitag.

»Ich habe Freitagabend noch einen Kundentermin«, klärte Josh sie auf, als hätte er diese Frage gewusst. »Samstag zum Frühstück, falls das für dich nicht zu früh ist.«

Sie lachte. »Ich liebe Frühstücke.« Und dann fiel ihr ein: »Aber Lupa.«

»Susan wird sich am Wochenende um ihr Futter kümmern.«

Zwei Tage würde sie die Hündin nicht sehen. Bei diesem Gedanken war ihr unwohl.

»Ich weiß.« Josh strich ihr über die Wange. »Ich könnte das Wochenende ja auch hier bei dir verbringen, aber ich wünsche mir, dass du mein Leben kennenlernst. Meine Arbeit, mein Haus.«

23.

Der Ort, durch den sie gerade fuhren, gefiel Julia nicht. Es war ein Straßendorf, wie es sie meistens in dieser Gegend gab. Roadhouse, Supermarkt, Drugstore und eine Tankstelle mit Werkstatt reihten sich schmucklos aneinander.

»Da hinten wohnt Amy.« Tim zeigte auf ein Zweifamilienhaus, das etwas abseits stand. »Im ersten Stock.«

Was sollte sie darauf antworten?

Als sie aus dem Ort herauskamen, wand sich die Straße durch einen dichten Wald. Hügel, felsig und zerklüftet, erhoben sich zwischen den verschneiten Bäumen. Diese schöne Landschaft versöhnte Julia sofort wieder.

»Wir sind gleich da«, kündigte Tim an. »Gleich musst du rechts abbiegen. Die Straße führt dann auf Papas Sägewerk zu.«

Amy hatte es tatsächlich nicht weit bis zu ihrer Arbeitsstelle. Schluss jetzt!, befahl sich Julia. Warum nur dachte sie jetzt an Joshs Sekretärin? Josh hatte sich in *sie* verliebt. Sein Problem hieß nicht *Amy*, sondern *Schuld*. Und daran würden sie arbeiten.

Nach mehreren Kurven sah Julia Joshs Anwesen vor sich liegen. Sogleich fühlte sie sich wie im Paradies. Joshs Besitz lag auf einem Plateau, von viel Wald umgeben am Fuße der Rocky Mountains. Neben der Zufahrtstraße zum Holzlagerplatz, wo sich Baumstämme und Bretter haushoch stapelten, lag ein Ranchhaus mit steinernem Unterbau. Seine Panoramascheiben boten einen herrlichen Blick auf das Land. Der ans Haus anschließende Garten hatte durch seine Größe etwas Parkähnliches. Zwischen Ahornbäumen, Zedern und Fichten machte Julia einen kleinen See aus, an dem zwei verwaiste Liegen standen. Von welchem romantischen Sommerabend mochten sie übrig geblieben sein?

»Wir haben auch einen Fluss hinterm Haus, der ist jetzt nur zugefroren. Im Sommer fangen wir dort Fische«, erzählte Tim, während sie langsam auf das Ranchhaus zufuhr. Sie stiegen aus. In der Luft hing der Duft, den sie an Josh so liebte, der von Zedernholz. Sie blickte hinüber zum Sägewerk, wo am Wochenende die Arbeit ruhte. Alles war feierlich still. Keine kreischenden Sägen, die sich durch Holzstämme fraßen, keine Arbeiter, die Bretter und Balken verluden, Paletten schoben oder Rindensäcke verkarrten.

»Siehst du die Halle dort hinten?« Tim stand neben ihr. »Das ist die Produktionshalle für die Holzhäuser, die Papa baut. Hier stellt er die Wände her, und in Bayern, wo mein Opa herkam, werden sie zusammengebaut.«

»Ich bin beeindruckt.« Julia drückte den Jungen an sich. Im nächsten Moment öffnete sich die Tür des Ranchhauses. Mit langen Schritten und strahlender Miene kam Josh auf sie zu. Er umarmte sie und Timmy gleichzeitig. Als er sie losließ, sah er ihr mit diesem unwiderstehlichen Lächeln in die Augen.

»Du hast mich also gefunden.«

»Mit Timmys Hilfe.«

Ja, sie hatte ihn gefunden. Einen Mann wie ihn, bei dessen Anblick sich ihr Herz weitete, ihr Inneres von Wärme durchströmt wurde und sich tief in ihr ein Prickeln ausbreitete. Als ihre Blicke miteinander zu tanzen begannen und Josh ihre Hand in seine nahm, glaubte sie wieder einmal, ihre Körperoberfläche würde unter Strom stehen. Dieser Mann brachte es fertig, etwas in ihr zum Schwingen zu bringen, das sie nie zuvor gespürt hatte. Er ließ die Sonne an einem so tristen Tag wie diesem für sie mit voller Kraft vom Himmel scheinen.

»Frühstück ist fertig«, sagte er in aufmunterndem Ton. Dabei wandte er sich an Timmy, dessen aufmerksamer Blick zwischen ihnen beiden hin- und herging. Was mochte der Junge jetzt denken?, fragte sich Julia.

»Ihr könnt euch ruhig küssen«, meinte Tim da gelassen. »Bei der Geburtstagsparty von Olivia habe ich meine neue Freundin auch geküsst.«

Julia sah Josh an, und er sie. Gleichzeitig mussten sie lachen. Dann beugte sich Josh über sie und küsste sie leicht auf die Lippen.

»Das muss fürs Erste reichen«, sagte er so leise, dass nur sie es hören konnte. »Heute Abend gibt es mehr.« Er trat von ihr zurück und machte eine auffordernde Geste. »Herzlich willkommen in meinem Leben.«

Als sie auf die ausladende, rund umlaufende Holzveranda stieg, griff sie unwillkürlich nach Joshs Hand und spürte den festen Druck seiner wie ein Versprechen. In diesem Moment wäre sie ihm blindlings überallhin auf der Welt gefolgt.

* * *

Joshs Haus glich einer rustikalen Berghütte, nur sehr viel größer und komfortabler. Im Wohnraum gab es unter der hohen Balkendecke einen rustikalen Kamin, mit Kuhhaut überzogene Sitzmöbel, indianische Teppiche, und an den Wänden zogen sich mit Büchern gefüllte Regale hin. Von der Decke hing ein mächtiger Leuchter aus verschachtelt angeordneten Geweihen.

»Ich zeige dir mein Zimmer«, sagte Timmy und zog sie auch schon durch den Wohnraum in einen Seitentrakt des u-förmig gebauten Hauses.

Tims Zimmer war so liebevoll eingerichtet, dass es Julia die Kehle verschloss. Ein kuscheliges Bett mit vielen Kissen und einem Quilt, ein Kinderschaukelstuhl, ein ganzer Zoo von Stofftieren, geblümte Vorhänge und bunte Bilder an den Holzwänden. Hier las sie eindeutig die weibliche Handschrift. Amelie hatte einen guten Geschmack gehabt.

»Das Zimmer von meinen Eltern liegt auf der anderen Seite«, hörte sie den Jungen in ihre Gedanken sagen, was so klang, als würde seine Mutter noch leben. »Da schläfst du diese Nacht.«

Niemals. Diese Erkenntnis schoss Julia wie ein Blitz durch den Kopf. Niemals würde sie sich in Joshs Ehebett legen, lieber würde sie auf einer der Liegen an dem zugefrorenen See übernachten. Allein.

»Kommt ihr in die Küche?« Josh stand in der Kinderzimmertür. »Ihr müsst doch Hunger haben.«

So wie das Wohnzimmer verströmte auch die Küche Behaglichkeit. Das Einzige, das Julia störte, war der wagenradgroße Adventskranz, der am Ende des langen Holztisches lag, mit pinkfarbenen Kugeln, grellrosa Schleifen und Kerzen geschmückt. Der konnte nur von Amy sein. Zwei Kerzen brannten. Josh musste sie gerade erst angezündet haben. Sie sahen noch wie neu aus.

Während Tim die Tüte mit den Frühstücksflocken nahm und sie in eine Schüssel schüttelte, wobei die Hälfte auf dem Tisch landete, fragte er: »Was machen wir heute?«

»Wünsch dir was.« Sein Vater nickte ihm auffordernd zu.

»Heute holen wir einen Weihnachtsbaum.« Tims Augen blitzten vor Unternehmungsgeist.

»Passt das?« Josh sah Julia an.

Sie lachte. »Und wie!«

»Super.« Timmy klatschte in die Hände. »Dann schmücken

wir ihn zusammen. So wie früher mit Mama. Daran kann ich mich noch erinnern. Mama mochte die Farben Rot, Grün und Gold.«

Unwillkürlich wanderte Julias Blick zu dem Adventskranz, der so gar nicht in die natürliche, geschmackvolle Atmosphäre dieses Holzhauses passte.

»Wollen wir uns mit dem Schmücken nicht noch ein bisschen Zeit lassen?«, wandte Josh mit zweifelnder Miene ein. »Bis Weihnachten sind es noch fast vierzehn Tage.«

Timmy zog eine Schnute. »Ich möchte aber so gern.«

»Was meinst du?« Josh wandte sich an Julia.

»Ich mache alles mit. Hauptsache, Timmy hat Spaß. Morgen ist der dritte Advent. Ich denke, das ist der richtige Zeitpunkt, einen Weihnachtsbaum zu besorgen, bevor eure Wälder hier leer sind.«

Josh lachte sein tiefes Lachen. »Aber schmücken? Haben wir überhaupt noch genug Christbaumschmuck?«

Tim hob die Schultern.

»Wir werden sehen«, sagte Julia. »Falls nicht, werde ich kommende Woche zusammen mit Timmy in Banff ein paar schöne Sachen kaufen. Okay?« Erwartungsvoll sah sie den Jungen an. »Ich hole dich dann vom Kindergarten ab, und wir beide gehen shoppen.«

»Super. Dann warten wir mit dem Schmücken«, erwiderte der Kleine wieder strahlend. »Dann machen wir das am nächsten Wochenende, wenn du wieder bei uns bist.«

Die Selbstverständlichkeit, mit der der Junge sie einbezog, machte sie glücklich. Zärtlich berührte sie seine Wange. Ihr Blick ging weiter zu Josh. Was erzählte ihr denn seine Miene zu Timmys Vorschlag?

»Ganz mein Sohn«, sagte er mit diesem sexy Lächeln. »Besser hätte ich nicht entscheiden können.« Sein Blick intensivierte sich. Seine Hand unterm Tisch, die ihr Knie berührte, machte sie sicher, dass er sie gern an diesem Platz sah. Zwischen sich und seinem Kind, und so nah neben sich, dass er sie so zärtlich berühren konnte, wie er es gerade tat.

»Fahren wir mit dem Schneemobil, Papa?«, meldete sich Tim nun kauend wieder zu Wort.

»Das wird schwierig werden. Wir sind zu dritt. Auf das Schneemobil passen nur zwei Personen.« Josh sah Julia an. »Ich habe noch ein zweites, aber wahrscheinlich bist du noch nie mit einem solchen Ding gefahren, oder?«

»Mit zwanzig habe ich meinen Motorradführerschein gemacht. Zusammen mit meiner Schwester Corinna, die total darauf steht. Also, mach dir keine Sorgen. Ich komme schon durch«, scherzte sie.

»Ich fahre mit Julia«, beschloss Tim, bevor er sich mit der Gabel einen Pancake angelte.

»Nein, Timmy. Ich möchte, dass du mit deinem Vater fährst. Ich muss schließlich erst einmal ausprobieren, wie ich mit diesem Fahrzeug zurechtkomme.«

»Bestimmt gut«, meinte Josh voller Überzeugung. »Ich fahre voran und du folgst mir. Okay?«

Sie nickte.

»Und danach fahren wir mit dem Baum zu der Hütte, wo es die zweitbeste Schokolade gibt.«

Julia lachte. »Wo gibt es denn die erstbeste?«

»Das habe ich dir doch schon erzählt. Da, wo wir mal mit Amy waren. Die Hütte liegt zwischen Tante Emilys Haus und unserem.«

Alles klar. Sie erinnerte sich. Es war an dem Samstag gewesen, als sie Josh zufällig an Lupas Futterstelle begegnet war. *Amy!*

»Das ist aber schon lange her«, korrigierte Josh seinen Filius mit eindringlichem Blick. »Mindestens ein Dreivierteljahr. Das letzte Mal waren wir beide allein dort.«

Ob er spürte, wie wenig ihr dieses Thema gefiel? Wollte er sie beruhigen?

Kurze Zeit später brachen sie auf, punktgenau zu dem Zeitpunkt, als die Sonne durch die graue Wolkendecke brach. Josh fuhr mit Timmy an Bord voraus. Schon nach wenigen Minuten fühlte sich Julia auf dem Schneemobil wie zu Hause. Hier in dem tief verschneiten Wald war sie in ihrem Element. Schon bald erhöhte sie die Geschwindigkeit. Übermütig überholte sie die beiden. Gekonnt bretterte sie über den breiten Forstweg, bis Josh sie dann, unüberhörbar angespornt durch den vor Freude krähenden Timmy, ebenfalls überholte. Die schnelle Fahrt wirbelte Eiskristalle auf, die sich wie feine Nadeln auf ihr Gesicht legten. Sie genoss dieses Prickeln genauso wie die prickelnde Lebensfreude in sich. Irgendwann hielt Josh an. Sie stiegen ab und befreiten sich von den Schutzhelmen.

»Wow! Das könnte nach dem Skifahren mein zweitliebstes Hobby werden!«, rief Julia begeistert aus.

»Du bist gut.« Ein bewundernder Blick aus den blauen Männeraugen traf sie. »Ich hoffe jedoch, dass du auf einem Motorrad weniger wild fahren würdest«, fügte er ernst hinzu.

»Kannst du Motorrad fahren?«

Er nickte.

»Dann lass ich dich fahren und schmiege mich an deinen breiten Rücken. Wäre das okay für dich?«

Sein zärtliches Lächeln ging ihr unter die Haut. »Ein guter Plan, den wir im Frühling dann auch gleich in die Tat umsetzen werden.«

»Und ich?«, meldete sich Timmy da zu Wort. »Wo bleibe ich dann?«

»Du kommst in meinen Beiwagen.«

»Und mein Hund?«

Darauf fanden weder Josh noch Julia so schnell eine Antwort.

»Mein Hund kommt auch in den Beiwagen«, beschloss Tim ganz selbstverständlich.

»Jetzt kümmern wir uns erst einmal um den Weihnachtsbaum«, schlug Josh energisch klingend vor.

Auf der Suche nach einem passenden Baum kämpften sich die drei auf den schmalen Wildwegen durch den kniehohen Schnee. Schon bald konnte Tim nicht mehr weiter.

»Mein Bein«, sagte er nur leise.

»Schau mal, hier stehen doch so viele schöne Bäume.« Julia sah sich um. »Könnte dir von denen einer gefallen?«

Ein passendes Exemplar war schnell gefunden. Josh legte die Säge an, Tim half ihm, die Blautanne zusammenzubinden. Schließlich nahm Josh seinen Sohn Huckepack und zog den Baum hinter sich her zu den Schneemobilen.

»Jetzt fahren wir zur Berghütte«, beschloss der Kleine wie ein Großer, setzte seinen Helm auf und stieg in Julias Gefährt ein. »Darf ich?« Er sah seinen Vater an.

»Okay. Julia ist eine super Fahrerin. Dann nehme ich den Baum mit.«

»Fahr du voran«, bat Julia ihn. »Du kennst den Weg.«

Nach etwa einer Viertelstunde bei gemäßigter Geschwindigkeit erreichten sie eine Berghütte, die in der Mittagssonne badete. Rauch quoll aus dem Schornstein, und auf der Terrasse standen Tische. Sie waren nicht die ersten Gäste an diesem Samstag. Langlaufskier, Schlitten und weitere Schneemobile standen auf dem kleinen Parkplatz. Die drei setzten sich an den einzigen noch freien Tisch in die Sonne.

»Ich hätte gern eine Waffel mit viel Sahne und eine heiße

Schokolade mit Marshmallows und Sahne«, gab Tim die Bestellung auf.

Die Kellnerin lachte. »Du musst ja ziemlich ausgehungert sein, junger Mann.«

»Bei uns bekommt er nichts zu essen«, ulkte Josh, der für Julia und sich nur eine Schokolade bestellte. »Bitte mit Rum«, fügte er hinzu.

Julia lächelte ihn bejahend an. Ein bisschen Rum konnte nach der Fahrt durch die Kälte nicht schaden.

»Siehst du. Bei uns gibt es auch Rum«, sagte da Timmy, der nichts vergaß. »Du musst also nicht mehr zurück nach Hamburg.«

Da konnte sie nicht anders. Schnell gab sie ihm einen Kuss auf die vom Fahrtwind gerötete Wange.

Es wurde ein wunderschöner Samstagnachmittag. Wie in Jaspers machten sie eine Schneeballschlacht, bauten einen Schneemann, Josh zeigte Julia das Sägewerk – nur sein Büro ließ er bei dem Rundgang aus –, sie kochten gemeinsam in der großen Küche, und nach dem Essen spielten sie Karten. Dann wurde Timmy müde.

»Bringt ihr mich ins Bett?«

Zum zweiten Mal nahm Julia an der Gutenachtzeremonie teil. Dieses Mal jedoch ließ sich Timmy die Gutenachtgeschichte von Julia vorlesen, was sie auch nur allzu gern machte. Und dann war sie allein mit Josh.

»Ich habe unser Lager im Gästezimmer aufgeschlagen«, teilte er ihr mit, als sie wieder im Wohnzimmer waren. »Dort ist es sehr gemütlich. Und die Aussicht ist fantastisch. Aber vorher ...«

Weiter kam er nicht. Julia trat auf ihn zu und legte die Arme um ihn. Den ganzen Tag über hatte sie sich nach einem Kuss, einem richtigen Kuss, gesehnt. Als er jetzt vor ihr stand, groß, breit, so ungemein männlich und so einfühlsam, konnte sie dem Bedürfnis, ihm ganz nah zu sein, nicht mehr länger widerstehen.

»Danke«, sagte sie nur.

Er lächelte sie wissend an.

»Josh.« Ich liebe dich, fügte sie in Gedanken hinzu. Noch fehlte ihr der Mut, diese Liebe auszusprechen. Aber auch jetzt schien er zu verstehen.

»Julia.« Genau wie sie legte auch er in dieses eine Wort so viel Gefühl, dass es wie eine Liebeserklärung klang.

Ihre Blicke hielten einander fest, liebkosten sich, wollten einander nicht loslassen.

»Ich bin so froh, dass du hier bist. Hier auf meiner Ranch, in meinem Leben.« Joshs sanfter Tonfall, seine Worte und seine Berührungen brachten sie fast um den Verstand. Sie schloss die Augen, um ihn noch intensiver zu spüren, noch intensiver zu riechen. Einen Herzschlag später spürte sie seinen Mund, der sich sanft auf ihren legte. Josh küsste sie so verführerisch, streichelte sie so verführerisch, dass sie unter seinen Lippen und seinen Händen dahinschmolz. Süße Hitze durchzog ihren Leib. Joshs Mund wanderte weiter zu ihren Wangen, zu ihrer Stirn, ihren Lidern, um sich dann wieder mit ihren Lippen zu einem Kuss zu vereinigen, der ihr unter die Haut ging. Dieser Kuss kam aus tiefster Seele.

Dann hob Josh sie auf seine Arme und trug sie in das Gästezimmer. Neben dem großen Bett, von dem aus man durch eine lange Glasfront auf die verschneiten Wälder sah, ließ er sie wieder hinunter. Doch sie hatte weder Sinn für die Aussicht noch für den Raum, den sie nur schemenhaft wahrnahm. Sie wollte nur noch diesen Mann.

24.

Als sich Sonntagmorgen eine rötlich schimmernde Sonne im Osten erhob, liebten Julia und Josh sich noch einmal. Danach gingen sie gemeinsam unter die Dusche. Als sie in der Küche das Frühstück zubereiteten, kam Timmy noch ziemlich verschlafen angetapst. Ein Glas Orangensaft machte ihn jedoch blitzschnell munter.

»Was machen wir heute?« Neugierig und bereits voller Tatendrang sah er Julia und Josh an.

Julia musste lachen. »Eisstockschießen auf eurem kleinen See? Ein kleines Wettrennen mit dem Schneemobil? Ein Besuch auf dem Weihnachtsmarkt, falls es so etwas hier in der Gegend überhaupt gibt.«

Tim hatte auf alles Lust.

»Weihnachtsmarkt finde ich gut«, meldete sich Josh zu Wort. »Etwa vierzig Kilometer von hier gibt es eine kleine Stadt, eine ehemalige deutsche Siedlung. Heute leben dort natürlich auch andere Nationalitäten. Dort veranstaltet die deutsche Gemeinde aber noch jedes Jahr einen typisch deutschen Weihnachtsmarkt.«

»Oh ja«, erwiderte sie. »Dort finden wir vielleicht schönen Christbaumschmuck.«

»Danach könnten wir tatsächlich hier auf dem See Eisstockschießen. Das haben wir schon lange nicht mehr gemacht.«

»Und danach spielen wir«, komplettierte Tim das Tagesprogramm. »Und danach...«, wollte er schon fortfahren, als sein Vater ihn unterbrach.

»Stopp, junger Mann. Danach müsst ihr zurück nach Blackfoot Village. Ich will nicht, dass ihr so lange durch die Dunkelheit fahren müsst. Julia kennt sich hier noch nicht so gut aus.«

Eine Stunde später brachen die drei zum Weihnachtsmarkt auf. Für zwei Stunden glaubte Julia, wieder in ihrer Heimat zu sein. Natürlich konnte der Markt bezüglich seiner Größe und seines Angebots nicht mit dem Hamburger mithalten, aber er versetzte sie in eine vorweihnachtliche Stimmung, die sie bis dahin trotz der übergroßen Weihnachtsmänner und Rentiere in den Vorgärten so intensiv noch nicht gespürt hatte. Glühwein- und Bratwurststände, geröstete Mandeln, Lebkuchen und Stollengebäck verströmten weihnachtliche Aromen von Vanille, Zimt und Kardamom. Durch die eisklare Luft schwebten Trompetenklänge und Glockengeläut. In den mit Lichterketten geschmückten Holzhäuschen gab es neben Weihnachtsschmuck aus dem Erzgebirge und anderen deutschen Erzeugnissen auch kanadische Produkte zu kaufen. Und es gab sogar ein bayrisches Postamt vom Christkindl, vor dem Tim natürlich sofort stehen blieb.

»Ich schreibe dem deutschen Christkindl. »Vielleicht erfüllt es mir ja meinen Wunsch und ich bekomme einen Hund.«

Josh schluckte sichtlich. »Das könnte zeitlich ein bisschen knapp werden«, murmelte er mehr zu sich selbst als zu seinem Sohn.

Julia biss sich auf die Lippe. Natürlich musste sie wieder an Lupas Welpen denken, die ein Zuhause brauchten. Doch sie schwieg zu diesem Thema. Schon einmal hatte Josh auf ihre Einmischung ziemlich spröde reagiert.

»Kennt das Christkindl eigentlich unseren Santa Claus?«, fragte Tim mit zusammengezogener Stirn, bevor er zu schreiben begann.

»Ich denke ja«, antwortete sein Vater. »Die beiden arbeiten sozusagen in einer Firma.«

Julia hätte am liebsten laut gelacht, aber das tat dann Timmy für sie. »Josh, ich weiß doch schon lange, dass die alle nur erfunden sind. Ich bin doch schon groß. Aber schaden tut es bestimmt nicht«, meinte er dann mit altkluger Miene.

Während Timmy seinen sehnlichsten Wunsch aufs Papier brachte, begann ein Chor *Stille Nacht, heilige Nacht* zu singen, zuerst auf Deutsch, dann auf Englisch. Viele Besucher stimmten ein, und für die Länge des Liedes herrschte eine besonders feierliche Stimmung auf dem kleinen Platz inmitten des Städtchens.

Julia stand dicht neben Josh. Ihre behandschuhte Hand stahl sich in seine. Als sie zu ihm hochsah, las sie in seinen Augen, dass er genau nachempfand, was sie in diesen Augenblicken fühlte. Heimweh. Ja, sie hatte Heimweh nach Corinnas Bratäpfeln und dem Punsch am Lagerfeuer auf dem Bauernhof. Da legte er seinen Arm um sie und zog sie an sich. Eng umschlungen standen sie da und lauschten dem gefühlvollen Gesang, Julia mit einem feuchten Schimmern in den Augen. Sie hatte den Kopf an Joshs Schulter gelehnt, fühlte seine Energie, seine Kraft, die sich auf sie übertrug, und sagte sich, dass Heimat doch genau dort war, wo die Menschen waren, die man liebte. Sie liebte Josh und Timmy und Emily und Bill jetzt schon. Nun mussten nur noch Corinna und ihre Eltern hierhin ziehen ... Sie lächelte in sich hinein. Träume. So war es immer. Auf der einen Seite gewann man etwas, auf der anderen verlor man etwas. Für alles zahlte man einen Preis.

»Ich wusste gar nicht, dass Timmy so viele Wünsche hat«, sagte Josh. Mit dem Kinn wies er in die Richtung Christkindl-Postamt, vor dem Timmy immer noch fleißig schrieb.

»Kann er überhaupt schon schreiben?« Plötzlich fiel ihr ein, dass Tim ja noch gar nicht in die Schule ging.

»Natürlich. Emily übt täglich mit ihm. Und was er noch nicht schreiben kann, malt er. Ich wette, er malt gerade einen ganzen Hundestall.« Abrupt hielt er inne, sah sie an. »Wirst du zum Fest hier sein?«

Darauf hatte sie selbst noch keine Antwort.

»Wahrscheinlich werde ich das kurzfristig entscheiden. Und du? Ich meine, du und Timmy, was macht ihr zu Weihnachten?«

»Nach Amelies Tod haben wir immer bei Emily gefeiert. Zusammen mit Bill.« Er hob die Schultern. »Weihnachten ist bei uns kürzer als in Deutschland. Heiligabend ist ein ganz normaler Tag. Der 25. Dezember steht dann ganz im Zeichen der Familie. Und am zweiten Weihnachtstag steht statt Familie und Schlemmen der Boxing-Day an. Dann sind alle Kaufhäuser wieder geöffnet und locken mit preisgünstigen Angeboten.«

»Warum Boxing-Day?«, fragte sie neugierig.

»Der Name stammt noch aus dem 18. und 19. Jahrhundert, in denen die Hausbediensteten Heiligabend und am 1. Weihnachtstag arbeiten mussten und die Geschenkbox ihres Hausherrns erst am zweiten Weihnachtstag öffnen konnten.«

Sie lächelte zu ihm hoch. »Danke für die Aufklärung.«

»Alles erledigt«, sagte Timmy, der gerade neben ihnen auftauchte, knapp und trocken. »Ich hoffe, das geht klar.«

Da musste sie lachen. Der Junge ließ gar keine sentimentale Stimmung zu. Wieder einmal zeigte Timmy ihr, wie schön es war, Kinder zu haben.

Der Tag ging dann auch schnell vorbei. Nach dem Adventskaffeetrinken mit Dresdner Stollen und Aachener Printen vom Weihnachtsmarkt, zu dem Josh die dritte pinkfarbene Kerze angezündet hatte, sah er auf die Uhr.

»Ihr solltet gleich aufbrechen. Solange es dämmrig ist, lässt es sich besser fahren.«

»Schade, es war so schön«, sagte Timmy mit trauriger Miene.

Josh nahm ihn in die Arme, wiegte ihn hin und her. »Ich fand es auch schön mit euch.« Über Timmys Lockenkopf hinweg sah er Julia an. In seinem Blick las sie, dass er sich jetzt schon nach ihr sehnte. »Wir telefonieren«, versicherte er ihr mit diesem Lächeln, für das sie allein schon hätte bleiben wollen.

Sie nickte. »Dann packe ich mal unsere Sachen.«

»Tim hilft dir.«

Und schon war der Kleine an ihrer Seite. Hand in Hand verließen sie den Wohnraum. Als sie in den Seitentrakt zu Timmys Zimmer einbogen, hörte sie gerade noch das Telefon läuten. Ein paar Minuten später standen sie dann reisefertig vor dem Kamin.

»Wer war das?«, erkundigte sich Tim mit kindlicher Neugier.

»Amy. Sie rief an, um mir zu sagen, dass sie wieder da ist.«

Julia musste erst einmal schlucken. Und dann erwachte der Teufel in ihr aus dem Wochenendschlaf. Konnte es sein, dass Josh sie jetzt auf die Reise schickte, weil er seine Sekretärin erwartete?

»Amy will gleich noch vorbeikommen. Im Büro natürlich«, verbesserte er sich. »Es ist ja so viel Arbeit liegen geblieben.«

Josh begleitete sie hinaus, verstaute das Gepäck, verabschiedete sich zuerst von Timmy und schnallte ihn auf dem Rücksitz an.

»Ihr könnt euch ruhig küssen!«, rief der Kleine aus dem Auto. »Ich kann warten.«

Das mit dem Küssen war so eine Sache für Julia. Amys Anruf, oder mehr noch die Vermutung des Teufelchens in ihr, hatten ihr einen emotionalen Dämpfer gegeben. Sollte sie Josh einfach auf ihr Problem ansprechen? Nein, nicht so kurz vorm Abschied. Vielleicht sollte sie im Laufe der Woche erst einmal versuchen, mit ihrer Eifersucht fertigzuwerden.

»Hallo, Schöne, so in Gedanken?« Josh lächelte sie an, zärtlich, mit einer Prise Verwegenheit.

»Alles klar«, beeilte sie sich zu sagen.

»Dann komm her.« Seine tiefe Stimme, sein offener Blick, der ihr Gesicht streichelte und verriet, dass er gerade nicht nur an ihr Gesicht dachte, straften das Teufelchen in ihr Lügen. Natürlich schmiegte sie sich in Joshs Arme, legte ihre um ihn und hielt sich an ihm fest. Und dank Tims Großzügigkeit küssten sie sich auch zum Abschied. Es war ein langer Kuss, so liebevoll, so innig und berauschend, dass sie ihn noch lange würde nachempfinden können.

»Willst du dich in der kommenden Woche wieder um Lupa kümmern?«, fragte Josh, nachdem sie sich losgelassen hatten.

»Klar.«

»Super. Ich melde mich. Vielleicht kannst du mir dann Neues von der Hundemutter und ihren Kindern berichten«, fügte er in leisem Ton hinzu. »Noch etwas. Sehen wir uns am nächsten Wochenende? Hier bei mir?«

»Ja«, antwortete sie.

* * *

Als Julia ihre Wohnung betrat, sah sie die rote Lampe am Festnetztelefon leuchten. Sie drückte die Taste der Mailbox.

»Corinna hier. Ist was passiert? Wo steckst du? Melde dich.«

Julia zog sich ihren Jogginganzug an und schenkte sich ein Glas Wein ein. Ihre Schwester meldete sich bereits nach dem zweiten Klingelton.

»Hi, du hattest angerufen«, begann Julia das Gespräch. »Ist irgendetwas passiert?«

»Na ja, so dringend ist es nicht«, beruhigte Corinna sie. Sie hörte, dass sie dabei lächelte. »Ich hatte nur das Bedürfnis, ein bisschen mit dir zu klönen.«

»Du liegst doch sicher schon längst im Bett, oder?«

»Irrtum, ich bin gerade nach Hause gekommen. Warum bist du nicht an dein Handy gegangen?«

»Ich hatte es ausgestellt und bin auch gerade erst nach Hause gekommen. Ich war übers Wochenende weg.«

»Wo?«

»Der Name des Ortes sagt dir nichts. Etwa fünfzig Kilometer von hier. Du warst also heute Abend unterwegs«, wechselte sie, ohne Luft zu holen, das Thema. »Darf ich fragen, wo?« Sie wusste nur zu gut, dass ihre Schwester kaum ausging.

»Im Kino.«

»Im Kino?«

»Und vorher beim Italiener.«

»Hat es denn geschmeckt?«

Julia hörte Corinnas tiefes Lachen. »Das willst du wirklich wissen?«

»Nee, eigentlich eher, mit wem du unterwegs warst.«

»Dann frag mich doch.«

»Also, wie heißt er?«

»Robert.«

»Robert? Kenne ich nicht.«

»Kennst du.«

»Jetzt mach es nicht so spannend. Ich kenne tatsächlich keinen *Robert*.«

»Robert Koschinski.«

Julia trank einen Schluck Rotwein. Ja, da dämmerte etwas in ihrem Kopf, aber konnte das sein?

»Der polnische Erntehelfer aus vergangenem Jahr?«

»Aus vergangenem und diesem Jahr«, verbesserte Corinna sie in gleichmütigem Ton.

»Aber die sind doch alle schon wieder weg. Ich meine, die Ernte ist vorbei.« Julia rieb sich die Stirn.

»Robert ist geblieben. Er arbeitet jetzt auf meinem Hof. Da du in der vergangenen Zeit nur selten bei mir warst, hast du ihn nicht gesehen.«

Tunlichst überging sie diesen versteckten Vorwurf und sagte stattdessen: »Du warst also mit Robert Koschinski im Kino und vorher essen.«

»Und im Bett.«

Zuerst einmal musste sie schlucken. Dann räusperte sie sich und suchte nach den passenden Worten.

»Bedeutet das, dass ihr beide liiert seid?«

»Genau das.«

Ihre Schwester war seit mehr als zehn Jahren Single. Vorher hatte sie zwar einige kurze Beziehungen gehabt, aber Corinna schien in der Liebe keine gute Hand zu haben. Die Vorstellung, dass sie nun einen Partner an der Seite haben sollte, wollte nicht so recht in ihren Kopf. Zumal dieser Robert auch noch ...

»Ist Robert Koschinski nicht viel jünger als du?«

»Ist er. Genau zehn Jahre. Vielleicht könnte es deshalb klappen.« Corinnas Stimme klang weich, ruhig, sicher. Ihre Schwester musste gänzlich überzeugt sein von dieser neuen Liebe.

Julia setzte sich aufrecht hin. »Tja dann, dann wünsche ich dir von Herzen Glück. Euch beiden von Herzen Glück. Nur wie ... Ich meine, du bist doch seine Chefin, und er ist abhängig von dir. Wie kann denn das auf Dauer funktionieren?«

»Das funktioniert doch auch im umgekehrten Verhältnis, wenn der Mann der Chef ist und die Frau zum Beispiel seine Sekretärin. Solche Beziehungen gibt es seit zwei Jahrhunderten, seit dem Zeitalter der Industriellen Revolution oder vielmehr, seit die Frauen berufstätig sind. Es ist doch so: Wo lernt man sich kennen? Im gemeinsamen Bekanntenkreis, in der Bahn, im Bus, beim Einkaufen, heute natürlich auch im Internet und...« Eine bedeutungsvolle Pause folgte. »Bei der Arbeit. Durch den Beruf lernen sich übrigens die meisten Paare kennen. Das ist statistisch erwiesen. Ist doch auch klar. Du bist den ganzen Tag zusammen. Man gewöhnt sich aneinander. Man ist miteinander vertraut. Da gibt es von vornherein weniger Hemmschwellen. Bei der Arbeit legt jeder seine Charakterzüge offen. Du kaufst also keine Katze im Sack, wenn du dich mit einem Kollegen einlässt. Und wenn dann auch noch eine sexuelle Anziehung besteht, findet man sich doch geradezu zwangsläufig. Diese Liebe ist im wahrsten Sinne des Wortes naheliegend.«

Julia fühlte sich plötzlich wie erschlagen. Aus Corinnas, in eindringlichem Ton vorgetragenen Monolog blieb ihr ein Satz im Kopf haften, der für sie und ihre eigene Situation wichtigste Satz: *Das geht doch auch im umgekehrten Verhältnis, wenn der Mann der Chef ist und die Frau zum Beispiel seine Sekretärin.* Wie bei Josh und Amy, sagte sie sich. Und dann war da noch ein anderer Satz gewesen. »*Durch den Beruf lernen sich übrigens die meisten Paare kennen.*« Wie hatte Corinna noch gesagt? »*Du bist den ganzen Tag zusammen. Und wenn dann auch noch eine sexuelle Anziehung besteht, findet man sich doch geradezu zwangsläufig.*«

»Sag mal, Kleines, bist du jetzt geschockt, dass ich liiert bin? Das hat doch nichts mit unserem Verhältnis zu tun. Und dass Robert vielleicht nach gesellschaftlichen Maßstäben nicht so optimal zu mir passt, ist mir schnuppe. Im Gegenteil. Mit diesen dominanten Typen, die sich letztendlich dann auch als schwach und völlig unbelastbar herausstellen, komme ich nicht klar. Robert ist anders. Vielleicht würden ihn manche Leute als Softie bezeichnen, aber ich liebe diesen Softie eben, und er liebt diese Machofrau. Verkehrte Welt. Doch wenn er und ich glücklich sind, geht das niemanden etwas an. So, und jetzt erzähl mir mal, mit wem du das Wochenende verbracht hast. Du warst doch nicht allein in diesem Ort.«

Julia seufzte. »Bist du denn noch aufnahmefähig? Die Geschichte dauert ein bisschen.«

»Leg los.«

»Ich habe dir doch von Timmy erzählt. Ich war mit ihm bei seinem Vater.« Nun vertraute sie sich ihrer Schwester an, nicht nur, wie glücklich sie mit Josh war, sondern auch die Probleme, die sie in der gerade frischen Beziehung beschäftigten, die *Joshs Schuldgefühle* und *Amy* hießen.

»Was seine Schuldgefühle angeht, handelst du richtig. Lass ihm Zeit. Wenn er mit dir glücklich ist, werden die sich irgendwann legen. Schließlich hat er seine Frau ja nicht ans Steuer gefesselt und in die Nacht hinausgeschickt, damit sie verunglückte. Was seine Sekretärin angeht, könntest du auf dem völlig falschen Dampfer sein, auch wenn ich gerade noch behauptet habe, dass sich viele im Beruf kennen- und liebenlernen und dass das Chef-Sekretärinnen-Verhältnis geradezu klassisch ist. Natürlich gibt es auch viele Ausnahmen.« Corinna lachte ihr tiefes, warmes Lachen. »Ich kenne dich. Schon als Kind warst du manchmal eifersüchtig. Grundlos.«

»Sehr hilfreich«, erwiderte Julia trocken, und auch entwaffnet.

»Warte erst einmal ab. Beobachte, hör ganz genau zu, aber halt deine Eifersucht im Zaum. Wie du mir Josh beschrieben hast, ist er kein Mann, der zweigleisig fährt. Das würde nicht zu ihm passen.«

»Ach, Corinna!« Julia hörte selbst, wie müde sie klang.

»Übrigens, am Freitag habe ich Lars gesehen.« Corinnas Satz war wie ein Blitzlicht, unter dem sie zusammenzuckte.

»Habt ihr miteinander gesprochen?«
»Nein. Er saß in seinem Lieblingsbistro. Eileen war bei ihm. Für mich war es ganz offensichtlich, dass die beiden Streit hatten.«
»Meinetwegen.« Julia seufzte. »Mit Lars bin ich durch. Ganz gleich, wie es mit mir und Josh weitergehen wird.«
Ein lautes Gähnen drang an ihr Ohr. »Kommst du Weihnachten?«
»Ich weiß noch nicht.«
»Die Eltern bleiben zu Hause. Ich werde am zweiten Weihnachtstag zu ihnen fahren.«
»Mit Robert?«
»Klar. Je früher sie sich an ihn gewöhnen, desto besser. Er gehört jetzt zu mir.«
»Und falls es nicht für immer sein sollte?«
Corinna lachte. »Nichts ist für immer, Kleines. Meine Apfelbäume verlieren im Herbst auch ihr Laub, und im nächsten Sommer tragen sie wieder die schönsten Äpfel. Alles ist im Wandel. Es gibt keine Bestandsgarantie. Nie und für nichts. Sieh es mal so: Falls es mit Robert schiefgehen sollte, habe ich eine schöne Zeit gehabt. Außerdem, wie sagt unsere Mutter?« Sie schwieg erwartungsvoll.
»Weiß nicht. Unsere Mutter ist ein wandelndes Sprichwörterbuch«, erwiderte Julia. »Also, was sagt sie?«
»In jedem Ende steckt ein neuer Anfang.«
»Okay. In diesem Sinne. Ich bin müde. Ich rufe dich an, wenn ich mir über Weihnachten im Klaren bin.«
Ja, in jedem Ende steckte ein neuer Anfang. Josh war ein neuer Anfang nach dem Ende mit Lars. Und nach dem Ende mit Josh? Sie konnte sich nicht vorstellen, dass es nach ihm noch einmal einen Mann geben konnte, der ihr Herz so weit öffnen würde.

25.

Nach diesem Wochenende verabschiedeten sich die Sonne und die trockene Kälte. Die Temperaturen stiegen. Montagmorgen lag über Banff eine dichte graue Wolkenschicht. Der Wetterbericht sagte für die Woche Schnee voraus. Nach der Schule holte Julia beim Naturschutzbund neues Futter für Lupa ab.

»Josh hat mir schon Bescheid gesagt«, begrüßte Susan sie wie eine alte Bekannte. »Die Süße hat geworfen. Schade, dass sie uns nicht an ihre Höhle heranlässt. Hoffentlich geht es ihren Jungen gut. Bei mir hat sie sich am Wochenende nicht blicken lassen.«

»Vielleicht habe ich diese Woche mehr Glück«, erwiderte Julia voller Hoffnung.

Das sollte sie tatsächlich haben. Nachdem sie zwei Stunden später die Futterwannen neu befüllt hatte, fuhr sie zu Lupas Höhle. Natürlich mit würzig duftender Mortadella in der Gürteltasche. Lupa musste sie vorher gesehen haben. Als sie auf ihren Langlaufschuhen den Abhang hinunterstieg, erwartete die Hundemutter sie bereits. Julias Herz machte einen Sprung.

»Lupa!« Sie blieb stehen, in gemäßigtem Abstand.

Wie eine strenge Wächterin stand die Hündin vor den tief hängenden Zweigen, die den Eingang zu ihrem Reich verdeckten. Neben ihr lag Julias Schal. Lupa bewegte sich nicht. Nur ihr aufgerichteter Schwanz signalisierte höchste Anspannung. Julia war sich sicher, dass Lupa knurren würde, wenn sie auch nur einen weiteren Schritt auf sie zugehen würde.

»Ich habe dir wieder Wurst mitgebracht«, sagte sie mit sanfter Stimme.

Mit ruhigen Bewegungen nahm sie die Wurst aus der Gürteltasche und legte sie vor sich hin. Dann trat sie zurück, mehrere Schritt, um Lupa Raum zu lassen. Es dauerte nur ein paar Augenblicke, in denen die Hündin mit erhobener Nase in die Luft schnüffelte, bis sie sich schließlich verführen ließ. In geduckter Haltung, jederzeit bereit für den Sprung – entweder in die Sicherheit oder zum Angriff – bewegte sie sich auf die Wurst zu. Und dann war auch schon nichts mehr von dieser zu sehen. Genüsslich leckte sich Lupa die Lefzen.

»Das hat geschmeckt. Ich weiß. Morgen bekommst du wieder eine Portion. Nach der Schule habe ich heute für dich Hundewurst im Supermarkt gekauft. Da sind auch Vitamine und Mineralstoffe drin, die dir guttun«, erzählte sie der Hündin ruhig und langsam. Lupa saß jetzt vor ihrer Höhle und behielt sie im Auge. »Wie geht es denn deinen Kindern?«, plauderte sie weiter. »So gern würde ich sie mal sehen. Erlaubst du mir das irgendwann? Ach, Lupa...« Die Vorstellung, dass dieses schöne, stolze Tier irgendwann einmal ein ganz normales Hundeleben geführt hatte, regelmäßig gefüttert worden war, im Winter ein warmes Plätzchen gehabt hatte, und dann von einem herzlosen Menschen einfach ausgesetzt worden war, um fortan auf sich alleingestellt in der Wildnis zu leben, trieb ihr die Tränen in die Augen. Leise schluchzte sie auf. Und dann begann sie zu weinen. Sie konnte nichts dagegen tun.

»Lupa, du schöne Wölfin«, flüsterte sie erstickt vor sich hin, während sie in die Hocke ging und ihr Gesicht auf die Knie legte. Was da plötzlich in ihr vorging, konnte sie selbst nicht verstehen. Normalerweise war sie nicht so nah am Wasser gebaut. Da spürte sie etwas an ihrem Arm, durch den wattierten Ärmel hindurch. Eine Berührung, ein Anstupsen. Sie wagte nicht, weiter zu atmen, ahnte sie doch, nein, sie wünschte es sich nur, dass Lupa sie berühren würde. So wie ihr Hund damals, wenn sie als Kind geweint hatte. Ganz langsam hob sie den Kopf und sah sich auf Augenhöhe mit der Hündin. Ein leises Fiepen kam aus Lupas Kehle. Es hörte sich an wie ein tröstendes Wort. Durfte sie Lupa berühren? Würde sie es zulassen? Im Zeitlupentempo streckte sie die Hand aus, um sie auf Lupas Fell zu legen. Und tatsächlich. Die Hündin ließ es geschehen. Dass sie diese Nähe zuließ, gab ihrem Tränenstrom neue Nahrung. Jetzt jedoch liefen ihr die Tränen vor Freude über die Wangen. Ganz sacht begann sie, das überraschend saubere Fell zu streicheln. Sie liebkoste es geradezu, was Lupa zu genießen schien. Die Hündin kam noch näher, rieb ihren Kopf an ihrem Knie. Wie lange sie vor der Höhle gehockt und mit Lupa geschmust hatte, hätte sie im Nachhinein nicht mehr sagen können. Irgendwann wurde ein Schreien laut, wie das Schreien eines Babys. Lupa erstarrte – und verschwand in der Höhle. Welch eine gute Hundemutter, dachte Julia. Eines ihrer Babys hatte bestimmt Hunger.

Am Abend rief Josh an, und Julia berichtete ihm voller Glück, was sie erlebt hatte.

»Bleib dran. Lupa hat wieder Vertrauen zu dir gefasst«, sagte er hörbar begeistert. »Vielleicht gelingt es dir ja doch, ihr das Vertrauen zu den Menschen zurückzugeben. Wenn es überhaupt jemandem gelingen kann, dann dir. Du kannst jedes Lebewesen für dich gewinnen.«

Sein Kompliment ließ eine wohlig warme Welle durch ihr Inneres schwappen.

»Geht es dir gut?«, fragte sie mit versonnenem Lächeln.

»Grundsätzlich ja, aber ich hatte Ärger in der Firma.«

»Möchtest du darüber reden?«

Er zögerte. »Nicht am Telefon.«

Sie seufzte in sich hinein. »Okay.«

»Wir sehen uns am Wochenende. Vielleicht komme ich übermorgen auch mal vorbei. Auf eine heiße Schokolade mit Rum.« Sie hörte ihm an, dass er lächelte.

»Du weißt, dass ich mich darüber freuen würde«, sagte sie zärtlich.

* * *

Am nächsten Tag hatte Julia wieder ein Rendezvous mit Lupa vor deren Höhle, bei dem sich die Hündin erneut sehr anschmiegsam zeigte. Und wie am Tag zuvor verabschiedete Lupa sich dann, weil sie ihrer Mutterpflicht nachkommen musste. Mittwoch war es genauso. Lupa ließ sich streicheln, zeigte sich zutraulich. Um das zarte Pflänzchen mit dem Namen *Vertrauen* nicht im Keim zu ersticken, wagte Julia auch dieses Mal keinen Blick in den Stollen. Ihr Gefühl sagte ihr, dass sich Lupa ihr gegenüber dann wieder feindlich verhalten würde. So beließ sie es erst einmal dabei und fuhr nach Hause. Danach machte sie sich sofort noch einmal an diesem Tag auf den Weg nach Banff. Nach der Schule hatte sie es nicht mehr geschafft, einzukaufen, weil sie pünktlich bei ihrer vierbeinigen Freundin hatte sein wollen. Sie brauchte Rum für die heiße Schokolade, Elchschinken, geräucherten Lachs und Brot für ein paar Schnittchen – für den Fall, dass Josh am Abend kommen würde. Hinzu kamen noch Kerzen. Rote Kerzen, die zu ihrer sparsamen Adventsdeko passten. Anders als in ihrer eigenen Wohnung hatte sie sich in Eileens diesbezüglich nur wenig Mühe gegeben. Immer noch spielte sie mit dem Gedanken, bald auszuziehen. In die romantische Hütte von Mr. Normers Bekannten aus Calgary.

»Julia!« Diese Stimme kannte sie doch! Sie blieb stehen und sah sich um.

»Andy!«

Ihr Kollege kam auf sie zugelaufen. »Hi. Auch einkaufen?« Er zeigte auf ihre beiden Tüten. »Komm, ich trage sie dir zum Wagen.«

»Ich wusste gar nicht, dass du so ein Kavalier bist«, scherzte sie.

»Für eine schöne Frau tue ich alles. Fast alles«, fügte er lachend hinzu. »Hast du Zeit für einen Kaffee?«

Warum eigentlich nicht?

»In fünf Tagen bekommen wir Weihnachtsferien«, sagte Andy, nachdem er an der Selbstbedienungstheke den Kaffee für sie geholt hatte.

»Ich freue mich.« Julia seufzte. »Wie schnell die Zeit vergangen ist.«

»Wirst du nach Deutschland fahren?«

Wieder diese Frage!

»Ich weiß es noch nicht«, antwortete sie.

»Wie läuft es denn?«

»In der Schule super, sonst hättest du wahrscheinlich schon von den anderen Beschwerden gehört.«

»Ich meine privat«, stellte Andy richtig.

Sie musste lächeln. »Privat läuft es auch gut. Zumindest momentan. Am Wochenende war ich bei ihm.« Bedeutsam lächelte sie ihn an. »Er wohnt etwa fünfzig Kilometer von hier entfernt. Wir haben das Wochenende zusammen mit seinem Sohn verbracht. Es war wunderschön. Als wenn wir eine Familie gewesen wären.«

»Das freut mich für dich. Was macht er eigentlich beruflich?«

Sie erzählte es ihm.

»Wow. Klingt nach Geld.«

»Das weiß ich nicht. Ist für mich auch unwichtig.« Sie biss

sich auf die Lippe, überlegte. »Da ist noch etwas, was mich am Wochenende beunruhigt hat.« Jetzt erwähnte sie auch noch Amy. Aufmerksam, mit ernstem Blick, hörte Andy zu. Dann sagte er: »Ich glaube, ich sagte das schon mal: Viele Firmenchefs haben zu ihren Sekretärinnen eine persönliche Beziehung. Schließlich arbeitet man den ganzen Tag zusammen. Dass dabei auch manchmal Sex eine Rolle spielt, ist normal. Was jedoch nicht heißen muss, dass es bei deinem Freund und dieser ... Wie heißt sie noch?«

»Amy.«

»Dass die beiden Sex miteinander haben. Falls ja, kann *Mann* ja auch ein solches Bettverhältnis beenden, wenn er die große Liebe kennenlernt.« Andy drehte den Kaffeebecher auf seinem Handteller. Seine Miene wirkte nachdenklich. Als er sie wieder ansah, fragte er: »Sag mal, wie heißt dein Freund eigentlich?«

»Josh Mayer. Warum?«

»Und wie habt ihr euch kennengelernt? Hast du es mir noch nicht erzählt, oder habe ich es vergessen?«

Julia stutzte. Andys Fragen sowie sein forschender Blick setzten ein ungutes Gefühl in ihrem Bauch frei.

»Nein, habe ich nicht.« Sie biss sich auf die Lippe, hatte plötzlich Angst weiterzureden. »Josh ist der Neffe meiner Vermieterin in Blackfoot Village. Das heißt, genauer gesagt von Eileens Vermieterin.«

Da schnippte Andy mit den Fingern. »Eileen. Genau. Ich wusste doch, dass ...« Rasch verstummte er. Sein Lächeln wirkte arglos. Jedoch zu spät. Jäh wurde ihr bewusst, dass es da etwas gab, das auf sie lauerte.

Sie sah ihm in die Augen. »Wie kommst du von Eileen auf Josh Mayer?«

»Na ja.« Er hob die Schultern. »Eileen war mal scharf auf ihn. Ist doch klar. Eileen ist auf alle reichen, halbwegs attraktiven Typen scharf. Josh hat sie jedoch abblitzen lassen mit der Begründung, er stünde kurz vor der Verlobung mit seiner Sekretärin. Sie hieß Amy. Aber bitte ...« Er hob die Hände, als wollte er einem Verzweiflungsausbruch ihrerseits frühzeitig Einhalt gebieten. »Das hat er natürlich nur gesagt, um Eileen auf elegante Weise loszuwerden. Immerhin ist er ihr danach wahrscheinlich bei seiner Tante noch öfter über den Weg gelaufen. Mach dir darum keine Gedanken. Sonst hätte er doch nichts mit dir angefangen. Als ich euch tanzen sah ... ich meine, da hat man doch genau erkennen können, dass euch etwas verbindet. Dass da Gefühl im Spiel ist.« Andy sprach weiter, redete sich um Kopf und Kragen, doch seine Worte kamen bei Julia nicht mehr an. Irgendwann schien er das zu bemerken und schwieg.

»Und wenn er diese Verlobung doch nicht nur vorgeschoben hat?«, fragte Julia mehr sich selbst als ihren Kollegen.

»Dann hätte er dich übers Wochenende nicht in sein Haus eingeladen.«

»Amy war bei ihrer kranken Mutter. Auch vergangenes Wochenende, als wir über Nacht in Jaspers waren.« Ihre Stimme hatte jede Tonlage verloren.

Andy griff in die Zuckerdose, die auf dem Bistrotisch stand. Knirschend kaute er auf einem Stück herum. Dabei sah er nachdenklich zum Fenster hinaus auf den riesigen Parkplatz, wo die Menschen mit Tüten und Einkaufswagen durcheinanderliefen. Wahrscheinlich hatte jeder von ihnen irgendeine Last zu tragen, eine leichte oder besonders schwere. Selbstmitleid ist also völlig fehl am Platz, sagte sich Julia energisch. Sie stand auf und straffte sich.

»Okay, ich werde Josh fragen. Vielleicht kommt er ja heute Abend. Dann werde ich Klarheit schaffen. Sonst habe *ich* nämlich ein Problem, das unsere Beziehung belastet. Und ein Problem, nämlich seine Schuldgefühle, reicht mir.«

»Gut so. So liebe ich dich. Du bist keine Frau, die verzagt.« Andy war auch aufgestanden und gab ihr einen freundschaftlichen Kuss auf die Wange.

»Übrigens, du bist doch mit Mr. Normer bekannt«, fiel ihr jetzt ein. »Ich fühle mich nicht mehr wohl in Eileens Wohnung, seit sie sich an meinen Fast-Verlobten in Hamburg herangemacht hat, und habe mir überlegt, mir eine Hütte zu mieten. Könntest du Mr. Normer fragen, ob er mir die Hütte seines Bekannten aus Calgary eine Zeitlang vermietet?«

Da lachte Andy so laut, dass einige Leute sich nach ihnen umsahen.

»Typisch Eileen. Lass mich raten. Dein Ex hat Geld.«

»Selbstverständlich. Eigentlich ist er auch ein ganz Netter, aber wir haben nicht zusammengepasst. Wie dem auch sei.« Sie seufzte in sich hinein. »Ich könnte mir gut vorstellen, in dieser Hütte, die ich mir angesehen habe, für den Rest meiner Zeit hier in Kanada zu wohnen. Das wäre dann wirklich Abenteuer pur.«

Ein langer, skeptischer Blick traf sie. »Bist du sicher? Die liegt einsam.«

»Ist aber mit dem Wagen zu erreichen. Außerdem liegt sie gar nicht so weit von Emilys Haus entfernt, wenn ich über den alten Indianertrail fahren würde. Und da ist noch etwas«, fügte sie hinzu. »Ich brauche irgendeinen alten Jeep mit Allrad, um zu der Hütte zu kommen. Könntest du dich umhören? Du kennst doch so viele Leute hier.«

Andy nickte. »Ich werde mich um alles kümmern. Versprochen.«

26.

Auf dem Nachhauseweg fiel Julia ein, dass Emily an diesem Nachmittag mit Timmy zu Bill fahren wollte. Bill hatte die beiden zu einer Schlittenhundefahrt eingeladen. »Vielleicht bleiben wir über Nacht«, hatte Emily abends gesagt, als sie mit Tim Karten gespielt hatten. »Mach dir also keine Gedanken, wenn du morgen Abend meinen Wagen nicht siehst.« Wusste Josh von Emilys Plan und hatte sich deshalb bei ihr eingeladen, um mit ihr allein zu sein? Eine schöne Idee.

Die Autos, die ihr auf der breiten Landstraße entgegenkamen, fuhren alle schon mit Licht. An diesem Nachmittag wurde es besonders früh dämmrig, was an der grauen Wolkendecke über dem Land lag. Josh hatte ihr keine Uhrzeit genannt. Vielleicht war er sogar schon da. Da auch sie sich daran gewöhnt hatte, nicht abzuschließen, konnte er bei seiner Tante oder bei ihr warten.

Julia gab Gas. Als sie in die Einfahrt bog, stand tatsächlich ein Auto vor Emilys Haus. Jedoch kein silberfarbener Pick-up. Es war ein schwarzer Jeep mit einer Nummer aus Calgary. Langsam fuhr sie auf ihre Veranda zu und schaltete den Motor aus. Ein mulmiges Gefühl beschlich sie. Keine Angst, nein, aber die Ahnung, dass dieser Besucher wegen ihr hier war. Nur, wer konnte das sein? Da die Scheiben des Jeeps dunkel getönt waren, erkannte sie nicht, ob der Fahrer noch im Wagen saß. Irgendwie unheimlich. Ein Frösteln machte sich in ihr breit. Zu dumm, dass Emily weg und Josh noch nicht da war. Schließlich rief sie sich innerlich zur Vernunft. In dem Auto saß bestimmt kein Killer, der ihr ans Leben wollte.

Entschlossen stieß sie ihre Wagentür auf und stieg aus. Als sie sich umdrehte, öffnete sich auch die Fahrertür des Jeeps. Und dann glaubte sie, ihren Augen nicht zu trauen. Lars. In leibhaftiger Größe, bekleidet mit einem Parka mit Fellkapuze, hohen Stiefeln und dem jungenhaften, unbekümmerten Lächeln auf dem blassen Gesicht. Als stünde er auf einer Bühne, breitete er die Arme aus und rief überflüssigerweise mit seiner Tenorstimme zu ihr herüber: »Hier bin ich!«

Ja, da war er. Und Eileen? Eigentlich rechnete sie fest damit, dass ihre kanadische Kollegin jetzt ebenso fröhlich und unbekümmert aus der Beifahrertür steigen würde. Nein, sie erhoffte es sich sogar. Dann hätte sie sicher sein können, dass Lars nicht wegen ihr hier war. Aber es öffnete sich keine Tür mehr, und Lars kam beschwingten Schrittes auf sie zu.

»Süße, ich bin wieder da. Lass dich umarmen.«

Wie eine Marionette ließ sie diese Umarmung über sich ergehen, unfähig, sich zu regen. Erst als Lars ihr Gesicht in beide Hände nahm und sie auf den Mund küssen wollte, kam wieder Leben in sie. Mit beiden Händen stieß sie ihn von sich und trat zwei Schritte von ihm zurück.

»Sag mal, bist du wahnsinnig geworden? Du tauchst einfach hier so auf, als wäre nichts gewesen? Meldest dich seit über einer Woche nicht mehr, rufst mich nicht zurück, nachdem ich auf deinen Handys wie auch im Büro angerufen habe, hast in Hamburg längst eine andere und tust so, als wenn zwischen uns alles in bester Ordnung wäre?« Ihre Halsschlagader pochte, sie zitterte am ganzen Körper. Ein harter Lacher sprang ihr über die Lippen. Diese Situation war einfach zu grotesk. »Ich fasse es nicht«, fuhr sie mit bebender Stimme fort. Statt Blut floss jetzt nur noch Adrenalin durch ihre Adern. »Was willst du hier? Vielleicht gerade schnell ein paar Sachen für Eileen holen?«

Sichtlich betroffen sah Lars sie an. Er war noch eine Spur blasser geworden. Erst jetzt sah sie, wie schlecht er aussah. Unter seinen Augen lagen dicke Polster, von den Mundwinkeln zogen sich tiefe Linien herunter. Es musste ihm tatsächlich schlecht gehen. Dennoch, das war keinerlei Grund, um Mitleid mit ihm zu haben.

»Du weißt von Eileen?«, fragte er mit dem Blick eines geprügelten Hundes.

»Du hast selbst einmal gesagt, dass Hamburg ein Dorf ist«, entgegnete sie immer noch bebend. »Corinna hat euch gesehen. In flagranti. Du brauchst also gar nichts zu verschönern oder abzuschwächen.«

»Können wir nicht reingehen?« Lars bibberte sichtlich. »Der Wagen hat zwar Standheizung, aber hier draußen ist es verdammt ungemütlich.«

Drinnen auch, dafür werde ich sorgen, sagte sich Julia grimmig, während sie ihm voran die Veranda zu Eileens Wohnung hinaufstieg. Dieses Mal verzichtete sie darauf, die Stiefel auszuziehen. Lars kam natürlich erst gar nicht auf diese Idee. In dem Wohnraum herrschte eine wohlige Wärme, die ganz im Kontrast zu der eiskalten Stimmung stand, die zwischen ihnen herrschte. Nach dem ersten Schock zeigte sich Lars nun beleidigt. Hatte sie etwas anderes erwartet?

Mitten im Raum blieb er stehen und sah sie an.

»Hast du dir eigentlich schon einmal Gedanken darüber gemacht, warum ich mit Eileen etwas angefangen habe? Daran bist du schuld. Du bist gegangen und hast sie mir ja geradezu als Stellvertreterin für dich in die Arme gelegt.« Ein ziemlich unsympathisches, überhebliches Lächeln umspielte seine Lippen. »Ich habe übrigens gar nichts tun müssen. Eileen war scharf auf mich. Anders als du, die gar nicht schnell genug von mir wegkommen konnte. Ich bin ein Mann.« Bei diesem Satz klang seine Stimme ungewöhnlich hoch. Ja, geradezu zickig. »Eine kluge Frau lässt einen gesunden Mann nicht so lange allein. Das habe ich dir auch vorher gesagt. Du musstest damit rechnen.« Dann lächelte er sie an, etwas versöhnlicher. »Aber ich bin ja jetzt hier«, fuhr er in onkelhaftem Ton fort. »Mit Eileen ist Schluss. Sie passt nicht zu mir, nicht in meine Familie. Ihr fehlt deine Schönheit, dein Stil, deine Stärke, deine Intelligenz, deine Wärme.« Ein Ruck ging durch seine Gestalt. »Ich bin gekommen, um dich zu holen. Die Tage, die du noch in der Schule bist, verbringen wir zusammen. Natürlich nicht hier in dieser bunten Kiste, sondern im Snowmountain Hotel, und am letzten Schultag vor den Weihnachtsferien fliegen wir nach Hause. Das war es dann hier. Aus dem Austauschvertrag kommst du schon raus. Das regelt unser Anwalt.«

Julia flogen die Sätze nur so um die Ohren. Jeder klang so absurd, dass sie tatsächlich an Lars' Verstand zweifelte. Jetzt ging er sogar so weit, dass er von ihren gemeinsamen Kindern sprach, die sie später auf ein in seinen Kreisen bekanntes und renommiertes Internat in Vancouver schicken würden. Da konnte sie nicht mehr anders. Ihre rechte Hand machte sich selbstständig, griff nach der Vase mit den Fichtenzweigen, holte aus und ließ sie auf die Holzdielen donnern, wo sie in Einzelteile zerschellte. Keramikstücke, die vier Fichtenzweige, rote und goldene Kugeln arrangierten sich neu in einer großen Wasserlache, angesichts derer Lars' Stimme dann endlich verstummte.

»Bist du bescheuert?« Ungläubig sah er sie an.

»Du.« Sie hielt seinem Blick ruhig stand. Überhaupt fühlte sie sich jetzt wieder ruhiger. Sie hatte ein Zeichen gesetzt. So wie die Vase in zig Teile zerschellt und nicht mehr zusammenzusetzen war, war auch ihre Beziehung kaputt. Wie anschaulich. »*Du* bist bescheuert. Siehst du die Vase auf dem Boden?

Glaubst du, sie ist noch einmal zusammenzusetzen?«, fragte sie so freundlich und aufmunternd, als würde sie mit einem ihrer Schüler sprechen.

Lars schüttelte den Kopf. »Nein, aber man kann hier irgendwo bestimmt doch eine neue kaufen. Dieses Ding hat höchstens ein paar Euro gekostet.«

Oh no! Er verstand rein gar nichts.

»Kanadische Dollar, Lars. Aber davon abgesehen. Ich wollte dir ein anschauliches Beispiel geben, wie es mit unserer Beziehung aussieht. Sie ist kaputt«, sagte sie in eindringlichem Ton und betonte jedes Wort. »Kaputt. Zu Ende. Vorbei. Hast du verstanden? Ich will dich nicht mehr. Punkt.«

Lars' Schultern fielen herunter. Er wurde ein paar Zentimeter kleiner. Ja, sie befürchtete sogar in diesem Moment, er würde völlig in sich zusammensacken und in die Scherben fallen. In drei Schritten war sie bei ihm, fasste ihn an der Schulter und führte ihn zum Sofa. Dort ließ er den Kopf hängen und begann tatsächlich zu weinen. Lars, das verwöhnte Muttersöhnchen, der stets gut gelaunte Liebling des Hamburger Jetsets, der Sohn der Sonne saß jetzt vor ihr und schluchzte herzzerreißend. Welch eine Situation. Niemals hätte sie sich vorstellen können, das zu erleben. Lars' selbstsichere Fassade bestand aus reinem Pappmaché. Erst jetzt verstand sie in vollem Ausmaß sein Bedürfnis, eine starke Frau an seiner Seite haben zu wollen. Und sie begriff, warum er zu ihr geflogen war. Er brauchte sie. Wahrscheinlich würde er alles, wirklich alles tun, um sie wiederzugewinnen.

»Lars.« Sie ging vor ihm in die Hocke und nahm seine eiskalten Hände in ihre. Dabei fiel ihr auf, dass er immer noch ihren Ring trug. Einen Sekundenbruchteil lang berührte sein Anblick ihr Herz. Dann jedoch überwand sie diese Anwandlung und fuhr ruhig fort: »Als Mann und Frau passen wir nicht zusammen. Aber wir können Freunde bleiben. Das klingt zwar blöd, so wie die prominenten Paare, die sich trennen. Ich meine es jedoch ernst. Wenn du berufliche Probleme hast, kannst du jederzeit mit mir darüber reden. Ich werde für dich da sein. Das verspreche ich dir.«

Lars' Schluchzen war leiser geworden, hörte nun ganz auf. Er hob den Kopf und sah sie mit geröteten Augen an. »Du hast hier einen anderen Mann gefunden.«

Das war keine Frage, sondern eine Feststellung.

»Ja, ich habe mich verliebt«, bestätigte sie ihm ruhig, um gleich darauf hinzuzufügen: »So etwas kann einem aber auch nur passieren, wenn man in seiner bestehenden Beziehung unglücklich ist. Wenn man das, was man braucht, von seinem Partner nicht bekommt.«

»Vielleicht spielt dieser Typ nur mit dir.«

Sie lächelte leicht. »Das werde ich ja sehen.«

»Vielleicht meldet er sich nicht mehr bei dir.«

Klar, das würde sich Lars wünschen, dennoch ginge sie nicht mehr zu ihm zurück. Josh. Zum ersten Mal seit Lars' Überfall dachte sie an Josh. Hoffentlich würde er erst kommen, wenn Lars weg sein würde. Sie wollte Lars nicht zumuten, seinen Rivalen kennenlernen zu müssen. Genauso wenig wollte sie Josh Lars zumuten. Ihr Ex hatte zwischen ihr und Josh nichts zu suchen.

Mit einem tiefen Seufzer setzte sie sich auch auf die Couch. Lars' Gemütsverfassung kam ihr jetzt wieder stabiler vor.

»Du brauchst ein Hotel für diese Nacht«, begann sie. »Soll ich im Snowmountain Hotel anrufen?«

»Ich werde zurück nach Calgary fahren«, erwiderte er tonlos. Und wieder zauberte er ein Lächeln aus dem Nichts, das etwas Triumphierendes hatte. »Ich bin mir fast sicher, dass dies noch nicht das Ende zwischen uns ist.« Seine Stimme klang wieder fester. »Dein neuer Lover weiß, dass deine Zeit hier begrenzt ist. Na gut, dann warst du halt mit ihm im Bett. Ich habe es ja auch mit Eileen getrieben. Wir sind also quitt.« Er nahm ihre Hand und zog sie an die Lippen. Die Berührung seines Mundes war ihr so unangenehm, dass sie ihre Hand am liebsten abgewischt hätte. Doch sie wollte Lars nicht noch mehr verletzen. Vor diesem Mann empfand sie plötzlich eine starke körperliche Abneigung. Merkwürdig, dachte sie. Wie schnell sich alles wandeln kann.

Lars stand auf. »Okay, ich fahre wieder. Morgen werde ich zurückfliegen. Ich werde mich dann erst einmal nicht mehr melden. Ich werde abwarten.«

Julia schwieg. Erst einmal war sie erleichtert, dass Lars zur Haustür ging, ohne sie zum Abschied zu küssen.

»Du wirst mich noch brauchen.« Auch sein Lächeln milderte die Drohung, die sie aus seinem Ton herauszuhören glaubte, nicht ab. »Du wirst wieder allein sein. Glaub mir.« Mit dieser Prophezeiung drehte er sich um, schlug die Tür hinter sich zu, und keine Minute später heulte der Motor auf. Als wieder Stille eintrat, fühlte sich Julia erschöpft.

An diesem Mittwoch wartete Julia vergeblich auf Josh. Einerseits fragte sie sich besorgt nach dem Grund für Joshs Schweigen – ein Anruf wäre nett gewesen –, andererseits lastete immer noch das Erlebnis mit Lars auf ihr. Als sie schließlich im Bett lag, gestand sie sich ein, an diesem Abend kaum in der richtigen Stimmung gewesen zu sein, um mit Josh unbeschwerte Stunden zu erleben. Es war schon ganz gut gewesen, dass er nicht gekommen war. Wie sagten die Blackfoot Indianer? Es passierte nichts ohne Grund.

27.

Am nächsten Tag wurde Julia von Lupa schwanzwedelnd vor deren Höhle begrüßt. Zum ersten Mal zeigte die Hündin ganz offensichtlich ihre Freude, sie zu sehen. Umso mehr genoss es Julia, sie mit frischer Wurst und Streicheleinheiten zu verwöhnen. Erst auf dem Rückweg dachte sie wieder an Josh, der sich bis dahin nicht gemeldet hatte. Vielleicht war das für ihn ja ganz normal. Vielleicht war er auch in diesem Punkt anders als Lars, der sie jeden Tag, an dem sie sich nicht gesehen hatten, angerufen hatte. Zu Anfang ihrer Beziehung sogar mehrmals am Tag. Andere Männer, andere Sitten.

Am Abend kam sie auf die Idee, Josh anzurufen. Einfach so. Seine Nummer war in ihrem Handy gespeichert. Schließlich überlegte sie es sich dann doch wieder anders. Wahrscheinlich hatte er viel zu tun, den Kopf voll. Montag hatte er von *Ärger in der Firma* gesprochen. Nein, sie gehörte nicht zu den Frauen, die ihrem Partner ständig hinterherliefen und ihm die Luft zum Atmen nahmen. Außerdem waren sie ja auch noch gar keine *Partner*. Da sie für das bevorstehende Wochenende verabredet waren, würde er sich bestimmt vorher noch melden.

Freitagmorgen gab ihr Andy den Schlüssel für die Hütte mit den Worten: »Wenn du sie mieten willst, geht das klar, aber sieh sie dir am Wochenende lieber noch mal gründlich an. Und noch etwas. Wenn du möchtest, können wir uns morgen Vormittag hier in Banff einen Wagen ansehen. Ein Bekannter von mir will seinen Jeep verkaufen und sich ein größeres Modell anschaffen.«

Dankbar lächelte sie ihn an. »Du bist ein Schatz, Andy.«

»Weiß ich doch. Gehst du heute Abend in die Sunshine-Bar?«

»Ich glaube nicht. Wenn ich morgen Vormittag schon wieder nach Banff fahre, bleibe ich heute Abend zu Hause.«

»Ich werde auch nicht da sein.«

»Jenny auch nicht, wie sie mir eben sagte.«

»Okay. Wann wollen wir uns morgen den Jeep ansehen?« Andy sah sie fragend an.

»Um zehn Uhr hier auf dem Schulparkplatz? Dann fahren wir zusammen zu deinem Bekannten.«

Dass ihre neuen Pläne so kurz vor der Umsetzung in die Tat standen, versetzte Julia in beste Laune. Nach der Schule stapfte sie bei immer noch nasskalten Temperaturen durch den stellenweise matschigen Schnee zu der ersten Futterstelle. Die Holzwanne war bereits gefüllt. Sie blinzelte verwirrt. Wie das? Bei der anderen war es genauso.

Ob Susan vom Naturschutzbund hier gewesen war? Aber warum? Josh wusste doch, dass sie sich um Lupa kümmerte. Oder gar Josh selbst? Mit dem schweren Rucksack auf dem Rücken ging sie weiter zu Lupas Höhle, wo sie von deren Besitzerin freudig begrüßt wurde. Ja, ein Hund war doch immer noch der beste Freund des Menschen. Lupas offensichtliche Zuneigung ließ sie zunächst alle Fragen vergessen. Zum ersten Mal wagte sie, die Hündin liebevoll zu umarmen, wie sie es früher so oft mit ihrem Hund gemacht hatte – und Lupa ließ es sich sogar gefallen. Nicht nur das. Sie drängte sich geradezu in ihre Umarmung hinein.

»Wenn du möchtest, nehme ich dich und deine Kinder mit«, flüsterte sie ihrer Freundin zu. »Du musst es nur zulassen. In wenigen Tagen wohne ich nämlich in einer Hütte. Ganz allein. Da hätten wir alle viel Platz.« Sie sprach weiter. Es beruhigte sie und die Hündin, die ihr, immer noch in ihren Armen, ruhig lauschte. Dann wurde Lupa wieder an ihre Mutterpflichten erinnert. Ein Hundebaby rief. Zum ersten Mal schien es Julia so, als wenn immer nur ein Welpe fiepte. Entweder war dieser kleine Kerl fordernder und ungeduldiger als seine Geschwister oder ...? Nein, das konnte nicht sein. Ob Lupa nur einen Welpen hatte? Ob die anderen die rauen Umstände nicht überlebt hatten?

Die Hundemutter war inzwischen in ihrer Höhle verschwunden. Das Fiepen, das noch kein richtiges Bellen war, hatte aufgehört. Ob sie einen Blick in die Höhle wagen sollte? Julia überlegte, beschloss dann jedoch, Lupa und ihre Jungen erst noch in Ruhe zu lassen. Das Vertrauen, das die Hündin zu ihr gefasst hatte, wollte sie keinesfalls aufs Spiel setzen.

Von Lupas Höhle bis zur Hütte dauerte der Fußmarsch zehn Minuten. Während Julia auf die Lichtung zuging, die von hohen Hemlocktannen und ein paar Felsen geschützt wurde, wurde sie sich sicher, dass sie dieses Blockhaus mieten würde. Emilys Anwesen lag weit genug entfernt, wenn sie Josh irgendwann – aus welchen Gründen auch immer – nicht mehr begegnen wollte, und nah genug für Emily und Timmy, falls die beiden sie besuchen wollten.

Als sie die Tür aufschloss, nahm sie die heimelige und gemütliche Atmosphäre erneut gefangen, obwohl in den Räumen arktische Temperaturen herrschten. Das würde sich schnell ändern lassen. Der große Kamin versprach enorme Heizkraft. Und Strom wie warmes Wasser gab es ja auch dank der Solarzellen auf dem Dach. Heute noch werde ich Mr. Normer anrufen, nahm sich Julia auf dem Rückweg vor. Und Emily werde ich auch heute noch Bescheid sagen.

※ ※ ※

»Du willst ausziehen?« Die großen, dunklen Frauenaugen sahen Julia forschend an.

»Weißt du, Eileen und ich ...« Sie teilte Emily nur mit, dass sie sich in Eileens Reich unwohl fühlte, weil es zwischen ihr und ihrer kanadischen Kollegin zu Unstimmigkeiten gekommen sei. »Vielleicht bin ich ja zu extrem, aber ich möchte nicht mehr in ihrer Wohnung wohnen, wo mich alles an sie erinnert. Sie kann in meiner in Hamburg wohnen bleiben. Das macht mir nichts.«

»Schade.« Mehr sagte Emily nicht.

»Wenn ihr mich besuchen wollt, ich meine, du und Timmy, braucht ihr nur über den alten Indianertrail zu fahren. So weit liegt die Hütte nicht von euch entfernt. Sie grenzt an den Ferienpark.«

»Wir werden dich besuchen«, versprach Emily, bevor sie sie in ihre Arme schloss und lange festhielt.

»Es wäre so schön gewesen«, hörte sie Joshs Tante flüstern.

Meinte Emily etwa sie und Josh? Wusste Emily mehr als sie?

»Julia!« Timmys helle Stimme riss sie aus ihrer wehmütigen Stimmung heraus. Wie sehr würde sie Tims tägliche Besuche vermissen!

»Weißt du, was wir morgen machen?«

Fast hätte sie geantwortet: »Den Weihnachtsbaum schmücken«, doch sie konnte sich gerade noch früh genug bremsen.

»Morgen fahre ich mit Bill und Josh zum Schlittenhunderennen nach ...?« Er zog die Stirn zusammen. »Emily, wie heißt der Ort?«

Seine Großtante schluckte sichtlich, bevor sie den Namen des Ortes nannte.

»Das ist noch weiter weg als Jaspers«, erzählte Tim freiweg weiter. »Wir übernachten in einem Schlittenhundecamp. Bill ist ganz sicher, dass er mit seinen Hunden das Rennen gewinnen wird. Frauen können wir dabei nicht gebrauchen«, fuhr er wie ein Großer fort. »Emily muss auch hierbleiben.«

Julia lächelte. Nein, ihre Lippen verzogen sich zu einem Lächeln, bei dem ihre Gesichtsmuskeln schmerzten. Dass der sechsjährige Timmy bei einem solchen Abenteuer nicht mehr daran dachte, dass sie eigentlich für dieses Wochenende verabredet gewesen waren, war ganz natürlich. Aber Josh? Er würde doch bestimmt noch wissen, dass er sie eingeladen hatte. *»Sehen wir uns am nächsten Wochenende? Hier bei mir?«*, hatte er zum Abschied gefragt. Sie war nicht mehr dazu gekommen, ihm zu antworten, weil Tim sie gerufen hatte. War das bereits ein Omen gewesen? Urplötzlich erkannte sie, dass Josh zum zweiten Mal auf dem Rückzug von ihr war.

»Geht es dir gut?« Emilys sanfte Stimme ließ sie zusammenzucken.

»Klar. Alles bestens. Ich gehe jetzt mal wieder rüber und pack ein paar Sachen zusammen. Also dann, wir sprechen uns morgen. Tschüss Timmy, ich gehe!«, rief sie ins Fernsehzimmer hinein, wo der Kleine seine Lieblingssendung weitersah. »Viel Spaß am Wochenende. Ich halte euch die Daumen.«

An diesem Freitagabend packte Julia nichts mehr zusammen. Mit untergeschlagenen Beinen saß sie auf dem Fell vor dem Kamin und bemühte sich, Ordnung in ihrem Kopf zu schaffen.

»Ich bin so froh, dass du hier bist. Hier auf meiner Ranch, in meinem Leben«, hörte sie Josh in ihrer Erinnerung sagen. So hatte er sie bei ihrer Ankunft auf seinem Anwesen begrüßt. Das war erst vor sechs Tagen gewesen. Sein zärtlicher Blick dabei, der zärtliche Ton, seine Berührungen, ihr Liebesspiel in der Nacht. Julia wurde der Hals eng. Hatte er ihr das alles nur vorgespielt? Eigentlich konnte sie sich das nicht vorstellen. Aber warum meldete er sich nicht? Er hätte ihr von seiner Planände-

rung fürs Wochenende doch erzählen können. Sie hätte Verständnis dafür gehabt, dass die drei Männer zum Hundeschlittenrennen wollten. Oder war Josh Mayer einfach nur unzuverlässig? Haderte er wieder mit seinen Schuldgefühlen? Verbot er sich, glücklich zu sein? War Amy vielleicht doch der Grund für sein Verhalten?

So nicht, Josh Mayer, sagte Julia sich schließlich energisch. Für ein solches Stop-and-go in einer Beziehung war sie ungeeignet. Sie brauchte Sicherheit. Falls Josh keine sehr gute Begründung für sein jetziges Verhalten haben würde, war es das für sie gewesen. Wie gut, dass sie die Hütte hatte. So würde sie ihm wenigstens aus dem Weg gehen können, ohne weiterhin auf der Achterbahn der Gefühle auf und ab zu rasen. Ja, es wäre so schön gewesen, aber Märchen gab es eben doch nur in Büchern.

**

Julia war mit dem Gedanken an Josh eingeschlafen und wachte Samstagmorgen mit ihm auf. Kaum hatte sie die Augen geöffnet, da spürte sie sofort wieder die eiserne Klammer, die ihr Herz zusammendrückte. Mit einem Satz sprang sie aus dem Bett. Nein! Sie würde noch verrückt werden, wenn sie sich nicht ablenkte. In hektischer Umtriebigkeit warf sie ihre Sachen in Reisetaschen und Kisten, duschte und machte sich auf den Weg zu ihrem Treffen mit Andy. Ohne lange zu überlegen, kaufte sie den Jeep.

»Wie hast du dich bezüglich der Hütte entschieden?«, erkundigte Andy sich, als sie nach dem Autokauf in einem Café auf der Banff Avenue saßen.

»Ich miete sie. Am liebsten würde ich schon am Wochenende umziehen.«

»Kein Problem. Ich helfe dir. Der Jeep muss ja irgendwie nach Blackfoot Village. Wenn du willst, bringe ich ihn dir morgen. Ich könnte einen Freund mitbringen, mit dem ich dann zurückfahre. Mr. Normer sagte, dass auch noch Holz gehackt werden muss. Das können wir dann machen.«

Bei so viel Hilfsbereitschaft kamen Julia die Tränen. Sie konnte nichts sagen. Ihr saß ein dicker Kloß im Hals.

»Hey, was ist denn los?« Andy legte ihr die Hand unters Kinn.

»Ach...« Ihre Lippen zitterten. »Danke für alles«, brachte sie nur schluchzend hervor. Es war ihr unangenehm, sich Andy von dieser Seite zu zeigen. Doch es fehlte ihr einfach die Kraft, sich zu beherrschen.

»Liebeskummer?«

Sie nickte nur und schnäuzte erst einmal in das Papiertaschentuch, das er ihr reichte.

»Erzähl.«

»Ich komme mit Joshs Verhalten nicht klar. Dieser Mann macht mich noch wahnsinnig«, begann sie und schilderte, was vorgefallen war.

»Zermürbe dich nicht mit Vermutungen. Fahr zu ihm, sieh ihm ins Gesicht und hole dir seine Antwort auf all deine Fragen ab. Erst dann ist es vielleicht an der Zeit, verzweifelt zu sein. Vielleicht bist du danach sogar froh, kein drittes Wochenende mit ihm verbracht zu haben.«

Andys Worte gaben ihrem Gemütszustand wieder ein bisschen Aufschwung. Ja, genauso wollte sie es machen. Weglaufen und Jammern galt nicht.

»Das klingt gut«, sagte sie mit wieder festerer Stimme. »Montag werde ich zu Josh fahren. Er soll mir ins Gesicht sagen, wie es um seine Gefühle zu mir, falls er überhaupt welche hat, bestellt ist. Und ich werde ihn endlich auf Amy ansprechen.«

»Ich werde dich Montagmorgen anrufen und noch einmal daran erinnern.« Andy zwinkerte ihr zu.

»Anrufen? Wieso anrufen?«, fragte sie verdutzt.

»Montag ist unser erster Ferientag. Schon vergessen?«

»Stimmt.« Mit müdem Lächeln sah sie ihn an.

Er war wirklich ein hübscher Kerl. Nicht nur das. Er war ein toller Mensch.

»Ich habe auch meine Macken«, sagte er da in ihre Gedanken hinein. »Meine Freundin hatte es nicht immer leicht mit mir.«

»Was macht sie denn, deine Freundin?«, erkundigte sie sich.

Andy seufzte. »Sie ist immer noch mit dem Typen zusammen, der altersmäßig in ihren Augen besser zu ihr passt als ich. Gemeinsame Freunde von uns haben mir erzählt, dass sie manchmal noch von mir spricht. Sie meinen sogar, dass sie mit ein bisschen Wehmut von mir spricht.«

»Würdest du...?«

»Ja, ich würde. Allerdings nur unter einer Voraussetzung.«

»Und die wäre?«

»Sie müsste mich heiraten, damit wir ganz verbindlich ein Paar wären. Vor dem Gesetz und auch in den Augen der Gesellschaft. Nur so würden wir unser Problem, vielmehr ihr Problem, in den Griff bekommen. Dann erst würde sie mir glauben können, dass ich sie liebe und sie gegen keine andere Frau, gegen keine jüngere, austauschen wollte.«

»Ach, Andy.« Julia griff über den Tisch hinweg und nahm seine Hand in ihre. »Ich wünsche dir so sehr, dass du doch noch glücklich wirst mit deiner großen Liebe. Ich wünsche es dir wirklich von ganzem Herzen.«

»Wir haben ja bald Weihnachten«, scherzte er mit seinem jungenhaften Lachen. »Dann werden doch alle Wünsche erfüllt.«

28.

Julia trat Sonntagabend – ihr erster Abend in ihrem neuen Zuhause – vor die Hütte und schaute hinüber zu den hohen Hemlocktannen und den Felsen, die ihr neues Zuhause schützend umgaben. Ein eisiger Wind brachte die Bäume zum Rauschen. Es war kälter als noch vor einigen Stunden. Über die Lichtung spannte sich ein wolkenloser Himmel. Mond und Sterne verbreiteten ein geheimnisvolles Licht. Still war es um sie herum. Vor einigen Stunden noch hatten Andy und sein Freund hier Holz gehackt. Dabei war es lustig zugegangen. Dennoch fühlte sie sich jetzt nicht einsam. Dieses kleine Blockhaus war genau das richtige Refugium für eine Frau, die sich zunächst einmal von der Welt zurückziehen wollte. Genau passend zu Weihnachten, dem Fest der Liebe und Familie, sagte sie sich mit einem Anflug von Ironie. Schon komisch für jemanden in meinem Alter, sinnierte sie weiter. Ihre Liebe zur Natur konnte sie sich nur dadurch erklären, dass sie auf einem Bauernhof aufgewachsen war, den Wunsch, einmal in der Wildnis zu leben, durch die vielen Karl-May-Romane, die sie als Jugendliche verschlungen hatte. Dabei war sie als Kind, anders als Corinna, für alle stets das *süße Püppchen* gewesen. Dieses *süße Püppchen* stand jetzt hier in derber Outdoorkleidung und würde gleich Brennholz in die Hütte schleppen.

Sie verschränkte die Arme vor der Brust und ließ ihren Blick in die Ferne schweifen. Diese unverrückbaren Berge, deren Gipfel zu dieser Jahreszeit nur glühten, wenn sich mittags die Sonnenstrahlen auf die Erde stehlen konnten; diese endlosen stummen Wälder, die sich wie sichere Schutzzonen dunkel vom Schnee abhoben; das Nordlicht, das in allen Farben des Regenbogens über den Himmel flimmerte und der eisigen Jahreszeit Farbe und Leichtigkeit schenkte – ja, all das war Kanada. In diesem Land wurden alle Eitelkeiten, wegen derer sich die Menschen bekämpften und verletzten, zu Nichtigkeiten.

Dass dieses Land ihr inneren Frieden gab, hatte sie schon mehrere Male ganz deutlich gespürt. Leider wurde dieser Friede gerade durch ihr ungeklärtes Verhältnis zu Josh empfindlich gestört. Bis heute hatte er sich nicht bei ihr gemeldet. Mit Sicherheit würde er um diese Uhrzeit längst von dem Hundeschlittenrennen zurück sein. »*Verzeih, ich hatte in den vergangenen Tagen so viel um die Ohren – und dann noch das Rennen, zu dem Timmy so gern wollte*«, könnte er zu ihr am Telefon sagen. Natürlich würde sie ihm sein Verhalten verzeihen, würde glücklich darüber sein, dass er sich überhaupt endlich bei ihr meldete. Doch die Leitung blieb stumm. Dafür gab er ihr in den letzten Tagen ein nonverbales Zeichen. Um Lupas Futterstellen kümmerte sich jemand anderes. Sogar ihr gemeinsames Projekt namens *Lupa* war beendet.

Mit einem tiefen Seufzer drehte sie sich zu dem Holzstapel um. Da hörte sie einen Laut. Gebannt blieb sie stehen. Er hatte sich angehört wie ein Bellen, nicht allzu weit weg. Das Bellen eines Wolfes? Oder etwa...? Nein, das wagte sie gar nicht erst zu denken. Sollte Lupa sie etwa hier entdeckt haben? Hier in dem Blockhaus, das nur unweit von ihrer Höhle entfernt lag? Ob Lupa ihr an diesem Mittag, als sie ihr Wurst gebracht hatte, zu ihrem neuen Zuhause gefolgt war?

Unwillkürlich hielt sie die Luft an, horchte angestrengt in den verschwiegenen Wald hinein. Da war es wieder. Ein deutliches Bellen, klar und kräftig und freundlich. Wie ein Gruß, so kam es ihr vor. Natürlich würde es auch von einem Wolf kommen können, der sich seinem Rudel mitteilte. Eine innere Stimme sagte ihr jedoch, dass sie gerade Lupas Bellen gehört hatte. Wahrscheinlich traute sich die Hündin noch nicht so nah an das Blockhaus heran, aber vielleicht würde sich das ja bald ändern. Am nächsten Tag würde sie ihre Freundin mit ihrer Lieblingswurst zur Hütte locken. Und irgendwann würde Lupa dann auch ihre Jungen mitbringen. Vielleicht zu Weihnachten ...

* * *

In ihrer ersten Nacht in ihrem neuen Zuhause schlief Julia überraschend tief und fest. Als sie am nächsten Morgen aufwachte, war ihr erster Gedanke, dass sie nun Schulferien hatte. Ja, heute war ihr erster Ferientag, an dem sie etwas Wichtiges erledigen würde – ohne dass Andy sie daran erinnern musste. Sie würde zu Josh fahren. Bei dem Gedanken an eine neue Begegnung mit ihm bildete sich sofort wieder ein dicker Kloß in ihrem Magen, sodass sie aufs Frühstück verzichtete und nur einen Becher Kaffee trank. Während sie diesen Schluck für Schluck zu sich nahm, rief sie ihre Eltern an, um ihnen zu sagen, dass sie Weihnachten in Kanada verleben würde. Mit Corinna wollte sie abends telefonieren, nachdem sie mit Josh gesprochen hatte.

»Mach dir keinen Kopf, Liebes«, sagte ihre Mutter fröhlich. »Hauptsache, es geht dir gut. Ein kanadisches Weihnachtsfest gehört bei einem solchen Lehreraustausch doch auch dazu. Wann sonst hast du wieder einmal die Gelegenheit, die Sitten und Gebräuche dieses Landes kennenzulernen?«

Dass sie das Fest mutterseelenallein in der Wildnis verbringen würde, verschwieg Julia ihr natürlich tunlichst. Sie plauderten noch eine Weile miteinander, hauptsächlich über das neue Leben ihrer Eltern in deren Heimatdorf. Dabei wunderte sie sich, dass ihre Mutter Lars mit keinem Wort erwähnte. Wahrscheinlich hatte Corinna ihren Eltern bereits gesagt, dass es keine Verlobung geben würde.

Nach dem Gespräch machte sie sich auf den Weg. Etwa eine Dreiviertelstunde Fahrzeit lag vor ihr. Dabei begleitete sie eine helle Wintersonne, die die schmutzigen Stellen im Schnee schonungslos aufdeckte. Die lauen Temperaturen der vergangenen Tage hatten die Puderpracht vom dritten Adventswochenende in sich zusammensacken lassen und ihr die makellos weiße Farbe genommen. Zusätzlich hatte die Kälte der vergangenen Nacht noch eine bröckelige Eisschicht darübergelegt. Ein trister Anblick, der irgendwie zu ihrer Mission passte. Je näher sie ihrem Ziel kam, desto unruhiger schlug ihr Herz. Wie mochte Josh ihren *Überfall* aufnehmen? Vielleicht war er gerade in einem Kundengespräch oder überhaupt nicht da? Nun gut. Sie würde warten. Sie wollte Klarheit haben, und zwar heute noch.

Als sie auf Joshs Anwesen zufuhr, überfiel sie die Erinnerung an das wunderschöne Wochenende, das sie vor erst sieben Tagen hier verbracht hatte. *»Herzlich willkommen in meinem Leben«*, hatte Josh bei ihrer Ankunft zu ihr gesagt. Würde er seine Worte heute wiederholen? Wahrscheinlich nicht.

Langsam fuhr sie auf das Ranchhaus zu, obwohl sie eigentlich davon ausging, dass sich Josh während des Tages im Sägewerk auf der anderen Seite aufhielt. Warum sie dennoch vor der Veranda hielt, hätte sie im Nachhinein nicht sagen können, zumal das Haus einen verlassenen Eindruck machte. Außerdem vermisste sie Joshs Pick-up im Carport. Unschlüssig blieb sie hinterm Steuer sitzen, überlegte. Die Vorstellung, zum Sägewerk hinüber zu fahren, ins Büro zu gehen und dort Amy zu begegnen, bereitete ihr Unbehagen.

Warum eigentlich?, fragte da die ihr inzwischen wohlbekannte Stimme in ihr. Du willst doch deine Seele aufräumen, oder?

Julia setzte sich aufrecht hin, schaltete entschlossen in den Rückwärtsgang – und schob einen Sekundenbruchteil später den Schalthebel wieder in seine Ausgangsposition zurück. Denn genau in diesem Moment trat eine Frau aus Joshs Haustür. Kurzer Rock, hohe Overkneestiefel, enger Rolli, auf den Händen ein großes Tablett und den Lippen ein strahlendes – oder sogar triumphierendes? – Lächeln, das eindeutig ihr galt. Amy. Ihr Anblick ließ sie vergessen zu atmen. Mit der freien Hand winkte Amy ihr jetzt zu, ganz so, als hätte sie sie erwartet.

Was nun?, fragte sich Julia. Wie ferngesteuert schaltete sie den Motor aus und stieg aus. Was hätte sie auch anderes tun sollen? Joshs Sekretärin hatte sie entdeckt, wahrscheinlich schon durchs Küchenfenster. Was machte Amy in Joshs Küche, in der sie und Josh sich noch vor einer Woche innig geküsst hatten? Diese Frage schoss ihr wie ein Blitz durchs Gehirn. Auf diese musste sie eine Antwort haben.

»Hi!«, rief die rassige Rothaarige ihr zu. Dieser Begrüßung folgte ein breites Lächeln.

Julia bewegte sich auf die Veranda zu und kam sich dabei vor wie ein Roboter. Die schweren Schneestiefel, die wattierte Hose und der übergroße Fleecepullover, die für dieses kalte Wetter durchaus angemessen waren, machten ihre Bewegungen ungelenk. Im Vergleich zu der sexy Amy musste sie wie eine Moonwalkerin wirken.

»Hi«, sagte sie dennoch mit fester Stimme, als sie am Fuße der breiten Holztreppe zur Veranda angekommen war. Es kostete sie einige Überwindung, Amy ein unbeschwert wirkendes Lächeln zu schenken.

»Du willst zu Josh«, stellte ihr Gegenüber nun mit dunklem Blick fest, der sie von oben wie eine Keule traf.

Sie straffte sich. »Ja.«

»Komm herein.« Amy stellte das Tablett auf das Geländer und signalisierte ihr durch eine einladende Geste, das Haus zu betreten.

Hallo? Machte Amy jetzt auf Hausfrau, oder *war* sie hier die Hausfrau?

Julia war innerlich aufs Höchste angespannt. Auf der ersten Stufe blieb sie noch einmal stehen. »Ist Josh im Haus?«

Amys Miene wirkte geradezu mitfühlend. »Er ist nicht da.«

Jetzt aber ... Sie räusperte sich energisch.

»Was heißt das?«, fragte sie kurz und knapp. Auf ein Spielchen mit Joshs eifersüchtiger Sekretärin hatte sie nun wirklich keine Lust. »Ist er nicht im Haus oder überhaupt nicht da?«

Amys rote Lippen lächelten wieder. »Überhaupt nicht da. Er kommt erst morgen zurück. Er ist bei einem neuen Kunden hoch oben im Norden. Aber wenn du bitte trotzdem für einen Moment hereinkommen würdest? Ich möchte mit dir reden.«

Rede entweder mit Josh oder überhaupt nicht, riet ihr ihr klarer Verstand.

Hör dir doch mal an, was sie zu sagen hat!, flüsterte eine andere Stimme in ihr.

Okay, jetzt war sie einmal hier, beschloss sie. Mit Josh würde sie immer noch sprechen können. Vielleicht erfuhr sie von seiner Sekretärin ja auch einiges, was er ihr bisher verschwiegen hatte oder ihr nie erzählen würde.

Nach diesem inneren Disput ging sie entschlossen weiter und betrat Joshs Haus. Als Erstes nahm sie wahr, dass sich zu dem pinkfarbenen Adventskranz auf dem langen Esstisch inzwischen auch der Weihnachtsbaum gesellt hatte, den sie, Josh und Timmy zusammen aus dem Wald geholt hatten. Auch er war geschmückt in Amys Lieblingsfarbe. Wie ein Messer schnitt ihr sein Anblick ins Herz. Diesen Baum hatte sie am vergangenen Wochenende mit Timmy und Josh zusammen schmücken wollen. So wie er jetzt dastand, versinnbildlichte er für sie, dass Josh sie verraten hatte. Vielleicht war Amy sogar mit zum Schlittenhunderennen gefahren. Bei diesem Gedanken fegte ein Orkan durch ihr Inneres. Am liebsten hätte sie sich auf dem Absatz umgedreht und wäre aus dem Haus gelaufen. Plötzlich bekam sie Panik vor dem, was sie jetzt erfahren würde.

Weglaufen gilt nicht, sagte ihr ihr Verstand. Du bist eine starke Frau.

»Möchtest du einen Kaffee?«

Sie drehte sich zu Amy um. Schwarz umrandete Augen funkelten sie an, rote Lippen lächelten ein Lächeln, das sie nicht deuten konnte. War es echt? *»Amy wollte eigentlich Schauspielerin werden«*, erinnerte sie sich plötzlich an Timmys Worte vor einiger Zeit.

»Nein, danke.« Wie schwere Steine kamen ihr diese beiden Worte über die Lippen. »Über was willst du mit mir sprechen?«, erkundigte sie sich steif.

Da setzte sich Amy auf einen der Stühle. Nein, sie sank vielmehr darauf, faltete die Hände im Schoß und senkte in demütiger Geste den Kopf. Ein paar Atemzüge lang hörte man nur das Fauchen des hoch lodernden Kaminfeuers, das vor kurzem erst entzündet worden sein musste. Irgendwie klang es entrüstet. Als Amy sie wieder ansah, standen Tränen in ihren Augen.

»Bitte, nimm mir Josh nicht weg«, begann Joshs Sekretärin mit zittrig klingender Stimme. »Ich weiß um seine Wirkung bei Frauen. Ich weiß auch, dass er bei einer schönen Frau wie dir nicht Nein sagen kann. Du bist nicht die Erste, mit der er mich betrügt, obwohl er das dir gegenüber bestimmt leugnen würde, um sich nicht ins schlechte Licht zu setzen. Josh hat mehr Seiten, als du wahrscheinlich weißt. Wir sind verlobt, obwohl er in der Öffentlichkeit so tut, als wäre dem nicht so. Hier.« Amy hielt ihre linke Hand hoch, an deren Ringfinger ein schmaler, goldener Reif steckte. »Josh braucht mich. Er kommt immer wieder zu mir zurück. Ich habe ihm über den Tod seiner Frau hinweggeholfen. Ich bin für ihn geschäftlich unentbehrlich. Ich mag Tim. Eigentlich ist Josh ein Mistkerl. Kaum war ich bei meiner kranken Mutter, da springt er schon mit dir ins Bett. Tim hat es mir erzählt. Du bist daran ja noch nicht einmal schuld. Du wusstest ja nichts von mir, und Josh kann so verdammt verführerisch sein.«

Inzwischen liefen dicke, schwarz gefärbte Tränen über Amys Wangen, die unmöglich gespielt sein konnten. Als Lehrerin wusste sie ziemlich genau – zumindest bei ihren Schülern – zwischen echten und künstlichen Tränen zu unterscheiden. Jetzt begann Amy auch noch herzzerreißend zu schluchzen und fuhr fort: »Zum ersten Mal habe ich richtig Angst, dass er mich wegen dir wegschicken könnte. Bitte ... Du gehst doch in ein paar Monaten wieder weg. Du kannst doch nicht so egoistisch sein. Bitte ...« Die letzten Worte verschwammen mit Amys Tränenausbruch.

Zwei, drei schmerzende Herzschläge lang glaubte Julia zu träumen. Ja, sie hatte sich schon einige Male eine Situation ausgedacht, in der sie sich mit Amy über Josh unterhalten hatte. Doch all diese Fantasien traten gegenüber der Realität, die sie jetzt erlebte, in den Schatten. Nein, sie hatte noch nie einer Frau den Partner weggenommen. Und einen Mann, der seine Partnerin so schamlos betrog, hätte sie auch nie haben wollen. Wenn Josh wirklich ein solcher Typ war, bereute sie schon jetzt, sich überhaupt mit ihm eingelassen zu haben. Dennoch.

Da waren noch letzte Zweifel. Konnte sie Amy tatsächlich glauben?

»Wo ist Josh zurzeit?«, fragte sie in Amys leises Wimmern hinein.

»Das sagte ich dir doch schon. Bei einem neuen Kunden, im Nordosten von British Columbia. In Dawson Creek. Er kommt erst morgen zurück.« Amy hob den Kopf. In ihren verschmierten Augen stand alles Leid der Welt. »Bitte, lass ihn in Ruhe. Du kannst doch nicht dein vermeintliches Glück auf meinem Unglück aufbauen.«

Nein, das konnte sie wirklich nicht. Julia schluckte. In ihrem Kopf herrschte Chaos. Zig Fragen, aber auch Erinnerungen an die gemeinsamen Stunden mit Josh, in denen er sich ihr als ein ganz anderer Mann gezeigt hatte als der, den Amy gerade beschrieben hatte, stürmten auf sie ein, sodass sie keinen klaren Gedanken fassen konnte.

»Ich fahre jetzt.« Sie erkannte ihre eigene Stimme nicht mehr, so spröde klang sie. »Ich habe verstanden. Keine Angst. Ich werde nicht zwischen dich und Josh treten. Das verspreche ich dir«, fügte sie noch hinzu, bevor sie sich umdrehte und das Haus verließ.

Als sie zu ihrem Wagen ging, bewegten sich ihre Glieder wie von selbst. Sie fühlte sich leer, ausgehöhlt, ahnte jedoch schon vage, dass bald andere Regungen in ihr überhandnehmen würden. Enttäuschung, Schmerz, Verzweiflung, Wut auf sich selbst und auf Josh. Als sie wieder auf der Hauptstraße war, begann sie zu zittern. Sie schaltete die Heizung auf die höchste Stufe, doch auch die Wärme konnte die eisige Erstarrung in ihr nicht lösen. Nach ein paar Meilen hielt sie an einem Roadhouse an. Es war Mittagszeit. Truckfahrer saßen an den Tischen, auf denen rote Kerzen brannten. Es duftete nach Bratkartoffeln und Bacon, und aus der alten Musikbox klang Countrymusic.

Please Release Me Let Me Go... Wie passend. Der melodische Abschiedssong löste langsam die Starre in ihr. Bloß nicht heulen, verschrieb sie sich energisch. Wenn Josh tatsächlich so ein mieser Typ ist, hat er keine einzige Träne verdient.

Sie bestellte Tee, den sie in kleinen Schlucken trank. Was nun?, fragte sie sich, während das Zittern langsam aufhörte. Inzwischen klang aus dem Radio, das auf der langen Theke stand, ein stimmungsvolles Weihnachtslied zu ihr hinüber, das sie als genauso ungesund für ihre gegenwärtige Verfassung empfand. Nachdem sie ausgetrunken hatte, hielt sie es nicht länger in dem Gastraum aus. Nicht nur die sentimentale Musik, sondern auch die neugierigen Blicke der Männer wurden für sie immer unerträglicher. Ohne Zwischenstopp fuhr sie zurück. Dabei fuhren die Gedanken in ihrem Kopf Karussell. Josh gab es nicht mehr in ihrem Leben. Er gehörte einer anderen. Von Anfang an war er ihr geheimnisvoll vorgekommen. Jetzt wusste sie, warum. Von Anfang an hatte er etwas vor ihr verborgen. Sein Gerede von Trauer um Amelie, sein schlechtes Gewissen wegen ihres Unfalls, wegen dem er sich ein neues Glück verbot, waren nur vorgeschoben gewesen. Er hatte ihr nur nicht sagen wollen, dass er bereits in festen Händen war – genau wissend, dass sie sich dann niemals auf ihn eingelassen hätte. Von wegen besondere Aura! Josh war ein Mann wie andere auch. Nach dem Tod seiner Frau – vielleicht sogar schon vorher – trieb es ihn durch viele Betten, und Amy konnte ihr nur leidtun. Wenn sich Amy das gefallen ließ, bitte schön. Aber nicht mit mir, Mr. Mayer, sagte sich Julia, während sie viel zu schnell in den schmalen Weg einbog, der sie zu ihrer Hütte führte.

Als sie ausstieg, wurde sie von einem leisen Laut begrüßt. Sie drehte den Kopf in die Richtung, aus der das Geräusch gekommen war, und machte große Augen. Neben der Hütte, im Schatten der Tannen, stand Lupa. Regungslos. Die hellen

Augen sahen zu ihr hinüber. Es gab keinen Zweifel: Lupa hatte auf sie gewartet. Ihr Anblick ließ sie erst einmal alles vergessen. Er spülte wieder Wärme in ihr wehes Herz.

»Lupa!«, rief sie leise aus. »Du bist gekommen?« Noch zögerte sie, ob sie auf das Tier zugehen sollte, aus Angst, es könnte umgehend im Wald verschwinden. Als ihre vierbeinige Freundin jedoch deutlich zu wedeln begann, wertete sie diese Geste als Einladung und machte ein paar Schritte auf sie zu. Ein berauschendes Glücksgefühl durchströmte ihr Inneres, als Lupa ihr auf halbem Weg entgegenkam. Die Hündin suchte eindeutig ihre Nähe. Sie ging in die Hocke, streckte ihr ihre Hand entgegen, an der Lupa jetzt schnupperte.

»Du bist bestimmt gekommen, um dir ein bisschen Wurst abzuholen, stimmt's?«, sprach sie ruhig auf das Tier ein. »Dafür muss ich aber erst einmal ins Haus, um sie zu holen. Willst du mitgehen?«

Nein, das wollte Lupa nun doch nicht. Sie setzte sich in den Schnee. Immerhin nahm sie kein Reißaus. Ohne hektische Bewegungen schloss Julia die Tür auf und ließ sie offen stehen, während sie die Hundewurst aus dem Kühlschrank nahm, ein paar Stücke abschnitt und mit dem Festmahl wieder nach draußen ging. Lupa wartete noch an derselben Stelle. Mit aufmerksamem Blick sah sie ihr entgegen. Dann verschlang sie ihre Leckerei in Nullkommanichts, leckte sich genüsslich die Lefzen und stand auf.

»Willst du mich zu deinen Futterwannen begleiten?«, fragte sie die Hündin. »Ich will nachsehen, ob sie wieder voll sind.«

Das jedoch schien Lupa nicht zu wollen. Als hätte ihr Besuch nur der Hundewurst gegolten, drehte sie sich um und verschwand im Wald.

»Schade«, murmelte Julia vor sich hin. Aber vielleicht traf sie ihre Freundin ja heute noch einmal an ihrer Höhle, zu der sie auf jeden Fall noch gehen würde. Mit einer weiteren Wurstration im Gepäck.

Dass Lupa den Weg zu ihr gefunden und auf sie gewartet hatte, wertete Julia als Zeichen dafür, dass sich die Hündin ihr immer mehr anschloss. Diese Entwicklung, die sie sich so sehr gewünscht, aber kaum zu hoffen gewagt hatte, brachte wieder Licht in ihre Seele. Ja, hier im Outback hatte sie wenigstens einen Freund gefunden, der sie nicht enttäuschen würde.

Kurze Zeit später musste sie erneut feststellen, dass die Futterkrippen wie auch in den vergangenen Tagen wieder gefüllt waren. Bitter lachte Julia in sich hinein. Eines musste man Josh lassen: Er war ein verantwortungsbewusster Mensch. Zumindest Tieren gegenüber. Ohne jedes Wort, jede Information, hatte er sie ausgeschaltet, einfach ersetzt durch jemand anderen vom Naturschutzbund. Dabei wusste er doch, wie sehr sie sich der Hündin verantwortlich fühlte. Einfach gemein. Mit einem dicken Kloß im Magen ging sie weiter.

Wie immer in der letzten Zeit wurde sie von Lupa schon erwartet, die sich mit offensichtlicher Begeisterung auf den Elchknochen stürzte und schmatzend darauf herumkaute. Nachdem sie ihn verputzt hatte, ließ sie sich noch eine Weile von ihrer Gönnerin kraulen, um dann jedoch in ihrer Höhle zu verschwinden, aus der jetzt schon ein helles Bellen nach draußen drang. Wieder hörte Julia nur das Bellen eines Welpen. Hatte Lupa vielleicht nur ein einziges Junges geworfen? Ich werde Bill fragen, nahm sie sich vor. Gleich darauf jedoch rief sie sich in Erinnerung, dass sie Bill vielleicht gar nicht mehr sehen würde. Und sogleich überfiel sie wieder ein Gefühl von Schwermut. Das Wissen um die Beziehung zwischen Josh und seiner Sekretärin veränderte auch ihre Beziehung zu Emily, Timmy und Bill. Nein, sie würde nicht mit Joshs Tante über deren Neffen reden wollen. Genauso wenig wollte sie weiterhin so engen Kontakt zu Tim haben, den sie bereits viel zu sehr ins Herz geschlossen hatte und der auch an ihr hing. Damit musste jetzt Schluss sein. Timmy gehörte zu seinem Vater und Amy. Sie wollte keinerlei Verunsicherung in sein Leben bringen.

Als sich die Dämmerung über die Lichtung legte, gewannen die Schatten, die auf ihrem Leben lagen, an Schwere und gönnten Julia keine Ruhe. Plötzlich hatte ihr selbst erwähltes Refugium eine andere Qualität bekommen: Sie fühlte sich in dem Holzhaus auf der Lichtung einsam und allein. Mit einem Becher Tee setzte sie sich vor den Kamin. Und wieder erinnerte sie sich schmerzlich an den Duft von Joshs Haut, an seine großen, warmen Hände, daran, wie sie miteinander verschmolzen dagelegen hatten, den Atem das anderen trinkend. Wildheit, Innigkeit, schmelzende Küsse, gehauchte Worte und unterdrückte Schreie ... In Gedanken daran schlug ihr Herz schneller, geriet ihr Blut in Wallung. Natürlich konnte sie ihre Gefühle für ihn nicht auf Knopfdruck abstellen. Ja, es hätte Liebe werden können. Eine große Liebe. Von ihrer Seite aus. Etwas Schönes, Leuchtendes, Warmes hatte ganz unerwartet in ihrem Leben Eingang gefunden – und war dann plötzlich wieder verschwunden.

All diese Überlegungen ließen einen Damm in ihr bersten. Mit einem Mal brach alles aus ihr heraus. Sie begann zu weinen. Krampfartig schüttelte sie ein nicht enden wollender Anfall aus Verzweiflung, Enttäuschung, Wut, Selbstmitleid und tiefer, tiefer Traurigkeit. Die Tränen schienen kein Ende nehmen zu wollen. Erst nach langen, für sie unendlich vielen Minuten hörte das Schreien in ihr auf, lösten sich die Krämpfe in ihrem Innern, und sie fand völlig erschöpft zu einer trügerischen Ruhe zurück, die nun die Leere offenbarte, die das Wissen um Joshs Verlust in ihr Herz gerissen hatte. Es war schließlich das Klingeln ihres Handys, das Julia ins Hier und Jetzt zurückbrachte.

»Störe ich dich?«, fragte Emily mit ihrer sanften Stimme.

Oh no! Nicht Emily. Nicht jetzt.

»Ich wollte mich nur erkundigen, wie es dir in deiner neuen Umgebung geht.«

Julia schluckte krampfhaft. »Ich ...« Sie musste sich räuspern, um mit einigermaßen fester Stimme antworten zu können: »Alles ist gut. Ich war heute Nachmittag bei Lupa. Sie ist jetzt schon viel zutraulicher. Sie war sogar heute schon an meiner Hütte. Du könntest Bill mal fragen, ob es möglich ist, dass eine Hündin nur einen Welpen wirft. Ich habe da keine Erfahrung, aber mir scheint so, als gäbe es nur ein Junges in der Höhle.« Sie verstummte, schalt sich dafür, dass sie so aufgeregt daherredete. Und für einen kurzen Moment überlegte sie, ob sie Emily auf die Futterstellen ansprechen sollte, was sie dann unterließ. Kein Wort über Josh, nahm sie sich erneut vor.

Emily schwieg ein paar Atemzüge lang. Schließlich erwiderte sie: »Ich werde Bill fragen. Ist alles in Ordnung? Falls es dir dort zu einsam sein sollte, kannst du jederzeit zurückkommen. Ich möchte, dass du das weißt.«

»Okay, danke. Nein, ich werde hier wohnen bleiben. Es ist wirklich alles super.«

»Weißt du inzwischen, ob du über Weihnachten und Silvester nach Hause fährst?«

Du liebe Güte!

»Ich möchte dich zu Weihnachten herzlich einladen. Solltest du nach Hamburg fahren, verstehe ich das natürlich«, fügte Emily hastig hinzu. »Wir würden uns alle sehr freuen, wenn du mit uns feiern würdest. Josh und Timmy kommen schon Heiligabend.« Emily verstummte. Und Amy?, hätte sie am liebsten gefragt, brachte diese beiden Worte jedoch nicht über die

Lippen. Sie wollte Emily nicht in eine Sache hineinziehen, die für diese nur unangenehm sein würde.

»Bill hat übrigens mit seinen Hunden das Rennen gewonnen«, erzählte Joshs Tante weiter. »Für Tim war es ein einmaliges Erlebnis. Die drei hatten viel Spaß miteinander.«

»Das freut mich.« Wie hölzern sie klang! Mit Sicherheit würde die feinfühlige Emily spüren, dass bei ihr zurzeit einiges im Argen lag.

»Möchtest du, dass ich heute Abend mal bei dir vorbeikomme?«

»Nein«, wehrte Julia viel zu heftig ab. »Das brauchst du nicht, wirklich nicht. Ich bin ein bisschen müde und gehe auch früh zu Bett. Und was Weihnachten angeht... Vielen Dank für die herzliche Einladung, aber ich werde nach Hause fliegen. Das heißt, wahrscheinlich werde ich fliegen. Falls ich einen Flug bekomme. Ich stehe auf der Warteliste. Leider habe ich mich zu spät darum gekümmert. Weihnachten wollen ja alle nach Hause.« Sie lachte kurz auf. »So sieht es zumindest aus bei den Fluggesellschaften.«

Emily schwieg wieder viel zu lange, während Julia überlegte, wie naiv die Ältere doch sein musste, sie zu Weihnachten einzuladen, wohl wissend, dass sie zusammen mit Amy am Tisch sitzen würde. War sie vielleicht nur zu höflich, um sie, die Fremde, beim Fest der Liebe auszuschließen? Oder wusste Emily wirklich nichts von Joshs Beziehung? Vielleicht sah Joshs Tante die ganze Geschichte auch viel lockerer als sie. Alles sehr merkwürdig.

»Okay, dann sag mir noch Bescheid«, meinte Emily schließlich in warmherzigem Ton. »Und solltest du irgendwelche Probleme haben, melde dich. Ich bin eine gute Zuhörerin.«

»Danke«, erwiderte Julia matt. Wie sollte sie ihr anvertrauen, dass ihr Neffe ein ausgesprochener Mistkerl war, der mit ihr nur gespielt hatte? *Blut ist bekanntlich dicker als Wasser*, wie ihre Mutter zu sagen pflegte.

Sie seufzte in sich hinein. »Danke, Emily, es ist alles gut. Ich muss mich wahrscheinlich erst einmal daran gewöhnen, dass ich jetzt Schulferien habe. Die letzten Tage waren ziemlich stressig. Weihnachtsfeier, aufgeregte Kids, du weißt schon. Ich wünsche dir und allen anderen ein gesegnetes Fest und einen guten Rutsch, wie man bei uns sagt. Timmy bekommt natürlich auch ein Geschenk von mir. Ich werde es ihm geben, wenn ich zurück bin. Also, bis dann. Und alles Liebe«, fügte sie noch mit letzter Kraft hinzu. Sie hörte selbst, wie brüchig ihre Stimme dabei klang.

Emilys Schweigen am anderen Ende der Leitung sagte mehr als alle Worte. Um dieses brisante Thema zu meiden oder aus Zurückhaltung, zu der sie sich in der langen Beziehung mit Bill hatte erziehen müssen?

»Auch dir alles Liebe, Julia«, sagte Emily mit nicht weniger brüchig klingender Stimme. »Übrigens, da ist noch etwas.«

Julias Herz krampfte sich zusammen. Mit angehaltenem Atem horchte sie in die Leitung. Oh nein, was kam jetzt?

»Bill hat mir einen Antrag gemacht. Nach Weihnachten werden wir heiraten.«

Nachdem sie ihre Überraschung überwunden hatte, sagte Julia mit belegter Stimme: »Ich freue mich für dich. Für euch. Ich wünsche euch von ganzem Herzen alles Glück der Welt. Mach es gut, Emily.«

Dann drückte sie die rote Taste und verlor die Fassung. Sie begann zu weinen. Ja, sie freute sich für diese sanftmütige und geduldige Frau, dass sie den Mann, den sie immer schon geliebt hatte, endlich bekam. »*Wir können nichts erzwingen. Es gibt auch eine Liebe, die sich niemals erfüllt*«, hatte Emily an ihrem zweiten Abend in Blackfoot Village gesagt, als sie von dem Potluck bei Bill zusammen zurückgefahren waren. Auf eine stille, beharrliche Art hatte Emily mit innerer Größe um Bills Liebe gekämpft. »*Ist es nicht besser, überhaupt zu lieben, als niemals dieses große Gefühl gehabt zu haben?*«, hatte sie sie gefragt. Ja, Emily hatte geliebt und dabei in Kauf genommen, dieses große Gefühl nie erwidert zu bekommen. Jetzt hatte sie gewonnen. Eine Geschichte, die ans Herz ging.

Aber nicht zum Nachahmen, warnte sie die Stimme ihres Verstandes umgehend. Bill hatte auch bestimmt keine andere.

Genau, sagte sie sich. Sich an einen Mann zu verlieren, der durch alle Betten geht und ganz nebenbei noch verlobt ist, hat nichts mit innerer Größe zu tun, sondern eher mit Verrücktheit. Vergiss Josh. Ein für alle Mal.

29.

Auch am nächsten Tag ließ der vorhergesagte Schnee noch auf sich warten. Nach dem Aufstehen rief Julia ihre Schwester an und teilte ihr mit, dass sie über Weihnachten nicht nach Hause kommen würde.

»Schade, aber ich kann dich verstehen«, erwiderte Corinna. »Weihnachten mit dem Liebsten in Kanada, das hat was.«

Julia lachte hart auf. »Von wegen.« Dann erzählte sie, was passiert war. »Ich habe Amys Verlobungsring mit eigenen Augen gesehen.«

»Das tut mir wirklich leid für dich, Kleines. Also, das ist schon ziemlich krass von ihm, dir den trauernden und schuldbewussten Witwer vorzuspielen, der kein zweites Glück verdient. Dabei bumst er fröhlich herum. Geht's noch? Sei bloß froh, dass du sein wahres Gesicht so schnell erkannt hast. Du solltest dieser Amy dankbar sein. Ach, Kleines, willst du nicht doch in den nächsten Flieger steigen und kommen?«

»Auf keinen Fall.«

»Du brauchst keine Angst zu haben, dass Robert und ich dir über die Weihnachtstage das große Glück vorleben würden. Robert ist sehr einfühlsam.«

»Das denke ich auch nicht«, erwiderte Julia mit müdem Lächeln. »Glaub mir, ich bleibe lieber hier. Allein schon wegen Lupa, auch wenn du das albern finden solltest.«

»Finde ich aber nicht albern. Ich weiß doch um deine Tierliebe.«

Nach dem Gespräch machte sich Julia auf den Weg nach Banff ins Hallenbad. Jetzt war Sport angesagt, um den Kopf wieder frei zu bekommen. Danach stieg sie auf die Langlaufskier, fuhr zuerst wieder zu den Futterstellen, die natürlich auch wieder gefüllt waren, und danach zu Lupas Höhle. Zum ersten Mal versuchte sie, mit ihrer Freundin zu spielen. Doch die Schneebälle, die sie ihr zuwarf, schienen die Hündin nicht besonders zu interessieren.

»Das müssen wir noch üben«, sagte sie. »Aber vielleicht kannst du mir heute ja mal deine Jungen vorstellen?« Als sie sich langsam der Höhle näherte, wechselte Lupa ihr Gesicht. Ihre Nackenhaare stellten sich auf. Aus ihrer Kehle kam ein warnender Laut.

»Ist ja schon gut«, beruhigte Julia die wachsame Hundemutter. »Alles okay.« Schnell griff sie in die Gürteltasche und legte ein Stück Wurst in den Schnee, das Lupa auch sofort genüsslich verschlang.

»Begleitest du mich ein Stück zurück?«, fragte sie, während sie sich die Langlaufskier wieder unterschnallte. »Komm mit mir.« Aufmunternd nickte sie dem Tier zu.

Lupa schien tatsächlich zu überlegen. Dann drehte sie sich jedoch um und verschwand in ihrer Behausung. Schade, dachte Julia wehmütig. So eng war ihre Freundschaft dann doch leider noch nicht.

※ ※ ※

Etwa zur gleichen Zeit, als sich Julia an diesem Dienstagnachmittag auf den Weg zurück zu ihrem Blockhaus machte, saß Josh in einem Gasthaus in Dawson Creek, in der *Mile 0 City*, die das Ende und zugleich auch der Anfang des Alaska Highways war – je nachdem, aus welcher Richtung man kam.

Obwohl Josh hier einen guten Geschäftsabschluss getätigt hatte, fühlte er sich miserabel.

Seine Beziehung zu Julia war zu Ende. Julia Lehmann war mit Lars Asbeck verlobt. Dabei hatte sie ihm vorgelogen, sie sei solo. Immer noch sah er den blonden Hanseaten vor sich, den er am Mittwoch vergangener Woche, als er Julia hatte besuchen wollen, vor Emilys Haus angetroffen hatte. Verzweifelt, unsicher, ein Häufchen Elend, das viele Flug- und Autostunden hinter sich gebracht hatte, um seine Verlobte, die ihn mit Josh Mayer betrogen hatte, nach Hamburg zurückzuholen.

»*Ich weiß von euch*«, hatte Lars zu ihm gesagt. »*Okay, ich kann es nicht mehr ändern. Aber für Julia war es nur ein Seitensprung, den ich ihr verzeihe. Für mich zählt nur, dass sie mich liebt und mit mir übermorgen nach Schulschluss zurückreist. Wir sind verlobt und wollen nächstes Jahr heiraten. Vielleicht brauchte sie das mal, bevor sie in den Hafen der Ehe einschifft.*«

Ja, vielleicht brauchte Julia *das* mal. Eine so schöne, begehrenswerte, starke, unabhängige Frau. Vielleicht brauchte sie die Abwechslung mit einem Kanadier, zumal sie ja gerade im Lande war. Lars Asbeck hatte keinen Zweifel daran gelassen, dass Julia ihm bisher immer treu gewesen war. *Wir passen zusammen, haben die gleichen Wertvorstellungen. Und einmal ist keinmal.* Julia hätte sich einen Jugendtraum verwirklichen wollen und er hätte ihr diese Freiheit gelassen. Einmal Kanada und zurück. Doch schon nach der kurzen Zeit wüsste sie jetzt, wo ihre Heimat sei. Wohin sie gehörte. »*Zu mir nach Hamburg*«, hatte der Hanseat mit Nachdruck gesagt. Der blasse Blonde hatte irgendwie tragisch gewirkt.

»*Für Julia war es nur ein Seitensprung.*« Diesen Satz wurde er einfach nicht los. Immer wieder kreiste er durch seinen Kopf. Und das schon fast eine Woche lang. Weil er so wenig zu dieser Frau passte, die er kennengelernt hatte. Bisher hatte er mit noch niemandem darüber gesprochen. Und würde es auch nicht tun. Er wollte die allseits beliebte Julia im Nachhinein nicht in ein schlechtes Licht setzen. Nicht bei seiner Tante, nicht bei Bill und schon gar nicht bei Timmy, der sie heiß und innig liebte. Tim würde leiden, wenn er sie nicht mehr sehen konnte. Julia hatte sich seinen Sohn vertraut gemacht. Und kehrte jetzt allem hier den Rücken. Verantwortungslos und eiskalt. Allein dafür müsste er sie schon hassen. Doch er konnte nicht. Verdammt noch mal, er konnte sie nicht hassen.

»Noch ein Bier?«, unterbrach die Kellnerin ihn in seinen Gedanken.

Er blickte hoch. »Lieber eine Cola«, antwortete er nach kurzem Zögern. »Und ein Steak. Medium. Mit Bratkartoffeln.«

Vor ihm lagen etwa achthundert Kilometer. Auf dieser langen Reise würde er seinen Kopf und sein Herz ordnen müssen, um seinen Alltag wieder geregelt zu bekommen. Welch eine Ironie, sinnierte er weiter. Nach Gesprächen mit Bill hatte er sich endlich freimachen können von seinem Schuldkomplex, hatte sich ein neues Glück mit Julia erlauben wollen, und dann stellte sich heraus, dass er für sie nur ein Seitensprung, ein kanadisches Abenteuer war. Er war so ein Vollidiot. Dass die hingebungsvolle Julia zu dieser Sorte Frauen gehörte, die mit eiskaltem Herzen so viel Wärme verströmten, hätte er niemals gedacht. Offensichtlich mangelte es ihm inzwischen an profunder Frauenkenntnis.

Die mit bunten Lichterketten geschmückten Trucks, die Josh nach seinem Stopp in dem Roadhouse auf dem Highway entgegenkamen, erinnerten ihn schmerzlich daran, dass Weihnachten vor der Tür stand. Wie sehr hatte er sich schon darauf gefreut, das Fest mit Julia zusammen im Kreise seiner kleinen Familie zu verbringen. Weihnachten! Er stieß die Luft scharf aus. Daran mochte er jetzt gar nicht denken. Wie sollte er Tim erklären, dass seine große Freundin weg war? Außerdem hatte er bis dahin auch noch eine ziemlich unangenehme Geschichte zu erledigen. Er musste Amy kündigen. Ihre eindeutigen Avancen konnte er nicht länger ertragen. Er hatte sich um ein freundschaftliches, platonisches Verhältnis zu ihr bemüht, weil sie eine gute Sekretärin war. Ohne Zweifel. Aber sie hatte mehr gewollt und war immer aufdringlicher geworden. Seit Timmy ihr dann auch noch arglos von Julia erzählt hatte, von ihrem gemeinsamen Ausflug zu den Nordlichtern, von ihrem gemeinsamen Wochenende in seinem Haus, hatte Amy noch ein paar Gänge zugelegt. Einfach schamlos, wie sie sich verhielt. Jetzt war Schluss. Morgen würde er ihr kündigen und eine großzügige Abfindungssumme anbieten. Er wusste nur zu gut, wie scharf sie aufs Geld war. Und dann würde er die Akte *Frauen* erst einmal für die nächsten Jahre schließen. Zukünftig wollte er sich nur noch auf seinen Sohn und sein Geschäft konzentrieren. Bis der Junge auf eigenen Beinen stehen konnte. Das hatte Timmy verdient. Und dass er selbst nach Amelies Tod tatsächlich kein Glück verdient hatte, war ihm gerade durch Julia schmerzhaft vor Augen geführt worden. Da konnte Bill reden, wie er wollte. Das Schicksal meinte es anders mit ihm als sein väterlicher Freund. Damnd. Die sanfte, weibliche Julia mit der weichen Stimme, den fließenden Bewegungen und dem großen Herzen für alle Geschöpfe dieser Erde ... Alles nur Show. Alles nur Taktik, um einen Kanadier ins Bett zu bekommen. Für einen Seitensprung mit Lokalkolorit.

* * *

In den frühen Morgenstunden des nächsten Tages begann es zu schneien. Lautlos bedeckte der Schnee das Land, die Berge, die

Wälder, die Lichtung, auf der das Blockhaus stand. Als Julia morgens aus der Tür trat, setzte sie ihre Schritte in das unberührte Weiß, als wäre sie der erste Mensch auf Erden. Eine feierliche Stille umgab sie. Sie schaute hoch zum Himmel, aus dem feine Flocken fielen. Er wirkte so, als hätte er noch viel, viel mehr davon auf die Menschen hinunterzustreuen. Weihnachtsschnee. Es sollte wohl so sein, dass sie langsam einschneite. Hohe Schneewälle würden sie schon bald von der übrigen Welt absperren und ihre Einsamkeit perfekt machen. Doch vorher wollte sie sich auf den Weg zu Lupa begeben. Vielleicht würde sie mittags schon gar nicht mehr bis zu deren Höhle durchkommen. Und die Hündin nicht mehr zu ihrem Blockhaus. Wie würde sie Lupa und ihre Jungen nur möglichst schnell zu sich locken können? Auf der überdachten Veranda stand die große Hundehütte, in der sie der Hundefamilie ein warmes, sicheres Zuhause schaffen konnte.

Mit diesen Gedanken im Kopf schnallte sich Julia nach dem Frühstück die Schneeschuhe unter und machte sich auf den Weg. Auch an diesem Tag prüfte sie, ob die Futterwannen wieder neu gefüllt waren. Den Fußspuren im Neuschnee nach zu urteilen, waren es große Schneeschuhe, wie die eines Mannes, die vor gar nicht langer Zeit hier gewesen sein mussten. Vielleicht Josh oder ein Ranger, den Josh gebeten hatte, sich um die wilde Hündin zu kümmern? Schweren Herzens ging sie weiter zur Höhle. Die frischen Hundespuren verrieten, dass sich ihre vierbeinige Freundin an diesem Vormittag bereits nach draußen gewagt hatte.

»Lupa!«, rief sie deren Namen. Ob die Hundemutter sie hören würde? Ganz bestimmt. Aber würde sie auf ihren Ruf reagieren?

Während der inzwischen aufgefrischte Wind jetzt um sie herum pfiff, wartete Julia geduldig in respektvollem Abstand zum Höhleneingang. Täuschte sie sich, oder fielen die Schneeflocken jetzt dichter? Da entdeckte sie Lupas Kopf und machte sich ums Wetter keine Gedanken mehr. Sie begrüßte die Hundemutter, die schwanzwedelnd auf sie zutrabte und sich streicheln ließ.

»Zu blöd«, sagte sie zu ihr. »Dein Fell wird ja ganz nass. Schade, dass du nicht mit mir gehen willst. Ich könnte dir und deinen Jungen ein schönes, behagliches Lager bauen. Oder euch sogar ins warme Haus mitnehmen.«

Lupa rieb ihren Kopf an ihrer wattierten Hose und schüttelte sich dann den Schnee aus dem Fell. Als Julia den frischen Elchknochen auspackte, hob sie schnuppernd die schwarze Nase.

»Hier. Nimm ihn mit ins Warme.« Julia hielt ihr ihn entgegen.

Ganz vorsichtig nahm ihre Freundin ihn aus ihrer Hand und verschwand damit tatsächlich in ihrem Bau. Schade. Das war ja eine kurze Begegnung gewesen. Hoffentlich würde Lupa bei dem jetzt einsetzenden starken Schneefall überhaupt den Weg zu den Futterwannen finden. Eigentlich müsste man ihn spuren. Doch wie sollte sie das kräftemäßig mit nur Schaufel und Besen bewerkstelligen?

Vergiss nicht, Lupa ist eine wilde Hündin. Sie hat den Schnee bisher auch überlebt, beruhigte sie ihr Verstand. Sieh lieber zu, dass du schnell nach Hause kommst.

Die Flocken fielen jetzt so dicht, dass Julia kaum noch die Hand vor Augen sehen konnte. Nach kurzem Überlegen entschied sie sich, auf dem alten Indianertrail zurückzugehen. Als offizielle Loipe würde er vielleicht noch eher gespurt sein. Da sie sich inzwischen gut auskannte, leitete sie ihr Richtungssinn dann auch zielsicher zum Trail. Hier fegte der Wind so stark, dass sie sich gegen ihn stemmen musste. Sie ging vorgeneigt, um ihm eine möglichst geringe Angriffsfläche zu bieten. Dabei halfen ihr die Stöcke, die Balance zu halten. Das Schneetreiben wurde dichter und dichter, die Schneeschicht höher und höher. Der nun eisige Wind trieb ihr die Flocken in die Augen. Niemand kam ihr entgegen. Mehrere Male drehte sie sich um. Vielleicht würde ihr Lupa ja folgen. Nein, sie war allein.

Das Gehen wurde immer schwieriger. Als sich der Wind dann auch noch jäh zum richtigen Sturm entwickelte, der den Trail immer mehr verwehte, wurde ihr unheimlich. Im Wald war es so dunkel, als wäre bereits die Dämmerung hereingebrochen. Dabei war es erst kurz nach Mittag. Mühsam stapfte sie geradeaus, blieb immer wieder stehen, um zu verschnaufen und auf irgendeinen anderen Laut als das Fauchen des Sturmes zu horchen.

Die Landschaft um sie herum wirkte ausgestorben, tot, erstarrt, obwohl sie genau wusste, dass sie nicht allein war. Überall um sie herum gab es Tiere. Rentiere, Elche, Wölfe, Biber, Luchse, Bären. Letztere hielten jetzt ihren Winterschlaf und stellten keine Gefahr für sie dar. Die anderen hatten sich mit Sicherheit vor diesem Schneetreiben in den Schutz des Waldes und der Höhlen zurückgezogen.

Wieder musste sie eine Verschnaufpause einlegen. An dieser freien Stelle fegte der Wind besonders heftig über den Hügel hinweg. Er lähmte ihre Kräfte und nahm ihr inzwischen auch den Orientierungssinn. Die Schneemassen veränderten die Landschaft. Sie konnte noch nicht einmal mehr einschätzen, wie weit es noch bis zur Abzweigung zu ihrem Blockhaus war. Plötzlich kam Panik in ihr auf, wie sie sie vorher noch nie gefühlt hatte. Der tosende Sturm baute Schneemauern um sie herum, als wollte er sie einsperren. Da! Täuschte sie sich, oder flackerten tatsächlich in der weißen Ferne zwei winzige Lichter auf? Wie gebannt starrte sie ihnen entgegen. Ja, sie wurden langsam größer, kamen näher, genau auf sie zu. Ein Schneemobil. Etwas anderes konnte es nicht sein.

»Hilfe!« Mit beiden Armen winkte sie ihm entgegen, wohl wissend, dass sein Fahrer sie aus dieser Entfernung weder sehen noch hören konnte. Das Schneemobil kam näher. Seine Scheinwerfer blendeten sie, sodass sie die Augen mit den Fausthandschuhen beschattete. Jetzt musste der Fahrer auch sie entdeckt haben. Erleichtert atmete sie aus, als dieser den Motor ausschaltete. Die Spots erloschen, und Julia erkannte Bill.

Ein Schluchzer kam ihr über die Lippen, als Bill sie wortlos am Ärmel ihres Parkas packte, hinter sich herzog und ihr auf sein gelbes Gefährt half. »Zum Blockhaus?«

Sie konnte seine Augen, die eine Schneebrille verdeckten, nicht sehen, und nickte nur.

Bill kannte den Weg. Natürlich, sagte sie sich. Er stammte von hier, und dass sie jetzt im Blockhaus wohnte, wusste er von Emily. Während das Mobil die Schneemassen teilte und der angedockte Schneeräumer zugleich eine breite Spur zog, hielt Julia sich von hinten an Bill fest. Als sie an der Hütte ankamen, entdeckte sie, dass deren Vorplatz bereits geräumt war. Und nicht nur das. Bill hatte sogar in ihrer Abwesenheit die Zufahrtsstraße vom Neuschnee befreit. Ob er auch den Weg zu Lupas Futterwannen gespurt hatte?

Frierend und bibbernd stieg sie von dem Gefährt ab. Bill blieb sitzen. Regungslos wie eine Statue sah er sie an. Die Brille hatte er abgenommen.

»Dem Fallensteller ist sein Handwerk gelegt worden«, teilte er ihr mit. »Der Ranger hat es mir gesagt.«

Sie schluckte schwer. »Aber werden nicht immer wieder neue kommen?«

»So ist es leider. Eine Weisheit der Cree-Indianer lautet: *Erst wenn der letzte Baum gerodet, der letzte Fluss vergiftet, der letzte Fisch gefangen, werdet ihr feststellen, dass man Geld nicht essen kann.«*

»Möchtest du dich aufwärmen?«, lud sie ihn ein, obwohl ihr eigentlich nicht nach Reden zumute war. Aber konnte sie ihn einfach wieder fahren lassen?

Er nickte nur.

»Emily hat gesagt, ich soll zum Blockhaus fahren und die Wege räumen«, teilte er ihr in seiner langsamen Art mit, während er ihr in die Hütte folgte.

Emily hatte ihr also nicht abgenommen, dass sie nach Hause fliegen wollte.

»Was ist mit Lupas Futterstellen? Kann die Hündin sie bei diesem Tiefschnee überhaupt erreichen?«, fragte sie ihn besorgt.

»Ich werde ihr Wege machen.«

»Sag mal, kann es sein, dass eine Hündin nur einen Welpen wirft?«

»Die Natur lässt sich nie ganz in die Karten schauen, aber wahrscheinlich sind einige Jungen erfroren. Nur die starken überleben.«

Bei dieser Vorstellung lief es Julia eiskalt über den Rücken.

Wie ein unverrückbarer Fels stand Bill vor dem Kamin und sah sich um. »Hier wohnst du also.«

»Ich wollte mal das Outback ausprobieren.« Ihr Lachen klang gepresst.

Seine schwarzen Augen sahen sie aufmerksam an. »Geht es dir gut?«

Ein weiterer ungewollter Lacher sprang ihr über die Lippen, bevor sie flunkerte: »Alles okay. Ich brauche zurzeit die Abgeschiedenheit. Zum Nachdenken. Hier werde ich durch nichts abgelenkt. Ich weiß nicht, ob du das verstehst, aber hier, ganz allein in der Natur, ist der richtige Ort für mich.«

»Ich verstehe.«

»Magst du einen Kaffee oder Tee?«

»Heute nicht.« Bill lächelte sie warmherzig an. »Soll ich schweigen?«

Zuerst wusste sie nicht, was er meinte. Ja, Bill hatte indianische Wurzeln. Er sparte seine Worte. Und er konnte schweigen.

Dankbar für so viel Feingefühl, für sein Verständnis, seine Zurückhaltung legte sie ihm die Hand auf den Ärmel.

»Ja, bitte«, antwortete sie nur. »Es ist besser so.«

Er nickte. »*Wir müssen von Zeit zu Zeit eine Rast einlegen und warten, bis unsere Seelen uns wieder eingeholt haben*, so heißt es in meinem Stamm.« Sein sanftes Lächeln schien sie zu umarmen. »Nimm sie dir, diese Zeit, Julia.«

Da konnte sie nicht anders. Sie umarmte ihn stumm. Wie gern hätte sie diesem weisen Mann ihren Liebeskummer anvertraut, aber vielleicht ahnte er ihn ja auch.

* * *

Donnerstagmorgen wurde Julia durch ein Motorgeräusch und grelle Scheinwerfer geweckt. Es war noch dämmrig. Mit einem Satz war sie aus dem Bett. Ein Blick durchs Fenster zeigte ihr, dass es die Nacht durchgeschneit haben musste. Das Schneetreiben hatte jedoch jetzt aufgehört, und auch der Wind blies nicht mehr so kräftig wie noch am Abend. Über den Gipfeln der Rockys zeigte sich bereits ein heller Streifen. Er ließ erkennen, dass sich die meisten Wolken verzogen hatten. Im Licht des Bewegungsmelders erkannte sie Bills gelbes Schneemobil, das ihre Ausfahrt räumte. Kurz überlegte sie, ob sie Bill höflicherweise ins Haus bitten sollte. Nein, sagte sie sich dann, Bill ist kein Mensch oberflächlicher Höflichkeiten. Diese Geste erwartete er gar nicht von ihr.

Nach dem Frühstück nutzte sie die frisch geräumten Wege, um nach Banff zum Einkaufen zu fahren. Morgen war Heiligabend. Dann würde der große Run auf Lebensmittel stattfinden. Deshalb wollte sie sich heute schon für die Festtage eindecken: Leckereien für Lupa, Bücher und Filme auf DVDs, die sie auf ihrem Laptop abspielen konnte und deren Geschichten sie in das Leben anderer Leute lockten, statt über Josh nachzudenken.

Nachdem sie ihre selbst erwählte Einsamkeit verlassen hatte, war der Schock groß, als sie die Horden erblickte, die sich an diesem Vormittag durch den Supermarkt schoben. Stimmengewirr mischte sich auf sehr disharmonische Weise mit melodischer Weihnachtsmusik, die aus Lautsprechern auf die Kunden herunterrieselte und Heimeligkeit vorgaukelte. Niemals zuvor hatte sie sich so absolut unweihnachtlich gefühlt. Die überquellenden Einkaufswagen, die an ihr vorbeiratterten, taten ihr Übriges noch dazu. Truthähne, Elchschinken, Rinderbraten, Gänse, ganze Lachse, Christmas Pudding und andere Süßigkeiten sowie Spirituosen türmten sich in den fahrbaren Drahtgestellen. Die Leute kauften ein, als hätte der Premierminister von Kanada für die nächsten Tage den Notstand ausgerufen.

Ganz benommen von diesem Ansturm bahnte sich Julia mit ihrem Einkaufswagen den Weg durch die Menschen, deren mürrische Gesichter genau das ausdrückten, was auch sie fühlte. Stress. So viel zum beschaulichen Fest, dachte sie voller Ironie. Hier in der Kleinstadt war es genauso wie in Hamburg. Wäre sie doch besser in ihrem Refugium geblieben. Musste sie sich das jetzt antun?

»Julia!«

Andys Stimme erkannte sie auf Anhieb. Erstaunt drehte sie sich um, und mit noch größerem Erstaunen nahm sie wahr, dass Andy in Begleitung einer Frau war. Einer sehr schönen, aber auch deutlich älteren Frau. Wie das?, schoss ihr durch den Kopf. Ihr Kollege hatte bis morgen doch in British Columbia bei einem Freund bleiben wollen.

Andy strahlte wie der Weihnachtsmann persönlich, als er ihr die zierliche Frau an seiner Seite vorstellte.

»Das ist Carol. Ich habe dir von ihr erzählt.« Dann legte er wieder den Arm um seine Begleiterin und sagte: »Carol, das ist Julia, meine deutsche Kollegin, du weißt schon.«

Carol war also Andys große Liebe. So konnte es nur sein. Schön war sie. Dunkles kinnlanges Haar, feine Gesichtszüge, große, kluge Augen, die ein Kranz von Fältchen umgab. Ihr Lächeln versprühte so viel Herzlichkeit, dass sie Carol vom ersten Blick an mochte. Diese Frau strahlte Charme aus, Stil, Reife und auch eine gewisse Mütterlichkeit. Kein Wunder, dass Andy, der große Junge, nicht von ihr loskam.

»Da staunst du, oder?« Andys blaue Augen blitzten sie übermütig an. »Santa Claus hat mir meinen Weihnachtswunsch erfüllt. Carol hat Ja gesagt.«

»Ihr werdet heiraten?«, fragte Julia gleichermaßen verblüfft wie erfreut.

Carol sah zu Andy hoch. Ja, sie himmelte ihn geradezu an. Dann sagte sie lächelnd zu ihr: »Andy war sehr überzeugend.«

»Das finde ich toll«, erwiderte Julia mit hörbar bewegt klingender Stimme. »Ich freue mich für euch beide und wünsche euch alles Gute.«

Ja, sie freute sich für alle, die das große Glück gefunden hatten.

»Der Freund in British Columbia war Carol«, gestand Andy ihr jetzt mit verlegener Miene. »Ich wollte nur nicht vorher darüber sprechen. Ich wusste ja nicht, ob Carol mich noch haben wollte.«

Da strich Carol ihm zärtlich über die Wange und gab ihm gleich darauf rasch einen Kuss auf den Mund, bevor sie zu ihm sagte: »Alles hat seine Zeit. Und jetzt ist unsere Zeit, nicht früher.«

»Unsere Zeit wird auch später noch sein und in alle Ewigkeit«, fügte Andy in feierlichem Ton hinzu, der Julia ans Herz ging. »Wie geht es dir?«, wandte sich ihr Kollege nun wieder an sie. »Ist dir die Hütte nicht doch zu einsam?«

»Sie ist genau richtig. Alles hat seine Zeit«, wiederholte sie Carols Worte, wobei sie dieser zulächelte.

»Hast du dich mit Josh ausgesprochen?«

Sie lachte kurz auf. »Das war nicht nötig. Ich habe mit seiner Sekretärin gesprochen. Die hat mir alles gesagt. Die beiden sind tatsächlich verlobt. Sie trägt auch einen Ring. Und Josh hat sich nicht mehr gemeldet«, fügte sie in hartem Ton hinzu.

»Das tut mir leid für dich.« Andy klang berührt.

»Jetzt werde ich erst einmal meine Seele aufräumen und dann sehen wir weiter«, erwiderte sie betont burschikos. »Euch beiden jedenfalls alles Liebe und Merry Christmas.«

»Du kannst mit uns feiern«, bot Andy ihr an, begleitet von dem zustimmenden Nicken Carols. »Wir sind bei meinen Eltern, die ein offenes Haus führen. Mein Vetter kommt, der auch solo ist, und eine Kusine, die ebenfalls zurzeit allein lebt. Du würdest dich bestimmt wohlfühlen.«

»Danke, das ist lieb, aber ich bleibe dieses Jahr in meinem Outback.«

* * *

Julia hatte an diesem Mittag ihre Einkäufe gerade weggepackt, als Corinna anrief.

»Lars ist wieder mit Eileen zusammen«, erzählte sie. »Ich

habe sie in trauter Zweisamkeit an der Ampel gesehen. Damit meine ich, sie küssten sich leidenschaftlich während der Rotphase.«

»Das habe ich mir schon fast gedacht. Typisch Lars. Er kann und will nicht allein sein. Als er mich kennenlernte, hatte er auch gerade eine Beziehung beendet. Nur wenige Tage vorher.«

»Es gibt auch noch andere Männer als Lars und dieser Josh«, sagte ihre Schwester in aufmunterndem Ton. »Du hast halt Pech gehabt. Wenn ich an meinen Robert denke ...« Plötzlich klang sie ganz weich, was mehr als alle Worte über ihre Gefühle verriet.

»Ich wünsche dir von Herzen, dass es so bleibt«, erwiderte Julia. »Dass du mehr Glück in der Liebe hast, als ich zu haben scheine.«

»Das Glück kann man nicht suchen, es muss einen suchen.«

»Wie unsere Mutter zu sagen pflegt«, fügte sie lächelnd hinzu.

Nach diesem Gespräch blieb Julia noch eine Weile im Sessel sitzen und dachte an Josh. Wie ein Stachel saß er ihr im Fleisch. Statt ihn mit jedem neuen Tag mehr zu vergessen, wuchs ihre Sehnsucht nach ihm, und der Schmerz, ihn nicht zu sehen, ihn nicht umarmen zu können, tat ihr körperlich weh. Bei der Vorstellung, dass er mit Amy zusammen bei Emily und Bill Weihnachten feierte, loderte Eifersucht in ihr hoch. Warum Amy? Wie gut hatten sie sich verstanden in der wenigen Zeit, die sie zusammen verbracht hatten – mental wie auch körperlich. Sie hatten sich auch ohne viele Worte verstanden.

So gut, dass Josh darauf verzichtet hatte, ihr zu sagen, dass er bereits liiert war, dachte sie voller Sarkasmus. Umso gesprächiger war dagegen ja seine Verlobte gewesen. Zum Glück, sonst würde sie vielleicht immer noch auf Joshs Anruf warten und darauf, dass er seine Gewissensbisse gegenüber seiner verstorbenen Frau endlich überwinden würde, um mit ihr in ein neues Glück zu starten.

30.

Am Morgen des 24. Dezembers zeigte sich die Welt wie verzaubert. Über die Lichtung erhob sich ein klarer Wintertag mit rosigem Schein. Ein paar wie hingetuschte Wölkchen segelten federleicht am blauen Himmel, und die noch zaghaften Sonnenstrahlen ließen die Schneekristalle wie abertausende Diamanten funkeln.

Julia saß in der kleinen Küche und trank ihren Morgenkaffee. Gedankenverloren starrte sie auf die winzigen Staubkörner, die zu dieser frühen Stunde schon auf den Lichtbändern der durchs Fenster fallenden Sonne übermütig tanzten – in grausamem Gegensatz zu ihrer Stimmung. Denn die Trübsal umfing sie wie zäher Morgennebel.

Nun war es so weit. Es war Weihnachten. Und sie allein und einsam in einem Blockhaus fernab der Zivilisation, in dem das Knistern des Kamins und das Ticken der Wanduhr die einzigen Geräusche waren. Nicht einen Hinweis gab es hier auf das bevorstehende Fest der Liebe und Familie. Keine einzige goldene Kugel, nicht eine rote Kerze, kein Lametta, kein Mistelzweig an der Holztür, unter dem man sich hätte küssen können. Dafür aber um sie herum nur glückliche Paare, die das Fest miteinander verbringen würden. Emily und Bill, ihre Schwester und Robert, Andy und Carol, Lars und Eileen, Josh und Amy. Eine ziemlich geballte Ladung Happyend für jemanden, der zurzeit auf der Verliererseite des Lebens stand und hier einsam herumsaß. Hatte sie sich mit ihrem Entschluss, an diesem Ort ihre Seele aufzuräumen, vielleicht doch zu viel zugemutet?

Als sie merkte, dass ihre Stimmung immer mehr gegen null sank, stand sie energisch auf. Bloß kein Selbstmitleid jetzt!

Ein paar Minuten später tat sie das, was sie immer tat, wenn es ihr schlecht ging. Sie ging hinaus in die Natur und trieb Sport. Die Bewegung an der frischen Luft würde ihr helfen, die stählerne Klammer um ihr Herz ein bisschen zu lockern, wenn auch nicht zu lösen.

Während sie mit den Langlaufskiern auf dem Indianertrail ihre Spur zog, sagte sie sich tapfer, dass es andere Berge, andere Länder, andere Männer gab. Und jedes Jahr ein neues Weihnachtsfest. In zwölf Monaten würde sie sich bestimmt wieder besser fühlen. Alles brauchte seine Zeit, wie Carol richtig gesagt hatte. Auch der Schmerz, um vergehen zu können. Er würde sie nicht ihr Leben kosten. Irgendwann würde sie Josh vergessen haben, wie auch die Verletzung, die er ihr zugefügt hatte.

An diesem Morgen verzichtete Julia auf den Besuch der Futterstellen. Natürlich würden die Holzwannen wieder gefüllt sein. Wie immer und von wem auch immer. Sie wollte auf direktem Wege zu ihrer Freundin gehen, mit einigen Leckereien im Gepäck. Das Wiedersehen mit Lupa trieb sie vorwärts. Atemlos stieg sie auf ihren Skiern den Hügel hinauf, auf dessen anderer Seite Lupas Höhle lag. Als sie den Kamm erreicht hatte, blieb sie stehen und schaute hinunter auf das Bild, das sich ihr bot.

Lupa scharrte im Schnee, sehr vergnügt, wie es aussah. Ihre aufgerichtete Rute wedelte dabei voller Freude hin und her. Nach was mochte sie buddeln? Kaum hatte sich Julia diese Frage gestellt, da entdeckte sie auch schon das Ende ihres blauen Schals, den sie Lupa vor einiger Zeit zurückgelassen hatte. »*Gib ihr deinen Schal*«, hatte Josh zu ihr gesagt, als sie die durch das Fangeisen verletzte Hündin gefunden hatten. »*Sie*

kennt deinen Geruch. Das beruhigt sie vielleicht ein wenig.«
Wie liebevoll er das Tier medizinisch versorgt hatte, wie liebevoll er auch mit ihr umgegangen war. An diesem Tag hatte sie sich ihm ganz nah gefühlt. Und er sich ihr, dessen war sie sich heute noch sicher. Oder war das alles nur gespielt gewesen? Während sie sich mit wehem Herzen an diese Situation erinnerte, grub Lupa unermüdlich den Schal aus dem Schnee. Sie hatte ihn nicht vergessen, stellte Julia gerührt fest. Was mochte ihre vierbeinige Freundin jetzt mit ihm anfangen?

Bevor sie darauf eine Antwort bekam, stockte ihr schier der Atem. Im nächsten Moment entdeckte sie, wie sich die Zweige vor dem Höhleneingang bewegten. Pulverschnee rieselte herab und ein Köpfchen wurde sichtbar. Ihm folgte ein kleiner Körper mit weißgrauem, flauschigem Fell. Lupas Hundekind.

Julia schluckte aufgeregt. Sie wagte nicht, sich zu bewegen. Noch hatte Lupa sie nicht gewittert. Der laue Wind stand so, dass er ihren Geruch von der Hündin wegtrieb. Innerlich aufs Höchste gespannt beobachtete sie, wie das Kleine, noch unsicher auf den Beinen und schwankend wie auf einem Schiff, zu seiner Mutter tapste. Dabei plumpste es nach wenigen Schritten auch prompt in den Schnee. Lupa schenkte ihrem Kind keine Aufmerksamkeit, sondern begann, das Ende des freigelegten Schals in die Luft zu werfen. Sie spielte mit ihm, was Julias Herz höherschlagen ließ. Lupa schien es gut zu gehen.

Währenddessen erkundete ihr Welpe die nähere Umgebung, wobei er heftig mit dem Schwänzchen wedelte. Es musste ihn eine Menge Kraft kosten, durch den Schnee zu stapfen. Der Kleine schien die Energie seiner Mutter geerbt zu haben. Jetzt gab er ein helles Bellen von sich, woraufhin Lupa sofort an seine Seite sprang.

War nun der Moment gekommen, sich zu zeigen?, fragte sich Julia. Wie würde sich die Hundemutter verhalten?

»Lupa!«, rief sie kurz entschlossen in sanftem Ton den Abhang hinunter.

Blitzschnell hob die Hündin den Kopf. Dann begann sie mit dem Schwanz zu wedeln. Erleichtert atmete Julia aus. Und als Lupa dann auch noch den Hügel hinaufgelaufen kam, schlug ihr Herz vor Freude und Erleichterung einen Purzelbaum. Es gab eine liebevolle Begrüßung, wobei ihre Freundin den Kopf zärtlich an ihrem Bein rieb und sich von ihr hinterm Ohr kraulen ließ.

»Darf ich heute auch dein Junges begrüßen?«, fragte Julia, während sie die Skier abschnallte.

Als hätte Lupa sie verstanden, lief sie umgehend den Hang wieder hinunter und stellte sich neben ihr Kind. Auffordernd bellte sie sie von unten an. Ihr Bellen klang einladend.

Hoffentlich täusche ich mich nicht, dachte Julia immer noch voller Vorsicht, während sie mit ruhigen Bewegungen hinunter zur Höhle ging.

Neugierig wie Hundekinder nun einmal sind, kam das Junge auf sie zu. Lupa blieb stehen. Mit aufmerksamem Blick und in gespannter Haltung wartete sie ab. Julia ging in die Hocke. Die Welpenaugen, so groß wie kleine Knöpfe, sahen sie hellwach an. Sie bewegte sich nicht, ließ das Kleine kommen, das jetzt an ihrem Skischuh schnupperte. Lupa ließ es geschehen. Wie gern hätte sie das Hundekind berührt, auf den Arm genommen, liebkost, doch all das wagte sie noch nicht aus Angst davor, Lupa könnte sie erneut als Feindin ansehen. Schließlich richtete sie sich im Zeitlupentempo wieder auf, griff betont langsam in ihre Gürteltasche und nahm einen Elchknochen heraus, den die Hündin besonders gern mochte und die jetzt auch auf sie zukam, um ihr Geschenk in Empfang zu nehmen. Mit dem Knochen zwischen den Vorderpfoten lag sie nur wenige Sekunden später im Schnee und kaute darauf herum.

Julia nutzte die Zeit, um sich um Lupas Kind zu kümmern, was die Hundemutter auch großmütig geschehen ließ. Welch ein Vertrauensbeweis! Das kleine arglose Wesen war so herzig, dass Julia die Tränen in die Augen stiegen. Vertrauensvoll ließ es sich von ihr auf den Arm nehmen und kuschelte sich an sie. Während seine Mutter an dem Knochen nagte, wurde Julia nicht müde, es zu streicheln. Es war ein Hundemädchen, wie sie schnell feststellte.

Welch ein schönes Weihnachtsgeschenk für Timmy, kam ihr in den Sinn. Wenn sie dem Jungen doch nur diese Freude machen könnte. Nicht heute, auch nicht morgen, denn das Baby musste noch einige Zeit bei seiner Mutter bleiben. Aber allein die Aussicht darauf, dieses süße Wesen einmal sein eigen nennen zu können, würde Tim schon morgen am Weihnachtstag überglücklich machen. Und Lupa würde dann bei mir leben, überlegte Julia weiter.

Geht's noch?, meldete sich da die Stimme ihres Verstandes. Wovon träumst du eigentlich? Timmy gibt es nicht mehr für dich. Außerdem mag Amy keine Hunde.

Mit wieder auflodernden Schmerz drückte sie den Welpen an ihre Brust. Dann würde sie eben dem Kleinen ein Zuhause geben, sagte sie sich entschlossen, sofern Lupa es zuließ. Lupa und ihr Kind konnten in der Hundehütte auf ihrer überdachten Veranda wohnen. Natürlich auch im Haus, falls es ihnen dort nicht zu warm sein würde. Sie würde alles geben, um die beiden an ein normales Hundeleben zu gewöhnen. Sie sollten wissen, wohin und zu wem sie gehörten. Falls sie doch nach Deutschland zurückging, würde sie sie mitnehmen. Lupa und Lupinchen würden bestimmt nicht die ersten Vierbeiner sein, die den Atlantik überquerten.

Lupa stand auf, leckte sich die Lefzen. Dann sah sie sich um. Offensichtlich suchte sie ihr Mädchen. Jetzt konnte es noch einmal kritisch werden. Würde sie akzeptieren, dass sie ihren Welpen auf dem Arm hielt?, fragte sich Julia voller Bange. Liebevoll begann sie mit Lupa zu reden, woraufhin diese zumindest mit einem freundlichen Schwanzwedeln reagierte. Erleichtert atmete sie aus. Ihre Freundin schien sie als Ersatzmutter tatsächlich zu akzeptieren.

»Was mache ich nun mit euch beiden?«, fragte sie mehr sich selbst als die Hündin. »Ich würde euch so gern mitnehmen«, fuhr sie fort, wobei sie Lupa eindringlich ansah. »Dorthin, wo es einfacher und wärmer für euch ist, wo ich gutes Fressen für euch habe.«

Unschlüssig blieb sie stehen. Und wieder überlegte sie, was mit den anderen Welpen sein mochte. Aus der Höhle war bis jetzt kein einziger Laut gedrungen. Waren sie wirklich tot? Tot geboren oder gar erfroren? Grund genug, um dieses kleine warme Ding zu retten, das sie jetzt gerade im Arm hielt. Der Winter hatte erst begonnen.

Mutig machte sie einen Schritt auf Lupa zu und ging vor ihr in die Hocke.

»Gehst du mit mir?«, fragte sie in zärtlichem Ton. »Komm, wir nehmen auch deinen Schal mit«, fügte sie unsinnigerweise hinzu, als würde Lupa sie verstehen können.

Die Huskyaugen sahen sie unverwandt an. Ihr Ausdruck war offen, ja sogar vertrauensvoll – falls sie sich nicht ganz schlimm täuschte. Da beschloss sie, es zu wagen.

Vorsichtig zog sie ihren blauen Schal heran, ließ Lupa daran schnüffeln und legte ihn ihr behutsam um den Hals, sodass sie seine Enden in einer Hand zusammenfassen konnte. Falls Lupa tatsächlich einmal einen Besitzer gehabt hatte, mochte sie das Gefühl eines Halsbandes noch kennen. Mit angehaltenem Atem stand sie schließlich auf. Den Welpen hielt sie immer noch auf dem Arm.

»Komm mit mir, meine Schöne«, forderte sie die Hündin in lockendem Ton auf.

Und dann geschah das Wunder. Ja, es kam tatsächlich einem Wunder gleich. Wie man es in einem der vielen Weihnachtsmärchen, die zu dieser Zeit in den Buchhandlungen zu kaufen waren, hätte lesen können, trottete Lupa neben ihr her, als hätte sie nie etwas anderes getan. Kein einziges Mal versuchte die wilde Hündin, sich aus der Schalschlinge zu befreien. Fast hatte Julia den Eindruck, als wäre sie glücklich, wieder eine feste Hand gefunden zu haben, die sie nach Hause brachte.

Als die drei an dem Blockhaus ankamen, war die Sonne bereits hinter den Tannen verschwunden. Lupa blieb vor der Veranda stehen, mit gespitzten Ohren und aufgerichteter Rute. Ganz offensichtlich schätzte sie ihre Umgebung ein. Ihr Junges war inzwischen wach geworden und regte sich in Julias Armen. Was jetzt? Da aus dem Kamin kein Rauch mehr stieg, nahm Julia an, dass im Haus nicht mehr die Wärme herrschte, die einem Hund, der aus der Kälte kam, die Luft zum Atmen nahm. Indem sie beruhigend auf Lupa einsprach, stieg sie langsam die Verandastufen hinauf und schloss die Haustür auf. Dabei vermied sie jede hektische oder laute Bewegung.

Ihre Freundin folgte ihr, allerdings in geduckter Haltung, blieb stehen, nahm eine weitere Holzstufe, blieb wieder stehen, nahm mit hoch erhobener Nase Witterung auf. Diese schien ihr keine Angst zu machen, denn jetzt trat sie über die Schwelle. Mit hämmerndem Herzen beobachtete Julia, wie die Hündin schließlich den Wohnraum betrat. Sie ließ die Tür offen stehen, um Lupa eine Fluchtmöglichkeit zu geben. Dann setzte sie den Welpen auf den Holzboden, der sich, viel argloser als seine Mutter, schwankenden Schrittes auf Wanderschaft begab. Alles wurde beschnüffelt – und schließlich markiert durch eine kleine Pfütze. Julia musste lachen.

»Das werde ich dir noch aberziehen müssen«, sagte sie in liebevollem Ton, während sie das Wasser rasch mit Papier wegwischte. Danach zog sie ihre Skijacke aus. Durch die Aufregung begann sie zu schwitzen. Derweil hatte Lupa die Küche entdeckt, wo noch der Rest der Mortadella lag, von der sie der Hündin ein paar Stücke mitgebracht hatte. Natürlich gab sie ihr auch jetzt davon. Lupa dankte ihr dadurch, dass sie sich auf den Teppich legte und ihr Junges im Blick hielt, das die neue Umgebung sehr interessant zu finden schien.

Julia wollte gerade die Hüttentür schließen, als ihr vierbeiniger Gast aufsprang und nach draußen rannte. Vor der Veranda blieb Lupa stehen, horchte. Sie musste etwas gehört haben. Sie schlug an. Dreimal, viermal. Dabei sah sie in Richtung Wald. Dann drehte sich Lupa um und bellte auch sie an. Laut und auffordernd. Irgendetwas stimmt nicht. Ein erneutes auffordernden Bellen an sie folgte, bevor Lupa in die Richtung des Waldes lief, an den auf der anderen Seite das Ferienhüttencamp anschloss.

Julia verstand. Die Hündin forderte sie auf, mit ihr zu gehen. Rasch griff sie nach ihrem Parka, der neben der Tür hing, und zog diese hinter sich ins Schloss, damit Lupas Tochter ihnen nicht folgen konnte. Der Kleinen würde in ihrer Abwesenheit bestimmt nichts im Haus passieren. Dann lief sie die Stufen hinunter, ohne sich sicher zu sein, ob Lupa tatsächlich etwas Wichtiges entdeckt hatte.

Je tiefer sie in den Wald kam, desto tiefer wurde auch der Schnee. Was mochte ihre Freundin gehört haben? Bis jetzt konnte sie noch nichts vernehmen. Abgesehen von ihrem eigenen schweren Atem und Lupas Hecheln war es um sie herum gänzlich still. Totenstill. Zwischen den Baumstämmen hindurch waberten dunkle Schatten wie unheimliche Gestalten. Nur an manchen Stellen reflektierte der Schnee noch das letzte Licht des Tages. Jetzt blieb Lupa stehen, spitzte die Ohren.

»Hilfe!«

Der dünne, hoffnungslos klingende Ruf ließ Julia zusammenfahren. Er kam aus dem Hüttendorf, das sie fast erreicht haben mussten – und das während der Winterzeit geschlossen war.

»Hilfe!«

Bildete sie sich das nur ein, oder gehörte die Stimme einem Kind? Etwa…? Nein. Ihre Wahrnehmung musste ihr einen makabren Streich spielen.

Lupa lief weiter und sie mit nun weichen Knien hinter ihr her. Endlich hörte der Wald auf. Wieder blieb die Hündin stehen. Vor ihnen lagen in einer Talmulde die tief verschneiten Hütten des Camps, über denen sich die ersten Sterne zeigten. Der Anblick der stummen Siedlung ließ sie frösteln. Sie stellte sich dicht neben Lupa, berührte ihr Fell, um etwas Lebendiges, etwas Warmes zu spüren.

»Julia? Onkel Bill!«

Nein! Sie schluckte krampfhaft. Das war Tims Stimme. Eindeutig.

»Timmy!«, schrie sie zurück, genau in dem Moment, als sich Lupa wieder in Bewegung setzte. Die Hündin sprang von dem Abhang hinunter und rannte an diesem parallel vorbei. Blindlings lief sie hinter Lupa her. »Timmy! Wo bist du?« Er musste ganz in ihrer Nähe sein. Atemlos folgte sie der Hundespur, die in den schmalen, jedoch tiefen Graben führte, der den Wald von der Lichtung trennte. Lupa gab ein lautes, triumphierendes Bellen von sich, als hätte sie ihr Ziel gefunden. Tatsächlich! Dort in der Vertiefung lag etwas. Ein Stück Stoff. Es war so blau wie Tims Anorak. Nur noch wenige Schritte, dann hatte sie die Stelle erreicht. Timmy lag in halbaufgerichteter Haltung in der Kuhle. Lupa stand neben ihm, bellte zu ihr hoch und sprang dann wieder aus dem Graben heraus.

»Timmy!«, rief Julia zutiefst entsetzt aus.

Sein ehemals gebrochenes Bein hatte er in merkwürdiger Weise abgewinkelt. Mit einer Hand, die in seinem blauen Fausthandschuh steckte, hielt er sich an einem dünnen Stamm fest. Vermutlich hatte er versucht, sich an ihm aus der Schneekuhle herauszuziehen.

»Timmy, keine Angst, ich bin bei dir«, sagte sie überlaut, während sie auf dem Hosenboden zu ihm hinunterrutschte. Als sie beim Aufstehen ausrutschte, wurde ihr klar, dass der mutmaßliche Graben der zugefrorene schmale Zufluss zum Banff River war, der das Waldgebiet vom Hüttencamp trennte.

»Warte, ich helfe dir hoch«, sagte sie zu Tim, der nun still vor sich hin weinte. Ob vor Schmerzen oder Erleichterung, dass sie ihn gefunden hatte, konnte sie noch nicht sagen. Vorsichtig verlagerte sie seine Position, wobei er einen spitzen Schrei von sich gab.

»Was ist passiert?«, fragte sie ihn mit erzwungener Ruhe sanft, während sie ihm die Mütze, die er bei seinem Sturz verloren hatte, wieder aufsetzte.

»Mein Bein.«

Welch eine Situation! Sie sah hoch zu Lupa, die über ihr auf dem Schneewall stand.

»Das hast du super gemacht, meine Schöne«, dankte sie ihr mit bewegt klingender Stimme, bevor sie sich wieder Tim zuwandte, der jetzt antwortete:

»Ich habe dich gesucht. Wo warst du denn?«

Julia war zumute, als würde ihr ein Messer durchs Herz schneiden. *Der Junge hatte sie gesucht.* Es gelang ihr gerade noch, den aufsteigenden Schluchzer zu unterdrücken.

»Ich habe gehört, wie du zu Emily gesagt hast, dass du in eine Hütte ziehen willst. Warum hast du dich denn gar nicht mehr gemeldet? Morgen ist doch Weihnachten.«

Da war es vorbei mit ihrer Beherrschung. Sie schluchzte leise auf und zog den Kleinen noch enger an sich. Er zitterte am ganzen Körper. Ob er schon unterkühlt war oder erst nur unter Schock stand? Ein paar Mal atmete sie tief durch. Mit aller Kraft unterband sie den sich ankündigenden Tränenausbruch. Sie mussten hier heraus. Da fiel ihr jäh ein, dass ihr Handy noch in der Skijacke steckte, die sie in der Hütte zurückgelassen hatte. Oh nein!

»Mein Bein. Es tut so weh«, klagte Tim jetzt an ihrer Brust. Er hatte beide Arme um sie geschlungen und klammerte sich an sie. »Und ich hatte auch Angst.«

Würde sie den Sechsjährigen zu ihrer Hütte tragen können? Mit dem verletzten Bein konnte sie ihn kaum Huckepack nehmen.

»Du bist der tapferste Junge, den ich kenne«, lobte sie ihn. »Aber in diesem Fall zugleich auch der dümmste«, fügte sie hinzu. »Warum hast du Emily nicht gefragt, wo ich bin?«

»Emily hat gesagt, dass du in Deutschland bist.«

Ja, das hatte sie seiner Tante so erzählt.

»Ich habe ihr aber nicht geglaubt«, fuhr Timmy fort. »Du hättest dich dann doch von mir verabschiedet, oder?« Große Kinderaugen sahen sie an. Es waren Joshs Augen, und wieder kamen ihr die Tränen. Nein, sie hätte sich nicht von Tim verabschiedet. Vielmehr hatte sie vorgehabt, sich zukünftig von ihm fernzuhalten.

»Und da du dich nicht verabschiedet hast, wusste ich, dass du hier warst. Aber hier ist alles geschlossen. Da habe ich Angst bekommen und wollte zurück. Dabei bin ich gestolpert und in den Graben gefallen.«

Beruhigend strich sie über Timmys Rücken und blickte dabei hoch zu Lupa.

»Das ist übrigens Lupa«, stellte sie die Hündin vor. »Sie hat deine Rufe gehört und mich zu dir geführt.«

Tim löste sich aus ihrer Umarmung.

»Hi, Lupa!«, rief er. »Hast du auch ihre Jungen gesehen?«, wollte er dann sofort von ihr wissen.

»Ein Welpe ist zurzeit in meinem Haus. Es liegt auf der anderen Seite des Waldes. Und ich überlege gerade, wie wir beide dorthin kommen. Dort ist nämlich auch mein Handy, von dem wir Emily anrufen können. Sie wird dich bestimmt schon vermissen.«

»Bill«, verbesserte Timmy sie. »Emily ist in Banff. Ja, Bill wartet bestimmt auf mich. Wir wollten den Hundeschlitten schmücken«, erklärte er ihr mit deutlich schuldbewusstem Blick.

»Und dann läufst du einfach weg?«, fragte sie. Dabei gab sie sich Mühe, nicht allzu streng zu klingen, aber diesen Tadel konnte sie nicht unterdrücken. Tim musste wissen, dass er das nicht hatte machen dürfen. »Also«, fuhr sie energisch fort, während sie sich aus der Hocke aufrichtete. »Ich helfe dir jetzt hier heraus.« Wie es danach weitergehen würde, wollte sich Julia gar nicht genau ausmalen. Unter Tränen des Schmerzes kämpfte sich der Kleine mit ihrer Hilfe aus dem Graben – wurde dann jedoch nach getaner Arbeit von Lupa mit einem nassen Hundekuss belohnt.

»Sie mag mich.« Tim strahlte. Die Schmerzen hatte er für ein paar Sekunden vergessen.

»Darauf kannst du dir etwas einbilden.« Julia strich ihm über die Wange. »So, jetzt machen wir uns auf den Rückweg. Du musst unbedingt ins Warme. Und zum Arzt.«

Sie gab Lupa ein Zeichen, woraufhin die Hündin tatsächlich

voranlief. Sie musste einmal eng mit Menschen zusammengelebt haben, sonst hätte sie nicht deren Sprache so gut verstanden.

Der tiefe Schnee machte den Rückweg zusätzlich schwierig. Immer wieder mussten sie stehen bleiben, um neue Energie zu schöpfen. Lupa passte sich ihrer langsamen Gangart geduldig an – bis sie plötzlich zwischen den Stämmen der Fichten verschwand.

»Lupa!«, schrie Julia erschrocken.

Da drang ein Bellen durch den Wald. Und dann wurde ein anderes Geräusch laut. Das eines Motors.

Ein Schneemobil. Bill!, schoss es Julia erleichtert durch den Kopf. Ein paar Sekunden später tauchte Lupa wieder auf, das Fell voller Schnee. Sie begann erneut zu bellen, als wollte sie jemanden anlocken. Das Motorgeräusch wurde lauter. Der Schneemobilfahrer musste ihr Bellen gehört und richtig gedeutet haben.

Das konnte nur Bill sein, sagte sich Julia mit heftig schlagendem Herzen. Natürlich suchte er Timmy. Und er wusste von Lupa, dem einzigen Hund hier fernab jeder Zivilisation. Als schließlich zwei Lichtkegel durch das Gewirr der Baumstämme geisterten, schluchzte Julia vor Erleichterung trocken auf.

»Timmy, jetzt kommt Hilfe«, brachte sie nur mühsam hervor. Lupa wich nicht von ihrer Seite. Sie knurrte jedoch auch nicht, was ihr verriet, dass sie dem Schneemobilfahrer keinen Argwohn entgegenbrachte. Dieser schaltete den Motor ab, ließ die Scheinwerfer jedoch brennen. Als er auf sie zulief, erkannte sie im Licht der Spots an seiner Gestalt, dass er nicht Bill sein konnte. Das ist Josh!, signalisierte ihr ihr Gehirn, und gleich darauf war ihr zumute, als hätte sie eine Faust in den Magen gestoßen bekommen.

Joshs Gesicht wirkte unnatürlich bleich in dem Zwielicht. Seine Miene verriet, dass er völlig durcheinander war. Als er vor ihr stand, fragte er mit verfremdeter Stimme: »Was ist passiert?«

»Papa!« Timmy begann zu schluchzen. »Schimpf bitte nicht. Ich habe Julia gesucht und mich dabei verlaufen.«

Josh schien ihr unfähig zu reagieren. Ein paar Lidschläge lang blieb er bewegungslos stehen, als müsste er sich erst einmal zurechtfinden. Dann kam Bewegung in ihn. Er nahm ihr Tim aus den Armen und zog ihn besitzergreifend an sich. Dabei gab der Junge einen leisen Schmerzenslaut von sich.

»Was ist passiert?«, wiederholte Josh mit rauer Stimme.

»Mein Bein. Es ist, glaube ich, wieder gebrochen.«

Josh trat einen Schritt von seinem Sohn zurück. Mit deutlich verwirrter Miene begutachtete er Timmys Bein.

»Wir müssen zum Arzt. Sofort.« Dann sah er Julia an. »Und was machst du hier?« Sein Blick war kälter als der Schnee.

Julia schluckte, unfähig einen Ton herauszubekommen. Warum benahm er sich ihr gegenüber derart feindlich? Eigentlich hätte sie eher einen Grund dazu.

»Julia hat mich gefunden, als ich um Hilfe gerufen habe. Ich bin in den Graben dort gefallen.«

Mit einer fahrigen Handbewegung strich sich Josh über die Stirn.

»Lupa hat Tim gefunden«, brachte sie jetzt endlich hervor. Sie wusste, dass ihr in ein paar Minuten mit Sicherheit ein paar passende, schlagfertige Bemerkungen einfallen würden, doch Joshs rüdes Verhalten setzte sie gerade schachmatt.

Er warf einen kurzen Blick auf die Hündin, die wie eine Statue neben ihr im Schnee saß und ihn beobachtete.

»Dann hast du sie dir also auch vertraut gemacht«, sagte er mit schmallippigem Lächeln. »Dabei sagt man doch, Hunde hätten bessere Instinkte als Menschen.«

Hatte sie gerade richtig gehört? Richtig verstanden? Unwillkürlich schnappte sie nach Luft. Wie kam Josh dazu, sie derart zu beleidigen, willentlich zu verletzen, obwohl sie vor ein paar Minuten sein Kind gerettet hatte? Seine Worte empfand sie als Ohrfeigen. Ungläubig starrte sie ihn an.

»Komm mit mir, Tim.« Er beugte sich zu seinem Jungen hinunter und hob ihn voller Vorsicht auf die Arme. Dann drehte er sich um und rief ihr über die Schultern zu: »Merry Christmas!«

So ein Mistkerl!

»Dir und Amy auch. And a Happy New Year«, erwiderte sie nun mit vor Wut zitternder Stimme, bevor auch sie sich umdrehte und in die andere Richtung in den Wald eilte. Josh Mayer sollte ihre Tränen nicht sehen.

»Julia!« Das war Timmys hilflos klingende Stimme.

Umgehend blieb sie stehen und drehte sich um. Auf diese Entfernung konnte Josh ihr Gesicht nicht mehr deutlich erkennen. Sie hob die Hand.

»Gute Besserung, Timmy!«, rief sie zurück. »Mach es gut, Kleiner.« Die letzten Worte hörten sich für sie ganz undeutlich an.

»Jetzt ist gut, Tim.« Das war Joshs energische Stimme.

Wahrscheinlich wollte der Junge einen solchen Abschied nicht akzeptieren.

31.

»Wir fahren jetzt mit dem Schneemobil bis zum Trail«, sagte Josh zu seinem Sohn, nachdem er ihn vorsichtig auf den Sitz gesetzt hatte. »Das wird vielleicht wehtun. Du weißt ja, das Ding fährt nicht so geschmeidig wie ein Auto. Wenn wir auf dem Trail angekommen sind, rufe ich Emily an. Sie wird auf dem Rückweg sein oder vielleicht schon zu Hause. Sie soll uns mit dem Wagen abholen und umgehend ins Krankenhaus fahren. Dein Bein muss geröntgt werden.« Am liebsten hätte er weiter und weiter geredet, um ja nicht zum Nachdenken zu kommen. Und um zu verhindern, dass Tim ihn auf sein Verhalten Julia gegenüber ansprechen würde. Bei ihrem völlig unerwarteten Anblick war die tiefe Wunde in ihm wieder aufgebrochen. Wie sie ihn angestarrt hatte. Sie war genauso überrascht gewesen wie er. Vielleicht war es ihr sogar peinlich gewesen, ihn wiederzusehen. Vermutlich hatte ihr Verlobter ihr von der Begegnung mit ihm erzählt. Also wusste sie, dass er nun wusste, wie sehr sie ihn belogen hatte.

»Julia hat gesagt, dass Lupas Welpe bei ihr im Haus ist«, unterbrach Tim seine Gedanken. »Darf ich morgen zu Julia gehen?«

»Darfst du nicht«, erwiderte er schroff. Allein ihren Namen konnte er kaum noch hören. »Im Übrigen haben wir beide noch etwas zu bereden. Ich will, dass du nie wieder allein irgendwo hinläufst, ohne mir, Tante Emily oder Bill Bescheid zu sagen. Hast du das verstanden? Bill ist zurzeit mit den Hunden unterwegs, um die Gegend nach dir abzusuchen. Er hat

Angst um dich, genauso wie ich sie gehabt habe.« Äußerst langsam fuhr er mit dem Schneemobil auf dem bereits gespurten Weg zurück, auf dem er gekommen war. »Ich werde Bill jetzt anrufen und ihm sagen, dass er wieder zu Emily fahren kann«, fuhr er fort, hielt an, wählte dessen Nummer. Danach rief er seine Tante an.

»Stell bitte jetzt keine Fragen«, sagte er zu ihr. »Komm mit deinem Wagen auf direktem Weg zum alten Indianertrail. Dort stehe ich mit dem Schneemobil. Ich erkläre dir alles, wenn du da bist.« Danach steckte er das Handy in die Parkatasche und fuhr weiter.

»Warum warst du so böse zu Julia?«, hörte er Tim mit zaghaft klingender Stimme fragen.

»Böse?« Er lachte hart auf, um dann erst einmal zu schweigen. Was sollte er seinem Sohn antworten? Nein, er wollte Julia nicht vor ihm schlechtmachen. Und nein, er wollte genauso wenig, dass Timmy weiterhin Kontakt zu ihr haben würde.

Was sowieso nicht sein wird, da sie spätestens morgen mit ihrem Verlobten nach Deutschland zurückfliegt, antwortete ihm da die Stimme der Vernunft.

»Du warst richtig böse zu ihr«, wiederholte Tim.

»Das kam dir nur so vor«, erwiderte er. »Eigentlich bin ich böse auf dich, weil du weggelaufen bist und alle in Aufregung versetzt hast. Als ich bei Emily ankam, kam Bill auf mich zugelaufen und erzählte mir, dass du plötzlich verschwunden warst. Kannst du dir vorstellen, welche Angst wir hatten?«

»Ich hatte auch Angst in dem dunklen Hüttendorf«, entgegnete Timmy treuherzig. »Dann kamen aber Julia und Lupa. Lupa hat mir sogar einen Hundckuss gegeben. Ach, Papa, lass mich doch morgen den Welpen besuchen. Morgen ist doch Weihnachten. Das ist mein einziger Wunsch.«

Josh fiel es unsagbar schwer, hart zu bleiben. Während er seine Antwort hinauszögerte, fragte er sich, wieso Lupas Welpe bei Julia war, wenn sie Kanada doch eigentlich schon längst hatte verlassen wollen. Und wo wohnte sie überhaupt?

»So, hier bleiben wir stehen und warten auf Emily«, wechselte er das Thema. Sie hatten den Indianertrail erreicht. »Dir muss kalt sein. Komm mal her.« Er stand auf und nahm den Kleinen fest in die Arme. »Tut dein Bein noch sehr weh?«, erkundigte er sich reumütig wegen seiner barschen Art Timmy gegenüber.

»Ein bisschen. Aber eigentlich der Knöchel«, antwortete ihm eine piepsige Stimme, die dann jedoch umgehend wieder fester forderte: »Josh, ich will morgen zu Julia. Sie ist meine Freundin. Und sie ist doch auch deine Freundin, auch wenn du mit ihr Streit hast. Ich habe mit Amber auch Streit gehabt, und wir haben uns dann wieder vertragen. Wir haben doch morgen Weihnachten.«

Josh verspürte ein unangenehmes Gefühl im Hals. Ein Kribbeln, das in seiner Kehle saß und ihn daran hinderte, zu antworten.

»Da kommt Emily!«, rief sein Junge plötzlich aus, und er dankte seiner Tante im Stillen, dass sie ihn davor bewahrt hatte, eine Entscheidung treffen zu müssen.

* * *

Im Krankenhaus in Banff stellten die Ärzte fest, dass Timmy das sprichwörtliche Glück im Unglück gehabt hatte. Sein Bein war nicht erneut gebrochen. Vielmehr hatte er sich tatsächlich nur den Knöchel verstaucht. Mit einem Fixierverband kam Tim zwei Stunden später nach Blackfoot Village zurück. Völlig erschöpft von den Schmerzen und seinem Abenteuer fiel er dann auch sofort ins Bett, jedoch nicht, ohne sich bei Bill zu entschuldigen.

»Willst du trotzdem den Hundeschlitten morgen mit mir schmücken?«, fragte er ziemlich kleinlaut kurz vorm Einschlafen.

»Ja«, antwortete Bill.

»Und du bist nicht mehr böse auf mich?«

»Nein.«

Da lächelte der Kleine seinen Onkel spitzbübisch an. »Indianerehrenwort?«

»Großes Indianerehrenwort.«

Nachdem Josh Tims Zimmertür geschlossen hatte, sah sein väterlicher Freund ihn an.

»Trinken wir etwas auf den Schreck?«

Josh zögerte. »Ja, gleich. Gib mir noch ein paar Minuten. Ich gehe erst mal an die frische Luft.«

Es war eine helle Nacht mit einem klaren Mond und funkelndem Sternenhimmel, die einer Vorweihnachtsnacht alle Ehre machte. Die Berggipfel schimmerten bläulich-weiß in ihrer Winterpracht. Die verschneiten Wälder lagen still und friedlich unter ihnen. Joshs Gedanken wanderten dorthin, wo sein Blick hinging – zu dem Waldstück, wo er an diesem Tag so völlig unerwartet Julia gegenübergestanden hatte.

Natürlich hatte er sich ihr gegenüber nicht gerade freundlich verhalten. War das verwunderlich? Sie hatte ihn so sehr verletzt, hatte mit ihm gespielt, hatte ihm für kurze Zeit vorgegaukelt, dass es noch einmal ein neues Glück für ihn geben könnte. »*Merry Christmas*« waren seine letzten Worte gewesen. Höhnisch hingeworfen, geradezu ausgespuckt. »*Dir und Amy auch*« hatte ihre Antwort gelautet. Mir und Amy? Wieso auch Amy?, fragte er sich jetzt zum ersten Mal verwirrt. Frauen. *Mann* verstand sie einfach nicht.

Er zog die Schultern zusammen. Er fror, was selten vorkam. Wie gut nur, dass sich Tim bei dem Unfall keine Unterkühlung zugezogen hatte. Julia hatte ihn noch rechtzeitig gefunden. Er seufzte. Wieder Julia. Zum Teufel mit dieser Frau. Energischen Schrittes ging er ins Haus zurück. An diesem Abend würde er mehr als nur einen Whisky vertragen können.

»Auf Julia. Sie hat Tim gerettet.« Bill hob sein Glas. Emily stimmte in seinen Toast ein, und Josh kippte die bernsteinfarbene Flüssigkeit ohne ein Wort hinunter.

»Dass sie sich die wilde Hündin so vertraut gemacht hat«, sagte Emily voller Bewunderung. »Was ist eigentlich mit den anderen Welpen?«

»Sie sind tot. Ich habe in der Höhle nachgesehen.« Bill trank einen Schluck. »Sie sollte morgen mit uns feiern«, fuhr er ernst fort. »Zusammen mit Lupa und ihrem Welpen. Das wäre gut für Tim.«

»Kommt gar nicht infrage.« Josh stand so abrupt auf, dass der Stuhl fast umfiel. »Dann könnt ihr allein mit ihr Weihnachten feiern. Ich verstehe übrigens überhaupt nicht, warum sie noch hier ist«, ereiferte er sich. »Ihr Verlobter hat mir vergangenen Mittwoch erzählt, dass die beiden zu Ferienbeginn zurück nach Hamburg fliegen.« Er spürte, wie Wut und Frust in ihm hochstiegen und begrüßte diese Gefühle. Wie hätte die Alternative ausgesehen? Tränen? Ja, Tränen, die er sich nur allein erlaubte.

»Ihr Verlobter?« Es war Emilys sanfte Stimme, die ihn aus seinem stummen Selbstgespräch riss. Ihr erstaunter Blick verriet ihm, dass sie nichts von diesem Hanseaten wusste. Da endlich erzählte er den beiden von seinem Zusammentreffen mit Lars Asbeck.

»Moment einmal«, sagte seine Tante schließlich entschlossen. »Da muss etwas völlig falschlaufen. Julia hat mit Lars

Asbeck längst Schluss gemacht. Ich bin mir sicher, dass Julia nichts mehr mit ihm hat.«

Voller Betroffenheit sah Josh seine Tante an. »Ja, aber ...«

»Julia leidet. Unter deinem Verhalten«, sagte Bill. »Sie hat sich zurückgezogen, um ihre Seele wiederzufinden.«

»Ich spüre, dass Julia Gefühle für dich hat.« Emily sah ihren Neffen bedeutsam an.

Ungläubig lachte Josh auf. »Bin ich jetzt etwa der Buhmann? Ja, ich habe den Kontakt zu ihr abgebrochen, aber weil ich doch wusste ...«

Was wusste er eigentlich? Nur das, was er von Lars Asbeck wusste. Hatte dieser Typ ihn etwa angelogen? Weil er ihm Julia nicht gönnte? Und Julia dachte jetzt, dass er – Josh – sie nicht mehr wollte. Damnd. War etwa alles nur ein Missverständnis?

* * *

Julia stolperte durch den Wald zurück, mit Chaos im Kopf wie im Herzen. Als sie zusammen mit Lupa das Haus betrat, stand Klein-Lupa mitten im Zimmer. Sie maulte. Zu Recht. Sie hatte Hunger. Die Hundemutter verstand die Sprache ihres Kindes, legte sich hin und die Kleine begann zu trinken. Julia blieb in angemessenem Abstand stehen. Das Bild von Mutter und Kind spülte wieder etwas Wärme in ihr Herz, Frieden und Versöhnung mit der Welt, in der sie gerade so sehr verletzt worden war. Lupa und Lupinchen ließen sich Zeit. Als der Welpe satt war, rollte er sich einfach eng neben seiner Mutter ein. Auch Lupa streckte sich entspannt aus. Und bald war nur ihr leises Schnarchen zu hören.

Julia setzte sich aufs Sofa. Obwohl es im Haus kühl war, wagte sie nicht, den Kamin neu zu befeuern. Sie wollte ihre Gäste durch die Geräusche nicht wecken. Eingewickelt in ihren dicken Parka blickte sie hinaus auf die Lichtung, die, von Mond und Sternen beleuchtet, wie eine Bühne wirkte.

Auf dieser Bühne erschien in ihren Gedanken der Mann, dem sie gerade wieder begegnet war. Dieser große, attraktive Mann mit der besonderen Ausstrahlung, der sie völlig in seinen Bann gezogen, der ihre tiefsten, aufrichtigsten Gefühle gestohlen und sie dann einfach abserviert hatte. Und ein paar Herzschläge später brodelten Wut und Enttäuschung in ihr hoch wie ein sie verzehrendes Feuer. Ihre Finger ballten sich zu Fäusten. Warum nur lagen ihre Gefühle zu ihm immer noch so dicht unter ihrer Haut? Sein Lächeln, seine Liebe zur Natur, seine Zärtlichkeit, die Berührung seiner Lippen, seine Hände auf ihrer Haut, zwei Nächte… Und plötzlich löste das Gefühl von Leere und Verlust den Zorn in ihr ab und schnürte ihr die Kehle zu. Wie schön hatte alles angefangen zwischen ihnen. Wie gut hatten sie sich verstanden, obwohl sie sich erst seit kurzem kannten. Leise schluchzte sie auf und schlang die Arme um sich, als könnte sie sich so selbst die Geborgenheit geben, die sie in diesem Moment so sehr vermisste. Sie sehnte sich nach Joshs Armen, die sie gehalten hatten. Sie sehnte sich nach dem dunklen Klang seiner Stimme, seinen leidenschaftlichen Küssen… Erst als Lupa sich regte, sich aufrichtete, die Ohren spitzte, wachte Julia aus ihrer Verzweiflung auf. Die Hündin stand auf und ging zur Tür. Ja, jetzt hörte sie es auch. Das Motorgeräusch. Es wurde lauter. Scheinwerfer leuchteten die Lichtung aus. Am Haus gingen die Bewegungsmelder an. Langsam stand sie auf, trat ans Fenster. Da hörte ihr Herz auf zu schlagen. Aus dem silbernen Pick-up stieg Josh. *Er will sich entschuldigen für sein Verhalten.* Dieser Gedanke schoss ihr als Erstes durch den Kopf. Doch wollte sie das überhaupt? Nein. Er sollte bleiben, wo er hingehörte. Eine förmliche Entschuldigung änderte nichts daran, dass er sie belogen und betrogen und ausgenutzt hatte. Lupa begann zu bellen. Schritte auf den Holzstufen wurden laut.

»Julia? Josh hier.« Seine Stimme klang so ruhig und tief wie sie sie kannte – und liebte.

Sie zögerte, hielt den Atem an. Ein Klopfen folgte seinen Worten, das Lupa mit erneutem Bellen quittierte, das jedoch freundlich klang. Ihre Freundin schien zu wissen, dass Josh ihr und ihrem Jungen nichts Böses wollte. Dann wurde von außen die Klinke heruntergedrückt. Die Tür öffnete sich. Sie standen sich gegenüber und sahen sich an. Sie war sich sicher, dass auch Josh den kalten Hauch spürte, der wie Nebel zwischen ihnen aufwallte.

Während Lupa ihn beschnüffelte, breitete sich Schweigen zwischen ihnen aus, das wie zäh fließendes Öl schließlich jede Ecke des Raumes erreichte. Joshs Augen, diese besonderen Augen, sahen sie ernst und eindringlich an. Beinahe wäre sie einen Schritt zurückgewichen, doch sie besann sich und drückte die Schultern durch. Selbst unter Aufbietung ihrer ganzen mentalen Kraft konnte sie nicht verhindern, dass sie auch jetzt wieder, trotz allem, seiner Ausstrahlung erlag. Dieser Mann war ihr Schicksal, auch wenn er der miesester Kerl war, dem sie je begegnet war. Er hatte zwei Gesichter, wie Amy gesagt hatte. Und das eine, das, welches sie kannte, liebte sie immer noch. Zwischen dem jähen Aufflammen verzehrender Sehnsucht, dem sie überwältigenden Bedürfnis, diesen Mann nur noch einmal zu spüren, und dem Wissen darum, dass er mit Amy verlobt war, wusste sie nicht, wie sie auf ihn reagieren sollte. Dann war sie ihm dankbar dafür, dass er zuerst das Schweigen brach.

»Ich muss dich etwas fragen.«

Sie nickte nur.

»Vergangenen Mittwoch, als ich zu dir kommen wollte, traf

ich vor Emilys Haus Lars Asbeck. Er sagte mir, dass ihr verlobt seid, du mit ihm zurück nach Deutschland gehst und dass ich nur ein Seitensprung für dich gewesen bin, den er dir verziehen hat. Stimmt das?«

Julia hätte jede Frage erwartet. Wirklich jede, aber nicht diese.

»Lars?«, brachte sie nur krächzend klingend über die Lippen. Sie griff sich an die Stirn, als könnte sie durch diese Geste ihrer Erinnerung an ihre letzte Begegnung mit Lars auf die Sprünge helfen. »*Vielleicht meldet er sich nicht mehr bei dir*«, hatte er gesagt und damit Josh gemeint. »*Ich bin mir fast sicher, dass dies noch nicht das Ende zwischen uns ist. Ich werde abwarten. Du wirst wieder allein sein. Glaub mir.*« Mit dieser Prophezeiung hatte Lars sich verabschiedet und recht behalten. Moment mal!, rief ihr da eine Stimme in Erinnerung. Du bist wieder allein, weil Josh mit Amy verlobt ist. Das war doch Wahnsinn. Sie schüttelte den Kopf und drückte den Rücken durch. Allein diese Bewegung gab ihr das Gefühl, über ihre Größe hinauszuwachsen. Jetzt galt es.

»Ich war mit Lars nie verlobt. Ich hatte mit der Beziehung abgeschlossen, bevor wir beide uns das erste Mal geküsst haben. Nein, ich will auch nicht nach Hamburg zurückgehen. Lars hat dich belogen, weil ich zu ihm zurückkommen sollte. Er ist übrigens inzwischen mit Eileen zusammen.« Es überraschte sie selbst, wie flüssig ihr die Sätze über die Lippen kamen. Sie hatte ihre Selbstsicherheit wiedergewonnen. Und da sie einmal dabei war, sprach sie mit erhobener Stimme weiter: »Und noch einmal nein, du warst auch kein Seitensprung für mich. Aber da wir gerade von einer Verlobung reden. Die hat es ja eher bei dir als bei mir gegeben. Nach dem Wochenende, an dem du mit Timmy zum Schlittenhunderennen gefahren bist, bin ich montags zu dir ins Sägewerk gefahren, um mit dir zu sprechen. Du warst in British Columbia, wie mir deine ... deine Sekretärin verriet. Und sie verriet noch mehr. Nämlich, dass ihr ein Paar seid. Ein verlobtes Paar. Sie hat mir ihren Ring gezeigt und mich gebeten, dich in Ruhe zu lassen. Du wärst nämlich jemand, der sie öfter schon betrogen hätte, und sie hätte dir jedes Mal verziehen.« Sie verstummte. Sie hatte so schnell gesprochen, dass ihr die Luft ausging. Mit herausforderndem Blick sah sie zu Josh hoch.

In seinem Gesicht arbeitete es. Es zeigte eine Palette vielfältiger Gefühle – Erstaunen, Verwirrung, Erkenntnis, Erregung. Schließlich tobte ein Feuer in seinen sonst so ruhig blickenden Augen. Seine Lippen zuckten. Er kämpfte sichtlich um Beherrschung. Dann sagte er mit heiser klingender Stimme:«Das ist gelogen. Nach Amelies Tod hatte ich nur eine Frau: Julia Lehmann. Amy hat mir von Anfang an nachgestellt. Vor ein paar Tagen habe ich ihr fristlos gekündigt und eine hohe Abfindungssumme gezahlt, um sie endgültig loszuwerden. Der Ring an ihrer Hand ist übrigens der Trauring ihrer verstorbenen Großmutter, an der sie sehr gehangen hat.« Er verstummte, rieb sich kopfschüttelnd den Nacken, ohne sie anzusehen. Dann fand sein Blick ihren wieder. »Ich glaube es nicht«, murmelte er wie zu sich selbst. »Das ist doch auch kaum zu glauben, dass wir beide Opfer des gleichen unfairen, gemeinen, hinterhältigen, intriganten Verhaltens zweier Menschen geworden sind, die sich nie im Leben begegnet sind.« Seine Stimme gewann immer mehr an Kraft und Lautstärke, sodass Lupa jetzt aufstand und sich neben Julia stellte, als wollte sie sie beschützen. Beruhigend streichelte Julia ihr Nackenfell. Ruhiger und leiser fügte Josh wieder kopfschüttelnd hinzu: »Ich kann es einfach nicht fassen, dass es solche Typen gibt.«

»Und Typinnen.« Sie begann zu lächeln. Ganz von selbst. Es war ein Lächeln, das das Herz ihr vorgab, von dem plötzlich die eiserne Klammer abgefallen war. Ja, es war vorbei. Joshs zweites Gesicht gab es nicht. Amy, die verhinderte Schauspielerin, hatte es erfunden. Vor ihr stand der Josh mit dem Gesicht, in das sie sich verliebt hatte. Und als Josh jetzt zurücklächelte – es war noch nicht dieses entspannte, sexy Lächeln, sondern eher das eines erschöpften Kämpfers, der letztendlich siegreich aus einer Schlacht herausgekommen war –, machte sie einen Schritt auf ihn zu und nahm sein geliebtes Gesicht in beide Hände.

»Du bist kein Seitensprung für mich gewesen«, sagte sie mit all der Liebe in ihrer Stimme, die für ihn in ihrem Herzen wohnte. »Du bist der Mann, den das Schicksal oder vielleicht der Große Manitu für mich bestimmt hat. Das weiß ich ganz genau.«

Da nahm Josh auch ihr Gesicht in beide Hände. Sie sahen sich in die Augen, streichelten sich mit Blicken und spürten die Nähe des anderen, die Liebe, die sie einander entgegenbrachten und nicht hatten aufgeben können.

»Meine Weihnachtsmärchenfrau«, sagte Josh mit einer Zärtlichkeit in der Stimme, die Julia den Hals eng werden ließ. Statt weiterer Worte zog Josh sie fest an sich, und sie schlang die Arme um ihn. Als sich ihre Lippen trafen, durchlebten sie diesen Kuss mit dem Wissen, das er der Beginn von etwas war, das sie bereits verloren geglaubt hatten. In dieser Weihnachtsnacht zwischen Heiligabend und dem ersten Weihnachtstag erlebten sie in dem Blockhaus auf der Lichtung erneut das Wunder, das sie zusammen entdeckt hatten – das Verschmelzen, das Einswerden mit dem anderen in einer einzigartigen Innigkeit, die sie beide nie zuvor erfahren hatten.

32.

Am nächsten Tag fuhr Josh mit dem geschmückten Hundeschlitten vor dem Blockhaus auf der Lichtung vor. Der Schlitten war mit Fichtenzweigen und grün-rot-goldenen Bändern geschmückt, und alle Huskys trugen kleine Glöckchen.

»So klingt Weihnachten«, sagte Julia mit versonnenem Lächeln, als sie Josh auf der Veranda begrüßte. Sie hatte auf ihn gewartet, mit Lupa neben sich und Lupinchen auf dem Arm. »Welch ein toll geschmückter Schlitten. Da könnte man ja glatt wieder ans Christkind glauben.«

»Santa Claus«, verbesserte er sie mit liebevollem Kuss auf ihre Nasenspitze. »Bei uns heißt dieser Geschenklieferdienst *Santa Claus.*«

»Apropos Geschenklieferdienst«, nahm sie sein Wort zwinkernd auf. »Leider hatte ich gerade keine Schleife für Lupinchen im Haus.«

In der vergangenen Liebesnacht hatten sie beschlossen, Timmy den Welpen zu schenken.

»Ich bin sicher, dass sich Timmy auch ohne Schleife über sie freuen wird.« Er sah hinunter auf Lupa und dann Julia wieder an. »Unglaublich, wie sie sich entwickelt hat. Niemals hätte ich auch nur zu hoffen gewagt, dass sie noch einmal ein Haushund werden würde. Das ist allein dein Verdienst.« Sein zärtlicher Blick umfing sie.

»Tja, Hunde haben eben gute Instinkte«, entgegnete sie zwinkernd.

»Bist du bereit? Die Huskys werden unruhig.« Tatsächlich

begannen jetzt einige Vierbeiner aus Bills Rudel zu jaulen und zu bellen. Nur der Leithund, ein wunderschöner Rüde, blieb gelassen. Josh half Julia auf die Ladefläche des Schlittens, die mit Decken und Fellen ausgelegt war. Auf Joshs *Heya Heya!* hin stemmten sich die Huskys ins Geschirr. Lupa lag dicht neben Julia, die ihre Freundin fest im Arm hielt. Unter ihrem Parka hatte sie Lupas Kind, damit der Kleinen bei dem schneidigen Fahrtwind nicht kalt wurde.

Vor Emilys Haus brannte ein Feuer. Über der Haustür hing ein Mistelzweig, und durch die großen Fenster sah man den üppig geschmückten Weihnachtsbaum in Emilys Wohnzimmer. Es gab eine herzliche Begrüßung, bei der sich Lupa an Julias Seite hielt.

»Wo ist Tim?« Suchend sah Julia sich um.

»Er ist gerade oben und telefoniert mit seiner neuen Freundin«, erklärte Emily mit amüsiertem Lächeln.

Da wurden auch schon Schritte auf der Holztreppe laut. Humpelnd kam der Junge herunter. Als er Julia sah, begann er zu strahlen.

»Ich habe dir ein Weihnachtsgeschenk mitgebracht«, sagte sie, bevor sie Lupinchen unter dem Parka hervorzog.

»Ein kleiner Hund!« Ganz vorsichtig nahm Timmy das Fellknäuel in den Arm, das sofort begann, begeistert zu fiepen und Tims Gesicht abzulecken.

»Darf ich ihn wirklich behalten?«, fragte er mit großen Augen.

»Ja, die Kleine gehört dir«, antwortete sie voller Rührung. »Ihre Mutter möchte jedoch, dass sie noch ein paar Wochen bei ihr bleibt, damit sie ihre Milch bekommt und dadurch besonders groß und stark wird.«

»Hat sie schon einen Namen?« Ganz zärtlich streichelten die Kinderhände über den kleinen Hundekopf.

»Ich habe sie Lupinchen genannt, aber ich schlage vor, dass du dir einen Namen aussuchst«, erwiderte sie.

Da sah Tim zu ihr hoch. »Ich werde sie Lilly nennen. So heißt das Mädchen in der Fernsehsendung, das mir so gut gefällt. « Er zog die glatte Stirn in Falten. »Darf ich sie denn jeden Tag besuchen, bis sie wirklich mir gehört?« Erwartungsvoll sah er sie an.

»Klar, kannst du das«, versprach Julia ihm.

»Das ist das schönste Geschenk, das ich je zu Weihnachten bekommen habe.« Mit leuchtenden Augen betrachtete der Kleine seine neue Spielgefährtin.

Über seinen hochroten Kopf hinweg suchte Julia Joshs Blick. Ihn ihm las sie, dass Josh in diesem Moment alles hatte, was er zum Leben brauchte: eine glückliche Familie.

Es wurde ein wunderschöner Weihnachtstag. Es gab Pasteten, Wildeintopf, Kuchen, Plätzchen, Bier und Wein. Nach dem Essen spielte Josh auf der Gitarre Weihnachtslieder, zu denen alle mitsangen. Lupa hatte sich nach draußen auf die Veranda gelegt. Bei dem prasselnden Kaminfeuer war ihr zu warm im Haus. Tim spielte mit seinem Hündchen. Und immer, wenn die kleine Lilly zwischendurch müde wurde, hielt er sie im Arm und saß ganz still da, um ihren Schlaf nicht zu stören.

»Übermorgen treten wir vor den Friedensrichter«, erzählte Emily mit vor Glück glänzenden Augen.

»Dann wird sie meine Squaw«, bestätigte Bill ernst. Dabei griff er nach ihrer Hand und küsste sie.

»Und Silvester packen wir wärmende Getränke ein und begeben uns zum Eisfischen, so wie es Tradition ist«, schlug Josh vor.

»Abends machen wir ein riesiges Feuer«, fügte Bill hinzu.

»Und im Januar gehen Papa, Julia und ich zu den Calgary Roughnecks«, sagte Tim.

Ja, das Lacrossespiel, fiel Julia wieder ein. Damals hätte sie nicht geglaubt, Josh und Timmy dorthin zu begleiten. Jetzt war alles möglich. Jetzt gehörten sie zusammen.

Am Abend traten Julia und Josh Hand in Hand vors Haus. Unter dem Sternenhimmel wirkte die vereiste Winterlandschaft noch märchenhafter. Das Mondlicht und der Sternenglanz lagen wie leuchtende Schleier über dem Schnee und ließen ihn auf magische Weise funkeln.

»Sag mir, dass du zu mir gehörst.« Josh sah Julia eindringlich an. »Diese Nacht, morgen Nacht und noch viele weitere Nächte. Sag es mir.«

Da lächelte sie zu ihm hoch. »Ich gehöre zu dir. Und zu Timmy. Und zu Lupa und Lilly. Und zu Emily und Bill. Und zu Kanada«, fügte sie feierlich hinzu.

Ihre Worte waren eine Zusage an diesen Abend, ein Versprechen für die Zukunft und eine Verheißung auf die Ewigkeit.

Eng umschlungen blieben die beiden stehen. Es war ein Moment vollkommenen Glücks an diesem Weihnachtsfest, ein Augenblick, der die Erfüllung all ihrer Träume in sich barg.

Die Community für alle, die Bücher lieben

★ In der Lesejury kannst du Bücher lesen und rezensieren, die noch nicht erschienen sind

★ Gemeinsam mit anderen buchbegeisterten Menschen in Leserunden diskutieren

★ Autoren persönlich kennenlernen

★ An exklusiven Gewinnspielen und Aktionen teilnehmen

★ Bonuspunkte sammeln und diese gegen tolle Prämien eintauschen

Jetzt kostenlos registrieren: www.lesejury.de

Folge uns auf Instagram & Facebook:
www.instagram.com/lesejury
www.facebook.com/lesejury